ミネルヴァ計画

ジェイムズ・P・ホーガン

JN160146

エントヴァースの事件を解決して地球に戻ってきたハント博士を、驚愕の事態が襲う。並行宇宙に存在する、別バージョンの自分自身から通信が入ってきたのだ。ハントたち地球人とテューリアンは協力し、マルチヴァースを横切る時空間移動の可能性を探る。一方、かつてクーデターに失敗して逃亡し、5万年前の惑星ミネルヴァ近傍で再実体化したジェヴレン人ブローヒリオたちは、ひそかに再起を図っていた……月面で発見された宇宙服姿の遺骸は5万年前のものだった、という壮大な謎を端緒とする不朽の名作『星を継ぐもの』に続く、シリーズ最終巻！

登場人物

ヴィクター・ハント……………原子物理学者
クリス・ダンチェッカー………異星生命科学研究所所長
ミルドレッド……………………作家。ダンチェッカーのいとこ
グレッグ・コールドウェル……先進科学局（ＡＳＤ）局長
フレヌア・ショウム……………テューリアンの高官
ポーシック・イージアン………テューリアン政府の科学顧問
ブライアム・カラザー…………テューリアン最高会議議長
ガルース…………………………〈シャピアロン〉号の元司令官
イマレス・ブローヒリオ………ジェヴレン人の元指導者
フレスケル＝ガル………………ランビアの王子

ミネルヴァ計画

ジェイムズ・P・ホーガン
内　田　昌　之　訳

創元SF文庫

MISSION TO MINERVA

by

James P. Hogan

Copyright © 2005 by James P. Hogan
This book is published in Japan
by TOKYO SOGENSHA Co., Ltd.
by arrangement with Spectrum Literary Agency
through Japan UNI Agency, Inc., Tokyo

日本版翻訳権所有
東京創元社

ミネルヴァ計画

シェリル、リンジー、タラに

プロローグ

　二十一世紀も三〇年代を迎える頃、地球上の国々は、その歴史においてあまりにも多くの搾取と対立の物語を生んできたさまざまな相違をようやく解決するか、さもなければそれと共存するすべを学んでいた。協調と未来への楽観という新たな精神がはっきりとした形であらわれたのが、国連宇宙軍《UNSA》の指揮下で進められた太陽系探査の共同計画だった。かつては肥大した国防分野に投じられていた資源や産業の行き先が変わったことで、この計画は科学技術と理性の統合力の勝利とみなされ、星の世界へ進出するための第一歩となった。月や火星に恒久的な基地が出現し、有人探査機が外惑星に到達すると、このような華々しい成功をもたらした科学は、人類の知識を継続的に拡大するための強固な基盤となるに違いないと考えられた。基本となる信念構造は堅牢《けんろう》だった。宇宙にはまだまだ多くの発見や驚きがあるはずだったが、すでに確立された数々の事実は、いかなる大きな修正も必要としない難攻不落のものだった。

　こうした幸せな自信に満ちたひとときは、常に大転換の直前に訪れる。わずか数年の間に、一連の驚愕《きょうがく》の発見により、太陽系の歴史に新たな次元が加えられただけでなく、人類の起源にまつわる奇妙な、まったく予想外の物語が明らかにされたのだ。

今から二千五百万年前、身長八フィートの心優しい巨人たちが太陽系で繁栄し、人類が成し遂げたあらゆる業績を凌駕《りょうが》していた。彼らが〝ガニメアン〟と呼ばれるようになったのは、木星最大の衛星ガニメデの氷の下に埋もれた難破宇宙船という形で、彼らの存在を示す最初の証拠が発見されたからだ。その発祥地である、ミネルヴァと名付けられた惑星は、かつては火星と木星の間に位置していた。ガニメアン文明が高度に発達した頃、ミネルヴァの気候条件は悪化していた。当然の流れとして、ガニメアンは長い探索の旅を経て地球にたどり着き、漸新世《ぜんしんせい》の末期から中新世《ちゅうしんせい》の初期にかけて存在した動植物を、問題解決のための大規模な生物工学研究プロジェクトに役立てようと、自分たちの世界へ大量に持ち帰った。地球の生物は概してガニメアンよりも毒性に強かったので、ミネルヴァの大気を変化させて自然の温室効果メカニズムを強化し、適切な遺伝子構造を自分たちに組み込もうと考えたのだ。しかし、その企ては失敗に終わり、ガニメアンは地球から牡牛《おうし》座の方向に二十光年《こうねん》離れたところにある、後にジャイアンツ・スター――巨人たちの星――と呼ばれる場所へ移住した。

それから数百万年の間に、ミネルヴァに持ち込まれた地球産の陸棲《りくせい》動物は、ミネルヴァ原産の動物のほとんどに取って代わった。初期のミネルヴァの動物相《どうぶつそう》には特異な点があり、陸棲肉食動物が出現しなかったため、事実上競争にならなかったのだ。そうした陸棲動物の中に、当時の地球上に存在したどんな種《しゅ》にも劣らないほど進化し、しかもガニメアンの実験プログラムの過程で遺伝子改造を施された霊長類《れいちょうるい》が含まれていた。今から五万年前、地球上で進化したさまざまなヒト科の動物がまだ石器文化の段階にあった頃、ミネルヴァには宇宙航行の技術を達成した、現代人の始祖となる第二の進歩した人種がすでに出現していた。二十一世紀の月《ルナ》探査でその存在の証拠が発見されたことで、彼らは〝ルナリアン〟と名付けられた。(『星を継ぐもの』参照)

ルナリアンが出現した頃、太陽条件の変化により、地球では最も年代の新しい氷河時代が到来し、ミネルヴァではその影響がさらに大きくなって惑星自体が居住不能になる恐れが生じていた。ルナリアンは、より住みやすい気候の地球への大量移住を実現するために、宇宙技術および工業技術の発展に一丸となって取り組んだ。しかし、かつてのガニメアンがそうだったように、この野心的な計画は水泡に帰した。ルナリアンが目標まであと一歩というところまで迫った時、彼らの文明がセリオスとランビアという二つの超大国に二極分化し、幾世代にもわたって続いていた協調精神が崩壊したのだ。人類を救うために集結すべき資源は破壊的な軍事対立のために浪費された。やがて惑星全体を巻き込む大戦争が勃発し、その過程で惑星ミネルヴァは破壊された。

一方、ガニメアン文化は、事実上無限の延命が可能になるほどの生物科学の進歩がもたらした予期せぬ影響により、長い停滞期を迎えていた。それがどのような結果になるかが明らかになると、彼らは自然な状態に立ち返り、意欲と変化に富んだ人生を体験するための代償として死を受け入れる決断をした。惑星ミネルヴァで一連の事件が起きた頃、彼らはジャイアンツ・スター系の惑星テューリアンを中心とする星間文明を繁栄させていた。テューリアンは、自分たちの祖先が遺伝子改造を施した知的種族をミネルヴァの生存競争の場に放置したことをずっと気にしており、罪の意識とつのる畏敬の念をもってルナリアンの進歩を見守っていた。しかし、そのすべてが破局を迎えた時、テューリアンはそれまで守ってきた不干渉の原則を緩和し、生存者に救いの手を差しのべた。テューリアンが船団を派遣するために取った緊急手段は重力擾乱《じょうらん》を引き起こし、その結果、ミネルヴァの残骸は離心率《りしんりつ》の大きな軌道に投げ出されて冥王星となり、残りの破片は木星の潮汐《ちょうせき》効果によって拡散し、小惑星帯を形作った。母惑星ミネルヴァを失って孤児となった衛星は、太陽に向かって落ち込む途中で、それまで単体で存在していた地球に捕獲された。

これだけの体験をして故郷の惑星を失った後でも、セリオスとランビアの間の敵意が消えることはなく、両国が文化の再建を目指して団結することはなかった。ランビア人はテューリアンと共に去り、惑星ジェヴレンに根を下ろして、テューリアン文明の完全な一員となった。セリオス人は自ら希望して、自分たちの原点である地球に戻ったが、ミネルヴァの月の接近が引き起こした気候や潮汐の激しい変化に打ちのめされた。生き残った者は未開人に先祖返りし、絶滅の危機に瀕《ひん》しながら幾千年も苦難の道を歩み続けた。古代から伝わる、もはやその意味も忘れられた神話以外、彼らの起源にまつわる記憶はすべて失われた。現代になり、彼らが宇宙への再進出を実現して、過去の痕跡を探そうとした時に、ようやく物語の一部が一つにつながったのだ。残りの部分が埋まったのは、とある気まぐれな出来事によって、現代の地球に住む人類と、ルナリアンの祖先という形で彼らを生み出した古代ガニメアンとの間に再び結び付きが生まれた時のことだった。（『ガニメデの優しい巨人』参照）

ジェヴレン人は、常に自らをランビア人とみなし、地球人《テラン》のことは機会さえあれば再び挑戦してくる永遠のライバルと考えていた。予想される脅威を排除する計画の一環として、彼らは地球人が科学の再発見へと向かう歩みを遅らせる計画に着手し、自分たちはテューリアンの科学技術を貪欲《どんよく》に吸収して自治権を手に入れた。ジェヴレン人は姿形《すがたかたち》が人間そのものであるため、長年にわたって地球に工作員を潜入させ、迷信を広め理不尽なカルトを創設することでその発展を妨害し、真の知識を取り戻すために注がれるべきエネルギーを脇道へそらし続けた。

ジェヴレン人の指導者たちは自信を付けて増長し、彼らの野心を抑え込もうとするテューリアンに対する怨嗟《えんさ》を深めた。そして疑うことを知らないガニメアン心理につけ込み、ミネルヴァの大災害の後でテューリアンが地球を見張るために設置した監視システムの支配権を手中におさめた。ジェヴレン人は軍国化した地球が太陽系から飛び出そうとしているという虚偽の情報を流し、それに乗せられたテューリアンが脅威を封じ込めるための対抗策を立案するよう仕向けた。しかし、ジェヴレン人の真の狙いは、その対抗策自体を奪い取り、テューリアンを封じ込めて、古きライバルであるセリオスと決着をつけ、テューリアン統治下にある星系を自ら支配することにあった。遠い過去にミネルヴァを発《た》ったまま消息を絶っていたガニメアン宇宙船〈シャピアロン〉号が舞い戻ってきたりしなければ、ジェヴレン人の計画は成功していただろう。

科学調査船〈シャピアロン〉号が派遣されたのは、ミネルヴァが抱える問題に対処するために進められていた大気の再構築と生物学的改造による試みが失敗した場合に、代替案として太陽の出力制御が可能かどうかを見極めるために、遠い恒星の放射ダイナミクスを変化させる実験を行うためだった。ところがその恒星が不安定になったため、〈シャピアロン〉号は、時空に局所的な歪《ゆが》みを起こす駆動システムの修理の途中だったにもかかわらず、緊急離脱を余儀なくされた。その結果、船は二重の時間の遅滞に見舞われ、太陽の基準座標系に復帰できた時には――船内時間ではわずか二十年だったのに――二千五百万年が経過していた。太陽系のありさまは大きく変わっていて、ミネルヴァはすでになく、地球育ちの新しい人類が惑星間の宇宙飛行を実現していた。

地球にやってきた〝巨人たち〟は歓待を受け、六カ月間そこに滞在した。しかし、彼らの来訪の何よりも記念すべき成果は、長年の慣例だったジェヴレン人の仲介抜きで、地球とテューリアンとの間に初めて直接の外交関係が樹立されたことだった。ジェヴレン人がいかにして地球の発展を遅らせ、その現状を偽って伝えてきたかということが、ついに暴露されたのだ。その後の対決において、ひそかに軍備を整えていたジェヴレン人は独立を宣言し、自軍の力を誇示し、テューリアンに降伏を要求した。しかし、この強引すぎた作戦は、早々に崩壊することになった――地球人とテューリアンが協力して、ジェヴレン人の策略を逆手に取り、テューリアンの星間文明を支えるスーパーコンピュータ〝ヴィザー〟の内部で作り上げられた、仮想の地球人戦闘部隊をでっちあげたからだ。（『巨人たちの星』参照）

ジェヴレン人の指導者たちはその欺瞞《ぎまん》を信じて降伏し、その後、惑星ジェヴレンはガニメアンと地球人の統治下に置かれ、政治体制の改革が模索された。ジェヴレン人はずっと自治権とプライバシーにこだわっていたので、外部の者がそこで何が起きているのかを詳しく調べる機会が訪れたのはこの時が初めてだった。そこで発見されたのは過去の常識では考えられないほど奇妙なものだった。

　征服への執着、地球にも持ち込まれた不合理な思想への固執は、ジェヴレン人全体に共通する特徴ではなかった。その出所は、突如としてあらわれた、不満分子でありながら影響力の強い少人数のグループだった。彼らの深層心理は大多数のジェヴレン人とは一線を画しているように思われた。彼らこそが、あらゆる経験に反するためガニメアンやルナリアンの間では決して生まれなかった、魔法や超自然の力に対する揺るぎない信仰の源だったのだ。それはあたかも、世界の本質とそこに作用する力に関する彼らの直感が、異なる現実によって形成されたかのようだった。

　ほどなく、それは事実であることが判明した。エント人――彼らが生まれた内宇宙《エントヴァース》からとられた呼び名――は、空間、時間、物質、物理学という馴染《なじ》みのある世界の産物ではなかったのだ。ジェヴレン人は、自分たちの惑星を統治するために、テューリアンのヴィザーに匹敵する独立したスーパーコンピュータ、ジェヴェックスを作り上げた。特殊な状況が重なったことで、情報量子《りょうし》が物質粒子と類似した役割を担うようになり、それがデータスペース連続体の中で相互に作用し結び付いて、物理空間における分子やもっと複雑な組織に相当する構造を形成した。こうして現象論的な〝宇宙〟が出来上がり、ついには、自己の存在を認識し、自らを世界の住人とみなすことができるほど複雑な、自立した実体が生み出された。しかし、その世界の中で事態の進展を導く〝力〟は、外の宇宙の物理学に由来するものではなく、システムのプログラマーたちによって押し付けられた基本的な内部規則に由来するものだった。

ジェヴェックスとのインターフェースについては、テューリアンのやり方にならい、ユーザーの精神機能への直接の神経結合が主たる方式となっていた。一部のエント人は、自分たちの世界を流れるデータストリームとやりとりができることを発見して、より優れた存在が住み、あり得ない出来事が起こる、〝高次《こうじ》の空間〟についての知見を得ていた。修道僧たちは、この〝流れ〟に自らの精神を投影して彼方《かなた》の世界に転送し、憑依《ひょうい》された宿主の占拠者となるすべを学んだ。すなわち、ジェヴレン人の中に存在する異端分子とは、ガニメアンやルナリアンや地球人の精神を作り上げたのと同じ経験世界で、なぜか攻撃性や不安定性や奇妙な因果観念を獲得した異常者などではなく、SF小説ですら想像することのなかった異星人による奇怪な侵略の犠牲者だったのだ。（『内なる宇宙』参照）

エントの人格に〝憑依された〟ジェヴレン人たちは、あと一歩で成功しかけていたルナリアンの計画を覆《くつがえ》した民族の分裂においても、その原因となっていたように思われた——しかしそれはジェヴェックスが作り出される五万年も前のことだ！　どうしたらそんなことがあり得るのか？

ガニメアンの宇宙船推進技術を踏襲したテューリアンは、その星間輸送と通信網で、通常空間の制約を回避するために時空の人為的な操作を利用していた。関連する物理学の計算では、時間を超える移動の可能性も示唆されていた。テューリアンは、これを物理的に解釈することができず、単なる理論的好奇心に過ぎないと考えた。しかしジェヴレンの指導者たちは、〝架空戦争《かくうせんそう》〟の最終段階において、ヴィザーが作り出した仮想の地球侵略艦隊に襲撃を受けると思い込み、ひそかに要塞化を進めていた遠方の惑星への脱出を試みた。ジェヴェックスが艦船を送り出すために転送ポートの開設を始めると、ヴィザーはこれを無力化するために対抗措置を取った。二つのスーパーコンピュータが同じ時空の迷路を支配するために何光年もの距離を隔てて格闘した時、実際に何が起きたのかは誰にもわからなかった。一つだけはっきりしていたのは、逃げ出そうとしたジェヴレン人の船団がその混乱に巻き込まれたことだ。その後、彼らの痕跡はすべて消え失せた。あらゆる場所において。

しかし、ジェヴレン人の船団を追跡した監視探査機から最後に送られてきた画像は、彼らがどこかで再実体化したことを示していた。その背景には星空が広がっていた。そこには世界があった。その世界とは、昔のままの姿をしたミネルヴァだった。星野《せいや》はそれがルナリアンの末期の時代であることを示していた。ランビアがセリオスに対して過激で妥協のない姿勢をとるようになる直前の時期だ。偶然にしてはあまりにも不自然だった。

　混乱のおさまったジェヴレンが保護観察下に置かれ、その住民がエント人の影響を受けない生活に適応したことで、テューリアンと地球の科学者たちは、最も新しい、おそらくは最も不可解な謎に目を向けることができるようになったのである。（アティラ・トルコス博士がまとめた巻末の「巨人年表」も参照）

第一部　マルチヴァース

1

　その物体は、地球と火星それぞれの平均軌道のほぼ中間あたりで、太陽の地球側に突如として出現した。それが実体化した空間を占めていた太陽風《たいようふう》粒子と宇宙線光子《こうし》の流束が押しのけられて、数万トン相当の質量にふさわしい穏やかな重力波が発生した。しかしそれ以外は、その外観と同じように、地味で目立たない到着だった。

　大きさは家庭用の洗濯機ほどで、形はおおむね立方体だが、すべての面から多数のアンテナやセンサー類が雑然と突き出しているために、明確な輪郭は失われていた。物体はしばらく宇宙空間を漂い、周辺の情報をサンプリングして処理し、得られたデータを元いた領域へ送信していた。それから、到着した時と同じように、突如として姿を消した。

　物体は位置を修正して、月の軌道の内側、地球の表面から約二万二千マイル上空の、同期通信衛星が使用する軌道上に出現した。それからまた移動し、アメリカ合衆国への主要な中継ルートの一つである、メイン州のコムネット地上局からのビームを傍受できる位置に収まった。異星人の装置は地球の標準的な通信プロトコルを使ってシステムに接続し、かつてはＮＡＳＡの本拠地の一つだった、メリーランド州のゴダード・センターにある国連宇宙軍《UNSA》先進科学局の電話番号を送信した。

ゴダードから数マイル離れたところにある気楽なバー、〈ハッピー・デイズ〉では、ヴィクター・ハント博士が窓際の隅のボックス席でくつろいで外の光景を眺めていた。六月の晴れた土曜日の朝。人々は気持ちの良い週末を目一杯楽しんでいた。通路を挟んだ隣の席では、材木を積んだトラックで乗り付けた三人の男が、どこかの家の改装工事に向かう前に喉の渇きを癒《いや》そうとしていた。奥の席に陣取った若者たちは、この後行われるボルチモア・オリオールズ対アトランタ・ブレーブスの試合に向けて気勢をあげていた。テーブル越しに手をつないでいる幸せなカップルは、お互いの姿以外には何も目に入らないようだった。

ハントにとって、こうした束《つか》の間《ま》の休息はめったにない贅沢《ぜいたく》だった。彼はUNSA先進科学局の物理学担当の次長として、地球の社会・経済構造を混乱させることなくテューリアンの科学知識を吸収しようとする取り組みの中心にいた。すでに、かつては永久に疑問の余地のないものと信じられていた大切な観念のいくつかが忘却の彼方《かなた》へと追いやられていた。通商と生産を支える不可欠な要素とみなされていた価値体系全体が、テューリアンの存在を踏まえて再考を迫られていた——創造性と協調に重きを置く、より深みのある、敵対しないやり方が可能なのではないかと。今後十年、二十年の間にどんなことが起こるかは誰にもわからない。逆に言えば、大多数の人々にとって、日々の暮らしはおおむね変わらないということだ。今動き出したような、人々の生活を根底から変えてしまう巨大な力は、彼らにどうこうできるものではなかった。

色浅黒く、ぼさぼさの口髭《くちひげ》をたくわえた、鮮やかな緋色《ひいろ》のシャツに短パンという出立《いでた》ちの人物がバーを離れ、泡がのった黒いギネスビールのパイントグラスを二つ持って近づいてきた。ジェリー・サンテロ。町はずれの景観のよい住宅地で、ハントの隣のアパートユニットに住んでいる男だ。二人は朝から併設のジムで汗を流した後、気晴らしのために出かけてきたのだ。ジェリーはテーブルにグラスを置くと、片方をハントのほうへ押しやって、向かいの席に腰を下ろした。

「乾杯」ハントは手に取ったグラスを掲げて言った。

ジェリーはギネスビールをひと口飲んで、唇をなめた。「信じられないな。自分がこんなものを飲んでいるなんて」

「遅すぎたくらいだろう。あの泡立つ黄色いやつはかんべんだ。甘すぎる。馬を連想させるところも好きになれないし」

「バーテンダーにエールで割るかどうか聞かれた。イングランドでもそれが普通なのか？」

「ブラック・アンド・タンだな」ハントはうなずいた。

「へえ、ほんとに？」

「半量ずつ重ねたカクテルをそう呼んでいる。イギリス人がアイルランドで使っていた補助的な軍事組織の名前だ。あの紛争が起きた頃だから……一九二〇年かそのあたりだな。警察と軍隊の制服を組み合わせて着ていたんだ」

「そこは少し前までは別々の国だったんじゃないのか？」

「そうだ。北部はもともと連合王国に属していて、それ以外のところが共和国になった」

「なんの騒ぎだったんだ？　どうにも理解できないんだが」

ハントは肩をすくめた。「よくあることだよ、ジェリー。カトリックが多すぎる。プロテスタントが多すぎる。でもクリスチャンはいない」

ビールをもう一口飲みながら、ハントは視線をよそへ向けた。先進科学局の管理部で働いているジューリという若い女が、見たことのない二人の連れと共に店に入ってきたのだ。ジェリーが話を続けた。

「それはともかく、ヴィック、さっきも言ったように、この計画にはみんなが賛同しているんだ……。人々は仕事を減らし、早期に引退し、家族が成長して出ていったら小さな家を買ってそこへ引っ越す」ジェリーは両手を広げた。「彼らには金がある。もう収入を子供たちのために使う必要もない。子供たちのほうは、学校を卒業する頃には、その半数がすでに信用枠を限度一杯まで使っている」

ジェリーはかつて諜報《ちょうほう》機関で働いていた。人が自分の望む人々に囲まれて暮らせるようになったことで、二十世紀の遺産である政治的不条理が徐々に解消され、スパイビジネスは著《いちじる》しく縮小した。まとまった退職金をもらったあと、ジェリーは会社勤めに戻ることに魅力を感じられなくなり、強制的な有給休暇のせいで慣れてしまった安楽と自由を守るための投資の機会を常に探し求めていた。最近になって見つけたのが、ラウンジバーやダンスフロアを備えたシアターレストランをチェーン展開し、成熟した顧客を取り込もうという計画だ。なかなか面白い発想だと、ハントも認めざるを得なかった。そのような夫婦や、夫婦の片割れになりたいと思っている独身者は、おそらく何千という単位で郊外に隠れていて、自分たちの好みに合う場所がなくて困っているだろう。四十歳を過ぎたばかりのハントなら、まだまだ挑戦できるはずだ。

「ずっとナイトクラブを持ちたいと思っていた」ハントは言った。「あの雰囲気が気に入ってるんだ。何年か前に『カサブランカ』を見たせいだろう。ほら、ボガートが白いタキシードを着て、襟《えり》にカーネーションを挿して。ピアノバーとか、そういったやつ……。最近はあいうスタイルは見かけない。復活させられると思うか、ジェリー?」

ジェリーはひょいと片手を上げた。「さあなあ。なんだってできるさ。つまり、きみは参加するということか?」

「いくらくらいで考えているんだ?」

「ほかの連中は一万ドルだな」

「うーん……もう少し検討する必要があるな。いつごろまでに決めればいい?」

「申込みは来週末には終了する」

「わかった。どうするにせよ、それまでには知らせるよ」

「失敗するはずがないんだ、ヴィック。バーの現状に興味を持てない大勢の人々が、こういうものを待ち望んでいた。友達と会って、食事をして、ショーを見る……そんな場所を。痙《けい》攣《れん》を起こしたみたいに体をばたばたさせなくても踊れる音楽を……」

「ハント博士？」ハントは顔を上げた。ジューリが二人の友人を連れてボックス席のそばに来ていた。彼女は背が高くすらりとして、金髪で、鼻のあたりにそばかすがあり、その時は緊張《きんちょう》のせいかあいまいな笑みを浮かべていた。「あなたがいるのを見かけたので、ちょっと挨拶《あいさつ》に寄っただけなんです。差し支えなければですが」

「とんでもない。嬉しいよ」ハントは問いかけるような目で相手を見た。「管理部にいるジューリだね？」

「そうです！」ジューリは感激したようだった。

ハントはジューリの背後にいるほかの二人の若い女性をちらりと見た。「で、これから何が始まるんだろう——パーティーかな？」

「ああ。こちらはバージニア州から来たベッキー……それとダナです」

ハントはボックス席の向かいを身ぶりで示した。「ジェリー、わたしの隣人だ」

「この近くに住んでいらっしゃるんですか？」

「レッドファーン・キャニオン——ここから西へ行ったところだ」

「知っているような気がします。たくさんの谷と尾根が走る丘陵地で、カリフォルニアのどこかみたいに見えるところですよね。真ん中に小川と池があって」

「それだ」

軽い畏怖の念に黙り込んでいたベッキーが、ようやく口を開いた。「本当にあのハント博士なんですか？　異星人が戻ってきた時ガニメデにいて、それからジェヴレンのコンピュータの中であの世界をまるごと発見した？」彼女は首を横に振った。「テレビに出たり雑誌で記事になったりする人は、どこへ行くにも自家用機を使って、セキュリティゲートやフェンスのある屋敷に住んでいるんだとずっと思っていました。でもあなたは、こんな地元のバーで、まるで普通の人みたいに」

「わたしたち、お邪魔でなければいいんですが」ダナが言った。

「朝の二時間の健康的なワークアウトで得た恩恵を酒で台無しにしているところだ」ハントは答えた。「まあ、健康すぎるのは体に良くないというのがわたしの持論だから」

「よっぽどおいしいんでしょうね」ジューリが二人の飲み物を指差した。

「最初の一杯じゃぜんぜん足りなかったな」

「実は、ジェリーからビジネスの提案を受けていた。われわれのような時代遅れの年寄りが出かけて踊れるナイトクラブを作らないかと。きみたちはどう思う？」

ジューリは困惑したようだった。「何て言えばいいかわかりません。あなたは峠を越えたとかそんなふうには見えませんよ、ハント博士」

「ああ、そんなことは気にしなくていい」ハントは明るく言った。「みんな勘違いをしているんだ。峠を越えることの何が悪い？　自転車に乗っている時にどうなるか考えてみればいい。苦労はそれで終わり。あとは重力に任せて、のんびり景色を楽しみながら、スピードを上げるだけ。人生も同じさ。だから時間が経《た》つのが速くなると言われるんだ。ほら――」べルトのホルダーに入れたシーフォンの着信音が割り込んできた。「失礼」ハントはそれを取り出し、ぱくんと開いて受話ボタンを押した。白いシャツを着た若い男の頭と肩が画面に表示された。その下には送信コードとUNSAゴダード・センターからの電話であるという通知が見える。「はい。ヴィック・ハントです」

「ハント博士、こちらは先進科学局です。惑星外からの通話を保留中です。発信者があなたにつないでくれと言っています」

惑星外？　そんな連絡が入る予定は特になかった。UNSAの通信は、月よりも遠方からの場合は伝播《でんぱ》の遅れがあるので録音になるのが普通だ。皮肉なことに、相互通話ならテューリアンの恒星間ネットからである可能性が高い——回転する極小ブラックホール・トロイドを介してほぼ瞬時に会話ができるし、地球軌道上の中継衛星を介して地球のシステムに接続しているのだ。

「誰からだ？」ハントはまわりの人たちに目で申し訳ないと伝えながら尋ねた。しかし、画面上の男は、どう答えていいかわからない様子で口ごもるばかりだった。「まあいい。つないでくれ」一瞬後、ハントは信じられない思いで目を見開いていた。まったくわけがわからなかった。

こちらを見返していたのは四十歳くらいの男性の顔で、日焼けした細身の体型のせいできびきびした活発な印象があった。ウェーブのかかった茶色の髪にわずかに白いものが交じっているのが、マッチブックほどの大きさの画面でなんとか見分けられる。男は不謹慎なほど面白がっていて、自分が与えた効果を最大限に味わうかのようにしばし間を置いてから、ようやく口を開いた。「これは少しばかりショックだと思う」

ハントの長年の経験の中でも、それは最も控えめな表現と言えた。なにしろその顔は彼自身のものだったのだ。今話している相手は、どこか別の場所、ひょっとしたら別の〝時〟に存在する、彼自身の奇怪なバージョンなのだ。ハントはその場でただ呆然と坐《すわ》り込んでいるだけで、筋の通った返事はできなかった。三人の若い女性たちが不思議そうに視線を交わしていた。その時ジェリーが言った。「大丈夫か、ヴィック?」

その言葉にハントはびくっとして顔を上げたが、すぐには周囲の状況をうまく把握できなかった。それでも、苦労しながら、なんとか自分の能力を正常に近い状態まで戻した。「あー、申し訳ない」彼はそう言って立ち上がった。「個人的な連絡なので、失礼させてもらうよ」そして店の外へ出て行った。

「何だったんだ、幽霊でも見たのか?」ジェリーが一同に向かって呟《つぶや》いた。

外の駐車場で、ハントは自分の車に乗り込み、ドアを閉めた。もう一人の自分の顔は、相変わらずシーフォンの画面上で待っていた。「わかった、降参だ」ハントはその顔に向かって告げた。「それで……いったい何が起こっているんだ?」

「あまり時間がないかもしれないので、手短に話そう」画面の顔が答えた。「まず、テューリアンは間違ったアプローチを試みている。彼らが考えているようなh-スペース物理学の延長ではない。あれが当てはまるのは、垂直方向に展開して内部空間と時間の分離を明らかにする波動解《はどうかい》だけだ。水平方向の運動には別の概念が伴っている。われわれがジェヴェックスの演算マトリックスで発見したデータ構造のダイナミクスを考えてみてくれ……。今言ったように、あまり時間がないかもしれない。これは初期の作動試験だ。長期間にわたってコヒーレンスを維持する方法はまだ判明していない。ここにある圧縮ファイルを見てもらえば、われわれがこれまでに解明したことがわかるはずだ。きみに主に知っておいてもらいたいのは収束のことだ。しかし、コードはたとえ近くの領域でも異なる可能性がある。送信補正が必要になった時のために、何かスキャンするものを送れないか？」

「送る……？」ハントはまだショックで呆然としていた。

「そちらのシステムにあるファイルだ。何でもいい。こちらのコードと一致させるためにはそちらで使っているコードを知る必要がある」

「ああ……。そうか……」ハントは自分に活を入れて行動を起こし、個人用ライブラリのディレクトリを表示して、送信するために項目の一つにフラグを立てた。

「電話を使っているのか」ハントの別自我が言った。「今どこにいるんだ？」

「えーと……〈ハッピー・デイズ〉の外の駐車場だ。ジェリー・サンテロと一緒だった……。さあ、送信が始まったぞ」

「よし、わかった。それでは……」ハントの別自我が視線をそらした。「そちらはどの時点なんだ？」彼は作業をしながら尋ねた。画面外の何かの助言を仰いでいるようだ。

「土曜日——管理部のジューリが友達を二人連れて来た時だ。このあとオリオールズとブレーブスの試合がある」

「記憶にないな。こちらの時間線《じかんせん》では違っていたんだろう。並行世界は驚くような不連続性を見せることがあってね」それから、もっと大きな声で、近くにいるらしい誰かに呼びかけた。「まだか?」

「ジェリーはまた例のナイトクラブを売り込んでいたよ」ハントは言った。

「ああ、あれか。そうだ。忘れろと言ってくれ。あれは詐欺だよ。ジェリーが持っているパンフレットの写真は偽物だ。ウクライナの組織が作ったペーパーカンパニーで、金を集めたらつぶれる。もっと良い投資がしたいなら、オースティンにあるフォーマフレックスがいいぞ。社会実験的な小さな会社でね。まだ誰も知らない――テューリアンの物質複製技術を扱う限定ライセンスだ。それが大成功する」ハントの別自我はウインクして、また視線をそらした。「いいか? 準備はできたか? もう送っても――」

接続が切れた。地球の上空二万二千マイルで、どこからともなく出現していた物体がゆっくりと消失し、後には何も残らなかった。

ハントは十五分ほど待ったが、接続が復活することはなかった。

2

大昔にミネルヴァを離れた〈シャピアロン〉号が通常の時空を超えた奇妙な流浪の旅から戻ってきて、地球人《テラン》とガニメアンとの最初の接触が実現する前から、地球の物理学者の大半は、多世界解釈《たせかいかいしゃく》（ＭＷＩ）と呼ばれる量子《りょうし》の異様なふるまいについての説明を支持するようになっていた。その説明はあまりにも奇怪で直感に反していたため、多くの人は、人間の想像力や無意識の自己欺瞞《ぎまん》だけでそんな着想が出てくることはあり得ない、それゆえ多世界解釈は真実に違いないと主張した。宇宙を旅する先進的な異星人が同じ結論に達していたという発見は、それ以上望みようがないほどの強力な裏付けとなり、最後まで残っていた懐疑の念を一掃した。

往年の教科書や人気作家が好んで取り上げた〝量子パラドックス〟は、ある状態で存在する光子や電子といった量子物体の系《けい》が、複数の新たな状態に変化できる状況でどれか一つの状態になる時に生じる。たとえば、励起《れいき》状態にある原子は、複数ある中間レベルのどれかを経由してエネルギーが最小の〝基底《きてい》〟状態に戻ることがあるし、半透明の鏡にぶつかる光子は、半々の確率で反射するか透過する。では、自然はどのようにしてそれらの可能性の中から実際に起きたことを〝選択〟したのだろう？

これは表面的には、たとえば、ギャンブルで使うサイコロが、転がっている状態からそれぞれ異なる数字が表示される六通りの最終状態になり得るのと同じ状況に見える。動いている物体のメカニズムはよくわかっているので、毎回確実に結果を予測することができないのは、サイコロの形状、質量、動きを正確に特定する能力がないためだ。つまり、そこに謎はない。結果は決まっているが、知識が不完全なために予測ができないのだ。しかし、これは最初からそれぞれの状況が異なっているということでしかない。量子レベルでは、そうではない。調査対象であるそれぞれの系は、あらゆる面で同一だと確認されている。だとしたら、なぜ異なるふるまいをするのだろう？

量子物体は、環境と関わっていない間はすべての可能性を内包《ないほう》しているかのようにふるまうが、それを特定できる別の実体――たとえば、それについて何かを調べるために作られた測定装置の検出器――と出くわしたとたん、起こり得る複数の状態の中から突然一つを選び出す。当然ながら、このような奇妙な現象は、誰にも観察されていなくても自分が何者であるかが常に明確な世界に慣れ親しんできた人々にとっては、容易に受け入れられるものではなかった。この不可解極まりない量子パラドックスに関する激しい科学的論争は、二十世紀の最初の二十年間ずっと続いた――皮肉なことに、この論争が始まる直前には、世界のあらゆることが解明されたという確信が積み重なって、科学は事実上閉じられた書物となっていたのだ。とはいえ、無数の実験結果が示すものから逃れることはできない。むずかしいのは、〝本当は〟何が起きているのかがわかるように、それらを説明することだった。

一部の人々は、最初からこの問題に巻き込まれることを拒否し、科学とは実験結果と比較するための数値を生成する実用的なプロセスでしかなく、それ以上のことは何も言えないという立場を取った。長く主流となっていたのは、観測によって起こり得る属性（状態）の中からランダムに一つが決定されるまでは客観的には何も存在しないという考え方だった。何をもって〝観測〟とするかは、さらなる議論の的であり、ほかの量子物体との相互作用から、人間の意識に与える最終的な印象に至るまで、さまざまなレベルの意見があった。また別の人々は、このような神秘的で気味の悪いアプローチを回避するために、同一の物体とされているものは実際には同一ではなく微妙な違いがあり、現時点ではそれを検出できないだけなのだという立場を取った。だが、そうなると、宇宙のあらゆるものがほかのあらゆるものに対して、同じように微妙な影響を瞬時に与えることが可能でなければならなくなり、これについては、多くの人々が、ほかの主張と比べてより神秘的とまでいかなくても、同じくらい神秘的だと考えた。

二十世紀が終わる頃には、科学界は、どのような答えを出そうが通常の基準からすれば奇妙なものになるのだから、あらゆる先入観を捨てて事実が語ろうとしていることだけに集中するほうがましだという考えを受け入れるようになっていた。数学的裏付けのない任意の波動関数の〝崩壊〟に固執することなく、形式主義を額面どおりに受け止めた時、事実はこう語っていた——世界がすべて同時に存在するという証拠を示しているのは、本当にすべてが同時に存在するからであり、そのように見えないのは、通常の意識ではそのほんの一部しか認識できないせいなのだ。

最終的に明らかになった図式によれば、励起状態にある原子も、衝突する光子も、起こり得る複数の状態の中から一つの状態を〝選択〟するのではなく——それだと、いつ、どうやって、なんのためにその選択をするのかという終わりのない論争が始まるが、実際にはすべての可能性が現実化している——それぞれが独立した別個の現実の中にあって、その現実を導いた選択がもたらすさまざまな結果がまた次の展開を生み出していく。それぞれの現実には、その現実を構成する出来事の展開に見合った住民がいるが、彼らはそれ以外のどの現実の存在にも気づくことはない。サイコロを振る人は、ある現実では6のゾロ目を出し、銀行を破産させ、金持ちになって隠居する。二つのサイコロを振ることで起こり得る結果は三十六通りあるので、別の現実では同じ人が最悪の目を出し、無一文になって、橋から身を投げる。量子力学の〝多世界解釈〟とは要するにこういうことだ。

よく語られているのは宇宙が別々の形に〝分裂〟するという説明で、どこが分岐点になるかについては、〝量子の相互作用すべて〟から〝人類によって充分に重要とみなされた出来事〟までさまざまな意見がある。それぞれの現実はその後も隣接して存在を続けるが、本のページのように分離している。そのために〝並行宇宙《パラレル・ユニバース》〟と呼ばれるのだ。ただ、この説明はイメージしやすいかもしれないが、多世界解釈の考案者たちが提示した奇妙な状況を正確に捉えてはいなかった。新しい宇宙は何らかの決断を求められるたびに無から出現するわけではない。高速道路のジャンクションで右へ行くか左へ行くかでニューヨークやボストンがいきなり実体化したりしないのと同じだ。それらの都市は、道路地図上のすべての目的地がそうであるように、最初から常にそこに存在している。

同じように、任意の〝今〟から起こり得るすべての未来だけでなく、起こり得るすべての異なる〝今〟が、枝分かれした巨大な全体の一部として存在し、そのすべてが等しく現実なのだ。そこでは、あらゆる量子的な選択肢が、少なくとも細部においてはほかのどれとも異なる唯一無二の現実へとつながっていく。その性質は、積み重なったページに似ているというより、可能な限り多くの方向に広がっていく変化の連続体に近い。どのような変化になるかは進む方向によって異なり、時には徐々に、時には唐突に発生する。従って、ある世界と別の世界との間で起こり得る相違は、それぞれが連続体の中の変化の軸に対応し、そこに無限に近い数の次元が存在することになる。全体は常に不変であり、時間を超越している。物理学で測定される時間という現象は、分岐する選択肢のツリーで特定の経路をたどることで生じる事象シーケンスの一つの構成要素だ。そのような経路はどれも、それ自体の個別の現実、すなわち〝宇宙〟を定義している。時間に対する認識は、意識が遭遇した数々の選択肢を通過してその経路をたどることで生じる。実際にどのように認識するかについては、物理学者は哲学者や神学者や神秘主義者たちに説明を委《ゆだ》ねていた。

ある宇宙における通常の〝順方向〟への認識の流れは、枝分かれする時間線のツリーを駆けのぼっていく。〝横方向〟に存在するほかの現実を直接知ることはできないが、最小レベルで情報が漏れることで生じる干渉のパラドックスだけは例外で、そこから唖然《あぜん》とするような全体の存在が暗示されてはいた。もちろん、これで〝横方向〟の――枝と枝の間の――通信が可能なのかどうかという推測が妨げられるわけではない。とはいえ、たとえそれが可能だとしても、どのようにして実現されるのかについては、誰にも見当すらつかなかった。哲学の博士論文の題材にしたり、マイナーな雑誌で名前を売ったり、カクテルパーティーで議論を盛り上げたりするのにちょうどいい、興味をそそる仮説に過ぎなかったのだ。歴史を見ても、このテーマが真剣に取り上げられたことはただの一度もなかった……。

そんな時に、逃げ出したジェヴレン人の宇宙船を追跡していた探査機から、最後の画像が送られてきた。それによって明らかになったのは、彼らが何光年《こうねん》もの空間を飛ばされ、何万年もの時間を遡《さかのぼ》ったあげく、ガニメアンが去ったずっと後の、ルナリアンが住んでいた時代の惑星ミネルヴァの近くに再び姿をあらわしたということだった。それが現実に起きたという証拠が、紛れもなくそこにあったのだ。そんなことが起こり得るのかどうかについて、それ以上の推測にいきなり終止符を打ったこの出来事は、やがて〝ミネルヴァ事件〟と呼ばれるようになった。

グレッグ・コールドウェルは、ハントの上司として何年も過ごしてきたいま、もはや何があろうと驚くことはないと思っていた。六年前の二〇二七年、ルナリアンの最初の証拠が月面で五万年経った宇宙服姿の死体という形で発見された時、当時はＵＮＳＡの航行通信局本部長だったコールドウェルは、〝チャーリー〟がどこから来たのかという謎を解明する仕事をこの元気あふれるイギリス人に託した。消滅した文明の姿の再構築と、太陽系内におけるUNSAの宇宙船の運航や通信の維持にどんな関係があるのかというのは当然の疑問だが、コールドウェルは常に帝国建設というものに強く興味を引かれていたのだ。彼がものごとを進めるやり方は、ほかの者が境界線について議論している間に、さっさと行動を起こして自身の立場を確立するというものだった。最近耳にするようになった量子物理学にまつわる概念のように、現実に占有している者には九分《くぶ》の勝ち目があり、その者が生み出すものが現実になる。ハントはこの依頼に応え、悪友の生物学者で、現在は異星生命科学研究所を率いるクリスチャン・ダンチェッカーと共に、人類の起源の物語をその始まりからそっくり書き直してみせた。その少し後にガニメデで発見された、遠い昔に姿を消した異星人の遺物を調べるために木星へ送り込まれた時には、二人は生きている異星人を満載した宇宙船と共に戻ってきた。惑星ジェヴレンに派遣されたのは、住民の間に広がる精神障害の原因を突き止めるためだったが、この時二人は、惑星サイズのコンピュータ内のデータ構造から進化した、きちんと機能する宇宙をまるごと一つ発見した。ただ、この最新情報については、コールドウェルはいまだにとても信じがたい気持ちだった。

コールドウェルは、先進科学局の最上階にあるオフィスで、壁一面のディスプレイ・スクリーンの脇にあるデスクに坐り、椅子の肘掛《ひじか》けを指で叩いていた。ハントのほうは、ゴダード・センターを見渡すピクチャーウインドウの前を行きつ戻りつしていた。コールドウェルはがっしりとした体格で、青みがかった灰色の髪を短く刈り込み、顎の張った彫りの深い顔立ちは花崗岩《かこうがん》の板や月面の岩山を思わせた。ハントがまだ興奮を抑えきれないでいたにもかかわらず、コールドウェルは平然とした表情を保《たも》っていた。別の宇宙から電話をかけてきた別バージョンの自分と話をした人間がどのような反応をするものなのか、コールドウェルにはよくわからなかった。その話をしたのがヴィック・ハント以外だったら、ただ信じなかっただけだろう。ハントは少し前に長年の喫煙の習慣を断ち切っていて、それが彼の言動をいっそう芝居じみたものに見せているようだった。

「グレッグ、つまり多元宇宙《マルチヴァース》のどこかよその場所で、彼らがそのやり方を考えついたということなんだ」ハントがまた同じことを言った。「われわれが今いるところより先の未来に相当する場所だ」普段なら、ハントは自分の思考の流れをきちんと整理しているので、こんなふうに話を繰り返すことはない。コールドウェルとしては、これがいささか異例の状況であると認めざるを得なかった。「あれは時間線を横断するルートを確立するためのテストだったんだろう。解明した情報の入ったファイルをわれわれに送ろうとしていたようだが、接続が早く切れてしまった。まいったな、グレッグ！　これが当たり前のことになったらどうなるか想像できるか？　シェイクスピアがわれわれの歴史では書かなかった新しい戯曲の台本が手に入るかもしれないんだぞ！　あるいは、ピラミッドがどうやって築かれたのか、その真相が明らかになるかもしれない！　そんな文化を越えた交流にいったいどれほどの価値があると思う？」

「今はそういうことにはあまりとらわれず、基本的な部分に専念しよう」コールドウェルは話を進めた。「こちらでは軌道上に出現した通信中継局のようなものではないかと考えているのだよ」ゴダードで記録されたメッセージルーティングのログは、その信号が存在しない経路から入ってきたことを示していた。応答までの遅延時間を見る限り、二万二千マイル上空の対地《たいち》同期《どうき》軌道《きどう》より遠方ということはないはずだ。ハントは有人船ではなく中継装置ではないかと考えていた。通信があんなふうに唐突に途切れたのは、まだ初期段階の実験計画だということを示している。ハントなら、その段階で別の宇宙へ飛び込もうなどという、そんな奇術師の箱へ潜り込むようなことは絶対にしない。ハントのほかのバージョンも、結局はハントと同じ人間なのだから、やはりそんなことはしないと考えるのが妥当だろう。コールドウェルはその主張に反論できなかった。

「今あるテューリアンの中継衛星と同じやり方で地球のコムネットに接続しているんだ」ハントはきっぱりと言った。そのためには大規模な装置が必要だが、必ずしもサイズが巨大になるわけではない。テューリアンの星間通信システムで使われる、h－スペースと呼ばれる領域への情報伝達は、人工的に発生させた回転する極小ブラックホール・トロイドを介して行われる。それらを軌道上に配置することで、地球の表面に設置した時に生じる重量問題を回避できるのだ。太陽系内の各所にある地球の前哨《ぜんしょう》基地もそれぞれテューリアンの中継衛星を備えている。このネットワークが完成したら、たとえば木星のＵＮＳＡ基地とゴダードが連絡を取る時に、テューリアンのシステムを経由できるようになり、応答までの何時間もの遅延は過去のものとなる。

「要するに、きみが……いや、このもう一人のハントが伝えようとしたのは、イージアンとその仲間たちが間違った取り組みをしているということだ」コールドウェルは続けた。「異なる種類の物理学が必要であると。マルチヴァースはむしろジェヴェックスの演算マトリックスに似ているのか？」

ジェヴレン人の逃亡が起きたミネルヴァ事件は、マルチヴァースを横切る移動が可能であることを実証した。それ以来、テューリアンの科学者たちは、その効果を再現できるのではという期待から、何が起きたのかを正確に解明しようとしてきた。ポーシック・イージアンはテューリアンでは中心的な科学者の一人で、首都テュリオスの政庁にある最高行政機関に所属している。ハントは窓際からコールドウェルのデスクの前に戻り、顔をしかめて考えをまとめようとした。

テューリアン文明の技術面を管理するコンピュータ、ヴィザーは、彼らが進出したすべての恒星系に設置されている分散型システムだ。一方、ジェヴレン人が開発したヴィザーに相当するコンピュータは、単一の惑星に設置された集中型システムであり、三次元マトリックス内に配置された、演算、記憶、伝達の機能を併せ持つ膨大な数の素子《そし》によってあらゆる処理を行っていた。演算の過程で状態変化が隣接する一つの素子から別の素子へとマトリックス内を伝わる様子は、物理空間上を移動する素粒子のふるまいに匹敵するところがあり、なかなか興味深くはあったが、結局はありきたりの類似に過ぎなかった。しかし、事態はそれだけにとどまらなかった。ジェヴレン人のシステム設計者が素子間の相互作用を制御するために採用したルールにより、質量、電荷《でんか》、エネルギー、運動量などと不気味なほど似かよった特性があらわれたのだ。その結果、相反する力のバランスによって形成された分子のような拡張構造物が生じ、データを放射する〝太陽〟の周囲をめぐる世界を備えた宇宙が誕生して、最終的には、奇妙な、争いの多い、知覚力を有する独自の実体が出現した。ハントはマルチヴァースの本質がそれと似たようなものだと言っているかのようだった。

「それがすべての鍵になるような気がする」ハントは言った。「質量とエネルギーが空間を移動するという、これまでに聞いてきた物理学はすべて忘れてくれ。それはマルチヴァースの中できみがたまたま属している一つの宇宙に適用される物理学でしかないんだ」

「つまり、ある特定の時間線ということか――われわれが今こうしている時間線のような」

「その通り。ここでは事象を順番に並べると変化という感覚が生じ、それは微分方程式によって記述することができる。通常の物理学は――テューリアンのh－スペースにまつわるもろもろも含めて――変化の概念によって表現される。しかしマルチヴァースそのものは変化しない。だからそこを横断するには物理的な動き以外のものが必要になる。ジェヴェックスのマトリックス内では実際には何も動いていない。素子が状態を変えているだけだ」

コールドウェルはじっと考え込んだ。こうして説明されると、それはほとんど自明のことのように思われた。「ここも含めて、あらゆる場所が同じような素子構造になっているのではないのか？　すべて同じマルチヴァースの一部なのだから」

「そうだ」ハントは同意した。「実際、ディラックはこれと良く似たものを提案した――負のエネルギー状態の粒子の〝海〟で満たされた宇宙だ。それらは正のエネルギー状態になった時に観測可能になる。反粒子はあとに残された穴だ。粒子と同じように動き回ることができる――ちょうど半導体内の穴《ホール》のように」

「続けてくれ」コールドウェルは言った。

ハントは窓際に戻り、一瞬外を見つめてから、身体をくるりと回して両腕を窓枠に沿わせた。「マトリックスは二種類の物理学をサポートしている。一つは、さっき言った、変化を記述するお馴染《なじ》みの物理学で、時間線に沿って並ぶ事象の列に適用される。もう一つの物理学では、異なった形で素子の状態が相互に伝播される」

「伝播速度はどれくらいだと考えているんだ？」コールドウェルは質問した。

ハントは首を横に振った。「わからない」

「ゾンネブラントにはもう話したのか？」ヨーゼフ・ゾンネブラントは、ベルリンにあるマックス・プランク研究所の量子理論家で、おそらく地球側の関係者の誰よりも内宇宙《エントヴァース》物理学に精通していた。

ハントはうなずいた。「ヨーゼフは、プランク長《ちょう》がプランク時間で切り替わる次元の基本要素とか、何かそういった話をしているのだろうと考えているが、それがわれわれが物事を測定する次元にどのように変換されるかは、今のところ何も言えない。テューリアンなら見当がつくかもしれないな。ずっと実験を続けてきたから。われわれは彼らと行動を共にする必要がある」

コールドウェルは歯を食いしばったまま、デスクの表面をじっと見つめた。三十秒ほど沈黙が続いた。ハントは振り返り、エアモビルの駐機場の向こうで木々の上にそびえる、巨大なバイオサイエンス棟の黒々とした大理石とガラスを眺めた。

「では、そうしよう」コールドウェルは言った。

ハントがコールドウェルに顔を戻した。どうやらこれが狙いだったらしい。「テューリアンへの旅のことを言っているのか？　われわれに必要なのはそれなんだよ、グレッグ。できるのか？」

コールドウェルは物思わしげな目でハントを長々と見つめてから、うなずいた。「大丈夫だ」

「本当に？」

「わたしができると言えばできるんだ」コールドウェルはもうしばらくハントの様子を観察した。「なあ、ヴィック、昔のきみだったらもっと驚いていたはずだ。何があった？　歳をくったせいなのか？」

「いや、きみのことをよく知ったせいだな。もはや何があろうと驚かない」

「まあ、それはお互いさまか」コールドウェルは横へ目を向けて、デスクユニットのキーに触れた。外の応接エリアにいる秘書のミッツィの顔が表示された。「もうファレルと話をしたのか？」

「話しました。あちらは明日の十時ではどうかと言っています。そこならあなたの予定も空いています」

「それでいい。これは別件だが、h－ネットにアクセスして、ヴィザーがテューリアンのポーシック・イージアンを呼び出せるかどうか確認してくれないか？　それと、こちらに到着するテューリアンの船の、ええと、来月までのスケジュールも知りたい」

「バカンスにお出かけですか？」

「ヴィックのための仕事をまた一つ見つけたようだ」

「察するべきでしたね。承知しました」

コールドウェルは指示を終えてハントに目を戻した。「サプライズはもうたくさんなんだよ。前回きみをどこかへ派遣した時、きみは宇宙を連れて戻ってきた。今回はマルチヴァースまるごとだ。そう、まさに究極だ。そのはずだ。これ以上でかいものはあり得ない。そうだろう？」

一瞬、二人は顔を見合わせた。ハントがにんまりと笑った。またもや一緒に仕事に取り掛かる、その感覚が嬉しいのだろう。コールドウェルはいかつい顔を和らげてかすかに笑みを浮かべ、ふんと鼻を鳴らした。「ベルリンのヨーゼフはどうする」彼は話を戻した。「あの男も呼べると思うか？」

「もちろん――ヨーゼフ次第ではあるが。わたしから打診してみようか？」

「ああ、そうしてくれ。言うまでもないと思うが、クリス・ダンチェッカーも参加したがるはずだ。今夜のオーウェンとの夕食会の席で伝えればいい、きみが重大な発表をした後で」

「いいね」ハントは同意した。

これまでのところ、ハントが別バージョンの自分から連絡を受けたという話は、UNSAの上級管理職や科学スタッフのごく一部だけにしか伝わっていなかった。この夜に開かれる夕食会は、退職が決まっているUNSAの創設者の一人に敬意を表するもので、ハントが物理科学部門を代表して謝辞を述べることになっていた。ハントの奇妙な体験を公表するにはいい機会ではないか、という意見が出ていたのだ。コールドウェルは、そんな爆弾発言があったら夜の主役となるはずのオーウェンがかすんでしまうのではないかと思ったので、最初はこの案に否定的だった。逆にハントのほうは、退職祝いの夕食会でこれが世界に公表されたとなれば、生涯の仕事に対するこのうえない記念になるのではないかと考えた。結局、二人はオーウェンにこの案を伝えて決断を委ねることにした。史上最も刺激あふれる科学的発見の一つに自分の名前が関連づけられるなんて、それ以上の名誉は思いつかないよ、というのがオーウェンの返事だった。

「予定どおり進めるということでいいんだな」コールドウェルは言った。こういう流れで急に気が変わるのはよくあることなのだ。

「話をする前にオーウェンにあらためて確認するつもりだった」ハントは答えた。「もし彼の気が変わったら、アイリッシュジョークか何か、予備のスピーチにいつでも切り替えられるから」

コールドウェルはうなずいた。二人とも同じ考えだったようだ。

肘の脇にあるスクリーンが再び点灯して、ガニメアンの細長い頭部が映し出された。肌は濃い灰色で、顎が突き出し、ゴシック様式の縦線が大きな卵形の目を縁取っている。肩を覆う淡いオレンジ色のチュニックは、首のまわりに黄色い襟がついていた。表情がきゅっとすぼまっているのは異星人流の笑顔だということを、コールドウェルはすでに学んでいた。

「ポーシック・イージアンにつながりました」ミッツィの声が告げた。「ヴィックが一緒だと伝えました。彼は間違いなく面倒なことになりそうだと言っています」

3

クリスチャン・ダンチェッカー教授は困惑していた。生物学理論において疑う余地のない普遍的な信条とされていたものの一つが、不安定な土台の上でぐらついているように見えたのだ。広く受け入れられている科学的信念というものは軽々しく築かれたわけではなく、彼はそれを軽々しく変えるような性格ではなかった。

ダンチェッカーは、ゴダードのバイオサイエンス棟にあるオフィスで背中をまるめて坐り、頭の禿《は》げた痩《や》せぎすな体軀《たいく》とひょろりとした手足を、どれだけのモデルを試してもサイズや形が合わない椅子の上でおかしな格好で広げ、デスクに散乱した腹立たしい書類をにらみつけながら、古風な金縁眼鏡のレンズを磨いていた。眼鏡を鼻にかけ直し、サイドパネルのディスプレイの一つに表示させた文献のリストに注意を戻す。それらの報告書は、オーストラリアの研究グループが行ったある種のバクテリアの栄養代謝《たいしゃ》経路に関する実験が、世界各地で再現され、さらに進展を見せていることを示していた。一般に、バクテリアが主食とするのは、分解して利用するための遺伝子があるものに限られる。最も馴染み深い例と言えるのは、人間の体内に存在する、糖を主食とする大腸菌だろう。もし主食を消化するメカニズムが機能しなくなると、突然変異によって別の食物を利用するための代謝経路が生み出されることがある。大腸菌の場合、二つの点突然変異《てんとつぜんへんい》が同時に発生して、別の糖を食べることができるようになる。突然変異の発生率はわかっていて、典型的な実験室の条件下で同時に発生するのはおよそ十万年に一度と予想される。現実には、ほんの数日のうちに数多くの実例が観察された。しかし、それが発生したのは、培養に使った栄養液の中に代替となる糖が存在した場合に限られていた。

つまり、突然変異とは、生物学の学説で一世紀以上にわたり主張されてきたようなランダムなものではなく、環境から受け取る合図によって引き起こされるものなのだ。だとすれば、そのような合図に反応するための遺伝的〝プログラム〟が、最初からバクテリアのゲノムの中に存在していなければならない。そのプログラムは何百万年にもわたるランダムな突然変異から試行錯誤の末に選択されたわけではなかった。それが成し遂げられたプロセスは、特殊な酵素によってゲノムに書き込まれた、外部から得た情報をコード化するメッセンジャータンパク質、という形で明らかになった――この酵素はそもそも存在しなかったウイルスに対する抗体《こうたい》の成分であると誤解され、過去には大きな医療スキャンダルと相次ぐ集団訴訟の原因にもなっていた。こうして進化論の中心的な定説の一つが覆《くつがえ》された。最も穏当な解釈をするなら、この件全体が当初考えられていたよりもはるかに複雑な問題だったということだろう。

ダンチェッカーは、官僚的な雑事と学界の慣習に縛られたUNSAの上級管理職という立場が自分に本当に合っているのか、いまだに判断が付いていなかった。アパートでマーラーやベルリオーズの音楽に耳を傾けながらくつろいだり、ポトマック川の人里離れた支流のそばで木々を眺めたりしている静かなひととき、彼の心は木星探査機と共にガニメデの氷の荒野へ飛び、そびえる異星の都市の景観の上に黄緑とオレンジに染まったジェヴレンの空を再び見ていた。テューリアンが移住した数々の世界には、残りの人生を費やしてもほんの一部しか見ることができそうにない奇妙な生命体が棲《す》んでいた。惑星クレイセスには動物でありながら植物でもある生物がいて、条件が良ければ地中に根を張り、状況が変われば移動していく。ヤボリアンⅡではなぜか惑星全体の化学的性質が逆転していて、還元《かんげん》的なメタンの大気の中で酸素－炭素ベースの生命体が繁栄していた。

自分がまた物思いにふけっていることに気づいたその時、助手のサンディ・ホームズがオフィスに隣接する研究室から顔をのぞかせた。研究所の所長という立場にありながら、ダンチェッカーは事務的な問題で仕事のじゃまをされるのを好まなかった。そういうことを処理するためにスタッフがいるのだ。作業中は電話を受けることもない。

「失礼ですが、教授?」

「うん?　なんだ?……ああ」ダンチェッカーはしぶしぶ地球に戻ってきた。ため息をつき、目の前に置いてある書類を身ぶりで示す。「われわれが疑う余地がないと考えていたことの多くは根本から考え直さなければならないようだぞ、サンディ。生物の発達は既存の理論では説明できないほど密接に環境と結びついている。きみもこれを読むべきだ……。それはともかく、なんの用だ?」

「ミルドレッドが階下の受付に来ています。彼女と昼食を取ることになっているのを覚えていらっしゃいますか?」

「ああ、そうか」いつもなら、ダンチェッカーはその名前を聞いたらげっそりする。オーストリアからやってきた彼のいとこは、数カ月前からワシントンDCに滞在し、テューリアンの文化や社会を題材とした新しい本を書くための調査を進めていた。ダンチェッカーのことを重要な参考資料および情報源とみなしているのだ。しかし、今日に限ってはミルドレッドと会うのは楽しみだった。「玄関にエアタクシーを呼んでくれないか、サンディ?」

「もうこちらへ向かっています。行き先は〈オリーブ・ツリー〉と伝えました。かまいませんか?」

「申し分ないな」

「それと、ミズ・マリングから、今夜六時半に〈カーナーヴォン〉でヴィック・ハントとグレッグ・コールドウェルに会うのを忘れないよう伝えてくれと頼まれました」ミズ・マリングはダンチェッカーの個人秘書で、最上階の奥にある彼女の領土から管理や財務にまつわる問題の指揮をとり、建物全体を統率していた。ダンチェッカーがUNSAの再編成で研究所の所長に任命された時にやってきたのだが、彼がさまざまな関心事に没頭している時に電話を受けるのを拒む主な理由でもあった。マリングという名前を耳にすると、いつもなら反射的に顔をしかめてしまうのだが、この時のダンチェッカーは、白衣を脱いでドアの内側にあるスタンドにかけながら、ただ事務的にうなずいた。「今日はずいぶん元気そうですね、教授」サンディはそう言いながら、ダンチェッカーと並んで研究室を横切り、それまで一緒に作業をしていた、顕微鏡のスライドの準備をしている技術者のところへ向かった。

「われわれの悪巧みが実を結びそうなんだ」ダンチェッカーは快活に答えた。「一週間後には、あのしつこくて厄介な作家どのは銀河の彼方へと旅立ち、ここには平和が戻ってくることだろう」

「フレヌアから連絡が？」

「今朝あった。もう手筈《てはず》は整ったようなものだ。テューリアンは形式にこだわらないからな。この楽しい知らせを昼食の席で伝えてやれば、いとこのミルドレッドは大喜びするはずだ」

「うまくいってよかったですね。昼食を楽しんでください」

「ああ、もちろんだとも」

ダンチェッカーはエレベーターに乗っている間ずっと鼻歌を歌っていて、事務員が書類の束を手に八階で乗り込んできて五階で降りていったことにも気づかなかった。一階でドアが開くと、彼は満面に笑みをたたえてロビーに踏み出し、そこで待っていたいとこを出迎えた。ミルドレッドは一瞬驚いた顔をしたが、すぐに気を取り直した。

「クリスチャン、時間ぴったりですね！　今日はずいぶん上機嫌に見えますよ」

「当然だろう——と言いたいな。単調な日常の雑事でこういう天から与えられた素晴らしい一日を台無しにしてはいけない。最上階にあるわたしのオフィスの窓からは、レプラコーンの団体がくつろげるほどの多彩な緑が見えるんだ」ダンチェッカーは押し開けた玄関のドアを礼儀正しく押さえてミルドレッドを通してやった。ミルドレッドはとまどったような目で彼を見た。

「大丈夫ですか？」

「このうえなく。きみも光り輝いて見える——春を称《たた》えるにふさわしい」

本音を言えば、ダンチェッカーはミルドレッドの姿を少しばかり滑稽《こっけい》だと感じていた。彼でさえだいぶ流行遅れだと知っているつばの広いペラペラした花柄の帽子に、間違いなく着やすそうではあるがおばあちゃんぽい花柄のワンピース。同じく履きやすそうな軽量ブーツはアパラチアン・トレイルで活躍しそうだ。おまけに、彼女はおしゃべりだった。

二人が外へ出ると、エアタクシーがビルの前庭で待機していた。機体が浮き上がるやいなや、ミルドレッドはテューリアンの政治社会に話を戻した。「テューリアンが肩書とか秩序立った組織とかをあまり重視しないのは知っていますけど、彼らのシステムがどのように機能しているかを分析してみると、実際には社会主義者の理想のモデルなんですよ、クリスチャン。星々の間を日常的に行き来しながら、あたしたちに出会うまで〝戦争〟という言葉を持たなかった文化というのがなによりの証拠でしょう？　前世紀の末の混乱以来、あたしたちは多大な進歩を遂げてきましたが、世界の多くの人々の考え方がいまだに不安と無意味な敵意によって形作られていることは否定できません。つまり、心のあり方が思春期の段階で止まっているんです。富と権力の追求というのは、言葉を変えれば、所有物に固執して他人がどうなろうと気にせず自分勝手に行動するということ。普通、そんなのは個人の成熟の証《あかし》とは言えないでしょう？　競争にばかり重きを置きすぎています。人間というのは本来もっと助け合う種《しゅ》であるはずなのに。それと比べるとテューリアンはとても大人らしく、もっと……ずっと精神的に見える。どういう意味かわかりますか？　彼らは物質的に満たされることが何かを意味する段階をとっくに超えています。ずっと長期的な視野で物事を考えることができるんです。八〇年代の末にロシアで崩壊したのは社会主義ではなかった。レーニンとスターリンが創り上げたものと社会主義との関係は、異端審問や魔女狩りとキリスト教との関係と同じようなものでした。あの時崩壊したのは、強制的な支配と力によるシステムの押し付け。でも、どうやっても最後はそうなるんですよ。誰だって、意見を口にすることを恐れたり隣人が収容所に引きずり込まれたりするような状況を目にしたくはないから。そんなのわかりきったことだと思うでしょう？　でも政府は――とにかく地球上の政府は――どうしてもそれが理解できないみたいで。なぜそうなるかと言えば、目先の都合より先を見ることができないから。あなたもそう思いませんか？」

「きみの言う通りかもしれないな」ダンチェッカーは同意した。

ミルドレッドは、ハンドバッグをかき回して紫色の蝶《ちょう》をモチーフにしたオーバル眼鏡を取り出し、メニューを眺め始めた頃には、話題をヨーロッパで暮らす親族の近況に切り替えていた。「エマのことを覚えてますか？　いま彼女を見てもわからないんじゃないかな――背が高くて、黒い髪がおばあさんそっくりで。ウクライナ人の芸術家と付き合っていて、クロアチアで納屋を改造してボヘミアンみたいな暮らしをしているんです。母親のマーサはひどくおかんむりで。ステファンはエマが正気を取り戻さないなら勘当すると言ってます。それはそうと、ステファンは元気でやってますよ。もう少し連絡を取ってもいいんじゃないですか。彼の会社はウィーンに新しい事務所を開いたところです。宇宙船とかで使う自己修復資材を新たに開発して、多くの関心を集めています。でも、テューリアンがもっと優れたものを持ち込んで、すべてをひっくり返すんじゃないかと心配みたいです。そんなことにはならないと思うんですけどね。たしかに、テューリアンにはあたしたちが知っているような経済システムは存在しませんし、規制も多くはない。だからといって、考えもなしに割り込んできて、よその文化を不安定にするような人たちではないはず……。シーフードアルフレードはおいしそうですね。あなたは何にします？」

「ああ、何か軽いものでいいんだ。今夜はフォーマルなディナーに出席しなければならない。ある人の退職祝いでね。UNSAの職員が何人かジュネーブから来るんだ」

「気の毒なクリスチャン。あなたはそんなものに参加する人じゃなかったのに」

「第一の目的は、適切なテーブルで席について姿を見せることであり、うまい食事を楽しむことではないようだ。正直言って、ここに連れて来るほうがよほどお祝いになる」

「テューリアンならそんな馬鹿なことはしないでしょう？」ミルドレッドはコースのサラダを食べ終えるまでその話題から離れなかった。「いろいろ読んだ限りでは、テューリアンにはライバル心や他人を貶《おとし》めるという概念がありません。自分の間違いを指摘されても、納得すればちゃんとそれを認めます。なぜあたしたちはそうなれないんです？　しかも、すごく見苦しくて！　ほら、カクテルパーティーで絶対に引き下がらない人を何度も見たことがあるでしょう？　面目を失うのが怖いから！　でも、そのせいでこれ以上はないほど面目を失っていますよね？　その場にいる全員からまぬけだと思われて。それでも、ほんのときたま、立ち止まり、こちらを見て、『たしかにそうかもしれない。そんなふうに考えたことはなかった』と言える人がいます。あたしの目には、そういう人は急に十フィートも背が高くなったように映るんです。ああ、なんて素晴らしいんだろうと。どうしてそんなにむずかしいのかな？　でもテューリアンはみんなそうなんでしょう？　本当に陸棲《りくせい》の肉食動物や捕食者が存在しなかった大昔のミネルヴァの時代まで遡る話なんですか？　あなたがそれについて書いたものを読みました。あれでテューリアンの現在の社会構造の多くが説明できます。あたしはもっといろいろ学びたいんです」

　ダンチェッカーはいよいよこの時が来たと判断した。ミルドレッドは、彼が期待に胸をふくらませているのに気づいたか、あるいは眼鏡の奥の目の輝きを見て取ったのか、話を続けようとしたところで思いとどまり、怪訝《けげん》そうに彼を見つめた。

「きみが知りたいことすべてを最高の情報源からじかに学ぶのはどうだろう?」ダンチェッカーは問いかけた。ミルドレッドは意味がわからずに顔をしかめた。ダンチェッカーはナプキンで口を拭きながら、もう片方の手を大きく広げた。「テューリアンの心理学者や、生物学者や、社会的ビジョンを持つ人から学ぶんだ! きみが近づきたいと思う相手なら誰でもいい――彼らの記録や理論、計画や経歴を何もかも知ることができる。きみだってテューリアンは形式にこだわらないと言っていただろう」

ミルドレッドは混乱し、困ったように首を横に振った。「クリスチャン、よくわからないんですが……。いったい何の話をしているんです?」

ダンチェッカーはこれ以上秘密を隠しきれないというように顔を輝かせた。「きみのためにまさにそういう機会を用意してあげたのだよ――きみ自身がテューリアンに行って、あの著名な科学者や社会の指導者と会うことができるように。彼らはきみが知りたがっていることを喜んで教えてくれるだろう。作家にとってまたとないチャンスだ!」

ミルドレッドは信じられないという顔でダンチェッカーを見つめた。「あたしが? テューリアンに行く?……真面目な話? あたし……なんて言えばいいのか」

ダンチェッカーは襟についてもいないパンくずを親指で払いのけた。「これまでの幸運な出会いのことを考えたら、せめてこれくらいの貢献はしないと。テューリアンの最高政策決定機関の重要な一員であるフレヌア・ショウムが、じきじきにきみの世話をして、適切な人たちを紹介してくれる」

「うわあ、これは……」ミルドレッドは手を口もとに当てて、また首を振った。「わかると思いますけど、かなりのショックですよ」

「きみなら立派にやってのけるだろう」

ミルドレッドは震える息を長々と吐き出して、グラスの水をぐいとあおった。「いつ出発することになるんですか？」

「東アジアとの技術・文化交流のために地球へやってきた〈イシュタル〉号というテューリアンの宇宙船が、地球の軌道上を周回している。それが七日後に帰還するので、勝手ながらきみの乗船を予約させてもらった」

「七日後！　嘘でしょ……」ミルドレッドは弱々しく胸に手を当てた。

ダンチェッカーは無造作に片手を振った。「テューリアンは親切だから、頼みさえすれば乗せてもらえる。ただ、そのせいで彼らの船の席はすぐに埋まることになる。しかも〈イシュタル〉号は小型の船らしい。きみを失望させたくなかった」

「クリスチャン、これはあなたの考えなんですか？」ミルドレッドの声には不審の念が忍び込んでいた。

ダンチェッカーは左右の手のひらを広げ、どうしてカエルが妹のベッドに入っていたのかわからないと主張する少年のように、困惑した無邪気な表情を見せた。「フレヌアとはよく話をしていて、たまたまきみのプロジェクトとその研究の必要性が話題に出た。この提案は完全に向こうからだ」そう言った時、胸にちくりと痛みを覚えたが、特に問題になることはなかった。

ようやく、ミルドレッドはダンチェッカーが何を言っているかをきちんと理解した。そして椅子に背をもたせかけ、信じられないという顔で彼を見た。「ふう……何と言えばいいのかな？　あなたのところへ来たのはやっぱり正解でした」

「受け入れるということかね？」

「こんなにいきなりでは準備も大急ぎになって……。でも、もちろんです。あなたが言った通り、作家にとってまたとないチャンスですから」

「素晴らしい。ワインが一本欲しいところではないかな？」ダンチェッカーはきょろきょろとウエイターを探した。

「あなたはお酒は飲まないのかと思ってました」ミルドレッドは言った。

ダンチェッカーはちょっと唇をとがらせて、肩をすくめた。「人生には珍しい例外が許される時があるのだよ」

一時間後、出発の準備に取りかかるミルドレッドをホテルで降ろし、ゴダードへ戻ってタクシーの代金を支払った時、ダンチェッカーはまだ一人ほくそ笑んでいた。

4

ハントの友人であるリタは、夫を亡くした、教養ある、魅力にあふれた女性だが、驚いたことに独り身で、シルヴァー・スプリングで彼がときおり訪れるトルコ料理のレストランを経営していた。数カ月前、リタは大学時代からの友人の結婚式に招待されて、ハントにエスコートを頼んできた。その時にとても楽しい思いをしたので、今度はハントのほうが〈カーナーヴォン〉で行われるオーウェンの退職祝いのディナーに彼女の同伴を求めた。六時過ぎに迎えに行くと、リタはすぐにあらわれた。すらりとした長身で、ハニーブロンドの髪を高く結い上げ、ハイネックでノースリーブの東洋風の鮮やかなオレンジ色のガウンの上に白いストールをはおっていた。

「今夜はスージー・ウォンのイメージかな?」ハントがちゃかすと、リタはハントの腕を取り、彼が乗ってきた——レンタルの——エアモビルへと向かった。

「このジェームズ・ボンドっぽいイギリス人のタキシード姿にはぴったりでしょう。銃も持っているの?」

「何か忘れていると思ったんだ」ハントはリタを助手席に乗せて、ドアを閉め、運転席のほうへ回り込んだ。

「科学者やＵＮＳＡの人たちばかりだと、堅苦しい専門用語だらけの集まりになるんじゃないかしら？」リタが運転席に乗り込んだハントに尋ねた。

ハントはフライトコンピュータに目的地を入力してタービンを始動させ、返事をするまでに不自然なほど時間をかけた。どうせこれからする発表はすぐに公《おおやけ》になるのだという気持ちもあった。とはいえ、プロとしての礼儀というものがある。いまそのことを話して、オーウェンの気が変わったりしたら、おかしなことになってしまう。「いや、きみなら充分に楽しめると思うよ」結局、ハントが口にしたのはそれだけだった。

二人は早めに到着したほうだったが、会場はすぐに一杯になった。コールドウェルは妻のメーヴのほかに秘書のミッツィとその夫を伴っていた。ダンチェッカーは一人で、フォーマルな服装だとバレエのタイツを穿《は》いたダチョウのような違和感があった。ハントとリタは必要な社交儀礼をこなし、仕事の話や世間話を交えながら、ジュネーブからの二人の来訪者と顔を合わせ、オーウェンに挨拶をした。リタはどんなときでも落ち着いていて、自然にやすやすと周囲に溶け込み、話相手の気分をほぐしてくれた。いつしかハントは、これが初めてというわけでもないが、もっと普通の暮らしをして生涯の伴侶を見つけることを真剣に検討するべきなのだろうかと考え始めていた。重要であるはずのあらゆる基準に照らせば、たったいまハントと腕を組んで彼の同僚たち——ダンチェッカーでさえ——をとりこにしているこの女性以上の相手はいないはずだ。それでも……何がひっかかるのかは自分でもよくわからなかった。人生に隙間があるからといって、そこを埋めてくれる人を探すのは間違っているような気がした。ふさわしい人なら自ずと隙間に納まるだろう。それとも、ハントのように落ち着きのない一匹狼的な性格で、人生が安定して先が見えすぎるようになると無理にでも変化を求めてしまう者には、〝適切な〟人などいるはずがないということだろうか？

ハントたちはコールドウェルのいるテーブルについた。そこにはダンチェッカー、主賓のオーウェン、そして二人のヨーロッパ人も顔を揃《そろ》えていた。一同の話題がオーウェンの今後の予定に移ると、彼は自伝を書くつもりだと言った。UNSA在職中に起きた途方もない出来事をオーウェンの視点から綴《つづ》ろうというのだ。コールドウェルが、内部の関係者による物語は需要があるはずだと賛同し、ダンチェッカーのいとこが本を書いていることを知っているかと尋ねた。オーウェンは知らないと答えた。コールドウェルはダンチェッカーに目を向けた。「そういえば、彼女は今こちらに来ているのではなかったかな、クリス？」

「テューリアンに関する本を書くための調査をしています」ミッツィが口を挟んだ。

「いとこにその方面の権威がいるなんて本当に幸運な人ね」メーヴが言った。

ダンチェッカーは気を良くしたようだったが、いかにも残念そうにため息をついた。「しかし、われわれの仕事上の付き合いは短命に終わりそうだ」彼はテーブルの一同に向かって告げた。「いとこのミルドレッドはかなりの才媛《さいえん》でね。わたしが提供するよりもはるかに包括的な資料の宝庫を利用できることになった――テューリアンそのものだ」

「仮想移動ネットワークを通じてということかな？」オーウェンが言った。

テューリアンが世界をまたいで行う業務の多くは、目的地のほうから〝旅行者〟に情報をもたらすことで実現されている。その逆ではない。発信源のセンサーデータが神経系に入力されることで、実際に遠隔地にいるのと変わらない体験ができるのだ。テューリアンのシステムに接続するためのニューロカプラーが地球上の数カ所に設置されていて、ゴダードもその中に含まれていた。

ダンチェッカーはスープをすくいながら首を横に振った。「いや、ミルドレッドは実際に行くんだ」

「本当に？　惑星テューリアンへ？」リタが叫んだ。「すごい経験になりますね！」

「一週間くらい後にここを出て帰還するテューリアンの船がある」ダンチェッカーは説明した。「ミルドレッドはそれを予約しているんだ」

「驚かされますよね」ヨーロッパ人の片割れであるレナードが、テーブルの面々に向かって言った。「運賃を払うとかそういったことは必要ないんです。ただ頼めばいい。空きがあれば連れていってもらえる」

「じゃあ、結局ミルドレッドにはほとんど会えないのね、教授」メーヴが言った。

「まことに残念なことだが」ダンチェッカーは厳粛にうなずいた。コールドウェルはこの話をもっと聞きたがっているような顔をしていたが、ハントの視線に気づくと、代わりにもう一人のヨーロッパ人であるサラに話しかけた。

ハントはオーウェンに目を向け、二人だけで話そうというように首をかしげた。「ここであの件を話していいのか、オーウェン？　気が変わったのならまだ遅くはない。正式に公表するのは明日でもかまわないんだ。きみが決めればいい」

「ああ、その件ならいろいろ考えてみたよ」オーウェンは答えた。一瞬、ハントは彼の気が変わったのかと思った。しかしオーウェンは続けた。「できればわたしのほうから挨拶のスピーチで大まかな発表をしたいんだ。そのあとできみに引き継いで、詳しいことを話してもらう。どうだろう？」

「そのほうがいい」ハントは言った。「これはきみのショーだ。盛大にやってくれ」

「なんの話ですか？」リタが尋ねた。二人に合わせて声をひそめている。「今夜は何かニュースでも？」

「じきにわかるよ」ハントは答えた。「きみならきっと楽しめると言っただろ」

リタは眉を上げて、では待ちましょうと言うように笑みを浮かべた。

しかし、たいていのことは聞き逃さないコールドウェルが、手を振って話を続けろと促した。「大丈夫さ、ヴィック。今から数分後の話をするだけだ。どのみち今夜のうちに公表されるんだし」

ハントはオーウェンに目で問いかけた。オーウェンは肩をすくめて、それでかまわないと伝えてきた。ハントはリタに視線を戻した。

「この間珍しい電話がかかってきた」ハントはリタに言った。

「ふうん？」

「量子物理学やマルチヴァースについては詳しいかな？」

リタはとがめるようにハントを見た。「専門用語だらけの集まりにはならないと言ってましたよね？」

「信じてくれ。それだけの価値があることなんだ」

「可能性があるすべての宇宙がどうとか……。わたしたちが住んでいるのはそのごく一部で、起こり得ることはすべてどこかで起きている」

「とてもいい表現だ。そこには起こり得る別バージョンのわれわれ自身も含まれている。従来の理論では、極微レベルの干渉を除けば、それらの宇宙の間で情報が行き来することはない。通信はできない。そう思われていたんだ……。ところが、ブローヒリオと残った取り巻き連中がジェヴレンを離れた時、彼らの船はどういうわけか過去のミネルヴァへ蹴り戻された」もちろん、そんなことはリタも知っている。当時は何週間もニュースで詳しく報道されていたのだ。イマレス・ブローヒリオはジェヴレンの未遂に終わったクーデターの首謀者だった。

「じゃあ、あなたが受けたのは……」リタはハントの言わんとすることを理解して言葉を切り、目を見開いた。ほかの人たちもだんだんと二人に注目し始めて、テーブル上の会話は途絶えた。リタはいまや全員を代表して話していた。「まさか、その電話というのは、どこかほかの……現実か、宇宙か……何かそういうところからかかってきたと？」

ハントは真顔でうなずいた。「まさにその通り」

リタはなんとか理解しようとしたものの、とても信じられないという笑みを浮かべ、首を横に振った。「電話で？　普通に電話をかけて？　そんなのどうかしてる……」表情からすると、その理由がよくわからないようだった。

「それ以上の通信手段はないだろう？」ハントは応じた。「われわれは地球の軌道上に投入された中継装置を経由したと考えている——テューリアンのｈ－ネットに接続している衛星みたいなやつだ」

衛星のことを知らない人たちは、冗談だとでも思っているかのように、再び疑いをあらわにしていた。レナードが、あからさまに懐疑的な声になるのを避けるために、ひと呼吸置いてから言った。「それが別の現実からの電話だとなぜ確信できるのです、博士？　作り話だという可能性を確実に排除できるのですか？」

それはハントが予想していた反応だった。「ああ、間違いない。電話の主はわたしを騙《だま》すことはできなかった。わたしが彼のことを知りすぎているからね」彼は言葉を強調するために一同を見回した。「つまり、あれはわたしなんだ。わたしが話した相手は別バージョンのわたし自身だった」

食事が終わる頃には、驚くべき出来事の全貌が明らかになった。その電話がどこか別の未来からかかってきたのだとすれば、時間旅行の矛盾という問題が生じる。リラは、ジェヴレン人の事件があってから、ずっとその点が納得できなかったのだと告白した。過去に戻ればそこは変わってしまうのだから筋が通らない、と彼女は主張した。

「一つの現実に一つの時間線という古い考え方ではたしかに筋が通らない」ハントは同意し

た。「しかし、別の時間線の過去へ戻るのだとすれば矛盾は回避できる。そこはきみが出発した時間線とよく似ているが、決して同じではない」

　オーウェンが口を挟んだ。「自分自身の過去を変えることはできない――そこでは未来から来た人が変化をもたらしたことはないのだから。それは確定している」

「でも、あなたは実際によその現実を変えていますよね」サラが反論した。オーウェンがハントに目を向けた。

「マルチヴァース全体が時間を超越しているんだ」ハントは言った。「その中にあるものは実際には何も変わらない」

「では、わたしたちが目にしているこの変化は何なのです？　これはどこから生じているのですか？」レナードが尋ねた。

「それは哲学者や神学者の領域だな。わたしに言えるのは物理学が語っていることだけだ」

「意識による構築物かな」コールドウェルが言った。「意識が何らかの方法により全体の中で舵取《かじと》りをする」肩をすくめる。「意識とはそういうものなのかもしれない」

　ダンチェッカーがこの解釈に反応した。普段ならとがった発想はまず却下するところだが、彼はすでにハントと何度かこの話をしていた。どうやらそこからさらに考えを進めていたようだ。「これがもたらす影響は非常に大きい」彼はコールドウェルに言った。「おそらく科学の歴史における最も重要な進展の一つだろう。物理学と生物学が量子レベルで融合するのだ。〝意識〟を自発的な行動修正の形態を意味するものとして一般化すると、生命システムをまったく新しい視点から考えられるようになる」

「その口ぶりだとこの件にもっとかかわりたいようだな、クリス」コールドウェルの青みがかった灰色の目が妙な輝きを放っていた。

「ふむ、たしかに」ダンチェッカーは認めた。「わたしのような立場にある者なら当然だろう？　なにしろ――」主賓席の向こうにある演壇で司会者が合図する音がして、言葉は途切れた。

デザートのカトラリーの音はすでに聞こえなくなり、ウェイターたちがコーヒー、ポートワイン、リキュールなどを運んでいた。司会者が部屋を見渡している間に最後の話し声も消えた。「皆さん、ありがとうございます。さて、ワインを飲み、満腹し、くつろいだところで、今宵《こよい》の一番のイベントに移りたいと思います……」

会場の期待が高まる中、オーウェンの経歴や功績がかいつまんで紹介された。何人かがスピーチで個人的な逸話を披露し、ハントが最後に登場して祝辞を送った。これは聴衆の反応もよかった。司会者に呼ばれたオーウェンが挨拶をし、会場から大きな拍手が沸き起こった。ところが、その後もオーウェンは壇上から降りようとしなかった。会場のそこかしこに戸惑いの表情があらわれた。司会者も少し動揺しているようだった。

「ここで皆さんにもう一つお伝えしたいことがあります」オーウェンは言った。「今夜はわたしたちの人生において忘れられない一日となるでしょう。数日前、わたしたちがこうして坐っている場所からほんの数マイル離れたところで、ある出来事が起こりました。それは人類の歴史における最も驚くべき進展の一つを暗示するものであり、未来に計り知れない影響をおよぼすとわたしは確信しています。UNSAにおける最後の公務として、わたしがこのような発表を行うのは実にふさわしいことでしょう。わたしが力を尽くしてきた発見の時代は終わりを告げ、新しい時代が始まろうとしているのです……」

ハントが再び立ち上がって説明を終えた頃には、その夜のために用意された雷が本来あるべき効果を発揮していた。オーウェンのための会がぶち壊しになるのではないかという心配はすっかり忘れ去られた。会場は啞然とした静寂に包まれ、すべての動きが止まった。一人か二人、目立たないように出口へ向かう者がいたが、おそらく急いで記事を送ろうとしているマスコミ関係者だろう。ディナーの席で聞いたのと同じような質問がいくつか出たが、それほど多くはなかった――聴衆のほとんどがたったいま耳にしたことを理解するために時間を必要としていたからだ。ハントもそれは当然だろうと思った。これは祝宴であり、技術会議ではないのだ。

それでも、とにかく目的は達成されたようだった。オーウェンはこのひとときが不滅のものとなったことに満足していた。パーティの参加者は、普通なら解散して会場を離れ始めるところだが、いまはテーブルについたまま熱心に話を続けていた。ハントは詳細を知りたがる大勢の人に呼び止められて連絡先を交換した後、テーブルに戻って席に着いた。

「フォローするのがたいへんね」リタが言った。

コールドウェルはダンチェッカーの視線を捉えると、グラスに口をつけながらじっと彼を見つめた。「さて、すべてが公になったので、いくつか知らせておきたいことがある――きみにだよ、クリス」

「わたしに？」ダンチェッカーは訝《いぶか》しげに眉をひそめた。「どんな知らせかな？」

「ヴィックのマトリックス伝搬のアイデアについてはカラザーと話をしてきた」カラザーはテューリアンの惑星行政センターの代表だ。「彼もこの件では双方の科学者が協力する必要があると考えている。さっきのスピーチの前に、きみは生物学と物理学との融合について話しかけていただろう。そこで、きみとヴィックが少人数のチームと共にテューリアンへ出かけて、彼らと一緒に仕事ができるよう手配した」

「ヴィックとわたしが？　テューリアンに？……いつだ？」

「一週間後だ――きみが話していた船だよ。〈イシュタル〉号というやつだ。アジア各地を訪れていた数名のテューリアンがそれで帰ることになっている」

メーヴが顔を輝かせた。「まあ、素晴らしいわ、教授！　あなたのいとこが乗るのと同じ船よ。これなら彼女と会えなくなることもないし」

「わたしもそう思っていた」コールドウェルが言った。「ミルドレッドなら自分の面倒くらい見られるだろうが、よその星で異星人の文化に慣れるのはたいへんだ。わたしも経験がある。たとえ彼女が自力でさまざまな手配をしたとしても、われわれは地球の公式な宇宙機関であり、それなりの責任があると思う。そこでだ、クリス、きみにＵＮＳＡを代表して彼女を見守っていてほしいんだ」ダンチェッカーはまるで凍りついたように見えた。テーブルの皿から取ったブドウを口まで運びかけたまま、じっと坐っている。コールドウェルは眉をひそめた。「どうかな、クリス?」

「もちろん、喜んで」ダンチェッカーはやっとのことで言葉を絞り出した。

ダンチェッカーの口の両端がぎこちなく上に動いて歯があらわになったが、それ以外の部分はぴくりとも動かなかった。そこでようやく、ハントは金縁眼鏡の奥にある両目に激しい恐怖の色が浮かんでいるのを見た。その瞬間、いったい何が起きたのかに合点《がてん》がいった。ハントはテーブルに置いてあったナプキンをつかみ、口に押し当てて咳払《せきばら》いを抑えたようなふりをした。隣にいるリタが、彼が必死で隠そうとしている表情に目を留めた。

「どうしたの?」リタはハントの耳もとでささやいた。「何がそんなにおかしいの?」

「あとで話すよ」ハントは涙をぬぐいながら小声で言った。

5

ハントがグレッグ・コールドウェルのもとで働く上で好都合だったのは、コールドウェルが巨大な官僚機構に組み込まれていながらその考え方に染まっていないことだった。ハントはUNSAに移る前にイングランドで核物理学者として働いた経験があり、有能で献身的な個人が集まった小グループのほうが、管理者主導の大規模な研究プロジェクトのために集められた集団よりも効率的だと知っていた。後者では、より些細《ささい》なことをより詳細に伝えようとするあまり、膨大なエネルギーが無駄に費やされがちなのだ。コールドウェルはこれについて、「一隻の船が大西洋を五日で横断するからといって、五隻の船が一日で横断できるわけではない」と簡潔に表現している。ダンチェッカーが同じ考えにたどり着いているのは当然のことで、そもそも彼が許容できる仕事仲間の数は、彼自身のワークスペースの効率的な範囲に限定されているのだ。

翌週になって急遽《きゆうきよ》編成されたチームは、二名の主任科学者に四名のメンバーを加えただけの構成だった。ハントが名目上の責任者に指名されたのは、テーマがマルチヴァース物理学であり、物理学はまさに彼の専門分野だからだ。ハントに同行するのは、航空通信局《ナヴコム》時代からずっと彼の助手を務めていて、やはりゴダードに移ってきたダンカン・ワット。ダンチェッカーのほうも、彼のファイル保管システムを熟知し、彼のメモを解読できる数少ない人物の一人であるサンディ・ホームズを連れて行くことになった。ダンカンとサンディは、ハントとダンチェッカーがエントヴァースの発見につながった集団精神病の調査でジェヴレンへ赴いた時も同行していた。ヨーゼフ・ゾンネブラントの勧誘にはさほど苦労はなかった。そのゾンネブラントは、一緒に仕事をしていた中国人理論家のマダム・シーアン・チェンを加えるべきだと主張した——彼女は新疆《しんきよう》に研究所を設立し、人工的な時空の歪《ゆが》みを伴う初期のガニメアン物理学の一端をすでに再現していたのだ。コールドウェルはいつものように自らマダム・シーアンに連絡を取り、電話が終わる頃にはほぼ同意を得ていた。あとは簡単だった。中国にはいまでも昔ながらの権威主義の名残《なごり》があるが、自国の一流の科学者をテューリアンへ派遣することに異論を唱える者はいない。実際、東アジアに滞在中のテューリアン一行の訪問先リストにはマダム・シーアンが含まれていたので、彼女はそのまま一行と共に軌道上の〈イシュタル〉号に乗り込み、そこでほかの地球人グループと合流する予定だった。UNSAの管理部門はこのプロジェクトに名前を付ける必要があった。目的はマルチヴァース間通信の調査だったので、ハントは〝ドラムライン〟に決めた。

ゾンネブラントは〈イシュタル〉号の出発予定日の前日にゴダードでほかのメンバーと合流し、概要説明とブリーフィングを受けた。翌朝早くに、一行はバージニア州にあるUNSAの打ち上げターミナルからシャトルで軌道へ飛び立った。運命のいたずらか、その便はやはりワシントンDCから移動して来たミルドレッドが旅行代理店で予約したものと同じだった。「素敵な驚きですね、クリスチャン!」大小のバッグを抱えて乗り込んできたミルドレッドは、一行を見つけると歓声をあげた。「あたしには秘密にしていたんですね。最初からこういう計画だったんだ!」

「わたしに何が言える?」ダンチェッカーは答えた。何も言わずに何かを語るにはそれで充分だった。

テューリアンの星間輸送は通信と同じ仕組みだ。人工的に生成した荷電《かでん》ブラックホールを高速回転させて環状《トロイド》にすると、特異点《とくいてん》が変形して中心を抜ける開口部となる。これで軸方向からは潮汐力《ちょうせきりょく》の影響を受けることなく接近可能となり、通常の時空という制約を回避して宇宙（厳密には、マルチヴァースを構成する無数の宇宙の一つであるわれわれの宇宙）をつなぐh‐スペースと呼ばれる超次元空間へのアクセスが実現する。ただし、通信なら地球に近い位置にある人工衛星や、構造工学の面で大きな代償を払って地上に設置した極小ポートを経由すれば可能だが、輸送のためにはその物体を通過させられるだけの大きなポートが必要となる。そのようなポートを必要な時に必要な場所に投射するのは、テューリアン文明を支えるインフラの管理者であるヴィザーの役割だ。トロイドを発生させるためのエネルギーはやはりh‐スペースを経由していて、銀河系のより古い部分に建設された巨大な発電システムにより、燃え尽きた星の核から得た物質を消費して生み出される。惑星系に輸送サイズのポートを投射すると、時計やカレンダーがまともに使えなくなるほどの重力の乱れが生じるので、普通はそうした影響が無視できるくらい遠くに投射する。そこまでたどり着くために宇宙船が必要なのだ。テューリアンの恒星間宇宙船は、通常の重力推進装置――基本的な原理は〈シャピアロン〉号と同じ――を、入口《エントリー・ポート》までの移動と出口《エクジット・ポート》から最終目的地までの移動に使用している。このため星系間の旅は数日かかるのが普通だ。

かつてハントとその一行をジェヴレンに運んだテューリアンの船は巨大だった――テューリアンが銀河系の辺境に長期滞在する際に使う小さな人工世界のようなもので、そこで永住することを選ぶ者もいるほどだ。それとは対照的に、〈イシュタル〉号は地球人の多くが考える〝船〟のサイズに近い。バージニアから飛び立ったシャトルが接近するにつれて、キャビンにある前方スクリーンにその姿が大きく映し出された。色は明るいイエローゴールドで、全体はすらりとした流線型だが、船尾は広がって二枚の三角形が交差した形になり、ほとんどのテューリアン船と同様に軌道上での乗り換えの手間なく惑星の大気圏を降下できる設計になっている。しかし、地球ではテューリアン船を受け入れる設備を備えた地上基地はまだ建設中だった。それでも、テューリアンや地球の艦船に互換性のあるドッキング装置を取り付けるなどという面倒な準備は必要ない。〈イシュタル〉号なら、ドッキングポート側からフォースシェルを投射して、自船とシャトルとの間の一帯を包み込み、そこに空気を注入するだけで済む。乗客は同様の手段により、その虚空と星々に開かれた空間を、目に見えないコンベヤーで運ばれる——初めてだといささか不安な体験だが、迅速かつ容易だ。大型のテューリアン船の場合はさらに簡単で、船内にあるドッキングベイには地表から来たシャトルがそのまま入れるので、一度に何十人も収容することができる。

エントリー・ポートでは、テューリアンのささやかな歓迎団が到着者を出迎えるために待機していた。最初の手続きとして、十セント硬貨大の肌色のディスクが地球人たちに配られた。これを耳の後ろに装着して神経系に連結させると、音声と映像がヴィザーにリンクして、通訳の役目を果たしてもらえる。オヴカ（オーディオ・ヴィジュアル・カプラー）と呼ばれるこの装置は、軌道上のテューリアンのh－スペース中継局と通信できる機器があれば地球上でも利用できる。ゴダードでも使えるので、ハントのデスクの引き出しには前回の遠征時のものがまだ残っていた。しかし、主として習慣により、ハントは地球では昔ながらのシーフォンを好んで使っていた。ごく少人数ではあるが、テューリアンのオヴカディスクをステータスシンボルとして見せびらかし、わざとらしくはずしたり、付け直したり、掃除するふりをしたりする者もいた。

「久しぶり、ヴィック」馴染みのあるヴィザーの声が言った。耳もとで聞こえるような気がするが、実際には頭の中で作動しているのだ。「またじっとしていられなくなったのか」オヴカディスクは必要に応じて視野に映像を投影することもできる。テューリアンのように神経系で完全な擬似体験ができるわけではないが、あらゆる場所と音声で通話できるし、送信者の目をテレビカメラのように使うことで光神経《こうしんけい》から生成される補助映像も得られる。これが普及したら地球の電話ビジネスはおしまいだろうな、とハントは思った。

「やあ、ヴィザー。またきみの領域に戻ってきたよ」ハントは待機しているテューリアンに顔を向けた。「それで、きみたちは?」

歓迎団を率いているのは〈イシュタル〉号の一等宇宙航海士ブレシン・ナイレックで、船長の代理として挨拶に来ていた。カラザー本人から、ハントの一行の世話をしっかりするようにと指示されたようだ。マダム・シーアン・チェンもすでに乗船していて、ハントたちが落ち着いた頃に合流する予定になっていた。今はテューリアンではあたりまえになっていることだが、地球へ派遣される艦船の内部の一区画は地球人の好みと体格に合わせて作られている——ガニメアンの平均身長は約八フィートなのだ。テューリアンたちは一行をそのエリアへ案内した後、ラウンジに向かうのだろう。

「いま聞こえているのは誰の声ですか?」ミルドレッドが自分のディスクを試した後、あたりを見回しながら問いかけた。「あなたは運転手さん？」

「ある意味ではその通りだ」ヴィザーが答えた。ミルドレッドが誰にともなく質問したので、返答も全員の回線に流れていた。

「リンクスのことを教えてくれません？　大丈夫でしたか？　ケースに入って荷物と一緒に上がってきたんですが」

「リンクスって？」ハントが声を出さずに尋ねた。

「彼女の猫だ」ヴィザーが答え、より公的な響きのある声で続けた。「とても元気だ。あとでスチュワードがあなたの船室に連れて行く」

「ああ、ほんとに良かった。ワシントンに残していくわけにはいかなくて。あそこでは誰もまともな食事を与えてくれませんからね。リンクスはとても神経質で、食事には気を遣うんです」

「神よ、われらを救いたまえ」ハントは、ダンチェッカーがそっぽを向いたままそう呟くのを耳にした。

テューリアンは、故郷の都市でもやっているように、船内環境の構築に彼らの重力工学技術を利用していた。〝上〟と〝下〟はその場では決まるが、場所が変わると徐々に変化するので、船内のインテリアは、地球ではどんなに隠そうとしてもあらゆるデザインに見られる積み重ねた箱というテーマとは異なったものになる。通路や、シャフトや、交差する空間が混在し、ある場所から別の場所へ移動するうちに床が湾曲して壁になったりしても、回転したという感覚がないのだ。そんな中をテューリアンたちは、シャトルから新来者を運んできたのと似た、見えないエレベーターのように船内を縦横に走る力の流れに乗って、平然とあちらこちらへ運ばれていく。しかし、船内の地球人用のエリアに来ると、あらゆるものが急に直線的になって、垂直性が復活し、ドアが並ぶ通路には明確に壁と床が出現する。それが地球人の慣れ親しんだ形状であり、地球人が好むものだからだ。

テューリアンの案内で船室のドアまで来てみると、ハントの荷物はすでにそこに到着していた。もちろん、ヴィザーが案内することもできたはずだが、こういう人と人とのふれあいはいいものだ――おそらくカラザーの指示にクルーが応えたのだろう。部屋の中も居心地が良く、ハントは、いたるところにテューリアンらしい心遣いが行き届いているのを感じながら、持ってきた書類ケースを下ろし、オーバージャケットをクローゼットに掛けた。サイドテーブルにはコーヒーポットと備品が置かれ、バスルームにはローブとスリッパが用意されていた。ハントは船室のメインルームに戻り、サイドテーブルの脇にある冷蔵庫とその上の戸棚をのぞいて、どんな飲み物とスナックがあるか確かめた。「おや、やっちまったな、ヴィザー」彼は呟いた。「忘れたのか。ギネスがないぞ」

「ラウンジのバーに用意してあるよ」コンピュータが答えた。ハントはため息をついて船室を出ると、ヨーゼフ・ゾンネブラントと会うことになっているラウンジを探した。

ゾンネブラントはすでにそこにいて、角のテーブルで肘掛け椅子に坐っていた。一緒にいる東洋人の女性は、これまでに読んだ彼女のさまざまな著作で写真を見ていたので、シーアン・チェンだとわかった。ダンチェッカーとミルドレッドは少し離れたところで、ミルドレッドが関心を寄せていると思われる二人のテューリアンと共にいた。ハントが会ったことのないほかの地球人も部屋のあちこちにいて、その多くはやはりアジア人だった。何かのグループが、テューリアンの地球訪問に対する返礼として、〈イシュタル〉号で逆に彼らの世界を訪れようとしているのだ。バーのほうにも東洋のビールやワインなどの飲み物と食べ物がたっぷり用意されていることにハントは気づいた。

ハントが合流すると、ドイツ人は立ち上がった――最近はあまり見かけない礼儀だ。中肉中背で、黒い巻毛はやや伸びすぎ、胸ポケットと肩章《けんしょう》がついたカーキ色のブッシュシャツに西洋風の茶色の革ベストというカジュアルな服装だった。「ハント博士。ようやく会えましたね」ゾンネブラントは挨拶した。「これがテューリアンの宇宙船ですか。もちろん、あなたは乗ったことがあるんでしょう。とにかくこのエリアでは正気を保てそうですよね？　ほかの場所だとエッシャーの絵の中を案内されているような気がします」

西洋人の目には東洋人が実際より若く見える傾向があるのは知っていたので、ハントはマダム・シーアンをおそらく五十歳前後と推定した。髪を高く結い上げて、宝石をちりばめた銀のクリップで留め、ライラック色の地味なワンピースに濃い青色のショルダーケープをつけている。落ち着いた雰囲気を漂わせながら、外見から伝わる要素をすべて読み取ってしまいそうな暗く奥深い目でじっとハントを見つめている。しかし、ハントが自己紹介をすると表情が和らいで穏やかな笑みが浮かんだ。第一印象としては、あらゆる状況を完全に把握し、気取りや妄想なしで世界をありのままに見て、自分自身と自分の考えをどおりに明らかにしていく人物だった。

高さ四フィートの給仕ロボットがテューリアンのGクッションのようなもので床からわずかに浮いたままテーブルにやってきて、何をお持ちしましょうかと尋ねた。ハントは中国茶と、肉と野菜のピタパンのサンドイッチらしきインドネシア料理を注文した。「きみには呼び名があるのか?」彼はテーブル係に尋ねた。

「いいえ。そのような習慣はございません」驚いたことに、そいつを誘導しているものは模範的な執事のイントネーションを再現していた。

「それなら今後、きみの名は……」ハントは、ロボットの銀色をした金属的な曲線と、配膳用トレイと、手の代わりをするマニピュレータをしげしげと眺めた。「ウェルキンゲトリクス……。いや、待てよ、サー・ウェルキンゲトリクスだな。サー・ウェルと呼ばれるのがふさわしい。どうだろう?」

「お望みのままに」

チェンが楽しそうに笑った。「素敵ね」ゾンネブラントは同意の印にハントに向かってグラスを掲げた。中身はラガービールのように見えた。

「これもきみの副業の一つなのか、ヴィザー?」ハントは、執事らしくするすると去っていくロボットを見送りながら問いかけた。

「遠い親類とでも言うべきかな」ヴィザーの声が頭の中で響いた。「もっぱら自律的に行動しているが、今のような場面に遭遇した時には、わたしに確認を取る」

少しばかりの社交辞令を経て、話は本題に入った。ゾンネブラントとチェンがまず最初にハントの口から聞きたがったのは、彼が自分の別自我と出会った時の状況だった。めったにないことだが、ハントは多くの人がやっているように電話のやりとりを録音したログを残していないことを後悔した。彼がイギリス生まれだということと何か関係があるのかもしれないが、そういう行為は、訴訟恐怖症やセキュリティパラノイアといった、今や歴史の彼方に消えつつある神経質な社会病理の気配を漂わせているように思えてならないのだ。通信会社は自社の回線を流れるものをすべて保存しているという噂は根強いが、UNSAのトップレベルからその重要性を強調した問い合わせを行っても、申し訳なさそうな否定と、それは昔からあるしつこい都市伝説に過ぎないという説明が返ってくるだけだった。ハントは、あの時の別自我とのやりとりと、その後さんざん繰り返してきた分析作業から、軌道上に無人中継局が投入されたのだろうと考える根拠を述べた。話をしている間にお茶と軽食が運ばれてきた。

「ディラックの〝海〟という喩《たと》えは興味深いわね」ハントの話が終わると、チェンが口を開いた。ハントがゾンネブラントと連絡を取った際に、コールドウェルにした話を繰り返していて、ゾンネブラントがそれをチェンに伝えたのだ。「ジェヴレンのマトリックス内で行われているような伝播であれば、対生成《ついせいせい》と対消滅《ついしょうめつ》を説明できるかもしれない」それはハントとゾンネブラントも考えていたことだった。

「実際の伝播の仕組みについては何かわかっているの？」チェンは続けた。「どんな物理学が関係しているのか、現時点で言えることはないの？　何が実際に素子の〝状態〟を切り替えているかとか？」

「電磁放射線として観測されているものの縦モードから生じるのではないでしょうか」ゾンネブラントが言った。「起こり得る結果や影響についてあれこれ考えてきました。これがそうではないかという気がします」

ハントもチェンも、マクスウェル方程式の標準形式から導かれるのは横方向の振動だけだと知っていた。それらが記述するのは波の進行方向に対して垂直に変化する電場《でんば》や磁場《じば》、つまり揺らしたロープを伝わっていく波や、水の波の通過に合わせて上下に揺れるコルク栓のようなものだ。たとえば音波のように、進行方向に圧縮と希薄化が交互に起こる波については相当するものはなかった。

「それは速度も同等ということかな？」ハントは尋ねた。

ゾンネブラントは首を横に振った。「そうとは限りません。速度定数《ていすう》cは、わたしたちが認識している宇宙の変動に適用される微分方程式から導き出されます。縦方向の伝播ではあらゆる特性が異なっています。基礎となるマトリックスは同じでも、物理学がまったく違うんです――水が音波と表面波の両方を伝えることができるように。しかし、それらはまったく違う現象なんです」

ハントはうなずいた。それは彼がコールドウェルに語ったこととほぼ同じだった。

「別バージョンのあなたが言っていた〝収束〟のことは?」チェンが尋ねた。「重要なことのように思えるけれど。どういう意味なのか少しはわかってきたのかしら?」

「そうでもないな」ハントは認めた。「初めは、われわれがいま話しているマトリックス伝播という考え方が、テューリアンたちが実験を進めているh-スペース方面のアプローチに収束するという意味かと思ったが、それでは漠然としすぎている気がする。そこまではすでにわかっていることだ。あなたの言う通り、もっと重要なことのように思える」

「数学的収束のようなものを指しているのかと思ったんですが、当てはまるものはありませんでした」ゾンネブラントが言った。

「ヴィザーのほうでもヨーゼフが送った方程式を調べたんだ」ハントは二人に言った。「やはり何も見つからなかった」

ゾンネブラントは何も付け加えることはないと言わんばかりに肩をすくめた。「それなら、テューリアンと合流した時にもっと理解が進むことを期待しましょう」

ハントは食事を終えてナプキンで口もとを拭き、チェンに言った。「あなたが新疆の砂漠で進めているプロジェクトについてもう少し教えてほしい」彼はプロジェクトの狙いが、今後の地球上での利用の拡大を視野に入れた、テューリアンのh-スペース・パワーグリッドへの試験的な接続にあることを知っていた。その経済的な影響について一部で懸念の声が上がっていたのだ。

「地球へ戻ってきた後で、あなたが新疆へ来て自分の目で確かめるのが一番簡単かもしれないわね」チェンは提案した。

「ぜひとも」ハントは言った。実は自分でも手配をしてみようかと考えていたのだ。「近い将来、一般に利用されるようになる見込みは？　真剣な話だよ。心配する声をたくさん聞いているから」

　チェンが浮かべたかすかな笑みは、とても賢明で世慣れた印象を与えた。「心配する声をアメリカで？」

「まあ、そうだな……」

「いずれ実現するのよ、ハント博士。時間を戻すことはできない。じきに世界全体が経済面で豊かになる時代がやってくるわ。そして〝人為的な不足〟に基づいて機能する資本主義は終焉《しゅうえん》を迎える。でもそれは、たとえテューリアンがいなくても避けようのないことだった。世界が新しい考え方を学び、それに慣れるのが少し早まるだけのこと」

　ハントはチェンの言葉について考えながら残ったお茶を飲み干した。そういう意見を聞くのは初めてではなかったが、よく知らない相手とここで話すようなことなのかどうかわからなかったので、とりあえずは軽い調子で話を進めておくことにした。「クリス・ダンチェッカーのいとこと話してみたらどうかな」ハントはミルドレッドが坐っているテーブルを指差した。「クリスの話からすると、あなたがたには共通点が多そうだ」

　チェンは坐ったまま背筋を伸ばした。「ええ、そうしないとね。あの二人とは今回が初対面なので」彼女は声をひそめた。「彼女がわたしたちに同行すると知ってから、彼女の著作を一冊だけ大急ぎで読んでみたの。企業に勤めるプロフェッショナルが、いかにして政治的イデオロギーに洗脳され、条件付けされているかについての本。とても興味深いし、洞察力がある。あなたは読んだ？」

ハントは首を横に振った。「残念ながら。では行こうか。紹介するよ」

「ちょっと失礼してかまわないかしら？」チェンはゾンネブラントに言った。

「すぐに戻るよ」ハントは言った。

「もちろんです。続きはまた後で」

チェンがハントと一緒に立ち上がると、ゾンネブラントも再び立ち上がった。ハントはこれは永久に続くのだろうかと思った。二人がテーブルを離れると、ゾンネブラントがウェルキンゲトリクスを呼び寄せて、ビールのおかわりを注文した。

「わたしにも頼む」ハントは背後へ呼びかけた。

ハントはチェンをミルドレッドに紹介して、彼女のファンだと告げた。ミルドレッドは大喜びだった。ダンチェッカーと二人のテューリアンは、しかるべき社交辞令で応じた。

「ダンカンとサンディはきみが来る少し前に船内の探索に出かけた」ダンチェッカーがハントに言った。ダンカンとサンディはジェヴレンへの遠征から戻って以来、親しくデートを続けていた。「素晴らしいアイデアだと思ってね。われわれもそうしようとしていたところだ。一緒にどうかな？」

「想像してください、異星人の宇宙船ですよ！」ミルドレッドは興奮気味だ。

「もちろん。断れるはずがないでしょう」チェンが同意した。ハントは、ゾンネブラントを残してきたからと言って断った。どのみち、異星人の宇宙船はさんざん見てきたのだ。別れの言葉を交わし、一行を見送った後、ハントは元のテーブルに戻った。

「それで、あなたは一度も結婚をしていないんですか？　以前にそう聞いたような気がするんですが」ゾンネブラントは椅子に背をもたせかけて部屋を見渡していた。

「一度もしていないよ」

「理想の女性に巡り合えなかったとか？」

「まあ、そうだな、一度か二度はもう少しのところまで行ったが。唯一の問題は、相手の女性たちがまだ理想の男性を探し続けていたことだ。きみのほうは？」

「ええ、何年か前に一度だけしましたが、うまくいきませんでした。女性というのはとても要求が多くなることがあるんですね。結婚すれば充分だと思っていたんです。一緒に暮らす必要があるとは知りませんでした」

　二人はドイツの学界と比較しながらＵＮＳＡの科学部門での生活について語り合った。ゾンネブラントは、ジュネーブ近郊にあるヨーロッパの大規模な核物理学施設でしばらく働いていたことがあった。それどころか、地球滞在中にスイスを訪れていた〈シャピアロン〉号の何人ものガニメアンと顔を合わせていた。その時はハントもいたわけだが、二人の進路が交差することはなかったようだ。

　ゾンネブラントがそこで進めていたのは、マルチヴァース干渉実験と量子もつれシステムのテレポーテーションに関する研究だった。当初は、それがジェヴレンの宇宙船が大昔のミネルヴァに投げ出されたことを説明する鍵になると多くの人が考えていた。つい最近の、オーウェンのUNSA退職祝いのディナーで明かされてマスコミが大騒ぎになった、どこか別の宇宙からこの宇宙への中継局の投射についても。しかし、ハントとゾンネブラントは、地球の研究所ではお馴染みでテューリアンも日常的に利用しているような量子テレポーテーションでは答えにならない、という点で意見が一致した。要するに、それを実現するために相手側の受信装置を事前に同期させるのが原理的に不可能なのだ。別の宇宙へ移動させるためには、〝投射〟できる〝自立型〟の何かが必要になる――たとえば、そちらにある同調したラジオに送信する代わりに、ボトルの中にメッセージを入れて送るとか。しかし、ボトルを目的の場所へ送り込み、そこに到着した時に存在を知らせるにはどうすればいい？　明らかに、中継局に求められる機能は膨大になる。しかし、少なくとも一つの宇宙のハントたちはそれを解決することができたのだ。

「ヴィザーがきちんと関与するようになれば、状況は急速に進展するはずだ」ハントは言った。

「そう思いますか？」

「あえて推測するならそうだな」

「〝きちんと〟というのはどういう意味です？」

「新たな洞察とか直感はいまでも生物に特有の能力に思える。それがどのように行われているのかわからないから、関連づけネットワークや学習アルゴリズムがどれだけ充実していようと、機械にその本質を説明するのはむずかしい。帰納《きのう》というのはテューリアンのシステムにとってでも容易なことではないんだ。しかし、一度アイデアを与えれば、機械はその情報を処理して、前提からどのような結論が導き出されるかを数分で教えてくれる。ヴィザーは真に迫った架空戦争《かくうせんそう》を見事に演出して、ブローヒリオの配下のジェヴレン人をパニックに陥れた。しかし、最初にその提案をしたのはわれわれだった」

「誰のことです？　あなたとクリス・ダンチェッカーですか？」

「まあ、あの時はもっと大勢が関与していた。しかし、全員が地球人だった。テューリアンはそんなことは考えもしなかったと認めていたよ。彼らには悪巧みとか欺瞞とかいった発想がないんだ」

　ゾンネブラントは耳の後ろにあるオヴカディスクに触れた。「これはただの好奇心ですが、ヴィザーはこの会話を盗聴しているんですか？」

　ハントは首を横に振った。「盗聴はしていない。テューリアンはそういうことにはうるさいんだ」

「ヴィザーと接続しているかどうか、どうやって知るんです？」

「合図をする。じきにコツがわかるさ」

　ゾンネブラントは指先で装置に軽く触れて、その輪郭をなぞった。「これはよく聞くテューリアンの総合知覚がどうとかいうやつではないですよね？　音声と映像をリンクしているだけで。オヴカがそういう意味ですから」

「きみはテューリアンのフルシステムを試したことがないのか？」ハントは驚いた。マックス・プランク研究所のような大きな科学施設なら、どこかにテューリアンのニューロカプラーが一台か二台は用意してあると、なんとなく想像していたのだ。しかし、ゾンネブラントは首を横に振った。ハントは脳内でスイッチを入れてヴィザーを呼び出し、確認した。「船内のあちこちにニューロカプラーを設置してあるんだろう？」

「もちろん。これはテューリアンの船だ。設備はすべて揃っている」

「ヨーゼフは使ったことがないそうだ。試しに経験してもらうことはできないかな？」

「問題ない」ヴィザーは答えた。「きみたちがビールを飲み終えたら、今使える一番近くのカプラーへ案内しよう」

6

テューリアンが設計するものは、たいていは押しつけがましくなく、仰々しくもない。ハントとゾンネブラントはヴィザーの案内で通路を進み、地球人用のラウンジから複数のキュービクルが並ぶスペースにたどり着いた。その中の一つに入ると、ごく普通のパッド入りのリクライニングチェアがあり、ヘッドレストの後ろと両脇には、色とりどりのクリスタルモザイクのパネルが音響室の吸音板を思わせる形で配置されていた。映像を始めとする各種センサーが壁の高いところやそれ以外の方向からリクライニングチェアを取り囲み、あらゆる角度から被写体を捉えて正確な仮想の分身《サーロゲイト》を生成する。ほかには、簡単な棚と、コート掛けと、鏡があるだけで、いかにも殺風景だ。壁面に施されている芸術的な模様だけが単調さを和らげている。

「そこだ。坐ってくれ」ハントは身ぶりで示した。

ゾンネブラントは少し驚いたような顔で周囲を見回した。「あれ、照明がチカチカしたり大量の電線が這《は》い回ったりしていないんですね？　ヘルメットに頭を突っ込むとか、何かそういうことは？」

「もう蒸気ラジオの時代じゃない。こいつは髪を切るより簡単だ」

「蒸気ラジオ？」

「ああ、英語でそういう言い方をするんだよ。ほら。ヴィザー特急に飛び乗れ」

ゾンネブラントは少し緊張した様子で向きを変え、腰を下ろした。「これは神経系全体に連結するんですね？　具体的には何をすればいいのですか？」

「ゆったりと背をもたせかければ起動する。ヴィザーが案内してくれるよ。きみの感覚入力は抑制され、システムがきみの脳に直接流すものに置き換えられる。さらに、ヴィザーはきみの動作などさまざまな反応をモニターして分身を含めた統合環境を生成し、きみに自分がその中にいると思い込ませる。つまり、きみが中国に出かけて現地で起きていることを体験する代わりに、中国がきみに情報を届けてくれるわけだ。はるかに速いし、融通もきく。テューリアンからジェヴレンやそのほかいくつもの星系を一時間で巡り、昼食には家に帰ってこられる」

「ヴィザーは中国で何が起きているか知らないでしょう」ゾンネブラントが指摘した。

「例が悪かったな」ハントは認めた。「テューリアンの世界はすべて回線でつながっている。現場の状況を再現するデータをどこへでも送ることができる。だから真に迫った背景が出現するんだ——本当にそこにあるかのように」

「労力に見合わないような気がしますが」

「テューリアンの心理は違う。彼らはすべてを正確に再現することに固執している。こういうものが地球で当たり前に使われることがあるとしたら、きみの言う通り——われわれはそんな面倒なことはしないだろう。おそらく外挿《がいそう》やシミュレーションを多用する。ヴィザーだって、無人の地や立ち入りが困難な場所の感覚をつかみたいときなどは、ある程度そういうことをしているんだ。しかしテューリアンの場合は、できる限りありのままを再現しようとする……。とにかく、横になって楽しんでくれ。わたしは隣で接続するから。サイコスペースで会おう」

ゾンネブラントのプライバシーを守るために、ハントは隣のキュービクルに入り、腰を下ろして横になった。もうすっかり慣れたものだ。全身がリラックスして温かな感覚が押し寄せてくる。システムが彼の神経回路に同調しているのだ。ほどなく、それがハントの指示を待つ受信モードに切り替わった。ゾンネブラントのほうは初回なのでもう少し時間がかかるだろう。ユーザーの視覚や聴覚の範囲、温度や触覚の感度などを修正して、正常に思える入力情報を生成するために、システムは一連の感覚調整テストを行う必要がある。しかし、一度設定されたプロファイルは保存されるので、次回からすぐに呼び出すことができる。これは定期的に更新しておくほうがいい——目がかすみ始める年齢に近づいたら時々検査をするのと似たようなものだ。

ハントは両脚を下ろして上体を起こした。少なくとも、彼の視界に映るものすべてが、リクライニングチェアにかかる圧力や服がこすれるリアルな感触が、シミュレートされた筋肉や関節からの内部フィードバックが、彼がその行動を取ったことを告げていた。実際にはまだリクライニングチェアでじっと横たわり、システムから切断されるまではずっとそのままだということがわかるのは、過去にこれを経験していたからでしかない。以前なら、自分の希望、たとえばどこに行きたいとか、誰それに連絡を取りたいとかいったことを、明確な指示としてヴィザーに伝える必要があった。しかし今では、システムとの連係が充分に緻密になったので、声に出さなくても意思が伝わるようになっていた。

立ち上がると、背後のリクライニングチェアは見たところ空っぽになった。今見ているものは、目からではなくカプラーから頭に届いているのだ。隣のキューービクルに戻り、入口の脇に軽く身をもたせかけた。ゾンネブラントは見たところ昏睡《こんすい》状態なので、まだプロファイリングの最中なのだろう。実際には数分かかるが、主観的にはずっと短く感じられる。

「彼もこの場所にしてくれ」ハントは脳内でヴィザーに呼びかけた。「気づくまでどれくらいかかるか試してみよう」

「相変わらずいたずらを仕掛けずにはいられないんだね？」ヴィザーが言った。

「実験だと思ってくれ。純粋な科学的好奇心だ」

ゾンネブラントが身じろぎしてキュービクルの中に意識を戻した。深い眠りから覚めたばかりのように、一瞬自分がどこにいるのかわからなくなったようだ。ハントの姿を見て、まず片方へ、次いで反対方向へ首を回したあと、上体を起こしてリクライニングチェアを振り返った。明らかに混乱している。それから、再びハントに視線を戻した。「何か技術的な問題が起きたんですか？」

ハントは肩をすくめて、あいまいに答えた。「誰にだってそういうことはあるさ。船内を見て回ろうか？　こっちは後でまた試してもいいし」

「そうですね」

ゾンネブラントの靴のつま先あたりにすり傷が付いていることに、ハントはしばらく前から気づいていた。それは仮想の靴でもきちんと再現されていた。たいしたものだ。

「あまり頻発してほしくはないですね」ゾンネブラントは冗談めかして言いながらキュービクルを出た。「太陽系を数時間で横断する宇宙船に閉じ込められているんですよ。問題が起こる可能性があると思うと、あまり心安らかではいられませんから」

「まあ、テューリアンのことは信用していいよ、ヨーゼフ」ハントは謎めいた返事をしてから、ゾンネブラントにも聞こえるように声に出して言った。「ヴィザー、ツアーガイドを頼めるかな？」

「コントロール＆コマンド・デッキ、通信センター、船内のh－スペース・グリッドからの動力ピックアップ、推進制御装置でどうかな？」ヴィザーは提案した。ハントは会話を公開していたので、ゾンネブラントもその返事を聞くことができた。

「よさそうじゃないか？」ハントはゾンネブラントに尋ねた。

「テューリアンは気にしないんですか？　そんなところに観光客が押しかけてぽかんと見とれていても？」

「きみはまだテューリアンと過ごすことに慣れていないようだな」

「まあ、それについては遠くない未来に改善されそうですが」ゾンネブラントは歩きながらハントに視線を送った。「テューリアンについて知っておくべきことはありますか？　つまり、彼らと付き合っていくうえで。何か彼らを動揺させることとか？　怒らせてしまうこととか？」

「テューリアンを怒らせる心配はないよ、ヨーゼフ。人間は劣等感や未熟さを感じるとつい身構えてしまうが、テューリアンは競争意識によって行動することはない。もともとそういう性質がないんだ。同じ理由で、攻撃的な態度や激しい口調でこちらの意見を押し通そうとしても無駄だ。彼らは相手にしない。われわれが断固とした態度とみなして誇りに思っていることも、彼らは無意味に頑固でいささか馬鹿げたこととみなす可能性が高い。自分が間違っていると気づいたら、彼らと同じようにそう言えばいい。自分が正しくても、それを自慢しないことだ。わたしの言いたいことがわかるか？　テューリアンは相手を上回ろうとして競い合ったりはしない。そういう考えで行動することがないんだ」

「なるほど……。ずいぶん忍耐強い人たちのように聞こえますね。とても古い文明だからそういうことになるんでしょうか？」

「テューリアンと付き合っていると、自分が子供になったような気がすることがある」ハントは認めた。それから、ふと思いついて付け加えた。「きみはチェンの意見を聞くといいかもしれないな」

通路が交差しているところに着くと、二人は船内のテューリアンが使うエリアのほうへ曲がった。ダンチェッカー、チェン、ミルドレッド、それと二人のテューリアンが角のあたりにいて、テューリアンのさまざまな惑星のライブ映像を流している壁のディスプレイを注視していた。一瞬、ハントは困惑して彼らを見つめることしかできなかった。わけがわからなかった。

ハントとゾンネブラントは分身だ——彼らの精神の中に存在する仮想体《かそうたい》が、ヴィザーによって用意された環境に投影されている。今回の場合、それはテューリアンがあらゆる建造物に埋め込んでいるセンサーによってキャプチャーされた船の内部だ。たしかに、ヴィザーはその環境の一部として、実際にその場にいる人の映像を含めることもできるし、削除することもできる——その体験を提供されるユーザーの希望に合わせて。しかし、そのようにして合成された環境では、ダンチェッカーたちのように映像の出所である場所に物理的に存在している“背景”の人物は、ハントやゾンネブラントのような物理的に存在していない分身から影響を受けることはない。ところが、ダンチェッカーはたしかに影響を受けていた――この出会いにハントと同じくらい驚いた様子で、ぽかんと口を開けていた。混乱しているハントには、ゾンネブラントの言った通り、自分のほうが騙されていたのだという説明しか思いつかなかった。ハントが経験したことのない、なんらかの理由により、テューリアンのテクノロジーが機能しなかったのだ……。それとも、ひょっとしてヴィザーがいたずらを仕掛けているのか？　ヴィザーの奇妙なユーモア感覚には以前も出くわしたことがあった。

「ハント博士。追いついたのね」チェンが言った。「残念だけど、あまり進展はないわ。あなたの同僚のダンチェッカー教授が、テューリアンの仮想移動システムを見せてくれるはずだったの。でも今は動いていないみたい。これがテューリアンの技術力の一般的な水準でなければいいんだけど」

「驚きましたね！」ゾンネブラントが声を張りあげた。「こちらでも同じことをして、今あなたが言ったのとまったく同じことをわたしが言ったんですよ」

チェンが声をあげて笑った。まだそちらのグループに同行している二人のテューリアンは、妙によそよそしい態度を取っていた。

しかし、ダンチェッカーは笑っていなかった。あり得ないことに直面しているのに、それをどんなふうに問いかければいいのかわからないという顔でハントを見つめている。どうやらハントと同じ悩みを抱えているようだが、それはすなわち、ダンチェッカー自身も、ついさっきまでのハントと同じ思い込みをしていたということだ。となると、ダンチェッカーも同じいたずらをチェンたちに仕掛けようとしていたとしか思えない。

「わかったよ、ヴィザー、たいしたもんだ」ハントは脳内で呼びかけた。

「どういう意味かな、ヴィック？」

「冗談はここまでだ。さあ、現実に戻ろう。何が起きている？」

しかし、ミルドレッドはほかの人たちとは異なる行動を取っていた。立ったまま、しばらくハントを訝しげに見つめてから、一歩踏み出して顔をぐっと近づけてきた。一瞬、ハントは頬にキスをされるのかと思った。ミルドレッドは一歩下がると、いたずらっぽく目を輝かせた。「クリスチャンからあなたは少し前まで喫煙者だったと聞きました。それは事実なんですか？」

「まあ……そうだな」ハントは首を振った。「それが何の関係が――」

「やっぱり！　わかりましたよ、ヴィザー」ミルドレッドは静かに言った。「あなたは手抜きをしているんですね」

「わたしが何をしたと？」

ミルドレッドはハントに笑顔を見せながら答えた。「あなたはハント博士を作った時に保存されていた古いプロファイルを使ったんでしょう。そこには喫煙者なら普通はまとっている香りがかすかに含まれていました。今もその香りがしています。でも、それはあってはならないものです。さっきも、シャトルで上がってきた時もなかったんですから」彼女は話を聞いているほかの人たちに向かって説明したが、誰も理解できていないようだった。「だからシステムはちゃんと働いているんですよ。こうしている今も、わたしたちはシステムの中にいるんです――全員が！　びっくりですね。おめでとう、クリスチャン。本当に騙されました」

ダンチェッカーは驚きのあまり返事ができないようだった。その背後で、二人のテューリアンがにやにやしていた。

「わかった、きみの勝ちだ」ヴィザーは認めた。「それではツアーを続けようか？」

「もちろん」チェンはそう言いながら、ミルドレッドに満足げなうなずきを送った。

これはコマンド・デッキなどにいるクルーが騒々しい観光客に煩《わずら》わされることがないようにするための一つの手段なのだろうとハントは思った。一同が再び歩き出すと、ゾンネブラントが近づいてきた。「あの人は鋭いですね」彼は小声で言った。「一緒に来たのは当然かもしれません」

ハントも同意せざるを得なかった。彼自身も驚きを抑え切れていなかったのだ。ヴィザーが何かでミスをする場面に出くわしたのはこれが初めてのことだった。

7

月面で発見されたチャーリーやそのほかのルナリアンの遺物の調査過程で得られた記録により、ルナリアンは自分たちの時代よりずっと以前にミネルヴァに住んでいた巨大な二足歩行の種族について知っていたことが判明している。ルナリアンの神話によれば、その種族は星図で確認可能な〈巨人たちの星《ジャイアンツ・スター》〉と呼ばれる星に今でも住んでいるとのことだった。こうした発見があった当時、地球の科学者たちには、その伝説が事実かどうか知るすべはなかった。しかし、彼らはその星の名前を残し、以来ずっと使い続けてきた。

ジャイアンツ・スター——略してジャイスター——は、太陽系から約二十光年離れた牡牛《おうし》座に位置している。大きさと組成は太陽に近いが、やや若く、星系内に外側の五つのガス惑星と内側の五つの地球型惑星があって、それらすべてがさまざまな衛星の群れを伴っているなど、太陽系の構成と不思議なほど似通ったところがある。これは驚くようなことではない。大昔のガニメアンの指導者たちは、未知の危険や驚きをできるだけ少なくするために、自分たちの種族のための新しい故郷を長い間熱心に探していたのだ。

惑星テューリアンは、かつてのミネルヴァがそうだったように、恒星から五番目の位置にあって、地球より少し小さく、気候もやや涼しいので、ガニメアンにとっては適応範囲にある。しかし、大気の組成と動態により、地球よりも熱分布が均一化されているため、極地域《きょく》は単純な距離の比較で示されるよりも小さいし、赤道付近の夏の気温が地球の亜熱帯から地中海にかけての気温を超えることはめったにない。地表のおよそ七十パーセントは水で、四つの主要な大陸が地球とは違って両半球にほぼ均等に分布しているが、最も深い海溝と最も高い山頂との高低差は地球のそれよりも大きい。

テューリアンの人々は、惑星上の行政の中心地である首都テュリオスに近いクエルサングという場所で、マルチヴァース間移動の謎を既存のhースペース物理学の観点から解明する試みを続けていたが、いまだ成功には至っていなかった。テュリオスはハントと彼のグループが滞在する場所であり、船内にいる地球人のほとんどが滞在する場所でもあった。南半球にある二つの大陸の片割れであるガランドリアの沿岸近く、峡谷と滝で結ばれた湖群の中に位置している。地球人の惑星間航行船が地球に到着した時のように、乗替衛星にドッキングして地上降下用のシャトルに乗り込むなどという面倒なことをする必要はなかった。〈イシュタル〉号は惑星に接近するとそのまま降下に入り、都市から百マイル東方の海辺にある大きな宇宙港に着陸した。ハントは地球人としてはテューリアンとの付き合いが豊富なほうだが、発射設備や荷積設備を備えた広大な施設には驚嘆させられた。オーシャンライナー並みの大きさの宇宙船が、混雑した日のオヘア空港やJFK空港に並ぶ亜軌道船《あきどうせん》や貨物船のようにずらりと列をなしているのだ。

テューリアンの建築は、タワーや尖塔《せんとう》をあしらった、垂直方向に高々とそびえる構成が特徴で、大都市のいくつかは何マイルもの高さまで達していた。外から見るとつぶれた飛行船のようだが、美しい金色に光り輝く空飛ぶホテルのロビーが、到着した人々を市内へと運んでいた。一行が都市の姿を目にしたのは、まだ目的地までの道のりの半分も行かない時だった。地平線上で白い光の塊《かたまり》がゆっくりと大きさを増してきたが、全体が一枚岩のように見えるせいで初めは距離感がよくわからなかった。しかし、接近してその真のサイズが判明するにつれ、単体の構造物の一面と思われたものが徐々に解像度を上げ、巨大な建物と景観を備えた地区の全体像が明確になって、階段状に配置された高層ビル、峡谷、崖などの構造物が、中心にそびえる大山塊のまわりに交錯する橋やアーケードの中に織り込まれて一枚のタペストリーとなり、見る者の心を強く揺さぶった。ガラスや石材と同じくらい豊富な緑が、つらなる階層を埋め尽くしていて、湖群は運河でつながり、滝はビルの間を流れ落ち、最頂部の尖塔には雲のリースがかかっている。都市というより人工の山脈のようだな、とハントは思った。

エイの形をした飛行船が市内の交通センターと思われる場所——多数ある中の一つかもしれない——に到着した時、ハントは、それまで間を抜けたり上を飛び越えたりしてきた街並みの構成がすっかりわからなくなっていた。船が進入したのは特大のジッグラトを思わせる階段状の都市の高い位置にある広大な格納庫のようなスペースで、その下ではカーブする交通ランプともっと小さな建造物が入り乱れていた。ここからはあらゆる種類の乗り物が出入りしているらしく、下層から放射状に伸びるチューブは都市に組み込まれた循環システムのようだったし、上層とその間の空間の至るところを横切るGコンベヤーラインをたどる物資の流れは、巨大建造物そのものと同様にテューリアンの都市建設の一部となっていた。構造物の一部が移動して別の場所にくっつくことがあるようなので、どれが〝乗り物〟なのかを見極めるのは必ずしも容易ではなかった。飛行船を降りたあと、ハントとその一行はテューリアンたちの案内で二階下の食堂エリアへ向かい、そこで昼食を取った。食事を終えて部屋を出ると、そこはすでにホテルの一部だということがわかった。〈イシュタル〉号が地球の軌道を離れてから、ハントたちの時計では三十五時間弱が経過していた。

以前に訪れた地球人のゲストたちは、ここをウォルドルフと名付けていた。もともとはジェヴレン人が市内に短期滞在するためのものだったので、ガニメアンではなく人間の体格に合わせた設計になっている。宿泊設備、ケータリング、レクリエーション施設などを備えているが、商業目的で設立されたわけではないので、〝ホテル〟と呼ぶのは適切ではない。しかし、それに近いものはあった。部屋はハントが期待した以上に快適で、それぞれにテューリアンのフルシステムのニューロカプラーが用意されていた。正面玄関の奥、ロビーの裏手の一角には、誰でも使えるキューービクルも並んでいた。下の階のジムには、トランポリンのような弾力性のある壁に囲まれた、水が球状に浮かぶ重力支持式フリーフォールプールがあり、パワーシュノーケルを使ってそこで泳ぐのはまったく新しい体験となった。

ロビーの片側にある開放的なフロアを囲むように大小のボックス席が配置された一段低いエリアは、プランターやパーティションで仕切られ、バーとコーヒーショップも兼ねていて、主な社交の場となっているようだった。入口に掲げられたジェヴレン語の看板には、尊敬すべき指導者を称えて〝ブローヒリオ・ラウンジ〟と記されていたが、ロビーから数歩下がったところにあるせいか、後になって地球人が〝ピットストップ〟と名付け、テューリアンがわざわざ英語でそれを書き込んでいた。翌朝まで、来訪者たちがテューリアンのマルチヴァース研究を見学する予定はなかった。この日の残りはくつろいで順応するための時間だった。というわけで、荷物をほどき、着替えをしてひと息ついたハントとチームの面々は、〈イシュタル〉号に乗っていたほかの人々と同じようにピットストップに引き寄せられることになった。地球人の世話を担当するテューリアンたちは、一部はすでにそこにいたが、残りは時間が経つにつれてぶらぶらと集まってきた。それはハントが以前にも目にしていた奇妙な対比だった。テューリアンは日々の私生活で急いだり無理をしたりすることはまったくない。ところが、建築や科学方面のプロジェクトに専念する時には、驚くべきスピードと効率を発揮するのだった。

母星で文化の再建に没頭しているジェヴレン人は、以前に比べるとテューリアンを訪れることが少なくなっていた。その一方で、地球人はいろいろな形で生活の中に入り込んでいたので、ウォルドルフの宿泊設備は相変わらずの賑《にぎ》わいを見せていた。〈イシュタル〉号には、本物の恐竜がいる世界でサマーキャンプに向かおうとしているオレゴン州の学校の生徒たちも乗り込んでいた。エストニアの合唱団はテューリアンをめぐる公演ツアーを依頼されていた。テキサス州オースティンにあるフォーマフレックス社の技術支援チームは、テューリアンの物質複製技術を地球に持ち込むことで生じる経済効果について実験を行っていた——ハントの別自我が投資先として紹介し、ハントが隣人のジェリーに伝えたあの会社だ。ジェヴレン人も何人かいたが、彼らは伝統と教育により地球人をセリオスの永遠のライバルとみなし、距離を置く傾向があった。

ハントと同席しているのは、ゾンネブラント、チェン、それとクエルサングでのプロジェクトに何らかの技術的な立場で参加しているオサンと呼ばれるテューリアンだった。サンディとダンカンは市内観光に出かけ、ダンチェッカーは明日に備えて何か準備があるとのことで不在、ミルドレッドはウォルドルフのスタッフに猫のリンクスの苦手なものや好きなものを説明しているところだ。

テューリアンの素材の多くがそうであるように、ハントたちの席のテーブルも、不透明にしたり、透明にしたりと、さまざまな質感に変化させることができた。今はガラストップでホロディスプレイとして機能しており、オサンがテュリオスを映像で紹介するためにそれを使っていた。しかし、今そこに映っているのは一行が明日訪れることになっているクエルサング研究所だった。公園や木々の中に高層建築が連なり、まるでテュリオスのミニチュア版のようだが、その様式はより曲線的でエキゾチックだ。オサンによれば、ずっと前に亡くなったテューリアンの著名人にちなんで名付けられたとのことだ。〝研究所〟と呼ばれているのは、地球人の言語学者たちがテューリアンの原語に対応する用語を見つけられなかったせいらしい。

「それで、どういう施設なんですか？」ゾンネブラントが尋ねた。

「地球人の組織について、何かに喩えられるほど詳しく知っているわけではないので」オサンが答えた。

「そこでテューリアン推進を研究していたオーストラリア人に会ったことがあるけど」チェンが言った。「先進的な物理学の研究および教育の施設と、哲学アカデミーとを合わせたような場所だと言っていたわね」

「誰が運営しているんです？」ゾンネブラントが尋ねた。オサンは困惑した様子だった。

「わたしたちがなじんでいる中央集権的な管理とは違うみたい」チェンが言った。「全体の調整というものをあまりしていないように見える」

「さまざまなグループがそれぞれの興味に応じて独自のプロジェクトを進めるために施設を使っているんです」オサンは言った。

「それだと、どうやって調整を取るんですか？　各グループの取り組みをとりまとめているのは？」ゾンネブラントは食い下がった。「たとえば複数のグループの理論的基盤が異なっているとしたら。それどころか矛盾しているとしたら。クエルサングはそのすべてを支持するんですか？」

　オサンは何が問題なのか理解していないようだった。「まあ、そうですね。どちらが真実かを知る手立てがほかにありますか？」

「件《くだん》のオーストラリア人は科学的芸術家たちの共同体のようだと言っていたわ」チェンが言った。

ハントにはチェンが賛意を表しているのかどうかよくわからなかった。文化的背景を考えると、彼女はそうした組織の利点に気づきにくいだろうが、ハントは過去のテューリアンとの付き合いから、それがどのように機能するか少しは知っていた。テューリアンには、あるテーマに関する合意を宣言する機関はないし、そのテーマへの適合を促す制度化された報酬システムもない。アイデアは成功するかしないか、予測は当たるか当たらないかだし、証拠が誰かの好みや偏見に左右されることもない。政治的な圧力もなく、面目を失う心配――これはテューリアンには特に影響がなかった――もなく、あらゆる評価を自分自身で下すようになると、人は最終的にはどこかを目指している活動に参加するようになる。どこにもたどり着けない活動にかかわって取り残されるよりはましだ。

ゾンネブラントは状況を把握したらしく、ハントに目を向けて言った。「近いうちに地球でそういうものが実現することはなさそうですね」

ハントはうなずいた。「可能性としては、部族のまじない師が仮面をはずして村の診療所で下働きを始めるのと同じくらいかな。テューリアンには警察もないんだ。その事実は、わたしたちの本質的なところにあるほんの少しの根本的な違いについて、何を語っているんだろうな?」

「あの、失礼します。ヴィクター・ハント博士ですよね、イギリス人の?」

ハントが振り向くと、十四、五歳くらいの可愛《かわい》らしい娘が、学校のセーラー風の制服姿で彼の椅子のそばに立っていた。見たところ日本人らしく、赤い布張りの本とペンを手にしている。ハントはにっこり笑った。「間違いないよ。きみは？」

「わたしの名前はコウです」

「こんにちは、コウ。何か用かな？」

「お邪魔をしてごめんなさい。わたしは大勢の有名人のサインを集めています。そこに偉大な科学者を加えさせていただけないでしょうか」

「喜んで。光栄だよ」ハントはサイン帳を受け取り、ほかの人たちが笑顔で見守っている前で書き付けた――


遠路はるばるやってきたコウへ。このためだけにわたしを追いかけてきたのではないといいのだが。

ヴィクター・ハント
ジャイアンツ・スター系、惑星テューリアンの首都テュリオスにて
二〇三三年十月

コウは不安げにオサンに目を向けて、おそるおそる尋ねた。「テューリアンにも書いても

らえますか？」

ヴィザーが回線から割り込んできた――彼女がテューリアンと話すためには関与する必要があるのだ。「日本語で話してかまわないよ、コウ。わたしに任せて」

一瞬おいて、コウは何が起きているのかを理解し、オサンにサイン帳を手渡した。「ブレシン・ナイレックのサインはもう持っています」彼女が話している間に、オサンがテューリアンの重厚なゴシック風の文字で何か書き始めた。「〈イシュタル〉号の士官です。わたしたちはその船に乗ってきたんです。船長のサインもあります」

「やる気満々ですね」ゾンネブラントがコメントした。

誰も逃したくなかったのか、オサンが書き終えると、コウはサイン帳をゾンネブラントとチェンに渡して無言で誘いをかけた。「ダンチェッカー教授に会えたらと思っていたんですが」二人が応じている間に、コウはあたりを見回して言った。「やっぱりガニメデに行った科学者です」

「ダンチェッカーなら、今はいないが――」ハントがそう言いかけた時、ロビーから下りて来てきょろきょろしているダンチェッカーの姿が目に入った。「いや、待った。きみは運がいい。彼はもうここに来ている」ハントが手を振って注意を引くと、ダンチェッカーがそばへやってきた。「きみの名声はとどまるところを知らないな、クリス。こちらはコウ、サインを集めているそうだ。きみのサインをほしがっている」

「なんだって？……ああ。うん、もちろん……。いやはや、大忙しだったようだな、お嬢さん」ダンチェッカーは笑みを絶やすことなく自分の名前を書き込んだ。コウは嬉しそうに小走りで去っていった。

「宇宙のほかの部分はどんな調子かな?」ハントは、椅子を引き寄せて一同に合流したダンチェッカーに尋ねた。

「いとこのミルドレッドは、ここで働いている気の毒な人たちに、彼女のうるさい猫の世話をする方法を叩き込んでいた。幸いなことに、相手はほとんどジェヴレン人だ。テューリアンは肉食獣を苦手にしている者が多いからな。一時は大騒ぎだったよ。ミルドレッドが猫が迷子になったと思い込んで」

「行方不明《ミッシング》のリンクスか?」ハントが口を挟んだ。

ダンチェッカーは低くうめいてそれを無視しようとした。「明日のクエルサング行きについてはすべて手配済みだ」

「ポーシックがここに来るかどうかわかったか?」ハントは尋ねた。ポーシック・イージアンは、彼らがジェヴレン遠征の時に知り合ったテュリオスの科学顧問だ。マルチヴァース研究において中心的役割を担っている。

「ああ、来るよ。きみに個人的に知らせたいことがあるそうだ、ヴィック。きみが提示したアイデアはまさにどんぴしゃだった。テューリアンたちも熱心に研究を進めている。彼らは自分たちで考えている以上に成功に近づいていたようだ。それどころか、ほかの宇宙へ物体を送り込んでいながら、そのことに気づいていなかったらしい!」

8

当然ながら、ＵＮＳＡは宇宙を渡り歩くハントの別自我からのメッセージをテューリアンたちに伝えていたし、テューリアンたちはマトリックス伝播というアプローチの可能性を探るために、ただちに理論モデルの探求と予備実験の準備に取りかかっていた。ミネルヴァの事件以降に進めてきた研究のいくつかをあらためて検証したところ、思った以上に自分たちがブレイクスルーに近づいていたことが判明したのだ。

ハントからの情報が入る前の実験では、ダンカン・ワットがＵＮＳＡの報告書の中で気まぐれに〝テュリオン〟と呼んだ仮想の粒子が提案され、その名前が定着していた。テュリオンが持ち出されたのは、ある種のクォークの相互作用において観測されるエネルギー欠損を説明するためだったが、その存在を示す直接の証拠は、ほぼ確実に見つかるべき状況においてさえ一度も観測されたことがなかった。となると、そもそもテュリオンなど存在せず、存在すべきとした理論に欠陥があったか、あるいは、テュリオンを探す手法に何か間違いがあったということになる。しかし、慎重な再分析と二重チェックの後、理論家も実験者も自分たちの担当した部分に問題はなかったと主張した。テュリオンは存在するべきなのだ。それなのに、事実は存在しないと語っていた。

この時ヴィザーが、ここで言う〝事実〟はこの宇宙での話であり、テュリオンは別の宇宙に存在すると考えれば、論理的に解決できると指摘した。つまり、テューリアンたちは目指していた成果に気づかないうちに偶然出くわしていたのだ。なぜ気づかなかったかというと、彼らがそれまで適用しようとしていた従来のh‐スペース物理学では、そのようなプロセスを示す情報が何も出てこなかったからだ。しかし、ハントが提示した縦方向のマトリックス伝播に基づいたアプローチでデータの再処理を行うと、その効果はすぐに出た。実のところ、量子レベルの揺らぎは常にこのような効果を自然に生み出すと予想される――マルチヴァースの〝粒〟を越えるエネルギーの自発的な移動が、極めて短い時間スケールでの仮想粒子の突然の出現と消失という形であらわれるのだ。これにより、物理学者が昔から把握して測定も行っていたが明確な説明はできなかった、真空中に蔓延《まんえん》する量子レベルの〝泡〟の説明がつくかもしれない。

というわけで、地球から到着した人々は、かなりの興奮状態にあるテューリアンと出会うことになった。テュリオンの謎が解けたからというだけではなく、そこから事態がさらに大きく進展していたからだ。すべての鍵はテューリアンの重力工学技術にあった。マクスウェルの方程式で縦波成分が得られなかったのは、それが電磁的な性質に関連する部分にのみ焦点を当てていたからだ。運動中の荷電物体では速度が増すにつれて電気抵抗が増大する。つまり、速く動くほどさらなる加速への抵抗が強まるわけで、別の言い方をすれば質量が増加する。物体が運動を変化させることで吸収できる以上のエネルギーが供給された場合、それは放射線として放棄される。最終的には、供給されたエネルギーはすべて放射され、それ以上の加速は不可能となり、質量は実質的に無限大となる。言うまでもなく、これは前世紀に地球上で行われたあらゆる実験結果を説明する相対性理論に基づいた解釈であり、そこでは速度の限界は普遍的なものとされていた。しかし、実はそれは電気的な現象にのみ適用されるものだった——地球の科学者たちがそれを重視しなかったのは、彼らにはそもそも電気的に中性の物質を高速に加速させる手段がなかったからだ。しかし、テューリアンにはその手段があった。

テューリアンの重力学的手法をハントが提示したマトリックス力学に適用すると、電磁テンソルに含まれる四つの次元すべてに直交《ちょっこう》する解を持つ縦方向の成分を含む、より一般的な場の方程式が生成された。これが意味するのはマルチヴァース間伝播だけだ。ようやく正しい軌道に乗ったクエルサングのテューリアンたちは、すでに有形物の構成要素である電子と陽子《ようし》をマルチヴァース内の別の場所に転送し、それを〝多元転送《マルチポーティング》〟と呼んでいた。次のステップは単純な分子の転送ということになる。

この状況がなんとも奇妙なのは、もし彼らが粒子エネルギー量子を近隣の別の宇宙に送っているのなら、それらの宇宙に住む彼らの別バージョンのうちの何人かは同じ行動を取っているということだ。とすれば、原理上は、隣の宇宙で行われている実験の結果として、電子、陽子、分子などがこちらの宇宙で実体化するのを検知できる可能性がある。テューリアンたちはそのような事象を探し求めていたが、これまでのところ成果はなかった。ヴィザーの最新の計算によれば、そのような結果は予想されたことらしい。ポーシック・イージアンが、ハントと共に分子の多元《たげん》転送テストを見学していた時に理由を説明してくれた。トラムライン一行が到着して数日が経った時のことだ。多元転送機《マルチポーター》——このプロジェクトはそう呼ばれるようになっていた——の紹介ツアーとデモンストレーションが終わり、合同チームはいよいよ仕事に取りかかろうとしていた。ハントとイージアンは二人とも物理的にその場にいて、ニューロカプラーでリモート接続した合成物ではなかった。ヴィザーの仮想世界の中ではあまり本格的な実験ができないのだ。

「今日のきみの頭は大きな数字についていけそうな感じかな、ヴィック？」イージアンはハントより一フィート以上背が高く、肌は黒に近い濃い灰色、体を包む膝丈《ひざたけ》のゆったりしたコートは色合いが鮮やかで織りのデザインも凝っていた。ガニメアンには体毛はないが、頭頂部の皮膚が、ちょっとロウソクの芯を思わせる、細かなうねのある鱗《うろこ》状になっていて、色の組み合わせや色調も鳥の羽毛のように多彩だ。イージアンのそれは青と緑で、後方に向かってオレンジの筋が何本も入っていた。

「覚悟はできている。試してみてくれ」ハントは言った。

「マルチヴァースの枝は一部の研究者が考えてきた通り極めて細い。理論上は、それらの枝はたった一つの量子遷移でもたらされたのかもしれない。宇宙の誕生から生じたすべての量子遷移の数と同じだけ存在する可能性があるわけだ。ゼロの数は好きに決めてかまわない。そんなことはたいした違いではないから」

ハントは口笛を吹くように唇をすぼめて考え込んだ。

それが意味するものの巨大さを思えば、多元転送機はテューリアンが建造した機械設備としてはごく控えめなものだった。多元転送が実行される投射チェンバーは、電子レンジほどの大きさの四角い金属製の筐体《きょうたい》で、その上部からさまざまな角度で伸びる艶《つや》やかなチューブは、両側や上方だけでなく下方のベイに至るまで支持用フレームのいたるところに設置された機器につながっていた。フレームのそれ以外の部分を埋め尽くす大量のセンサーと計測器、作業台とモニターステーション、数台のデスク、壁の向こうや床下へ列をなして消えていくダクトやチューブなどの接続部で全体が完成する。中央のチェンバーが物質を別の現実へ送り込む場所で、現在行われているレベルの実験には充分な広さがあった。今後、より大きな物体の実験が成功すれば、スケールアップした多元転送機をテューリアンから離れた宇宙空間で運用することも想定される。イージアンは早くも何人かの設計者にその検討をさせていた。原価計算の概念も必要性もないシステムでは短期的な予算削減など意味がないのだ。

チェンバー内の空間は別の現実から多元転送された物質を検知する試みが行われる場所でもあった。もし近隣の別の自分が同等の装置を使ってそちらの宇宙から物質を多元転送しているとしたら、こちらの宇宙でそれが見つかる場所はここだろうという奇妙な論理に基づいている。そのため、多元転送機は時間によって送出と検知という二つのモードで動作していた。しかしここで疑問が出てきた。別の現実の人々がみんな同じスケジュールで動いているとしたら、全員が誰も検知していない時に送出を行い、誰も送出してない時に検知を行うので、結局は誰も何も検知できないのではないか。この解決策として、局所的な量子ランダマイザーを使って二つのモードを切り替える手法が採用された。相手も同じことを考えるとすれば、異なる系列の量子プロセス――当然ながら、それこそが異なる現実を異なるものにしている――で稼働する乱数生成装置を使えば、切り替えのタイミングが異なるので、ある宇宙からの送信と別の宇宙での検知を試みるモードとの間に重なる時間ができるだろうという発想だ。結果が思わしくなかったので、この方向での想定は明らかな欠陥が見つからないまま再考を余儀なくされたが、イージアンは、そのような予想がなされた理由はほかにもあるのだと言っていた。

マルチヴァースを〝縦〟にスライスしたものは〝セグメント〟と呼ばれている――テューリアンや人間のような存在が住む自己完結型の宇宙であり、その中で出来事の順序という形で変化が起きている。正確ではないが、よりイメージしやすい本のページに喩《たと》えて言うならば、そのページは驚くほど薄い。「一部の人々が推測していた通りのようだね」イージアンは認めた。「セグメントを通過する粒子はごく短時間しか存在しないから、背景の量子ノイズと区別がつかない。現実には検知不可能だ」

ハントが期待していたのは、個々の量子事象がより巨視的なレベルでは識別可能な差異をほぼ生じない、ある種のバルク平均化効果だった。それなら、事実上、それぞれのページが厚くなるはずだ。しかし、計算の問題でヴィザーと議論するつもりはなかった。「巨視的な確率は高くなるのか?」ハントはイージアンに尋ねた。言葉を変えると、大きな物体ほど通過するのに時間がかかり、検知しやすくなるのか？

「有意差《ゆういさ》があるとは言えない。多元転送の伝播は速いからね」イージアンは六本指の手で放り投げるような身ぶりをした。「しかし、われわれはもっと大きな形態の物質の転送に取り組んでいる。検知器もそれだけのものを見つけるために性能を高めるつもりだ。どうなるかわからないだろう。何かが通過するのを見逃さずに済むかもしれない」

ハントは目の前にあるガードレールに両肘をつき、こんな話を信じるにはやはり努力が必要だと言わんばかりに鼻を鳴らした。この計画の根本にある奇妙な論理に従うなら、自分たちがまだ送れる状況にないものが隣の世界から届くのを見つけようとしてもほとんど意味はない。ハントは頭上にある共振器《きょうしんき》の台座を見上げた。チューブが何本も突き出している。そこから供給されるエネルギーでマトリックス波《は》――〝M波《エムは》〟という呼び名が定着しつつあった――が生成されて、多元転送のプロセスが始動するのだ。テューリアンの技術者たちが保守用ロボットの手を借りながら装置の各部を整備していた。ヨーゼフもそこにいて、チェンと一緒にテューリアンの重力バブルの中で浮かんだまま何かを調べていた。

「それで、きみが送ってくれた拡張構造物は最終的にどうなるんだ？」ハントはイージアンに尋ねた。「あの分子みたいな配置のやつ」

「確かなことはわかっていない。われわれに言えるのは、それらが拡張する波動関数としてどんどん拡散していくということだけだ」

ハントはぼんやりとうなずいた。だとしたら、地球の軌道上に出現した中継装置は、対話を続けている間どうやって自らをそこに保持していたのだろう？　自力で〝停止〟する手段を有しているくらい複雑な物体だけが、別の現実に多元転送されてもそこにとどまれるということなのか？

「まだまだやることはたくさんある」イージアンが、ハントの考えを読み取ったかのように言った。

その時、ヴィザーがハントの頭の中のオヴカを経由して、ミルドレッドから連絡が入っていると伝えてきた。連れがいるのにいきなり宙に向かって話し始めたりしたら、相手は面食らってしまう――それに良いマナーとも言えない――ので、そういう時はヴィザーがイージアンにも知らせてくれる。ほとんどの人が耳の後ろにオヴカをつけていない地球では、そんな礼儀作法が通用するはずもなく、それもまたハントが故郷ではオヴカを使わない理由の一つだった。どのみち、地球でオヴカをつけているような人たちはあまりマナーを気にするタイプではない。ハントが通話を受けると、フレームに収まったミルドレッドの頭と両肩が視界に映し出された。

「ヴィクター、こんにちは。どんな具合ですか……ええと、なんて言いましたっけ……多元転送……研究所は？」ミルドレッドはこれは自分の手に負えないと判断し、代わりにダンチェッカーと一緒にテュリオスのどこかへ出かけていた。自著の執筆のために知り合いになっておきたいと思ったテュリオン人たちの何人かと会うためだ。

「地球の国立研究所が錬金術師の工房に見えてくるよ」ハントは答えた。「しかも、テューリアンはそれをわれわれが委員会で議論しているよりも短い時間で完成させたんだ。社会学者たちのほうはどんな調子かな？」

「ええ、信じられないほど役に立ってますよ！　みんなすごく協力的で！　時間にすごく余裕があるせいか、どんなに重要な仕事があっても中断してくれるんです。それとも、テューリアンなりの礼儀作法なんでしょうか？　まだどちらとも言えません。初めは、あたしたちが経済学と呼ぶものに対する彼らの考え方、あるいはそれが欠如していることが原因じゃないかと思いました。意味わかりますよね——誰もがあらゆるものを無制限に手に入れられるようになったら、より多くを手に入れるために人生を費やすのは無意味だと思うはずじゃないですか。でも、あたしたちはぜんぜんそんなことはないですよね？　人は多くを手に入れると、それだけ卑劣で意地悪になるみたいです。あたしは何も持たない最も貧しい人々が最も寛大なのをいつも見てきました。だから、テューリアンは生まれつき性質が違っているんでしょう」

　フレームが広がってダンチェッカーの姿が視界に入ってきた。「要点を言いたまえ」彼はぼそりと言いながら、歯をむいてハントに苦々しげな笑みを向けた。「やあヴィック、ごきげんよう」

「で、何かあったのかな？」ハントは差し出されたきっかけをありがたく利用した。

「ええ、もうじき十時になるから念のために連絡したんです」ミルドレッドが言った。

「それが？」

「十時にあたしたちと会う予定ですよね」

「どこで?」

「まあ、実際に〝会う〟わけじゃありませんが……ほら、皆さんがカプラーとかなんとか呼んでるやつで」

「何のために?」

ミルドレッドはとまどった顔をした。「一緒にヴィザーの宇宙のツアーに出かけるって約束しましたよね。あなたとクリスチャンがテューリアンの惑星を見せてくれると言ったじゃないですか。みんなでジェヴレンにいる宇宙船に乗っている友人のガニメアンたちに挨拶しようって」

ハントは眉をひそめた。「何か行き違いがあるようだな。きみが何の話をしているのかさっぱりわからない」

ダンチェッカーが口を挟んできた。「今朝、きみに連絡したんだよ、ヴィック。h-スペースのツアーで〈シャピアロン〉号を訪問しようと」

ハントは記憶をたどったが、何も思い出すことができず、力なく首を横に振った。「まあいいか、一緒に行くよ、問題ない。ガルースたちとまた会えたら最高だな。きみは本気で言ってるんだろうが、正直なところ、わたしはそんな話は何もしていないんだ」

「ふむ、そろそろ出発の時間ではあるが、きみのほうの準備が整うまで待つとしよう」ダンチェッカーの口ぶりには少しいらだちがあった。ハントの言葉を信じておらず、忘れていたのをへたな言い訳でごまかしていると思っているようだ。

「すぐに行くよ」ハントは接続を切って、イージアンを振り返った。「失礼してかまわないかな？　クリスとミルドレッドから、あることにわたしもすぐに参加できないかと頼まれたんだが」

「お好きなように」イージアンは答えた。

「最寄りのカプラーはどこに？」

「ここに一台ある」イージアンはモニターパネルの隣にあるパーティションで仕切られたスペースを示した。「今なら空いている」

　ハントはいとまを告げてそこに入った。何か行き違いがあるのは明らかなのに、ダンチェッカーが妥協せず確信に満ちた態度を取っていたことに少しいらだちを覚えた。自分の頭が本当にそこまで衰えてしまったということはあり得るだろうか？　しかし、疑念を覚えたのは一瞬のことだった。いや、たとえ下り坂を自転車で走っているとしても、ふらつきもないし、スムーズで安心感がある。ハントはそう考えながら再びリクライニングチェアに身を委ねた。自分は何も忘れたりはしていない。

9

ヴラニクスは北半球の片方の大陸に位置するテューリアンの古い都市で、芸術センターや博物館がならぶ文化の宝庫として有名だ。同様によく知られているのが、いくつかある極めて壮麗なテューリアン建築で、この都市が成長を続けていた時代に、当時のテューリアン芸術形式の最先端として栄えたものだった。ハントとダンチェッカーは、初めてテューリアンを仮想訪問した時にもヴラニクスに〝滞在〟していた。ミルドレッドにテューリアン社会の概要を説明するならここを日程に組み込むのは当然であり、彼女とダンチェッカーは相変わらずハントがその話し合いに加わったと主張していたが、暗黙の了解により誰もそのことは口にしなくなっていた。夕方にはほかのメンバーと物理的に合流して夕食を取る予定だ。

一行が立っているのは皿の形をした大きな空間で、丸く並んだ座席が階段状に外周部まで立ち上がっていた。ハントとダンチェッカーの見守る前で、ミルドレッドはピンクの象牙のような三本のほっそりした尖塔を見上げていた。三本の塔は頭上で一本にまとまり、逆向きの段状に連なるテラスと階層に溶け込んだあと、そのまま徐々に広がりながらはるか上方へ伸びて……そこで、ミルドレッドはとまどったように眉をひそめた。その先の、空があるはずの場所へ目をやると、片側にはひと塊になった巨大な構造物の群れが見渡す限り広がっていて、反対側には遠く離れた海岸線が形成されていた。彼らが見渡しているのはヴラニクスの全景だった。しかし、それは逆さまに頭上にぶら下がっていたのだ。ハントたちはいつになったらミルドレッドがそのことに気づくだろうと待っていた。

「なにこれ！」ミルドレッドは長い間を置いて言った。「あんなひっくり返った不思議の国を通り抜けてきたんですか。いつの間にか完全に裏返しになっていたのに、みんなそれに気づかなかった……少なくとも、あたしは気づかなかった。でも、あなたは前に来たことがあると言ってましたよね。ここは本当は下側のはず。あたしたちは天井に張り付いたハエみたいにそこを歩いている」

「正解だ」ハントは褒めた。周囲に〝そびえ立つ〟三本の尖塔は、街を見下ろす巨大な塔の上から伸びて、彼らが出てきた円形のプラットフォームを支えていた——実際には、そこは小規模な円形競技場で、さまざまなイベントや社交上の集まりに使われている。ただし、その円形劇場はプラットフォームの上ではなく下側にあるのだ。

「これは……その、現実なんですか？」ミルドレッドは自分のほかの感覚を確かめようとするかのように、下や左右へ顔を向けながら尋ねた。「それとも、ヴィザーがあたしたちの頭の中に送り込んでいる？」

「ああ、これはきみが知覚している通りに存在する」ダンチェッカーが断言した。「大昔のテューリアンの建築家たちが気まぐれに造ったものだ。おそらく、その頃に発達した統合重力構造工学という新しい科学がどれほど器用なものであるかを誇示するためだろう。すでに気づいているだろうが、テューリアンはそれを広範囲に活用している」

「だから正常だと感じるんですか？……いえ、ちょっと待って。ヴィザーなら適切な刺激を与えてこれが正常だと感じさせることができるんですよね？　あたしが言いたいのは、もしあたしたちが物理的にここに……そこに、と言うべきかな……いるとしたら、すべてが間違っているように見えても、やっぱり正常だと感じるのでは？　逆さまではないと。局所的な重力は正常で、ただ反転しているだけだと？」

「その通りだ」ダンチェッカーは認めた。

一行が屋内からスロープを通って外に出てきた時に外周部をゆっくり歩いていた一人のテューリアンが、今は少し離れたところまで来てこちらへ進路を変えていた。テューリアンがさらに近づいて来たので、地球人たちはそちらへ向き直った。彼の顔には皺《しわ》があり、年老いて見えた。ひだのついた頭冠《とうかん》は地味な茶色と灰色の縞《しま》模様になっていて、それが色あせたような印象を与えていた。

「お邪魔でしたらすみません」テューリアンは言った。「地球人の習慣には疎《うと》いのです。ただ、あなたがたの世界の人々と話をする機会はこれが初めてなものですから」

「とんでもない」ハントは快活に言った。「誰とも話したくないのにこんな遠くまで来たりはしませんよ」彼は自分とほかの人たちの紹介をして、「全員テュリオスにいます」と付け加えた。仮想空間に再現された場で顔を合わせた時は、自分が物理的にどこにいるのかを表明するのが慣習となっている。そのテューリアンも実際には別の場所にいるはずだ——もし物理的にヴラニクスの塔にいて、システムと知覚結合をしていないのなら、ハントたちと会話をすることはない。「こちらのミルドレッドがあなたがたの社会について本を書いているんです。いまは手短にテューリアンの紹介ツアーをしているところで」

「わたしはコルノ・ワイアレル。カランタレス星系のネサーラという惑星にいますが、皆さんは聞いたこともないでしょう」男は少し緊張が解けてきたようだった。「でも、もともとはテューリアンで生まれたんです……もうずいぶん前のことですが」

「こういうシステムがあれば、すっかり疎遠になることはないですね」ミルドレッドが言った。「ここはだいぶ変わりましたか?」

「いいえ、ヴラニクスはあまり変わりません」

「ヴラニクスがきみの出身地なのかね?」ダンチェッカーはがんばって親しみやすい態度を取ろうとしていた。

「わたしはこの地で音楽と哲学を学びました」ワイアレルはあたりを見渡した。顔にかすかな笑みが浮かんだ。「ここは若い頃に妻のアサイと出会った場所です。わたしたちの一番の思い出はここにあります。それで、わたしたちは時々戻ってきては当時のことを振り返るんです」

「その方は……」ハントには、ワイアレルが二人で一緒に来たと言っているのか、それとも一人で思い出に浸りに来たと言っているのかよくわからなかった。無神経な質問になるかもしれないと気づいたので、口にしかけた言葉をのみ込んだ。

テューリアンはそれを察して短く笑い声をあげた。「いや、妻は元気です。とっくに着いているはずなんですが、何かに気を取られているんでしょう。ヴィザーによると、まだオンラインになっていないようです。ご心配なく。よくあることなんですよ。わたしと同じ家のどこかにいますから」

「どこの女性にもそういう傾向があるのだな」ダンチェッカーが言った。

「ほらほら、そういう偉そうな言い方はよくないですよ、クリスチャン」ミルドレッドはダンチェッカーをたしなめてから、ワイアレルに尋ねた。「あなたはどんなことをしているんですか……その……ネサーラで」

「あなたがたなら熱帯と呼びそうな、森と生命にあふれた惑星です。わたしたちの基準からすると温暖で湿度が高いのですが、すぐに慣れます。引退してそこへ行ったのは生命に囲まれて思索にふけるためでした。内なる意識がそうしたものに対して心を解き放つすべを学ぶのです」

「昔は地球にもそういう教えがあったんですが、今は廃《すた》れてしまったようですね」ミルドレッドは一緒にいる二人の科学者をちらりと見た。「もう時代遅れだと考えられているみたいです」ダンチェッカーは鼻を鳴らしてそわそわと足を動かし、挑発に乗せられまいとがんばっていた。

「自然な流れでしょう。でも、それは一時的なことです」ワイアレルは言った。「文明はまず物質的な欲求を満たさなければ、その先へ進むことはできません。ヴラニクスで見られるような作品を生み出すためには、まず食事をしなければならないということです。テューリアンは物理的な宇宙を発見してそれを理解しました。そして今、自分自身を発見しているのです」

「クリスチャン、これはまさにあたしが望んでいたものです！」ミルドレッドはそう言ってから、ワイアレルに顔を向けた。「またいつか連絡を取って、この件についてもっとお話をすることはできますか？」

「もちろんです。ただ、わたしたちは外部の事柄から距離を置く時があるということは承知しておいてください」

「ご負担になりませんか？」

「むしろ光栄ですよ……。ちょっと失礼します」ワイアレルはいっとき遠くを見つめてから、現実に戻ってきた。「ヴィザーからのメッセージでした。妻のアサイはクローグという家畜のことで何か用事があるようです。家を勝手に出入りするやつが何匹かいるんですよ。今は娘からかかってきた電話に出ているとか。どうぞ、これ以上皆さんを引き留めたくありません。妻はきっと皆さんに会いたがるでしょうが、機会はいつでもありますから。わたしはここで一人で考え事をしているだけで満足なので」

「女と猫というやつは」ダンチェッカーが聞こえよがしに呟いた。

「クリスチャン！」ミルドレッドがたしなめた。

興味をそそられた一行は、ツアーの行程に惑星ネサーラを追加し、さっそくそこを訪問した。ヴィザーに案内された場所は、雪を頂くヒマラヤの氷壁を背にしたアマゾン上流部の熱帯雨林の丘のように見えたが、色彩はより豊かで規模もさらに壮大だった。高台から流れくだる何本もの急流が、丘にかかったネックレスのような輝きを放っている。ヴィザーが提供する感覚入力は、空気の熱や湿り気、漂う香りや音、さらには濡れた肌にまとわりつく衣服のリアルな感触までも忠実に再現していた。ダンチェッカーが無意識のうちに仮想の眼鏡をはずして仮想のハンカチでレンズを拭いていたのは愉快だった——ヴィザーが眼鏡を曇らせる理由など何一つないのに。

「ワイアレルのような人と会う時、自分が考えていることについてどれくらい気をつければいいんですか?」ミルドレッドが尋ねた。「つまり、ここにいると自分がより深く息をしているのが感じられるんです。実際はそんなことはしていないとわかっているのに。あなたの話からすると、ヴィザーがあたしの頭の中で何かしているんですよね。それ以外に頭の中にあるどんなものを引き出せるんですか?」

「心配しなくていいよ」ハントは言った。「たしかに、原理的には引き出せる。しかしヴィザーはそんなことはしない。テューリアンにはプライバシーに関する厳しい規定がある。ユーザーが特に指示をしない限り、ヴィザーの役割は基本的な感覚データの供給と、運動などいくつかの末端出力の監視に限定されるんだ。きみがその場にいたら、きみが見たり聞いたり感じたりすることだけでコミュニケーションを行う。心を読み取ったりはしない」

「なるほど、それは知っておいて良かったです」

ダンチェッカーが過去に発見し、再び訪れたいと強く願っていた世界の上に、ハントたちは宇宙の神々のように実体なく浮かんでいた。こちらの世界は二重星《にじゅうせい》をめぐる複雑な軌道を描いているため、その表面は海と砂漠が交互に繰り返されるという極めて過酷な状況になっていた。にもかかわらず、そこではさまざまな驚くべき生命体が適応を遂げており、乾季《かんき》が近づくと自らの骨構造を溶かしてトカゲに似た砂地の住民に変身するパートタイム魚もいた。溶岩が流れガスが噴き出す白熱の大釜のような生まれたての世界も訪れた——現実であれば即死だが、ヴィザーが伝える雰囲気だけでもそれを実感するには充分だった。テューリアンが宇宙空間に築いた数千マイルにも及ぶ巨大な建造物には全員が圧倒された。それは燃え尽きた恒星を消費する質量変換システムの一部を成しており、そこからh‐スペースを経由して恒星間転送ポートを開設するためのエネルギーが送り出されるのだ。人々が空に浮かぶ人工島で暮らす濃霧と峡谷の世界、氷殻の下を掘り抜いたおとぎの国のような都市。短軸《たんじく》を中心に回転しているために両端が大気圏外に突き出しているという、フットボールの形をした驚くべき世界では、生命維持に必要な装備を身に着けて端まで延々と登ったあと、そこから飛び降りて軌道に乗ることができるのだった。

一行が最後に訪れたのは、ハントとダンチェッカーにとっては見慣れた場所である、太古のガニメアンの宇宙船〈シャピアロン〉号のコマンド・デッキだった。この船は、ルナリアン以前のミネルヴァの時代、ガニメアンがテューリアンに移住する前に太陽系を離れ、ほんの数年前、ハントとダンチェッカーがガニメデにいた時に戻ってきたのだ。かつてはメタリックな曲線を輝かせていた高さ半マイルの塔は、強制された流浪の旅を経て色あせたへこみだらけの姿になり、今はジェヴレンのシバンという都市の郊外に佇《たたず》んでいた。遠い過去から旅をしてきた人々は、地球人と同様、テューリアンにはなかなか馴染むことができなかった。とはいえ、彼らは前政権下で衰退してついには崩壊したジェヴレン社会の再建を監督する立場にあった。ガニメアンもテューリアンのニューロカプラーを介して交流していたので、今回の〝会合〟の場所はどこであってもかまわなかった。しかし、懐かしさと昔のよしみから、関係者の誰もが自分たちの古巣の船で開くことを希望していた。

かつては〈シャピアロン〉号の司令官だったガルースが、旧友の二人とそのゲストを温かく迎えた。一緒にいるのは、女性科学主任のシローヒン、船の主任エンジニアのロドガー・ジャシレーン、そしてガルースの副官であるモンチャーだ。昔のミネルヴァからやってきたガニメアンたちは、たいていのテューリアンと比べると背が高く、肌の色も濃くないし、頭冠の色合いも地味だった。その場には船の制御ＡＩであるゾラックもいた——ヴィザーの先行モデルであり、現在は退役したジェヴェックスの代わりにシバンのネットワークに接続していた。

ガニメアンたちが最初に聞きたがったのは、当然ながら、マルチヴァースプロジェクトにまつわる最新情報だった。テューリアンには秘密という概念がなく、進捗状況を示す報告書が定期的に作成されていたが、ガルースたちが知りたいのはハントとダンチェッカーの個人的な見解なのだ。ハントはマルチヴァースのセグメントの薄っぺらな構造と、その結果、伝播する物体は一瞬で通過することを説明したが、それは彼自身がほんの数時間前にイージアンから教えられたことだった。ここで再び、どうすれば物体が停止し、安定して一つの現実の中にとどまり、コヒーレントな全体像が得られるのかという疑問が提起された。

「ターゲットの距離以外のあらゆる場所で破壊的に干渉する、ある種の補完的なM波を生成することは可能でしょうか?」シローヒンが考えを口に出した。「それなら送信された物体は共振状態で保存される? 多くのセグメントに広がっていくことに変わりはないでしょうが……それは問題になりますか? 微調整すればそのうちのどれかと接続できるかもしれません」たしかに、誰もその考えに異論を唱えることはできないだろう。とはいえ、現時点では、それは純粋に理論上のものでしかなかった。

「面白いアイデアだ。イージアンに話してみよう」ハントに言えるのはそれだけだった。

「それでも、やみくもに打ち出していることに変わりはありません」ジャシレーンが指摘した。「あなたは〝ターゲット〟と言いました。しかし、それを識別するためのフィードバックが何もないのです」彼は周囲を見回した。「言いたいことはわかりますよね? 別の宇宙からあなたたちのところへ送られてきた……ええと……」さっと手を振る。「軌道中継局のことを考えてみましょう。それは予定された時刻に予定された場所にあらわれたように見えます。送信者はどうやってそれを狙った場所に届ける方法を知ったんでしょう?」

「われわれにはマルチヴァースの構造について充分な知識がないのだから、事前にプログラムして装置に狙った宇宙の特徴を認識させることはできないのでは？」モンチャーが指摘した。「地形に沿ってフライヤーを飛ばすのとはわけが違う」

ハントはうなずいた。「あるセグメントから次のセグメントへ移った時にどのように変化が生じるか、つまり徐々に生じるのか唐突に生じるのかに大きく依存するからな。それは進入するマルチヴァースの次元によって異なる。ある方向では実質的に変化がないが、別の方向を選べば完全に断絶する——単一の量子事象が拡大され、それが引き金になってまったく異なる現実に移行するのかもしれない。そういう効果をどうやってモデル化するのか、まったく見当がつかない」

「行きたいところへ行くには、地図が必要になります。しかし、地図を描くにはその場にいなければなりません」ゾラックが口を挟んだ。

「きみは深遠なる洞察力を披露しようとしているのかな、ゾラック？」ハントは尋ねた。

「いいえ。単なるわたしの見解です」

「ありがとう」

その件については、とりあえずもう話すことはなかった。話題はジェヴレンにおけるガルースとその仲間たちの仕事の状況に移った。プロジェクトは順調に進んでいて、ジェヴレンの人々はジェヴェックスへの全面的な依存を克服し、自分たちのことをきちんと管理するすべを学びつつあった。ハントはコマンド・デッキのスクリーンに映し出される外部の景色から、以前に見た時の荒れ果てた状態と比べて、だいぶ街がきれいになっていることに気づいていた。ここでの仕事が片付いたら、ガルースたちはどうするのだろう。それはこういう時に持ち出すべき質問ではないように思えた。しかし、〈シャピアロン〉号は退役したわけではないし、打ち上げができない状態にあるわけでもない。架空戦争で策略を用いてブローヒリオのジェヴレン政権を崩壊させた時も、その後にエントヴァースからの精神的移住者たちがもくろんだジェヴレン人による大規模な精神侵入を撃退した時も、重要な役割を担っていたのだ。ハントにはガルースたちが再び自分たちの船を飛び立たせる口実をほしがっているように思えた。

多忙な人たちにありがちな、もっと定期的に連絡を取ろうという約束を交わしたあと、彼らはひとときの別れを告げた。ほどなく、ハントはクエルサング研究所の多元転送機のそばにあるニューロカプラーのリクライニングチェアに戻っていた。「案内をありがとう、ヴィザー」彼は終了の合図にそう告げた。

「喜んでもらえるよう努力している」

ハントは体を伸ばしてあくびをし、数秒そのままでいたあと、腕や脚を何度か曲げて立ち上がり、ぶらぶらと研究室のほうへ歩き始めた。「まだ誰かいるかな？」彼はオヴカモードに戻って言った。

「テューリアンの技術者たちだけだ」ヴィザーが答えた。「イージアンはもう帰った。先に行ったヨーゼフ・ゾンネブラントとマダム・シーアン・チェンは、地球人グループのほかの面々と共に夕食の席できみと会うことになっている」

「ああ、そうか。時間はどれくらいある？」

「一時間ちょっとだ」

「その前にウォルドルフに戻って身支度を整える余裕はあるかな？」

「問題ない。二階下にあるカフェテリアの外のテラスに、フライヤーが何機か待機している。奥の扉を出て右に曲がり、窓のある壁に沿ってコンコースまで出たら、Gラインで下へおりてくれ」

10

ディナー会場は花と低木があしらわれた庭園のような場所で、二面がガラス張りになっており、そこから見渡す都市の高台には、目に見えない力で形状を定められた河川や滝が流れていた。その場にいるのは七人の地球人だけだった。テューリアンたちが夜になって引き揚げたのは、地球人だけでしばらく過ごしてもらおうという配慮だった。ここはテューリアンなので、食事はベジタリアンだが、とてもおいしかった。初期のミネルヴァでは陸棲の肉食動物が進化しなかったので、ガニメアンの間では肉食は知られていなかったのだ。テュリオスには、ジェヴレン人が経営する、同胞の来訪者の嗜好《しこう》に応じる店もあるようだが、地球から来た一行は特にそれを気にすることはなかった。一番おしゃべりだったのはミルドレッドで、いましがた体験したことにまだ心を奪われているようだった。

「クリスチャンとヴィクターとあたしが今日だけで何光年旅したかわかりますか？」ミルドレッドはテーブルの面々に語りかけた。「ヴィザーの話だと銀河系のこのあたりのかなりの部分を占めているとか。それなのに、あたしはアルプスで春の朝を迎えたようなすっきりした気分です。みんな荷造りする必要さえなかったんですよ！　本当に驚きです。こういうのがいつかマルチヴァース全体に、つまり、このところよく話に出てくる無数のほかの現実にまで広がったら、どんなことになるか想像できますか？　歴史をくまなく旅して回ることができるんです、ここでは起こらなかった歴史さえ……。だって、あたしの理解が正しければ、なんだって起こるわけですよ、あたしたちがいる現実以外では。そうですよね？……ええと、言ってることはわかると思いますが」

「すべてのヴィザーを連結するのか」ダンカンがゆっくりとした声で言った。その発想に魅了されているのか、ミルドレッドをじっと見つめている。いままで考えたこともなかったのだろう。ダンカンとサンディは、チーム内の若手として、地球人グループが使用する作業スペースの準備を担当していた。その仕事は順調に進んでいて、報告することもあまりないので、話をするのはほかの人に任せているようだ。ゾンネブラントとチェンは妙に口数が少なく、なにやら緊張があるように感じられる。ダンチェッカーはテューリアンの有機物の調査に没頭していた。そしてハントは、今の話を聞いてミルドレッドを呆然と見つめていた。彼自身にもそんな発想はなかったのだ。

ミルドレッドは続けた。「ただ、どうにも納得できないのは、こういう小さな揺らぎの一つ一つ……何と呼ぶんでしたっけ？　どちらにでもなる可能性がある変化のことを」

「量子事象？」ハントは言った。

「そうです。それが存在し得るすべての現実につながるというのが納得できなくて。宇宙を構成する全原子が潜在的に作り出し得るすべての組み合わせ。あなたたちはそういうことを言っているんですよね？」

「数学が言っているんだ」ハントは慎重に返事をした。反論しなければならない状況に追い込まれるのは避けたかった。

「まあ、あたしは数学者ではないので、それを信じる必要はありません」ミルドレッドはきっぱりと言った。

ダンチェッカーが一瞬興味を引かれたような目をミルドレッドに向けたが、関わらないほうがいいと思ったのか、黄色いソースのかかった紫色のアーティチョークを思わせる球根状の物体の解剖に意識を戻した。

ハントはにっこり笑って、ミルドレッドに言った。「とうてい理解できそうにない数でも、この仕事に携わっているとだんだん受け入れられるようになるんだよ」

ミルドレッドは首を横に振った。「〝数〟の話じゃありません。真実味があるかということです。あなたたちは物理的に起こり得るすべての宇宙がどこかで起きていると言う。でも、それが信じられないんです。たとえば、あたしの本が全ページ白紙で印刷されて、書店に並べられ、客がそれを買うような宇宙が存在するとは思えません。わかりますよね？」彼女はテーブルを見渡し、何か意見はないかと待った。誰も口を開かなかった。「あなたたちの数学では、量子の……揺らぎが、原子を結びつけてそういう宇宙を生み出すのを止めるものは何もないかもしれませんが、あたしにはそうなるとは思えません。そんなのおかしいですよね。その宇宙にいる人たちは決してそういうふるまいはしないはずです」

ハントはミルドレッドを見つめて返事をしようとした……が、できなかった。ミルドレッドは明らかに何かを見落としている。しかし、ハントはそれを明確に指摘できなかった。この件については考える時間がいるようだ。

「でも、今日はいろいろと話を聞きすぎてしまいました」ミルドレッドは続けた。「〈シャピアロン〉号のガニメアンたちと会えたのは素晴らしかったけど、皆さんが彼らと話していることもあまり理解できなくて。なにより興味深かったのは、最初に、ヴラニクスの逆さまになった巨大な鉢で出会った夫婦ですね。哲学者であり芸術家でもある人たちです」彼女はその場に居合わせなかった人々に向かって説明した。「その夫婦は引退して、あたしたちも見た熱帯雨林や山々の広がる素晴らしい世界で暮らしているんです。自らの内なる本質を発見するために。テューリアンたちはそれを人生の主な目的と考えているみたいですね。あたしもいつも考えていたことです」

ハントはミルドレッドの想像力のほとばしりにまた笑みを浮かべた。「夫婦ではなかったよ。ワイアレルだけだ。彼は妻が来るのを待っていたんだ」

ミルドレッドはとがめるようにハントを見た。「何を言ってるんです、ヴィクター？　二人ともいたじゃないですか。アサイはとてもチャーミングで。あなただって彼女が着ていた金色と藤色のガウンは忘れられないでしょう。ほんとにすごかった！」

ハントはどう反応していいかわからず、口ごもった。今夜はどうしても口論に巻き込まれずにはいられないようだ。「すまないが、きみは何か勘違いをしているようだ。ヴラニクスで会ったワイアレルは一人だった……。わたしたちがあそこを離れた時も、まだアサイを待っていたんだ」

「ヴィクター、何を言っているのかよく……」

「ミルドレッドの言う通りだ、ヴィック」ダンチェッカーが静かに言った。「われわれは二人と話をした。きみだってアサイのガウンを褒めていた」彼はハントに心配そうな目を向けたが、同時にほんのかすかに首を振って、今ここで問題にすることではないと示唆した。

ハントは椅子に深く掛け直し、おとなしく残りの食事を済ませた。今朝、多元転送機のそばにいて、ミルドレッドとダンチェッカーから連絡が入り、二人に同行すると約束したと聞かされた時と同じように、自分に自信が持てなくなっていた。

「ヴィザー、きみはこれらの状況に関わる神経内の情報伝達をすべて処理している」ハントはウォルドルフで自室に戻った後、しばらく考えをめぐらせてから、この問題についてヴィザーに話しかけた。どうしても頭に引っかかっていたのだ。「何があったか記録をとっているか？　それでこういう事態は解明できるはずだ」

「いや、記録はない」ヴィザーが答えた。「目的は純粋にユーザー同士のやりとりを仲介することだ」

ハントもおそらくそうだろうと思っていた。それはむしろ、この話を切り出すためのきっかけだった。「しかし、ユーザーが頼んだらできるのか？　きみがわたしのデータストリームに流したすべてのログを保存してほしいとしたら？」

「それは必然的にほかのユーザーを巻き込むことになる」ヴィザーは指摘した。

「つまりできないということか？」

「許可されていないのだ。記録を残すためには、そういう事柄を決定するテューリアン当局のほうで基準や運用指令を変更してもらわなければならない。しかしそのような変更は簡単には承認されないだろう――そもそも承認されるとも思えない」地球人の歴史について少しばかり皮肉を言う誘惑に逆らえなかったのか、ヴィザーは付け加えた。「テューリアンはお互いを監視して記録することに執着したりはしないからだ」

「たとえ相手が同意していても？」

「とてつもなく面倒なことになるだろう。回線に接続しようとするユーザー全員に告知をしなければならない。テューリアンにとっては多くの説明が必要な事柄だ。彼らは人生をまったく異なる視点から見ている」

ハントはため息をついた。「わかった、ちらっと思っただけだ。今は忘れてくれ」彼は思いにふけっていたカウチに背をもたせかけ、天井を見上げた。天井には飾りの模様が入っていて、素材の内部から発する光は、均一に拡散させることも好みの場所に集中させることもできる。何かとてもおかしなことが起きていた。ハントは混乱し、動揺していた。そういえば、ディナーの席ではヨーゼフとチェンも最初から同じように動揺して見えた。

時刻を確認する。真夜中を過ぎたところだ。「ヴィザー。ヨーゼフに連絡を取ってくれないか？」

一瞬おいて、視界にオヴカのフレームがあらわれ、そこにゾンネブラントの頭と肩が映し出された。「やあ、ヴィック。どうかしました？」

「今、何かしているかな？　話したいことがあるんだが」

「もちろん、問題ありません。ピットストップで会いますか？　こっちへ飲みに来てもいいですよ。ちょうど寝る準備をしていたところですが」

「いや、かまわない。そっちに行くよ。二、三分で着く」

ハントが到着した時、ゾンネブラントはローブにスリッパという姿で、首の長いずんぐりしたボトルと二脚のグラスをスイートルームのラウンジセクションのテーブルに用意していた。「どうしたんです、不眠症ですか？」彼は腰を下ろしたハントに言った。「わたしも頭の中が大忙しみたいです」

「乾杯」ハントはゾンネブラントが飲み物を注いでくれたグラスをしげしげと眺めた。「これは？」

「ここにストックされていた、ジェヴレン人が飲むワインの一種です。ちょっとホックに似ていますね」

「悪くない」

ゾンネブラントは首を振ってドアのほうを示した。「さっき、ピットストップでエストニア人たちと話していたんです。ガニメアンは歌うことができないなんてまったく知りませんでした」

「ガニメアンの発声器官は人間とはまったく異なっている。だから、われわれには再現しにくい、あのしゃがれ声での会話になってしまう」ヴィザーが通訳する時の音声は、両者に普通に聞こえるように合成されたものだ。「きみの言う通り、ガニメアンの発声の範囲では歌をうたうことはできない」

「わたしたちの合唱音楽はガニメアンにとってはたいへんな驚きなんです。あのエストニア人たちは大センセーションを巻き起こしていますよ。知っていましたか？」

「そちら方面のことにはあまり気を配っていなかった」

「不思議な気がしたんですよ……生理学的なことではなく、テューリアンがそんなに驚いていることが。だって、彼らは長い間ジェヴレン人と一緒に過ごしてきたのに。ジェヴレン人は人間じゃないですか」

ハントは肩をすくめた。「だとしたら、ジェヴレン人はそれほど音楽好きではないのかもしれないな。考えてみると、わたしが行った時はあまりそういう気配がなかった」

「そうかもしれません」ゾンネブラントは腰を落ち着けて、グラスの縁越しにハントをのぞき見た。「それはさておき……もっと文化的な朝の時間まで待てないほど緊急を要することというのは何ですか？」

「緊急というわけじゃないんだ、ヨーゼフ。個人的な問題かもしれないので、二人きりで話す必要があると思って」

「ほう。これは興味をそそられますね。どうぞ続けてください」

ハントはどう切り出すのが一番いいか考えていたが、どうやっても気まずくなるのは避けられないようだった。「まず初めに、わたしが詮索しているとか、きみの個人的な事情に興味があるとか思わないでほしい。これからする質問はいささか奇妙に聞こえるかもしれないが、それを尋ねるのには正当な理由があるんだ」

ゾンネブラントは不安げにハントを見つめた。「はい……？」

「今夜のディナーの席で、きみとチェンは……」ハントは小さく身ぶりをした。「その……うまい言葉が見つからないが、少しばかり緊張しているように見えた。なんだかピリピリしていて、あまり話もしていなかった。意味はわかるかな？」言葉が途切れても、ゾンネブラントは何も言わずにじっとグラスを見つめていた。ハントはこれを恐れていた——口には出さずにできるだけ礼儀正しく、おせっかいはやめろと言っているのだろう。「わかった、最初に言ったように、何か個人的な問題に踏み込んでしまったのなら――」

ゾンネブラントは短く笑ってハントの言葉を遮った。「わたしとチェンが？　よしてください よ、ヴィック。チェンとじかに顔を合わせるようになってからの期間はあなたと変わりませんし、その間ずっと彼女との親睦を深めていたわけではないんですから」素早く飲み物を口にする。「正直なところ、ノーとは言えません。チェンにはすごく崇高なところがあると思いませんか？　気品と魅力は年齢を重ねるごとに深まるものだと世の女性に教えてくれるような。少なくとも、わたしは今日までそう思っていたんです」

「わたしがこの話を持ち出した時、きみはすっかり黙り込んでしまった。気分を害したのかと思ったよ」

「はあ」ゾンネブラントは鼻に皺を寄せてちょっと考え込んだ。「本当に知りたいのなら言いますが、気分を害したというか、ほんのつまらないことなんです」

「チェンに対する考えを改めた理由と関係があるのか？」

「まあ、そうですね、正直に言えば」

ハントは自分の直感が正しかったことを悟った。「当ててみようか。何かとてもつまらないことで、わざわざ口にするほどではない。それでも、まるで子供みたいに。お互いの言い分がひどく矛盾していることに気づいた。きみは自分が正しいとわかっていたから、簡単に解決できるはずだった。ところが、チェンは自分の主張にこだわり、引き下がろうとしなかった」

ゾンネブラントは驚きに目を見開いた。「まさにその通りです！　どうしてわかったんですか？」

「すぐに話すよ。それで、何があったのかな」

「今日、多元転送機のところにいた時、わたしたちは口論ばかりしていました——あなたが言ったように、些細なつまらないことです。チェンは、わたしが実際には言ってもいないことを何度も繰り返していると言ったり、自分が実際には言わなかったことを言ったと断言したりしていました。別の時には、わたしがずっとその場にいたのに、まるでいなかったかのように、それまでの十分間に何が起きたかを説明し始めたんです。もちろん、誰にだってミスはあります。でも、それをわかっているはずの人が、事実を認められないようだと……後になって、そのことが気にかかるんです」

「わかるよ。いらいらしてくる」

ゾンネブラントはさらに話を続けるつもりだったようだが、ハントの厳しい表情を見て思いとどまった。「あなたにも同じようなことが起きていたんですか？」口をつぐんで記憶をたどる。「ああ、そうか！　夕食をとっていた時に、クリスとミルドレッドを相手にテューリアンの夫婦について話していましたね」

ハントはゆっくりとうなずいた。「クリス・ダンチェッカーとは長年の付き合いだ。気むずかしいところはあるが、あんなのはまったく彼らしくない。ここでは何かすごくおかしなことが起きているんだ、ヨーゼフ。クリスだけでなく、われわれみんなが影響を受けている。

今のところ、それが何なのかはさっぱりわからないが」

11

しかし、全員が影響を受けているわけではなかった。翌朝、ハントがダンカン・ワットにさりげなく聞いてみたところ、彼とサンディはハントの言うような問題をまったく経験していなかった。それどころか、これから使う作業スペースの準備や地球から運ばれてきた物品のチェックといった仕事の単調さが、新しい世界に来たという爽快感と物珍しさで軽減されて、むしろ楽しい一日を過ごしていたようだ。

ハントはそろそろダンチェッカーと話をするべきだと判断した。連絡を取ってみると、教授はクエルサング研究所の多元転送機のあるブロックに隣接するタワーにいることがわかった。このブロックに地球人の作業スペースが割り当てられているのは、彼らが、身内だけで隔離されるより、イージアンがこのプロジェクトのために集めたテューリアンの科学者たちと一緒に働くことを望んだからだ。もちろん、テューリアンもそれを歓迎した。ハントはヴィザーの案内で隣の建物に入り、曲線的な構造と装飾的なインテリアが目立つエキゾチックな空間を通り抜けた。科学的な作業環境というより、アラビアの宮殿やスペインの大聖堂を思わせる雰囲気で、居住者の多くがローブのような衣服をまとっていることがその効果をさらに高めていた。まるでハードエンジニアリングに適合したプラトンのアカデミーのようだ。テューリアンは地球人のように芸術と科学を明確に区別したりはしない。テュリオスの高所にある公園で小道の脇に壁画を彫ることから宇宙船に動力を供給することまで、テューリアンが行うことはすべて芸術であり、その一方で、客観的な真実を明らかにするプロセスはすべて〝科学〟なのだ。

ダンカンとサンディは、ボランティアで手伝いに来ているテューリアンの学生たちからテューリアンの機材の説明を受けていた。ゾンネブラントはそこにはいなかった——おそらくチェンと和解しに行ったのだろう。ダンチェッカーは部屋に面したバルコニーにいると、ダンカンが教えてくれた。ハントはガラス張りのドアを通って外に出た。そこはバルコニーという言葉から連想するような場所ではなく、むしろテラスガーデンだった。ダンチェッカーは草木や人工の小川の向こうにある外側の手すりのそばに立ち、周囲の景色をほれぼれと眺めていた。ハントは小さな橋で小川を渡って彼と合流した。大理石のような表面とガラスで構成された研究所は、まるで彫刻のように多くの思考と表現を体現し、巨大なテューリアンの木々に囲まれた造園された岩と緑の中にそびえ立っていた。

「ゴダードのバイオサイエンス棟の最上階からの眺めは実に刺激的だった」ダンチェッカーが口を開いた。「しかし、これを見た後では、二度と同じように感じることはあるまい。もしわたしに芸術方面の素質があるなら、それを表現するために必要なのはまさにこのようなインスピレーションなのだろう。きみはオスヴァルト・シュペングラーを読んだことがあるか？　彼は人間の文化も、あらゆる生命体と同じように、内なる本質を表現するために生まれ、成長し、繁栄し、滅びるものだと考えていた。テューリアンも同じだ。彼らの行動はすべて、自分たちが何者で、世界をどのように見ているかの表明だ。ヒマワリの種をバラに成長させるのが不可能であるように、それを変えるのは不可能なのだろう。ある文化が別の文化に自らを押しつけようとする不毛な試みが、われわれの歴史に多くの残念な物語をもたらしているが、それに対する答えがここにあると思わないかね？」

ダンチェッカーは珍しく開放的な気分でいるらしく、これなら話をしやすそうだな、とハントは思った。バルコニーにいるおかげで、屋内にいる人たちに声が届かないのがありがたかった。

「今日はミルドレッドは？」ハントは問いかけた。

「もう自分の用事で出かけたよ。フレヌアと会うそうだ。おそらくむずかしい出会いになるだろうが、ミルドレッドならうまくやるだろう」フレヌア・ショウムは、ミルドレッドの取材活動の案内役を務めるテューリアンの女性高官だ。ブローヒリオの計画が明らかになる以前からジェヴレン人の動機を疑っていた数少ないテューリアンの一人で、その疑念を一般化して人類全般を警戒する傾向があった。

「クリス、昨夜のディナーでのちょっとした意見の相違についてなんだが……」

ダンチェッカーは手すりから振り返り、満面に笑みをたたえて、なんでもないという身ぶりをしてみせた。「ああ、気にすることはない。誰だってうっかり間違うことはある。こういう旅は、たとえ一日や二日でも、混乱とストレスに満ちている。社会的および物理的な環境面にこれほど急激な変化があれば、それはさらに悪化するだけだ」

「うん、しかしそういうことではないと思うんだ。あれは――」

ダンチェッカーはしゃべり続けた。「それより、昨夜話題になった別の件で言っておきたいことがある。これはとんでもない意味合いを持つ可能性がある。やはりミルドレッドが言ったことに関係しているのだが」ダンチェッカーはすでに最初の話を些細なこと、忘れたほうがいいこととして片付けていた。ハントは胸の内でうめいた。ダンチェッカーが心を奪われている問題について話し始めると、軌道修正するのはほぼ不可能なのだ。教授は両手の親指を襟元に上げ、無意識のうちに講義モードになっていた。「覚えていると思うが、ミルドレッドは物理的に存在し得るすべての現実がマルチヴァースのどこかに存在するという考えを受け入れなかった。きみたち物理学者から数学的にはそれが正しいと言われても、正直なところ、わたし自身もその点に関してはずっと疑いを抱いていた。ただ、そのモデルがどこで破綻しているのか具体的に特定することはできなかった。ミルドレッドはそれを指摘したのかもしれない」

この人は自分のいとこがとめどなくしゃべることに文句をつけていたよな、とハントは胸の内で呟いた。

ダンチェッカーは話を続けた。「ミルドレッドは自分の本が白紙で印刷されて販売されるような宇宙はどこにも存在しないはずだと言った。もちろん、その通りだ。そんな馬鹿げたことがあるわけがないだろう？　しかし、きみたちの数学はそれについてどう言っているんだ？　人間にとってもっともらしい現実と、どんなに小さな確率を考慮しようが常識的に考えてあり得ない現実とを、純粋に機械的なプロセスでどうやって区別する？　できるわけがない。従って、きみたちの形式主義的な量子論では、ある種の実験の結果を限られた範囲でうまく予測できたとしても、現実を適切に説明することはできないのだ」

　ハントは、ミルドレッドからこの話を聞かされた時に感じたのと同じ戸惑いを再び感じた。答えがあるはずなのに、どうしても思い浮かばない。あれからあまり考えないようにしていたのだ。

「これはとても大きな意味合いを持つ可能性がある」ダンチェッカーは続けた。「こう考えてみてくれ。物理学ではマルチヴァース自体が時間を超越していることを受け入れなければならないだろう？　われわれが知覚する一連の変化は、意識が連続する分岐で選択を行っていくことで生み出される。意識がそれをどのようにして行っているかは謎だ――きみが期待を高めているかもしれないので言っておくが、いまはこれ以上の詳しい説明はできない」ダンチェッカーはこれはユーモアだと示すようにちらりと歯を見せた。「しかし、それが可能であるという事実は、意識とは何であるかを定義するための本質的な基準を提供してくれるかもしれない。いや、むしろ〝生物〟と言うべきか。わたしの提案によれば、すべての生物がある程度の意識を持っていることになるからな。自己認識とは混同しないでくれ。それはわたしが話している現象とは質的に異なるサブセットだ」

「それで、きみは何を提案しているんだ？」ハントは観念して尋ねた。どうあってもこれを最後まで聞かなければならないのは明らかだった。

「こういうことだ。無生物《むせいぶつ》は偶然の法則にのみ支配される。無生物が経験する未来――もっと学者ぶった言い方をするなら、あるバージョンの無生物が存在する特定の現実――は、それ自体の外部で生じる力と確率によって決定される。これが物理学の記述する世界だ。しかし、意識を持つ存在――つまり、さっき言ったように、すべての生物――は、自身の行動を改変することで、こうした確率を変える能力を持っている。そうしなければ経験していたはずの未来とは異なる未来、おそらくはそれが何らかの手段でより望ましいと評価した未来へと、自らを導くことができるのだ。これをどの程度できるかということが、どれくらいの意識があるかのよい指標となるかもしれない。この基準は、われわれのような知能の高い種にも、ほかのあらゆる生命体にも等しく適用できる可能性がある」

「その基準は植物にも適用されるのか？　細菌は？　菌類は？」

ダンチェッカーは言うまでもないというように手を振った。「いかにも。それらは皆、より良い暮らしを送る確率を高めるために環境の合図に反応する」

ハントは話の筋を見失いかけていた。「それで、ミルドレッドがどうからむんだ？」

「彼女は見たところ疑いの余地なく指摘してみせたのだ――われわれのような意識を有する存在は、たとえ純粋に物理的な数学で可能であるとされても、意識が関与した時にしか意味を持たないという理由により絶対に起こり得ない未来については、その大部分を排除するよう行動するのだと。量子物理学では物質はあらゆる形態を取り得るとされているが、マルチヴァースを構成する現実においては、ある種の〝もっともらしさの境界〟が設定されて実際の形態が制限される。意識が介入して量子遷移を抑制することで排除される現実が出てくるのだ。それがどのようにして行われるのかはわからない。しかし、物理学の理論を生物学的および社会的現象に適用しようとするわれわれの努力が限定的な成功にとどまっていることを説明するには大いに役立つだろう。テューリアンたちが語ることの多くが、以前よりもずっと理解しやすくなるのだ」ダンチェッカーは期待を込めてハントを見つめた。

しかしハントは、ここに来たそもそもの目的を話そうとした時にダンチェッカーから偉そうな態度で一蹴されてしまったことに、まだいらだちを覚えていた。いまダンチェッカーは、物理学者が自分たちの領域のどこで間違っているかを指摘し、それを正すための助言を求められてもいないのに提供しているのだ。「ああ、ありがとう、クリス、でも物理学は物理学者に任せておけば大丈夫だ」ハントの口調は自分で意図した以上にぶっきらぼうになっていた。「今やるべき仕事は多元転送機をどこかに接続したままにしておくことだ。こういう思索的な考察はあまり役に立つとは思えないな」

ダンチェッカーはぴたりと口を閉ざし、大きく息を吸った。この返答を不愉快に思っているのは明らかだった。「きみは以前から、より広い視野を持つ自分の考えを受け入れるべきだとわたしに言っていたではないか」声がこわばっていた。「わたしが思いきってその通りにすると、今度は自分の分野にとどまれと言う。いったいどうしろというのだ?」ハンカチを取り出して眼鏡を拭き始める。「少なくともわたしは、よく考えてみればきみの言う通りかもしれないと思った時には、いつだってそれを認める潔《いさぎよ》さを持っていた。今回はきみにも同じように認めてもらえると信じている」眼鏡をかけ直し、周囲を見回す。部屋の中から新たな声が聞こえていた。「そろそろわれわれの若き同僚たちの様子を確かめたほうがよさそうだな。ヨーゼフとチェンが合流したようだ」そう言うと、ダンチェッカーはくるりと背を向け、橋を渡って、戸口から部屋の中へと姿を消した。

ハントはバルコニーの手すりに両肘をつき、ため息をついて景色を眺めた。少し下に見える段丘《だんきゅう》状になった場所から、学生らしきテューリアンたちが手を振っていた。ハントは小さく手を上げてそれに応えた。自分が言い過ぎたことはわかっていた。いったいどうしたのだろう？　彼は憂鬱《ゆううつ》な気分で、研究プロジェクトを始めるのにこんな素晴らしいやり方はないなと胸の内で呟いた。

12

クリスチャンはいつも慎重に言葉を選んで——彼のような人にできる範囲の選び方ではあったが——ミルドレッドにきみはしゃべりすぎると伝えていた。もしそれが本当だとしたら、ミルドレッドもたまには彼の意見を認めてあげて、テューリアンと一緒にいる時には、なるべく自分を抑えるよう心がけなければいけないだろう。結局のところ、彼女は学ぶためにここにいるのだ。問題は、頭の中にいつもたくさんの考えが渦巻いていて、そこにある間にぜんぶ吐き出さなかったら、水面下に沈んで二度と浮かんでこないのではないかという不安があることだ。たしかに、それで他人をいらだたせることもあるかもしれない。でも、そこらで見かける、価値ある考えなどいっさい頭になさそうな人たちと同じになるよりは、きっとましなはずだ。

かわいそうなクリスチャン！ ミルドレッドはワシントンにいた頃に自分が迷惑をかけていたことを知っていた。クリスチャンはゴダードでの新しい仕事で責任が増える前でも、いつだって自分の仕事に打ち込んでいたのに。とはいえ、何もかも違う異星人の文化に関わるこのプロジェクトはあまりにも刺激的だ！ クリスチャンはこちら方面の極めて貴重な権威であり、とても無視することはできない。しかも、親切な人だからミルドレッドを追い払うやり方も丁重だった。これまで彼女が出会ってきた横柄で不作法な教授たちなら、ぶっきらぼうに時間がないと告げるだけだったろう。だからミルドレッドも、自分がお荷物にならないようにがんばって、クリスチャンたちがテューリアンと共に深く関わっているこのマルチヴァースの問題に少しは興味を持とうと決心したのだ。実際、話の内容についていけないこともあるとはいえ、想像していたよりはるかに面白いことがわかってきた。ミルドレッドは自分の仕事のための調査は独力で進めて、できるだけみんなの邪魔をしないよう努めるつもりだった。

テューリアンが仕事場として用意してくれたオフィスは、ミルドレッドがくつろげるようにこれ以上ないほど工夫されていた。がっしりした安心感のある本棚。彼女の好みに合うつやつやしたマホガニー材やウォールナット材のデスクや家具に、よく調和するカーテンとカーペット。陶磁器が並ぶマントルピース、花鉢、鳩《はと》時計といった家庭的な小物。菱形《ひしがた》の枠で区切られたガラス窓からは、バイエルンアルプスの谷を見渡すことさえできた。驚くようなことではない。ヴィザーが何もかも演出しているのだ。もちろん、どれも本物ではないが、ミルドレッドにも理解できるファイルキャビネットやメモ帳も再現されていたし、デスクに置かれた作業用の端末は、彼女が故郷で慣れ親しんだフォーマットや手順で操作できるようになっていた。素晴らしいのは、テューリアンにいる間に作成したもののすべてが、ヴィザーと電話システムを経由して転送され、ミルドレッドが帰った時には自分のファイルに収まっていることだ。壁に掛けられた絵も、飽きたらいつでも変えることができる。

ミルドレッドがこだわったのは、ヴィザーが望みのままにどんな錯覚でも引き起こせるのなら、コンピュータに詳しい人しか理解できない面倒なメニューやオプションやアイコンや不可解なボックスの組み合わせではなく、彼女が理解できるものだけで構成された文献システムを作り上げられるはずだということだ。こうして夢にも思わなかったような本棚が生まれた。ミルドレッドが作家のオフィスには本が必要だと主張したからだ。しかし、そこに並ぶ本はその時々の彼女の要求に合わせて変化する。何か歴史上の事実を確認したいと思ったら、その時代について厳選された本が並ぶ。どこかの地域について調べたければ、さまざまな地図帳のほか、自然、政治、生物、地質に関する資料、さらには旅行ガイドや写真集も揃う。試した限りでは、伝記、引用句、文学、芸術など、あらゆる種類の参考文献が同じように並んでいた。何かを見つけようとする時には、慣れ親しんだページをめくる索引を使う――ただし、その索引はミルドレッドがその時調べているものを指し示すように自動的に書き換えられるのだ。ほんとにすごい！

ミルドレッドがもう一つこだわったのは、メモや切り抜きやリストや手紙など、以前ならフォルダーをかき回せば見つけることができたのに、画面上のデスクトップでは探す場所を知らないとどうにもならないものを保管しておくのに、何か便利な方法がないかということだった。これに応えるために、ヴィザーは引き出しが一つしかない仮想ファイルキャビネットを考案した。見た目はごく普通で、部屋全体の内装に合わせた木目調の仕上げになっている。テーブル上の取り出しやすい高さに設置されていて、これ一つで何でも収納できるからほかの引き出しをのぞくために身をかがめたり背伸びをしたりする必要がない。

「本棚と同じ仕組みです」ショウムが言った。「正面のラベルに中身の分類が記され、中のフォルダーはそれに従って整理されています」今はラベルは白紙だった。ショウムが引き出しを開けると、見慣れたハンガーとタブが一式あらわれたが、差し込まれている用紙はどれも真っ白だった。「試してみましょう。あなたが興味を引かれそうなテーマでは？」

ミルドレッドがプラスチック製のタブの列に仮想の指先を滑らせると、それらはわずかにたわんでパチパチと音を立てた。妙な感じだ。山の牧草地のかすかな香りが開け放たれた窓から流れ込んでくる。自分が本当はテュリオス政庁でリクライニングチェアに横たわっているのだと思い出すには、まだ努力が必要だった。「一つ調べたいと思っていたのは、テュリオスの政治組織とその機能についてです。指導者はどうやって任命され、何を指針として意思決定を行うのか。そういうのはどのカテゴリーになります？　〝政治〟でしょうか」フレヌア・ショウムほどの地位にある人物が、このような雑事を部下に任せず、自ら案内してくれることにはやはり驚きを覚えずにはいられない。テューリアンにとっての優先順位は、地球上の常識とは大きく異なるようだ。地球では、現代生活におけるあらゆる価値観や判断が〝効率〟という偉大な神に従属しているように思えた。テューリアンにはそういう概念すらないように見える——少なくとも、経済的な意味においては。

ショウムが指差した。引き出しの取っ手の上に見えるラベルに〈政治〉の文字があらわれていた。「内部の資料はあなたがどのような使い方をするかによって整理されます。たとえば、テューリアン全域のさまざまなサービスがどのように管理されているかという資料を集めたいとしますと……」彼女の発言に応えて、政治の下のラベルに〈惑星管理〉という小見出しが追加された。引き出しの中では、一群のフォルダーに中身が出現して、それぞれにふさわしいタブが付いた。ショウムはフォルダーの一つを取り出すと、中の書類にざっと目を通してミルドレッドに手渡した。「あとは自分のデスクに持ち帰り、いつもしているように使ってください。画面やわかりにくいダイアログを気にすることはありません」

「すごい！」ミルドレッドは思わず声をあげた。そのフォルダーには〈地域議会〉と記されていて、ヴィザーがこのテーマのとっかかりとしてまとめた記事、地図、図表などが入っていた。

「ここではあらゆることが地域主体なのです。あなたが慣れ親しんでいる官僚的な仕組みは存在しません。地球での物事の進め方は、その多くが紛争を解決する必要性から生じています。こちらではそのような問題はあまり見受けられません。争いとは競争心によって生まれるものであり、ガニメアンの性質とは縁が薄いのです」

「ええ、それは感じていました。そもそもの出自が異なるせいですね」

「そのようです」

ミルドレッドはフォルダーを引き出しの元の場所に戻した。彼女は一人きりで至近距離から異星人を観察できるという初めての体験にまだ圧倒されていて、いつものように自分からどんどんショウムに質問をぶつけることができなかった。それに、クリスチャンに言われた通り、しゃべりすぎには気を付けるという自分へのいましめも忘れてはいなかった。ほかにも機会はあるだろう。

ショウムはミルドレッドよりずっと背が高いだけではなく、体全体の幅や厚みもあり、半袖のチュニックからのぞく長くがっしりした四肢は、その輪郭も筋肉もまるで運動選手のようだったので、ミルドレッドは内心、それに比べて自分はずいぶんぽっちゃりして見えると思わずにいられなかった。ショウムの肌は青みがかった灰色だが、肘や手の甲、首の後ろや側面は濃い紫色の花のようになり、髪の役割を果たす黒くて皺のある頭頂部の皮膚へとつながっていた。まるで古代のローマかノルマンの兜《かぶと》が、顎の突き出した細長いガニメアンの頭《とう》骨《こつ》にかぶさっているかのようだ。妙な皮肉ね、とミルドレッドは思った。攻撃性が完全に欠如している種族が、戦士階級を思わせるような体格と見た目をしているなんて。

「職位をめぐる競争はないんですか？」ミルドレッドは尋ねた。「政策を決定するリーダーたち。彼らはどうやって任命されるんです？」

「以前にも地球人から質問されたことがあります」ショウムは顔をしかめた。今でもうまく説明できないようだ。「簡単に理解できる答えはないようです。あなたがたのいうリーダーは、ここでは〝任命される〟というより〝認められる〟ものなのです。その資質がすでに備わっていなければなりません。実際には適任ではないのに適任であると宣言するような仕組みを考案しても無意味です。そのような人物が受け入れられることはありません」

「じゃあ、カラザーを例にとってみますね」ミルドレッドは提案した。カラザーはジェヴレン人との交渉でテューリアン側の代表として発言し、惑星の支配者あるいは表看板として機能していたようだ。ショウムの言葉を裏付けるように、カラザーの肩書きをあらわすテューリアンの単語は、いちばん近い翻訳では〝父親に見出《みいだ》された〟とされていた。地球人の翻訳者たちは安全策をとって、カラザーの地位を説明する時にあたりさわりのない〝特定された者〟を選んだのだ。クリスチャンの話だと、カラザーは一両日中にクエルサング研究所にやってきて、多元転送機を自分の目で見て、地球からのチームを個人的に歓迎することになっていた。「彼はどうやって今の地位に就《つ》いたんですか？　どういうプロセスでそうなったんです？」

「幼い頃から選ばれ訓練されたのです。そのプロセスは……」ショウムは途方に暮れているようだった。「どう説明したらいいのでしょう？　長い年月をかけて培われた伝統と経験が凝縮されているのです。地球人の統治形式として最も近いのをあげるとすれば君主制になるでしょうか……しかし、世襲や選挙で決まるわけではありません。最も近い言葉はおそらく〝合意〟でしょう」

これではやはりミルドレッドが探りたかった問題の核心にはたどり着けない。「ほかの人たちが充分な数の支持者を集めて、従来のプロセスとは無関係に仲間の一人をその地位に就けたらどうなります？」

「強制的にということですか？」

「はい」

ショウムは理解できないという身ぶりをした。「なぜそんなことを望むのでしょう？　あなたが選ぶ以外の生き方をあなたに強制する力を手に入れて、わたしが嬉しくなる理由がありますか？」

「でも、誰もが同じ決定に従って生きていかなければならないとすれば、時には意見の相違が生じることもあるはずです」ミルドレッドは食い下がった。「それをどうやって解決するんですか？」

「あなたは地球の軍国主義と商業主義の観点から考えているのでしょう。どちらもガニメアンにはない競争心から生じる脅威や反目に備えて同盟を結ぶためのシステムです。わたしたちの敵は、無知、妄想、苦しみ、そして宇宙が全員に投げかけてくる自然の困難です。お互い同士で敵対する必要がどこにあります？　ここに両者の文化の間に横たわる埋めがたい溝があるのです。ガニメアンでなければ理解できないでしょう。説明すればわかってもらえるというものではありません。成長の過程で身につけるもの、感じるものなのです」

ミルドレッドはファイルキャビネットの引き出しを閉めて、窓の外に広がる山並みを見つめた。「実は、あなたの言っていることもわかるんです」ため息をつく。「地球人は何千年もの間ずっと失敗を繰り返して、最も劣悪なタイプの人物を支持するシステムを完成させてきました。本来ならもっと良い未来を築くことができるはずなのに、誰もが互いに憎しみ合うように仕向けられ、一部の人々の利益に奉仕する道具にさせられてしまった。クリスチャンの話からすると、あなたは地球人の歴史を熟知していてそれが何をもたらしたかに気づいているんでしょう」

「クリスチャンというのは？」

「あたしのいとこ、ダンチェッカー教授です」

「ああ、なるほど」ショウムは奥深い卵形の目でちょっとミルドレッドを見つめた。「地球人からそんな率直な言葉を聞いたのは初めてです。本当にそう思っているのですか？」

胸のすくような発言だったので、ミルドレッドは思わず笑い声を漏らした。彼女はクリスチャンから聞かされていたのだ。フレヌア・ショウムは、ジェヴレン人の欺瞞に直面した時には疑いを抱いていたし、その後も人類全般の発言や動機に対して強い疑いを抱いているのだと。「地球人の中にも、現実を、誰かに説明されたようにではなくありのままに見ることができる人がいます。これは何かを信じるとかいう問題ではなく、自分の目と常識でそれが何なのか見極めるということなんです……。というか、少なくとも最近まではそうでした。それが変わり始めているのかもしれません」何世紀にもわたって続いてきたジェヴレン人の陰謀が明るみに出てから、という意味だ。「ヴィクターはそう考えています。もちろん、あなたも彼に会ったことがありますよね」

「ハントですか、イギリス人の？　ありますよ」

「でも、歴史上の高名なる君主や征服者や社会の形成者たちはどうでしょう？」ミルドレッドは暗い顔になった。「最悪の盗人《ぬすっと》であり悪党でもあります。ああいう連中の財産はまっとうに稼いだものではありません。どんな偽装をしようと、みんな真の生産者に寄りかかって生きてきただけです。そういう状況に満足してしまったり、それを高く評価したりする人々は、人間としてどこか欠陥があります。でも、そういう連中が常に権力の座に君臨してきたんです。たしかに、極めて合理的な実利主義者ではありますし、あらゆる面で〝効率〟を追求することに関してはとても優秀でしょう。でも、健全で正常な文化の基盤となるべき人間の価値というものに対する情緒的能力や感受性が欠如しているんです」

ショウムはこんなふうに自分の思いを反映した言葉を聞くとは予想もしていなかったらしく、徐々に心を開き始めていた。「あなたがたが戦争と呼ぶ組織的な暴力は、わたしたちにとっては忌《い》まわしいだけでなく理解しがたいものです」彼女は答えた。「共感や思いやりを理解できる人物がそのようなことを命令できるはずがありません。それに、人生を真に価値あるものにする仕事に取り組む代わりに執拗《しつよう》に財産を築くことに人生を費やすというのは実に不可解なことです。そのような行動を取るテューリアンがいたら懸念と同情の目を向けられることでしょう」言葉を切り、ちらりとミルドレッドに視線を送る。「しかし、わたしたちの違いが、あなたが考えているようにそれぞれの出自に起因するものであるかどうかはわかりません。わたしたちの文化のほうがはるかに古いということもあります」

「テューリアンのほうが種族として成熟していることが原因かもしれないと？」

「可能性はあります。とにかく、部分的には」

「たしかに、テューリアンのほうが〝大人〟と呼ぶにふさわしい行動を取っていますね」ミルドレッドは認めた。「比べると、地球でこれまでに起きてきた多くの出来事が未熟な子供たちの悪ふざけのように思えます」彼女は同じ主張を何度かクリスチャンにしていた。ショウムは地球人からこんな評価が出てくることに驚いていて、感銘すら受けているようだった。ミルドレッドは少し間を置いてから続けた。「それでも、テューリアンがジャイアンツ・スターに移住して不老不死を達成した後に生じた停滞期のことだ。彼らは後にそれを放棄することになった。

「あのことがなくても、わたしたちは人類が誕生するずっと前から宇宙を旅する種族だったのですよ」ショウムは指摘した。

「ええ、まあ、そうですね……」

「わたしたちはその初期の時代に、あなたがたなら超合理的物質主義と呼ぶような段階も経験しました。ミネルヴァを旅立つ前、わたしたちの祖先は地球へ移り住むことを考えていました。調査団を送り込んで基地を設置したのです。しかし、そこで遭遇した生物の熾烈《しれつ》な競争に対しては何の準備もできていませんでした。そのような行動様式とは決して共存できないとわかっていたのです。それで、わたしたちの祖先は……」ショウムの声が小さくなった。最後まで言い終えることはできなかった。

「わかっています」ミルドレッドは静かにうなずいた。「説明は必要ありません。その話はクリスチャンから聞いています」

かつてのガニメアンは、自分たちとそれに適合する生命体が移住できる領土を確保するために、地球上の高等生物を絶滅させる計画に着手した。予備実験の対象となった地球上の一部は今でも荒れ地のままだ。しかし、それは極めて衝撃的な体験であり、関与したガニメアンに予想外の影響をおよぼした。そこで地球への移住という考えは忘れられ、種族全員を新しい星系に移住させる計画が具体化し始めたのだ。

「普通ならテューリアンが地球人に話すようなことではありません」ショウムは少し困惑しているようだった。「どのような反応があるかわかりませんから。あなたに話そうと思ったのは、ほかの人よりも理解があるように見えたからです」

「出所はヴィクター・ハントです」ミルドレッドは答えた。「彼は〈シャピアロン〉号のガニメアンからその話を聞きました――まだテューリアンとの接触がなかった頃に」

「ああ、なるほど……。そういうことですか」ショウムはうなずいた。「あなたはそのことでわたしたちを恨んでいないのですか？　なんだか……不思議です」

ミルドレッドは笑みを浮かべて、冷たく鼻を鳴らした。「あたしたちみたいな前歴を持つ種族は、ほかの種族の過ちを非難する立場にはないと思います。特に、あなたたちはそこから多くを学ぶことができたわけですからね――あなたたち自身や、ある行動がもたらす真の結果について。何千年もの間、何百万人もの地球人を殺戮《さつりく》から殺戮へと導いて、そこから何も学ばなかった天才たちとは比べものになりませんよ」

「あなたは賢いですね。真実を理解しています。なぜ地球人はあなたのような人をリーダーにしないのでしょうか？」

ミルドレッドは明るく笑った。「その件はもう検討済みです！　あたしが任命されることはないですね。地球人は真実に耳を貸そうとはしません。自分の偏見を正当化するものばかり聞きたがるんです」

「望むだけで現実を変えられると思っている子供と同じですね。テューリアンでならあなたは耳を貸してもらえますよ」

「じゃあ、そこが違いということですね、フレヌア」

ミルドレッドは窓の外の動きに目を留めた。一羽の鳥が木を離れて、谷底の岩場を流れる小川の上に舞い降りてきたのだ。鳥は再び上昇し、空を背に高く舞い上がった。そのずっと向こうへ目をやると、なんとも不釣り合いなことに、赤いマークのついた明るい黄色の飛行船のほっそりした姿が山並みの上に浮かんでいた。「ヴィザー、あれは何?」ミルドレッドは驚いて問いかけた。

「ああ、ちょっとした変化をつけようとして思いついた実験だ。本物志向に徹したほうがいいかな?」

ヴィクターが言っていたことだが、ヴィザーが自らに与えている課題の一つは、地球人のユーモアの機微を探ることであり、どんなものに効果があるのかを知るために、その創造物に特異な要素を加えているらしい。彼はヴィザーに、もしも答えがわかったら必ず教えてくれ、人間として自分も知りたいから、と伝えたそうだが、どうやらマシンが作戦を立てるのにはあまり役に立たなかったようだ。それでもヴィザーは諦めていなかった。

「いいえ、かまわないわ」ミルドレッドは答えた。「これで次にどんなものが来るか気になるね」少し思いをめぐらす。「考えてみると、リンクスをここに置いてもいいんじゃないかな。あたしのオフィスはあの子なしでは完成しないから」

猫はすぐさま出現した。窓枠の上で丸くなって眠っていた。

「わたしはある文化が持つ科学に対するイメージは、その文化が到達した成熟度を反映しているという理論を展開しています」ショウムが言った。「個人の世界観と同じようなものです。妖精や魔法は幼年期のものです」

「テューリアンでもそうなんですか?」

「ええ、そうですよ。あなたが言うような物質主義や実利主義は青年期にはつきものなのです。わたしたちはずっと前にそこを通過しましたが、地球ではちょうど姿をあらわし始めたところなのでしょう。目先のものにばかり固執し、自己を超えたところを見通せないのは成熟の前段階です。しかしいずれは、重要なのは物質主義的科学で説明できるような謎ではなく、説明できないことであると気づくのです」

「テューリアンでもそういうことに関心があるんですか?」今度はミルドレッドが驚く番だった。

「生命と精神の目的。物理的な知識だけでは不充分だと判明した時に、より大きな理解を求める探求はそこを目指すのです」

「地球の科学者があたしたちに説いているように、物理学が生んだ偶然の副産物に過ぎないとは思わないんですか?」この件についても、ミルドレッドはずっと前からいとこの意見を頑《かたく》なに拒否して怒りを買っていた——もっとも、最近になって、彼もいくつかの点で考えを改めそうな気配はあった。

ショウムがこの時見せた表情と口ぶりは、ミルドレッドには意味が読み取れないものだった。「ヴィザーという存在がそれを支える光電子《こうでんし》機器の構成から生じた偶然の副産物ではないのと同じことです。そんなあり得ないことを考えて信じることができるのは、物質主義的な段階にある文化だけです」

「青年期ですね。幼年期に信じた妖精を追放し、自身が存在するあらゆるものの支配者となる。そこでは意識を持たない物質だけが許容される」

「はい、その通りです」

「ではテューリアンと人間の先には何があるんでしょう？」

「わかりません。それを知りたいという思いがわたしたちの最大の原動力なのです」

「それがテューリアンが不老不死を諦めた理由ですか？」

「厳密には違います。しかし、後になってわかったのですが、そのような問いかけをして理解するためには諦める必要があったのです」

　長い沈黙が続いた。ミルドレッドは、自分がこの異星人と分かち合っている共通認識は過去にほとんど覚えがないほど深いものだと感じていた。彼女がこの不思議な状況について考え込んでいると、ショウムが口を開いた。「さっきも言いましたが、わたしには別の急ぎの用事があります。後はこのオフィスを自由に試してみてください。しかし、わたしたちはもっと語り合う必要がありますね。地球人とはあまりこういう話をしないので。わたしはテュリオスの南方の山岳地帯に住んでいます。今度、ぜひそこを訪ねてください――生身で、という意味ですよ。とりあえず、今はこれで失礼します」

「ありがとう。喜んでうかがいます。では、さようなら《オ・ルボアール》」そしてミルドレッドは、オフィスでただ一人、バイエルンアルプスの連なる山と谷を見つめていた。上空では黄色と赤の飛行船が前よりも大きさを増していた。リンクスが目を開けて伸びをし、あくびをした。ミルドレッドは新しい考えで頭が一杯で、今は猫と遊ぶ気分にはなれなかった。ヴィザーもそれを察したらしく、リンクスは再び身をまるめた。

「これは指摘しておくべきだと思うが、テューリアンの家に生身で招待されるのはめったにない名誉だ」ヴィザーが言った。「特にフレヌアのような人物の場合は。彼女が地球人を招待したのはこれが初めてだ。知っておくべきことだと思ったのでね。きみはかなり強い印象を与えたようだ」

13

ブライアム・カラザーの頭冠は白いまだらのある銀灰色で、縦長の楕円《だえん》形をした大きな青紫色の目を包み込むように側頭部に伸びている。顔の突き出した下側の部分は赤褐色から漆《しっ》黒《こく》へと色合いが変化していて、ハントはいつも古代エジプト人が描いたヌビア人を連想した。カラザーは緑色の刺繡《ししゅう》が施されたチュニックの上に短いコートをはおり、イージアンと少数の随行員を連れて、多元転送機のあるビルに隣接するタワーに到着した。少なくとも一つの惑星全体の行政機関の実質的なトップが——銀河系のほかのテューリアンの居住地域の運営に彼がどのように関わっているのかはわからない——まるで観光客のように気軽に旅をして、地球で地域マネージャーが担当エリアのオフィスを訪れるほどの騒ぎすら引き起こさないことに、ハントはいつも驚かずにはいられなかった。テューリアンは過度の自己主張や威圧の試みにも影響されないが、派手な見た目や権威の象徴に感銘を受けることもないらしい。大事なのは評判なのだ。

地球人チームの全員がカラザーを出迎えたが、サンディだけは、テューリアンの虫にやられたか食事で何かにあたったかして、ウォルドルフに引きこもっていた。テューリアンたちも、敬意を表するため、あるいは単に出迎えに加わるために、プロジェクトのメンバーだけでなく研究所の別の部署からも大勢が顔を揃えていた。ハント、ダンチェッカー、ダンカンは、ジェヴレン人がらみのいざこざや、最初のテューリアン代表団の地球訪問があった頃からのカラザーの古い知人だった。あちらで挨拶、こちらで紹介と忙しかったのに、カラザーが時間を見つけてはゾンネブラントとチェンのことをよく知ろうとしてくれたので、二人は驚きと喜びを隠さなかった。

「信じられません」カラザーとの挨拶を終えた後、ゾンネブラントがハントに言った。「たった今、星々を支配する君主と話をしたんですよ。彼はわたしの魚に興味を持ち、ベルリンがジュネーブと似ているのかどうか知りたがっていました」

「がんばれ。きみは正しいチームに参加していると言っただろう……。魚って何だ？」

「熱帯魚を飼っているんです」

「知らなかったな」

「でしょうね。カラザーはもうそれを知っているんですよ！」

社交上のやりとりが終わると、イージアンの科学者たちがカラザーとその随行員に最新の開発状況を報告した。その後、多元転送機そのものを見学するために、訪問者たちは隣接する施設へ移動することになっていた。イージアンによる稼働中のマシンのデモンストレーションが予定されているのだ。集まった研究所の人々がまばらになり始めた時、ハントは、カラザーに同行してイージアンの後を追うために集まっていたグループからダンチェッカーの姿が消えていることに気づいた。

「どうかしましたか?」ゾンネブラントが、きょろきょろしているハントを見て尋ねた。

「クリスがいないみたいだ」ハントは頭の中でオヴカを作動させた。「おい、クリス? ヴィックだ。今どこにいる? パーティは進行中だぞ」

「なんだって?……ああ」ダンチェッカーは音声だけで通話していた。今は映像に気を取られたくないのだろう。「オフィスにいる」彼とハントはテューリアンたちが使っているエリアに隣接するオフィススペースを共有していた。テューリアンは独立した個室にこもるより共同で働くことを好むようだ。「後で追いかける」

「何かなくなったのか?」

「実はそうなんだ。イージアンが後で必要とするメモをサンディが用意した。持ってきたはずなんだが、どうも手元に見当たらない。ウォルドルフで受け取るのを忘れたのかもしれない。実に困った」

「わたしもそっちに戻って探すのを手伝おう」

「いや、その必要はない」

「かまわないよ。この実演はもう何度も見ているし。二分で行く」パントは通話を切ってゾンネブラントを振り返った。「クリスはオフィスで何か探している。先に行ってくれ、ヨーゼフ。わたしは戻って手を貸すから」片目をつぶってみせる。「クリスのことは知っているだろう。迷子になったら面倒だからな」

ダンチェッカーは地球から届いたまま開けていない箱や書類の山の中をごそごそあさり回っていた。彼の作業スペースは明るく広々としていて、備品には細部まで注意が払われていたが、実用的な意味での機能性はなく、ヴィクトリア朝《ちょう》風の過度な装飾と擬似東洋風のはざま飾りや尖頭アーチが入り交じったシュールな雰囲気をたたえていた。それでも、そこはたしかに科学のための作業環境だった。壁は視覚的にとてもにぎやかで――事実上、床から天井までスクリーンで埋め尽くされている――画像、テキスト、通信ウインドウ、照明パネルなどの他、その時々にふさわしい背景デザインなども表示できた。ちょうど今、大きめの壁画エリアの一つに、ダンチェッカーがある〝旅〟で訪れた世界のお気に入りの風景が映し出されていた。見た目はブロッコリーで作ったアイスクリームコーンのような奇妙な木々が立ち並んでいるのだが、高さは二百フィートもあり、最頂部はプテロダクティルスを思わせる皮膚のごわごわした鼻面の長い飛行生物の巣になっていた。

引っ越しのごたごたで物があちこちに移動していて、数枚のメモなどどこにあってもおかしくない状態になっていた。「この種族の女性の最もいらだたしい特性の一つだな」ダンチエッカーはぼやいた。「われわれは地球より何千年も進んだ惑星にいて、あらゆる情報を星系間で瞬時に転送できるシステムにどこからでもアクセスできるのに、サンディは手書きのメモに頼っている。われわれの種族に希望はあるのか？」

ハントは、ダンチェッカーがウォルドルフから自分で持ち込んだ書類で一杯のブリーフケースの中を探していることに気づいておかしくなったが、何も言わなかった。「サンディに電話してみたのか？」

「ヴィザーによると通話を遮断しているらしい。寝ているのだろう」

「ああ……そうか。わかった」

二人はあらためてオフィスをすっかり調べ、メモがないことを確認した。

「ウォルドルフに戻って取ってこなければ」ダンチェッカーが言った。「それほど長くはかからない。すぐにここを出れば、イージアンの出番が来る前に戻ってこられるだろう」

「わたしも一緒に行こうか？」

「いや、ヴィック。それはやめておこう。わたしが馬鹿だったんだ。きみは先に行って何が起きたか説明してくれ。今頃は二人ともどこへ行ったのかと思われているはずだ」

「わかった。じゃあまた後で」ハントは立ち去ろうとした。

「ああ。しかし一つだけ頼みがある」ダンチェッカーが言った。

ハントは立ち止まった。「何だ？」

ダンチェッカーは再びブリーフケースを開けて、赤い布張りの本を取り出した。「サンデイからこれをダンカンに渡してくれと頼まれた」

「コウのサイン帳か？」ハントはそれを見て言った。

「そうだ。ダンカンはカラザーにサインをしてくれるよう頼んでみると言っていた」

「やれやれ、忘れるなんてもってのほかだな。わかった、クリス、渡しておくよ」

「感謝する」

ハントはオフィスを出て廊下を進みながら、好奇心に駆られてページをめくった。芸能人、著名人、芸術家や作家、さらにはニュースの有名人多数と、さまざまな人物の名前が並んでいた。気概のある元気な若者だな、とハントは感心した。〈イシュタル〉号の一等宇宙航海士ブレシン・ナイレックや、〈イシュタル〉号の司令官の名前もあった。将来的にカラザーのサインは地球でどんな価値を持つようになるのだろう。

ハントは地上約百フィートの高さにあるタワーから、Gコンベヤーで多元転送機の二階下にあるカフェテリアの外のテラスに降り立ち、研究室エリアへと上がった。そこにあるフレームで支えられた方形のチェンバーは、投射チューブの列の焦点に設置されていた。マシンはすでに稼働していた。ハントが到着した時、ちょうどデモンストレーションの一つが終了したようだった。プロジェクトの科学者たちと一緒にいるカラザーとその随行員から、イージアンが質問を受けていた。ゾンネブラントとダンカン、少し離れたところにいるチェンなど、ほかに総勢二十名ほどの人々がまとまりなく散らばっていた。カラザーの随行員の一人がしゃべっていた。

「まだ先の話ですが、転送される物体を安定させる方法を見つけたと仮定しましょう。つまり、その物体はある特定の宇宙で停止することになります。そこであらためて物質化するわけです――今しがた通過していった〝何か〟とは違って」

「そうですね」イージアンは同意した。

「しかし、その過程で何らかの位置誤差が生じ、きっちり同じ場所に再出現しないとしたらどうなります？　物体は検出チェンバーの中に入らないかもしれません。あるいは、こちらとはまったく異なる宇宙でそもそもチェンバーが存在しないかも」

「その可能性はあります」

質問者は、これは大ごとかもしれないというように素早く周囲へ視線を送った。「だとすれば、固形物の中で再物質化する可能性もあるわけです。あなたが見せてくれた小さな粒よりも大きな物体を送り始めたらどうなります？　爆発が起きますよ！」

「その段階になったら、事業を惑星外に移して宇宙空間で遠隔操作する予定です。現在の投射機から学びを得ながら、より大規模な投射機の設計が進められています」

「別の現実にいるわれわれの隣人たちも同じくらい慎重であると願いたいね」テューリアンの科学者の一人がそう言って笑いを誘った。

「名前はあるんですか？」誰かが質問した。

「とりあえずＭＰ２と呼んでいます」イージアンが答えた。

ハントは三人の地球人のほうへゆっくり近づいていこうとして、ウォルドルフに到着した時に出迎えてくれたオサンと、もう一人の技術者のそばを通り過ぎた。二人はテューリアンにしては珍しく、怒ったようなささやきを交わしていた。

「何度も同じことを繰り返さないでくれないか、オサン。わたしは耳が遠いわけでも頭が鈍いわけでもないんだ」ヴィザーは通常なら耳に入るはずの背景音をすべて自動的に提供してくれる。これもまたテューリアンの真正性へのこだわりなのだろう。ハントはすっかりそれに慣れてしまい、もはや翻訳されているという意識がなくなっていた。

「繰り返してなんかいない」

「なぜ否定するんだ？　最初の時にちゃんと聞こえたよ。まるでわたしが……」

ハントはそのまま進み、ダンカンに近づいて声をかけた。「どんな調子だ？」

「分子構造をいくつか送信した。これから結晶構造を試すところだ」

「通過した何かというのは？」

「ちょっとした驚きだね。数分前に何らかの過渡事象が発生したかもしれないんだ。ヴィザーが検知器のデータを解析している」ハントは眉を上げた。もし確認されれば、近くの並行宇宙で行われている実験から何かが通過した痕跡があったということになる。過去にも何度か起きたようだが、ごく稀《まれ》な出来事だ。

「あなたとクリスは捜し物を見つけたんですか？」ゾンネブラントが尋ねた。

ハントは首を横に振った。「だめだった。イージアンに渡すはずだったサンディのメモだ。クリスはウォルドルフに忘れてきたと思っている。取りに戻ったんだ」

その時、ヴィザーの声が総合案内回線で割り込んできた。「注目願います。肯定的な検出データを確認。異なる現実からの物体が通過した証拠です」

ざわめきと拍手があたりに広がった。「あなたがここに来たのが前兆とみなされていますね」科学者の一人が笑顔でカラザーに言った。「良い前兆であることを祈りましょう」

「われわれには送り返すだけの配慮があったのだろうか」カラザーが呟いた。

「わたしの理解が正しければ、それはまずあり得ないですね」カラザーの随行員の一人が言った。別の科学者はヴィザーからの詳細なデータを解析していた。イージアンがその隙に集団を離れてハントたちのそばへやってきた。困惑したように首を左右に振っている。

「ダンチェッカー教授はどこに行ったんだ、ヴィック?」イージアンは尋ねた。「わたしが後で必要とするものを持っているはずなんだが」

「サンディのメモのことかな?」

「そうだ——生物学的な影響の可能性についてだ。面白そうな話だった」

「ウォルドルフに置き忘れてきたみたいだ。それを取りに戻っている」

「ああ。そうか……あまり遅くならないことを願うよ」

「それはないと思う。もう半分くらい行ってるんじゃないかな」

イージアンは鼻で笑った。「それならh‐スペースを伝播しているに違いない。ついさっきまでここにいたんだから」

ハントは眉をひそめた。「クリスが? まさか」

「確かだよ、ヴィック。きみと一緒に入ってくるのを見た」

「そんなはずはない。わたしと同じ時にタワーを出て、街へ戻ったんだ」

イージアンはゾンネブラントとダンカンに訴えかけるような目を向けた。「みんな、わたしの勘違いではないと言ってくれ。ヴィックは数分前にダンチェッカー教授と一緒にここへ来たよな？」二人はお互いを見てから、イージアンに顔を戻し、首を横に振った。

「ヴィックは一人だったよ」ダンカンが言った。

そばで少しだけ話を聞いていたチェンが近づいてきた。「ダンチェッカー教授はここにいたわ。わたしは彼を見たもの」

「ほら！」イージアンは高らかに言った。

またもやおかしな話になってきた。分別ある知的な大人たちが、文字どおり目の前で起きていた出来事について合意できないのだ。「これを解決する簡単な方法がある」イージアンは言った。「教授の居場所を知っている人物が間違いなく一人いる。ヴィザー、クリス・ダンチェッカーにつないでくれ」

「なんだ、ヴィック？」数秒後、ハントの頭の中でダンチェッカーの声が応じた。

「妙な質問に聞こえるかも知れないが、きみは今どこにいるんだ？」

「嫌味を言う必要はない。今向かっているから。カラザーが到着した時に不在ですまなかった。もうすぐそちらに着くという時に、イージアンが必要としているサンディのメモを忘れたことに気づいて取りに戻ったんだ。それくらいは許されるのではないかな？」

ハントはたじろいだ。一緒に話を聞いていたほかの人たちも困惑している様子だった。ダンチェッカーの発言は意味不明だった。「クリス……どういう意味なんだ、途中で引き返したというのは？　いったんここに来てまた戻ったということか？」

「言った通りの意味だ。順を追って説明しようか？　ウォルドルフからフライヤーに乗ったんだよ、今またそうしようとしているように。研究所まであと少しのところで、サンディのメモを忘れたことに気づいた。それで引き返してテュリオスに戻った。だから今朝はまだそちらの研究所へは行っていない。なんなんだこれは、またきみの言う異変か？」

「しかし、クリス、わたしはこっちできみと話をした。タワーの中で」

「馬鹿なことを言うな」

チェンが割り込んできた。「教授、イージアンとわたしもあなたがマシンエリアにいるのを見たわ──今わたしたちがいる場所よ。あなたはハント博士と一緒に入ってきた。それなのに、彼は一人だったと主張しているの」

「だとすれば、わたしにはきみたちがそれぞれ別の現実に生きているのだとしか言えないな。わたしは自分の居場所を知っているんだよ。ちょうど今、ウォルドルフの屋上にあるロビーで再びフライヤーに乗ろうとしているところだ」ダンチェッカーの神経系から抽出された周囲の景色がハントの視野にウインドウとして挿入されて、その事実が確認された。

単に〝奇妙〟という段階から常軌を逸した様相になってきた。このまま一日中議論していても何も解決されないだろう。ハントはどうしたものかと思い悩んだ。そしてダンチェッカーと一緒にタワーにいた時に彼から渡されたサイン帳のことを思い出した。ジャケットを手でなでつけると、ポケットの中にその確かな輪郭を感じた。

「クリス」ハントは言った。「我慢してくれ。もう一つあるんだ。コウの本だ。サンディがきみにダンカンに渡してくれと言ったやつだ」

「サイン帳のことかね？」

「そうだ」

ダンチェッカーは驚いたような声になった。「なぜそれを知っている？ 今朝サンディから渡された時、きみはすでに出かけていた。ダンカンには昨夜のうちに渡すはずだったと言われたんだ」

「なぜ知っているかは気にしないでくれ。まだ持っているのか？」

「もちろん。ブリーフケースの中に入れてある」

「確認してくれないか、クリス？……頼む。重要なことなんだ」

ダンチェッカーがぶつぶつと文句を言っている声が回線に流れた。再びウインドウが表示され、彼の両手がブリーフケースを開いて中身をあさる様子が映し出された。手は赤い表紙のサイン帳を見つけて、それを視野に掲げた。「ほら」ダンチェッカーの声が言った。「これで満足かね？ それでは、この芝居がかった追及と尋問の目的がいったい何なのか聞いてもかまわないかな？」

一瞬、ハントは頭が真っ白になった。愕然としたまま、ポケットからサイン帳を取り出しじっと見つめて心を落ち着けようとした。そうだ、同じだ。さらに驚いたことに、ダンカンが催眠術にでもかかったようにふらふらと進み出て、また別の一冊を差し出した。

「昨夜サンディから受け取ったんだよ！」ダンカンは呆然とした声で言った。

ダンチェッカーはそれから十五分ほど経って到着した。三冊のサイン帳が並んで置いてあった。ハントとダンチェッカーのはまったく同じだった。ダンカンが出したものには、最新の記載に加えて、テューリアンを訪問中のエストニア人合唱団のリードテナー、セルジュ・カレニエクのサインがあった。その日の朝、ダンカンがウォルドルフで朝食を取った時に手に入れたものだ。彼はコウが喜ぶだろうと思ったのだ。

では、ダンカンが前の晩にサンディからサイン帳を入手したのか、それともサンディがその日の朝にダンチェッカーに渡したのか？　ハントはサンディに電話をして、彼女にとっての真相を確かめた。サンディの証言はダンチェッカーの証言と一致した。彼女はその日の朝ダンチェッカーにサイン帳を渡したが、ダンチェッカーは彼女がイージアンのために用意したメモを受け取るのを忘れた。そこで研究所にたどり着く前に取りに引き返し、それからまた出発したのだ。

誰もがまだショックのあまり混乱していて、それが何を意味するかについてまともな議論を始めることができなかった。しかし、ハントの耳には先ほどのダンチェッカーの言葉が蘇《よみがえ》っていた。「だとすれば、わたしにはきみたちがそれぞれ別の現実に生きているのだとしか言えない……」ハントの思いは、あの忘れがたい土曜日の朝、〈ハッピー・デイズ〉の駐車場で交わされた奇妙な会話に戻った。「きみに主に知っておいてもらいたいのは収束のことだ」――一時的に出現した彼の別自我に言われたきり、これまでじっくり考える機会がなかった言葉だ。

ハントは何が起きているのかうすうす感づき始めていた。しかし、何も言わなかった。まだ信じていいのかどうか、自分でも確信が持てなかった。

14

UNSAゴダード・センターの先進科学局の最上階にあるオフィスで、グレッグ・コールドウェルは葉巻をくわえたまま、デスクサイドのディスプレイでハントからの最新の中間報告書に目を通していた。カラザーがプロジェクトを視察した翌日にテューリアンから送られてきたものだ。ハントは謎を解き明かす糸口をつかんだと考えていたが、もう少し頭の中で整理する時間をとってからチームのほかのメンバーの反応を探るつもりでいた。それがどんな説明であるかは語られていなかった。

「ヴィックらしいな。なかなか意図を明かさない」ページを読み進めるうちに高まっていた期待は、それで終わりだと気づいたとたんに消え去った。どう考えればいいのか、これではなんの手掛かりもつかめない。上級科学者たちが思春期の若者でさえ恥ずかしくなるような些細なことで仲違《なかたが》いし、テューリアンさえ仲間うちで言い争いを続け、そして今、とてもあり得ないような数々の申し立てがなされている。コールドウェルは、h－スペースへの移行に地球人の神経系を混乱させて幻覚を生みだす要素があるのではないか、あるいはテューリアンの神経結合技術に何か副作用があるのではないかと真剣に疑っていた。なにしろ地球人がそれを利用し始めたのはつい最近のことなのだ。医学や心理学の分野の知人に電話をかけて、そのような現象を聞いたことがあるかどうか質問してもみたが、誰も聞いたことがないとのことだった。コールドウェルは椅子に身をもたせかけ、眉をひそめたままぼんやりとデスクに指を打ちつけた。少しでも現実性のありそうな解釈はないかと考えていた時、外の応接エリアにいるミッツィにつながるインターホンが鳴った。「はい？」コールドウェルは応えて、背筋を伸ばした。

「ウェブ上にも、局内の資料のリストにも、図書館のネットワークにも何もありませんでした」ミッツィが言った。「テューリアンリンクもチェックしてみました。そちらにも何もありません」

「わかった」コールドウェルはすでにそうした回答を予想していた。頭をよぎった考えの一つは、かつてエント人がジェヴェックスに巣くったように、何かがヴィザーに巣くっているのではないかということだった。

「あなたがノリス博士と話していた間に、ＦＢＩのポーク捜査官からお電話がありました」

「FBI？　わたしが何をしたと？」

「何もおっしゃいませんでした。連絡を取り直しましょうか？」

「用件を知るにはそれしかないな」

「ただ、あなたが聞きたいと言っていたウェンの発表会があと十分で始まります」

「話が終わったらすぐ出かける」

「承知しました。あちらにも伝えておきます」

ミッツィは回線を切った。コールドウェルは数日前に回覧されたメモを〈未決トレイ〉から取り出し、ざっと目を通して記憶を呼び覚ました。発表会のタイトルは〝『君主論』から学べること〟。その内容は、企業や官僚制度というミニ封建《ほうけん》国家のために効果的な経営戦略を考案しようとする書籍、セミナー、研究、政策ガイドなどは、おおむね時間の無駄であるというものだった。マキアヴェッリは五百年前にそれを知っていた。面白いテーマだ。


再びインターホンが鳴った。「ポーク捜査官です」ミッツィの声が告げた。コールドウェルの空いているスクリーンの一つに通話画面が表示された。

白いシャツに濃い色のネクタイをつけた、がたいのよさそうな男の顔だった。髭はきれいに剃《そ》ってあり、ビーズのような目と、広い額から後ろになでつけられ、こめかみのあたりが後退した髪のせいで、全体に丸々とした印象がある。コールドウェルはサイズ13の扁平足《へんぺいそく》を想像しそうになった。

「G・コールドウェルさん？」

「そうですが」

「財務不正捜査課のポーク捜査官です」男の声はその表情と同じように淡々としていて、接続が完了した時の画面のちらつきほども揺らぐことはなかった。

「何か御用ですか、捜査官？」

「あなたはゴダードの先進科学局の局長ですね？」

「その通りです」

「では、われわれが連絡を取ろうとしているヴィクター・ハント博士の直属の上司ということになりますね？」

「そうです。彼は物理学担当の次長です」

「ハント博士は不在らしく、助手のダンカン・ワットもいないようです。ダンチェッカー教授の秘書のミズ・マリングに連絡を取ってみましたが、あまり協力的な態度ではありませんでした。彼女からあなたを紹介されたんです」

　コールドウェルは、容赦なく突き進む力が凍《い》てついた不動の物体にぶつかる光景を思い浮かべて、胸の内でにやりとした。「残念ですが、ハントもワットも今は仕事で出かけているんです」

「いつ戻りますか？」

「それはわかりませんね、捜査官。期間は決まっていないので」

「その出かけた先がどこなのか教えてくれませんか？」

「ここから約二十光年先です。二人は別の星系にいるんです」

「なるほど……」

コールドウェルは、ポークが話を続けるために記憶にある手順書を順繰りにたどっているのが見えるような気がした。「どういうことなのか教えてもらえませんかね？」沈黙を破るため、そして無限ループにはまらないために、彼は問いかけた。ポークがタスクを切り換えるまでわずかな間があった。

「ジェラルド・サンテロという名前に心当たりはありませんか、コールドウェルさん？」

実を言えばあった。コールドウェルはハントと別自我ハントとのやりとりを数えきれないほど何度も確認していたのだ。しかし、そのことを口にするつもりはなかった。彼は顔をしかめ、眉根を寄せ、スクリーンに向かって首を振った。「記憶にないですね。誰です？」

「レッドファーン・キャニオンのハントの隣人です」

「そうなんですか。なるほど」

「ジェラルド・サンテロは、最近、あるワシントンのブローカーに接触し、まだ公開募集を行っていない、極めて秘匿性の高い民間企業の株式を取得することに強い関心を示しました。われわれはサンテロがインサイダー情報に基づいて行動したことを確認しました。このような情報の入手は重罪にあたる可能性があります。どうやらその情報がハント博士からもたらされたようなのです」

コールドウェルはポークの説明についてじっくり考えているようなふりをした。「驚きましたね」その言葉は本心だった――聞かされた事実にではなく、その事実がこんな影響をもたらしたことに驚いたのだ。「ハントとは長年の付き合いです。並外れた科学者ですよ。その手のことに彼くらい関心のない人には会ったことがありません。何かの間違いではないのですか？」

「手元にある事実から判断するしかないので」

「では……」コールドウェルは開いた手を見せて、顔をしかめた。「わたしに言えるのはここまでです、捜査官」

「何か思いついたことがあったら教えてくれますか？　連絡先はご存じですよね」

「ええ、もちろん」

「お時間をいただきありがとうございました」

「どういたしまして」

画面が消えてもしばらく、コールドウェルは信じられない思いでスクリーンを見つめていた。こんなおかしな投資情報の漏洩《ろうえい》は聞いたことがない。彼はひと声うめいてから、ウェンの発表会に関するメモを折りたたんでジャケットのポケットに入れ、オフィスを出た。

「ＦＢＩがあなたをつかまえに来るんですか？」外の応接エリアに出てきたコールドウェルを見て、ミッツィが尋ねた。

「いや、わたしはもうしばらくは大丈夫そうだ。あの男はヴィックと連絡を取ろうとしていたんだ」

「ヴィックと？　なぜです？　彼が何をしたんですか？」

「われわれのヴィックではない。別の世界のヴィックだ。彼が話していたフォーマフレックス社への投資話はまだ秘密情報らしい。ＦＢＩは不公正取引が進行中だと考えている」

「ご冗談でしょう」

「この世界の頑固なポーク捜査官は冗談を言うような人ではないと思う」

ミッツィは力なく首を横に振った。「それでなくてもこの仕事は充分にややこしくなっているのに。ヴィックはテューリアンで何が起こっていると考えているんでしょう。あなたが戻ってから連絡を取って尋ねてみることはできませんか？」

「ヴィックはまだ準備ができていない」

ミッツィは明らかにいらだった様子でため息をついた。

コールドウェルは足を止めた。ミッツィのデスクの棚にガラスの花瓶があり、開き始めたばかりのバラのつぼみの束が入っていた。コールドウェルは身ぶりでそれを示した。「物事はそれぞれのタイミングで起こる。われわれは職務明細で管理者とされているが、クリエイティブな人たちを管理することはできない。われわれの本当の仕事は庭師なんだ。彼らを適した土壌に置き、水と日光を充分に与え、彼らがやるべきことをやるのを待つ。ヴィックとクリスにはテューリアンのような専門知識はないかもしれないが、二人が揃えば革新的な発想が出てくる。それがあの二人の持ち味だ。ただし、そのためにはわたしのような者が口出しをできない遠く離れた場所で、彼らだけの空間を与えてやる必要がある」コールドウェルはあらためて花瓶を示した。「物事を急いで進めたいからといって、花びらをむりやり開かせようとしてはいけないんだ」

一つのパターンが明らかになり、ミッツィはすっと目を細めた。「チャーリーの件で新しい視点が必要になった時、あの二人を木星に送ったのはそのためだったんですね？　そのあとのジェヴレンや、今回のテューリアンの件でも。いつも同じやり方ですね」

「史上最悪の二つの発明が何か知ってるか？」

「何ですか？」

「電話と飛行機だ。そのせいで、本社とか参謀本部とかいったものが、現場の人間が処理方法を知っているはずの細部にまで簡単に口出しできるようになった。それで結局は凡庸な人材しか育たなかった。しかし、ローマ帝国はそんなものがなくても六百年間うまくやっていた。将軍に目標とそれを実行するための手段を与え、その隊列や艦隊が地平線や水平線の向こうに消えた後は、使者が戻ってくるまで何もわからない。だから間違いなく優秀な者を選ぶ必要があった。われわれはテューリアンのｈ－スペース通信機を手に入れたからといって、同じ轍《てつ》を踏まないよう注意しなければならないわけだ」コールドウェルはミッツィの端末に表示されている時計をちらりと見た。「授業はこれで終わりだ。もう行かないと」

「あの、グレッグ」ミッツィはドアに近づいたコールドウェルに呼びかけた。コールドウェルは立ち止まり、ドアを開けながら振り向いた。

「なんだ？」

「このマキアヴェッリについての発表会、どうしてあなたは参加するだけなんですか？　むしろ主宰するべきなのでは？」

15

イージアンは、何が起きているのか少しでも理解できるようになるまで、これ以上の実験は中止するよう命じた。カラザーの来訪があった翌日、チェンがタワーにあるハントとダンチェッカーが共用しているオフィスを訪ねてきた。ハントは一人で、ヴィザーと共に行った計算の結果を表示する壁のディスプレイを眺めていた。ダンチェッカーは広いほうのオフィスでテューリアンたちと議論をしていた。胸がむかむかする程度にまで回復したサンディも一緒だった。

「昨日の件についていろいろ考えてみたの」チェンは言った。

「ほかのことを考えていた人はいないだろうな」ハントはテューリアンが用意してくれた人間サイズの椅子をくるりと回して、背もたれに寄りかかった。チェンは緋色のハイネックのすっきりした東洋風のパンツスーツ姿で、目元と唇に色を付け、髪を高い位置でまとめていた。「それで、あなたの考えは？」彼は身ぶりでほかの椅子を勧めたが、チェンはデスクの端に腰掛け、両手を膝の上に置いて指を組んだ。

「実は、昨日思いついたことなんだけど、少なくとも一晩は寝かせておきたくて」チェンは多元転送機のある建物のほうを身ぶりで漠然と示した。「食い違いはすべてあのマシンの近くにいた人に起きていた。あなたがヴラニクスで会ったテューリアン夫妻のことでダンチェッカー教授やそのいとこと意見が対立した時、あなたはモニターステーションに隣接するカプラーに入っていて、教授とミルドレッドは別の場所にいた。ずれていたのはあなたの発言だった」

「続けて」

「わたしとヨーゼフ・ゾンネブラントとの馬鹿げた仲違い。今にして思えば、わたしたちの言い争いは、すべてマシンが稼働している時にそのまわりで起きた出来事に関するものだった。マシンが停止している時や、わたしたちがそこから離れている時に起きた出来事については何もなかった。そういう経験をしなかったサンディとダンカンは、ずっとこの建物にいた。そして昨日、すべての異常は、マシンのデモンストレーションが行われていた時にその周囲で起きていた。テューリアンたちがそれぞれの記憶にある奇妙な出来事を比較して、その記録を確認したの。同じパターンを示している。わたしもリストを作った」

ハントは片方の足をもう片方の膝にかけ、手に顎を乗せて、問いかけるようにチェンを見つめた。「それで、あなたはどう思うのかな?」

「少しばかり常軌を逸しているように聞こえても、東洋人の特異性だと思ってそれ以上は気にしないと約束してくれる?」

「まあ、たとえ嘘でもそういうことにしておくよ」

「なんて思いやりがあるの。感心する」

「育ちの良さとかそういったことだ。なにしろイギリス人のイギリス人だから」

「いいえ、それは慎重に作り出されたイメージでしかないわ」

「ここで政治の話をするつもりはないよ。それで多元転送機のことは？」

チェンはいっとき両手を広げた。「あのマシンはどうやってか周囲に影響をおよぼしている。近くで起きる出来事に矛盾を引き起こしているのよ」彼女はためらった。「なんて言えばいいのかしら？……昨日、みんなの意見が食い違った時、ダンチェッカー教授はわたしたちがそれぞれ別の現実に生きていると言った。その通りだと思う……まあ、ある意味ではね。あの時、わたしたちは明らかに同じ現実にいた。でも、それぞれが話していた過去は違っていた」チェンがちらりと問いかけるような目を向けてきた。ハントは身ぶりで続けてくれと促した。「わたしたちが考える通常のマルチヴァース構造は、異なる未来に向かって枝分かれした複数の経路から成っている。でも、そうでないこともあるのかもしれない。ひょっとしたら……」チェンは言葉を切り、顔をしかめた。どう話を進めたらいいかわからないようだ。「わたしたちはこの〝収束〟とは何なのかずっと考えていたの」

ハントは代わりに答えた。「時間線レンズ」思った通りだ――チェンはハントが昨日から考えていたのと同じ結論に達していた。それはぴったりの表現のような気がした。

チェンが驚いて眉を上げた。「あなたもそう考えているということ？」

「時間線は分岐するだけでなく、一つにまとまることもあり得る。わたしの別自我が伝えようとしていたことだ。彼の宇宙では、それが真の飛躍を遂げるために理解すべき最も重要なことだと判明したんだろう。理由は簡単だ。現在のある一点から複数の別の未来につながるのではなく、その逆のことが起こる――異なる過去からたどり着いた人々や記憶、さらには物体までが合成された現在だ。それが引き起こす狂気じみた状況の中で、いったいどんな成果を挙げられる？　昨日、わたしもそういう主旨のことを思いついた。ただ、誰かに話す前にじっくり考えてみたかったんだ――あなたがそうしたように」

「何か説明の糸口をつかんだの？」

ハントは背後の壁へ手を振った。そこはテンソル微分とM波伝播方程式によって半ば埋め尽くされていた。「ちょっと気になったからヴィザーに調べてもらっている推測がいくつかある。本気で解明するにはイージアンたちの助けが必要だろう。ただ、それを彼らに説明する前に、自分でも半分くらいはわかっているという感触がほしかった。ところが、なんだか妙な具合に筋が通ってきてね――そんな言い方が正しければの話だが。結局のところ、収束とは時間線が通常の方向から逸脱する特殊なケースでしかない。それがマルチヴァースを横切る伝播の正体だ。それを実現するために多元転送機が開発されたんだ」

「ただ、あなたがさっき言ったように、こんな混乱が起きるようではどんな成果も挙げようがないわ。複雑な装置がうまく作動するわけがないでしょう？」チェンはお手上げだという身ぶりをした。「何か止める方法はないのかしら？」

ハントは少し考えて、にやりと笑った。「まあ、必ずあるんじゃないか？　別の宇宙では中継装置を作動できたんだから。しかし、今ここでそれを解決するのはあなたとわたしではない。さあ、そろそろほかの人たちにこのことを伝えないと」

結局、ほかの人たちもみんな似たようなことを考えていた。しかし、ハントやチェンがそうだったように、結論があまりにもとんでもないものだったので、その事実を公言する前に何らかの精神的な支えを求めて内輪で意見を出し合っていたのだ。ハントがイージアンを説得してチーム全員をタワーに集め、チェンとの議論について説明した時も、驚きや異議を唱える声はほとんどあがらなかった――ダンチェッカーからさえも。全般的な反応は、誰かがやっと公の場で発言してくれたという安堵《あんど》感だった。誰もが同じような疑念にたどり着くか、あるいはほかの人からその疑念をぶつけられていたからだ。

テューリアンのいくつかのグループは、お互いに知らないままそれぞれ独自にヴィザーと協力して、ハントと同じやり方で数学的処理の土台を設定しようとしていた。ダンカンとゾンネブラントは、物理的質量がアインシュタイン時空をねじ曲げるように、〝Mフィールド質量〟がマルチヴァース空間に屈曲を生じさせるというアイデアを思いついた。ダンチェッカーとサンディは、この効果は多元転送機が――ダンチェッカーが生物にもできると主張していたのと同じようなやり方で――量子確率を変えた結果ではないかと考えていた。誰もがテストをしてそれぞれの理論を展開させるためにヴィザーを活用していたが、ヴィザーはほかの研究者の活動を知らせたりはしなかった。頼まれもしないのに個々の活動を知らせることは、運営指令により禁じられていた。

しかし、こうして議論が公になったので、ヴィザーは各自の意見を集約した図を作成して統合された複数の事象シーケンスを視覚化することができた。驚いたことに、彼ら全員が共有して生活しているこの現実には、少なくとも四つの異なる過去の宇宙から来た人たちが含まれていることが、避けようのない結論として明らかになった。

ダンカンの記憶にある宇宙Aでは、彼が前夜にサンディからコウのサイン帳を入手していた。たとえ彼の脳内の電気的および化学的パターンではその現実性を証明するのに充分でないとしても、彼が持って来たサイン帳そのものを否定することはできない。しかし、もう一つの宇宙Bでは、ダンカンがサイン帳を入手しなかったため、翌朝になってサンディがイージアン用のメモと一緒にダンチェッカーに渡していた。ダンチェッカーは研究所に到着後しばらくしてハントに会い、一緒に多元転送機のあるビルに行ったようだ。その特定のダンチェッカーに確認するのは本人がもういないようなので不可能だが、宇宙Bにいるイージアンとチェンは、彼がハントと一緒に到着したのを目撃している。この現実に存在するダンチェッカーは、メモを忘れたせいで宇宙Cへ分岐し、クエルサングに向かう途中でそのことを思い出して引き返した。サンディがそれを証言しているので、彼女もまた宇宙Cから来た人間ということになる。最後に、宇宙Dのダンチェッカーは、メモを忘れたままクエルサングに到着し、そのあとで思い出してウォルドルフへ取りに戻った。ハントの記憶にあるのはこの

図1

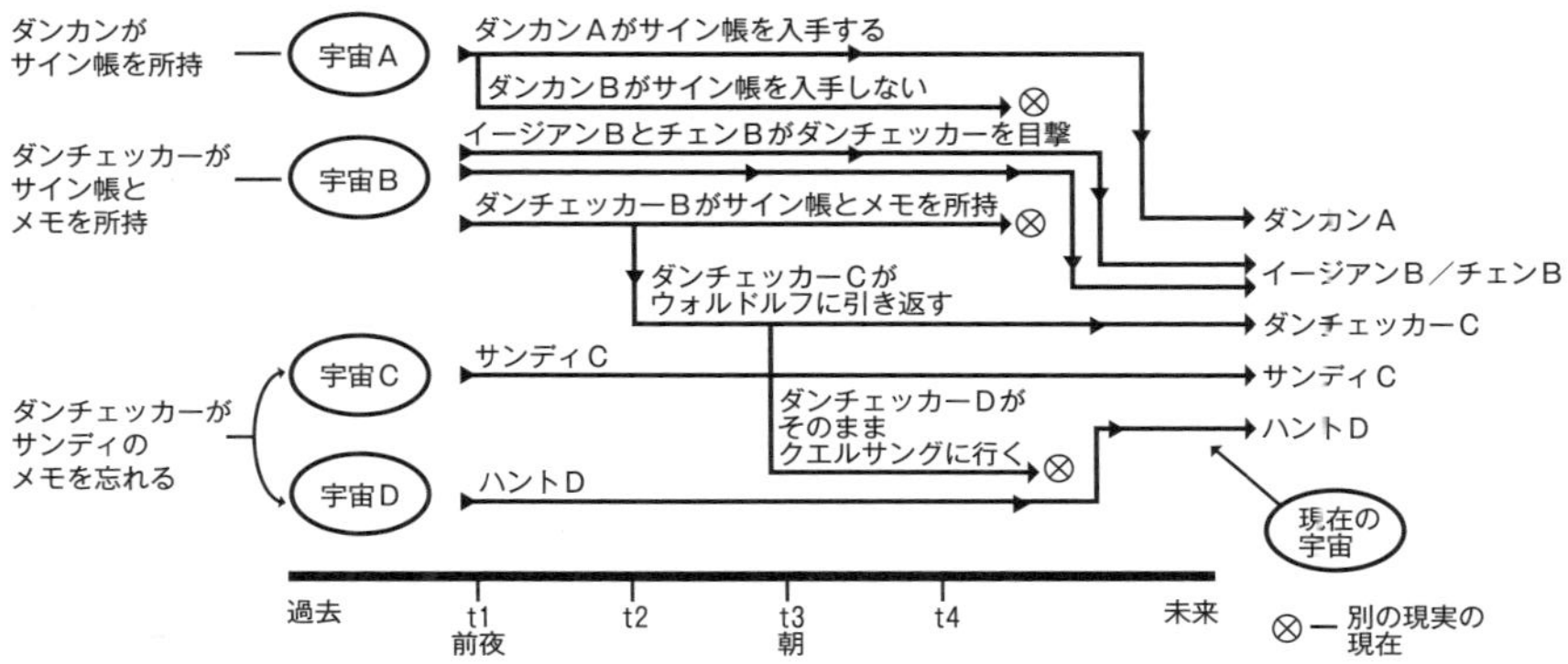
ダンカンが
サイン帳を所持
宇宙A
ダンカンAがサイン帳を入手する
ダンカンBがサイン帳を入手しない
イージアンBとチェンBがダンチェッカーを目撃
ダンチェッカーが
サイン帳と
メモを所持
宇宙B
ダンチェッカーBがサイン帳とメモを所持
ダンチェッカーCが
ウォルドルフに引き返す
ダンチェッカーが
サンディの
メモを忘れる
宇宙C
サンディC
宇宙D
ハントD
ダンチェッカーDが
そのまま
クエルサングに行く
ダンカンA
イージアンB／チェンB
ダンチェッカーC
サンディC
ハントD
現在の
宇宙
過去
t1
前夜
t2
t3
朝
t4
未来
⊗ — 別の現実の
現在

流れなので、ハントも宇宙Dから来た人間ということになる。途切れている線はほかの現実へつながっていることを示している。

これだけでも充分に困惑させられるのだが、ハントにはもっと不気味に感じることがあった。このマシンが作動することで時間線の局所的な収束が起こるのだとしたら、あの日の朝にマシンに近づかなかったダンチェッカーCとサンディCの話が一致するのは理にかなっている。よって、彼らがいる現在の宇宙は本当は宇宙Cであり、それと矛盾するものはすべてよそからの侵入者ということになる。そこにはDから来たハントも含まれるわけだ。よそから来たここに属していないサイン帳と同じように、ハントも自身を形作った独自の歴史を持つ別の現実からやってきた。今いるこの現実の産物ではないのだ。しかし、記憶の流れが途切れたという感覚はいっさいなかった。もっとも、ほんの少しだけ違うバージョンの自分がどんどん分岐して別の未来を体験しているのに、ここでだけそんな感覚をおぼえる理由がどこにある？　手掛かりがあるとすれば、自分の置かれた状況や環境の細部と、記憶に刻まれているそれとの食い違いくらいだろう。ハントはそのような矛盾を必死に探してみたが見つけることはできなかった。

マシンの影響がおよぶのが近接した事象に限定されるとすれば、ほとんどの場合、収束するのは比較的最近に生じた些細な差異ということになる。いかなる実体であろうと、その過去は、自身の記憶にある人生や育ってきた歴史と共に、しっかりと不変のままだった。プロジェクトに関わるほかの人たちが同じメッセージを徐々に理解し始めるにつれて、最大の疑問は、どうやって仕事を進めるのかということになってきた。このような状態が続くのであれば、マシンもその周辺も安全で信頼できるものにはならない。この影響を排除するか、せめて抑制する方法を見つけるのが喫緊の課題となった。ハントの別自我が送り込んだ中継局が地球に出現していたという事実は、それが可能であることを示していた。

16

フレヌア・ショウムの住む家とその立地は、フルオーケストラと合唱により恐怖と壮大さを鳴り響かせるワーグナーの短調の楽曲のクライマックスを連想させるものだった。地球人が〝家〟と考える平面上に建つ単一の構造物とは違い、いくつものユニットが岩山の稜線《りょうせん》上に連結して配置されており、急峻《きゅうしゅん》な峡谷と垂直に近い断崖が遠く険しい山頂に向かって立ち上がる、息を呑むようなテューリアンの風景を望むことができた。それを言い表すなら〝ヴィラ〟という言葉のほうが適しているかもしれない。同じ高さの棟は一つとしてないが、テューリアンの構造物のほとんどに組み込まれているGラインシステムのおかげで、一つの棟から別の棟へ素早く簡単に移動することができた。棟に挟まれた岩場では、テューリアンの緑の植物で満たされたいくつものウォーターガーデンが見事な調和を見せており、自然の岩の形をうまく生かしたプールは、水面にかすかな蒸気が立ちのぼるくらいに温められ、流れ落ちる滝から水を供給されていた。

ミルドレッドにはそれが一般的なテューリアンの特徴なのかどうかまだわからなかったが、ショウムは自分の人生の異なる側面を個別に切り分けて、それぞれを意識の中の専用区画で機能させているように見えた。どれか一つに時間を割こうと決めた時には、全面的にそこに意識を集中できるのだ。カラザーの政権内で大使としての仕事に従事する時には、いっさい気を散らすことなくひたむきにそれに打ち込む。今や明らかになったジェヴレン人の欺瞞を踏まえた地球の歴史の書き直しから、音が感覚に作用するのと同じくらいわかりやすく感情に直接作用する神経性の思考音楽の作曲に至るまで、自身の創造的本能を表現するために追求しているさまざまな活動に意識を向ける時には、カラザーや政治のことは、そうした問題のほとんどが関連する各星系と同じくらい脳裏から遠のいてしまう。そして、心が静寂と瞑《めい》想《そう》の時間を求める時――テューリアンの誰もが、それを意味のある存在にとって本質そのものではないにしても不可欠なものとみなしている――ショウムは完全に自分の中に引きこもり、ほかのものがまったく存在しないかのようになる。彼女の住まいもそうした機能を反映すべく隔離されていた。いってみれば、プログラムに育てられた有機素材、金属とセラミックの複合物、そして光学活性結晶により、ショウムの人生を象徴的に表現しているのだとミルドレッドは感じた。

二人が今いる場所こそが、ショウムが瞑想してリラックスする生活空間なのだろう。家が埋め込まれている崖の下の深淵に突き出したデッキの後方にある、鷲《わし》の巣のような広々とした二つの部屋は、全体のレイアウトの中で最もよく目立つ位置にあった。デッキを囲むシェルは、場所によって透明度や色合いを変えて、窓と壁の機能を自由に組み合わせることができる。この時はほぼ全面が透き通っていたので、左右に広がる二つの巨大な峡谷を遮るものなく見下ろすことができた。それぞれの峡谷に流れを供給しているのは、数マイルは離れているに違いない山肌を落ちる巨大な滝で、そのあたり一帯は太陽の角度によってかすかにオレンジ色に染まる霧に包まれていた。足りないものがあるとすれば、山々の峰の間を旋回する空飛ぶドラゴンと、天空を背にあり得ないような場所にへばりついているトールキン風の城だろうか。

二人が坐ったのは、デッキの端にある床が低くなった部分で、三日月形の湾のようなガニメアンの特大サイズの座席が深淵に面していた。ミルドレッドは一度だけ乗ったことのあるヘリコプターを思い出し、最初に腰を下ろした時にはやはり軽いめまいを覚えた。その時は何も言わなかったが、テューリアンの工学技術が、ほんの数日で地球からの客を無事にここまで連れてきたり、銀河系のある場所から別の場所へ目に見えないエネルギーを送ったりできるのなら、彼らの建造物だって置かれた場所にしっかりとどまるはずだと考えて自分を安心させた。食事のほうは、具がレンズ豆に似ている薄いけれどおいしいスープと、どことなくキッシュを思わせる、パスタのような土台にさまざまな野菜をのせた料理、それとデザートのハニーソースのかかった冷たいフルーツプディング。最後にチーズとパンの盛り合わせが出てきて、甘くてピリッとした淡い緑色のテューリアン式飲料が添えられていたが、二杯目を飲んだ後に感じたかすかな酔いからすると、機能的にアルコール分子と似た何かを含んでいるようだった。

「あたしには科学者たちがどうしてあんなに大騒ぎをするのかわからないんです」ミルドレッドは言った。「つまり、宇宙が混ざり合っていて、過去がどうだったかについて皆の意見が一致しないとかいう話です。そんなのあたりまえに起きていることですよね？　自分ではっきり口にしたことを否定する人を見たことはありませんか？　あるいは、何度も見てそこにはないと思っていた場所で、探し物を見つけたりとか？」

ショウムが自分の皿にのった料理を切りながら笑みを浮かべた——ミルドレッドはすでにガニメアンのそうした表情を読み取れるようになっていた。テュリオス政庁や日中の活動で顔を合わせる時の愛想のないビジネスライクな態度とはまったく違って、今のショウムはのんびりとくつろいでいた。職業人のイメージがあるチュニックの代わりに、つやつやした濃い青色のゆったりとした刺繍入りのローブを身にまとっている。家のそれぞれの部分と、そこが有する性格に合わせて、異なるスタイルの服を用意しているのだろうか。「あなたにもそのようなことが起こるのですか？」

「誰にでも起こることじゃないですか？」ミルドレッドは言った。

「それはどうでしょう。たとえ起こると思っていても、わたしならそうは言いません。テューリアンが地球人と同じように議論したり異議を唱えたりしていると思われるかもしれませんから」

ショウムは軽い冗談を口にしても不快に思われる心配はないと感じているようだった。そのことに気づいて、ミルドレッドは嬉しくなった。

「あたしは今でも、テューリアンがどうやって誰もが納得する合意に達しているのかよくわからないんです」ミルドレッドは認めた。「あなたの言う通りなのかもしれません。そもそもガニメアンでないと理解できないのかも……というか、むしろ感じるんだと言ってましたよね？　あなたはこのシステムを合意による君主制と表現しました。地球ではあり得ないことです。決して合意に達することができないんですから。ほんとにあなたが言う通りなんですよ。あたしもずっと考えていました。最終的にはあらゆることが、見た目はどうあれ、何らかの形の戦争行為によって解決されるんです。それは避けられないことだと言われてきました。支配的なイデオロギーは競争がすべてを推進すると言っています。でも、テューリアンはその生きた反証なんです」

「そのような成功をおさめる以外に人生の意味を見出せない人たちにふさわしいイデオロギーですね。その結果として、一般的な繁栄や幸福を促進するのではなく、少数の富裕層を支援して維持しようとする社会が形成されるのです。そうは思いませんか？」

ミルドレッドは自分の心がすぐさま突っ走ろうとする複数の方向の中から一つを選ぶのに苦労した。「競争がやる気を生み出すのだとされています。……まあ、もちろんそれは事実です。でも、それがすべてではないでしょう？　もっと深く、もっと遠くまで届く何かがあるはずなんです……」

「それは内側から来るのです」ショウムはきかれていない質問に答えた。「つまり、逆の方向についても同じことが言えるのです。どうでもいい競争でほかの人たちに勝つことに人生を捧《ささ》げることで得られる満足感というものが、わたしには理解できません。それはどんな人人に影響をおよぼしたり、感銘を与えたりするのでしょう？　あなたは以前、あらゆる時代の〝未熟な子供たち〟と言っていましたね。わたしも同感です。しかし、力を手に入れた未熟な子供たちは計り知れない損害をもたらす可能性があるのです」

「それで、テューリアンを動かすものは？」ミルドレッドは尋ねた。この対話は彼女がより深く掘り下げたい題材の一つに近づいていた。「あなたはとても重い責任を負ってテュリオスや旅先で多くの時間を過ごしています。ほかの人々は宇宙船やエネルギー変換システムを建造したり、ほかの世界の風景で建物を飾ったりしています。なぜです？　どんな報酬があるんです？　人々は努力に見合うだけのものを得ているんですか？……別に生活がかかっているわけでもない。食べるものも、住むところもある。そういうものはここにいるほかの誰かが生産し続けてくれるんですから。だとしたら、人々はなぜそうしなければならないのですか？」

「それを妨げるものがないからです」

「理解できません」

ショウムは答えは明白だという話し方をしていた。そこで思い直し、少し考えた。「あなたがいま言ったことをよく考えてみてください。生活がかかっていないのに、人はなぜそんなことをするのかと尋ねましたね。それはどういう意味です？　地球で究極の存在意義とみなされている競争への熱狂に加わるために、人は生きる手段をコントロールされ、制限されなければならないということですか？　言葉を変えると、人は必要性によって導かれなければならず、それがだめなら、暴力によって強制されるしかないと。そのためにはどのような報酬が妥当なのですか？　強制されなければならない生物が、その本質に忠実に生きていると言えますか？　もちろん違います。病に倒れ、反抗するでしょう。地球に病院や刑務所がたくさんあるのも当然ですね……。テューリアンは知っているのです。自分たちの本質は、建築し、創造し、他者がその人生の目標を達成する手助けをすることであって、誰かを犠牲にして利益を得ることではないのだと。誰もが自分の本質として貢献できる何かを持っています。それを発見することが報酬になるのです。真の報酬です。テューリアンにそれを求めないようにさせるには強制するしかありません」

ショウムは言葉を切り、ミルドレッドを探るように見つめた。しかしミルドレッドは、解きほぐすべき思考の糸がたくさんありすぎて、すぐには反応できなかった。峡谷が終わるあたりへ目をやると、雄大な滝がゆるやかに、果てしなく落下していた。こうした考え方は地球でもまったく知られていないというわけでもない。昔の修道会とその修道院長たちは、自分たちのカラザーの優越性を認め、衣食住を提供してくれる共同体の繁栄に貢献しようと各自が努力した。ひょっとすると、テューリアンの社会秩序に最もふさわしいモデルは、恒星間レベルにまで拡大された修道院なのだろうか？　ミルドレッドはそう考えてかすかに笑みを浮かべた。

「何がおかしいのですか？」ショウムが尋ねた。

「すべての地球人が異質な思想の持ち主というわけではないかもしれません。クリスチャンたちと一緒にいるシーアン・チェンに会ってみるといいですよ」

「中国人の科学者？」

「はい。チェンはいろいろな意味であなたと似ています。彼女は、世界は思春期を脱して成年期を迎えたら変化するべきだと考えています。あなたと彼女はうまくやっていけると思います。お互いを理解できるはずです」

ドーム形のカバーがついたトレイが、二人の背後の一段高いところから音もなく滑り降りてきて、テーブルの端に浮かんだ。カバーが開くと、赤みがかった熱い飲み物が入ったジャグ、ゴブレットが二脚、付属の食器とボウル、そしてお菓子のようなものが盛られた皿があらわれた。ミルドレッドは、ショウムがそれらをテーブルに並べて、食べ終わった食器類を戻すのを手伝った。トレイは自ら閉じて去っていった。その間ずっと、ショウムは奇妙な沈黙を保っていた。

「今度はわたしの番ですね」ミルドレッドは言った。「何を考えているんですか？」

「これは〝ウレ〟と呼ばれるものです。小さなカップで好みに合わせて試しに材料をブレンドします。色のついたフレークは酸味から甘味までいろいろあり、シロップでこくとなめらかさを加えます。気に入ったものができたら、あらためてゴブレットでブレンドします」

ミルドレッドは何種類か材料を選び、出来上がったものを試してみた。甘くてスパイシーで、後味の良い余韻が大聖堂に響くこだまのように消えていく。「まだ質問に答えてくれていませんね」彼女はゴブレットのほうでブレンドを始めながら言った。

ショウムはお試し用のカップを使わずに自分の材料を選んだ。「あなたが言ったことについて考えていました……地球が思春期を脱して成年期を迎えるという話です。その時期をとっくに過ぎていたはずの人間の世界がありました。そう、彼らの起源は地球の弱肉強食のジャングルにあり、わたしたちの祖先は彼らを見捨て、遺伝的に障害のある失敗した生物として滅びるに任せました。ところが彼らは滅びなかった。自分たちが置かれた環境のルールに従うほかなかったのに、その環境が投げかけるあらゆる難題に立ち向かい、生き抜いたのです。これまであなたにいろいろ言いましたが、最終的に彼らは、胸が震えるほど壮大なやり方でその世界を支配するに至りました」もちろん、ショウムが言っているのはルナリアンのことだ。古代ガニメアンがミネルヴァに送り込んだ地球の霊長類《れいちょうるい》から進化した種族。ショウムは続けた。「しかも、彼らはわたしの祖先が課した制約を克服し、ガニメアンが同じレベルに到達するのに要した時間の数分の一で、協力的な技術文化を発展させたのです。それは驚異的なことでした。わたしの言っていることがわかりますか、ミルドレッド？　地球人の逆境に立ち向かおうとする衝動、敗北を認めない姿勢が、きちんと管理され、お互いに対してではなく、生命と意識と精神の成長を阻む真の障害に向けられたら……それはわたしたちが銀河の探索で出会ったどんなものよりも強力な力となる可能性があるのです」

「クリスチャンがまさにそんな話をするのを聞いたことがあります」ミルドレッドは、テューリアンがいだくミネルヴァの破壊にまつわる罪悪感を呼び起こしたくなかった。自分がそんな流れを作ってしまったのだろうか？　どうも思い出せない。嫌な雰囲気になる前に話題を変えるほうがよさそうだ。ショウムがウレを一口味わい、シロップをさらに一滴加えてかき混ぜた。「あなたは人生のすべてを公的な事柄に費やしているんですか、フレヌア？」ミルドレッドは問いかけた。「個人的なことはどうなんです？　家族はいますか？」

「子供のことですか？」

「はい」

「ええ、いますよ。息子はこのところ遠方の世界で先住民に交じって働いています。まだずいぶん原始的な人たちで。それと娘が二人。一人は音楽の才能でわたしをはるかに凌《しの》いでいます。下の娘はテュリオスで家庭を築いています」

「それで、子供たちの父親は？……まだ一緒に暮らしているんですか？」ミルドレッドはこの家にほかの住人がいるという話を聞いていなかった。

「わたしたちは人生のその段階をやり遂げました。しかし、いずれはもっと別のことをするべきだと感じる時が来ます。彼は今、自らの内面を見つめています。それでもわたしたちは人生の伴侶であり続けるのです。あなたは？」

ミルドレッドはぶんぶんと手を振った。「まあ……若い頃にはいろいろ浮《うわ》ついたこともしました。でも、そういうのは向いてないみたいです。一人きりで思索をめぐらし、独自のやり方で自由に物事を進めるのが好きなので。いままで出会った男性たちは、みんな最後にはそれに耐えられなくなってしまって。あたしがテューリアンに来ることになったのは、クリスチャンがあたしを追い払おうとしたからだと知ってます?」

「いいえ。どうしてそんなことに?」

ミルドレッドがその話をすると、ほっとしたことに、フレヌアはくすくす笑って——少なくとも、ガニメアンのくすくす笑いと思われるおかしな音を出して——それ以上ミネルヴァがらみの暗い話を続けようとはしなかった。その時突然、ミルドレッドの頭に一つの思いがよぎった。イージアン、クリスチャン、ヴィクターの三人があのマシンを使いこなせるようになったら、どうにかしてあの時代に戻って、起きてしまったことを変えられるかもしれない。しかし、フレヌアにまたその話題をふる気にはなれず、ミルドレッドは代わりにこう言った。「あなたが作曲した音楽を聴かせてくれませんか?」

17

矛盾した出来事の衝突という形で体験される、それぞれの時間線の間の不一致は、ほとんどの場合、人間の一時の気まぐれな行動によって引き起こされる。しかし、その影響は局所的なものであるため、複雑な物理装置でも矛盾なく機能することが期待される。その存在と運用に関わる無数の量子遷移は、理論上はたしかに別々の現実を定義し続けるが、ごく周辺と直近の過去という局所的な範囲においては、それがマクロなレベルで何か識別できるほどの違いをもたらす可能性はほとんどない。

そこでイージアンは、クエルサングでの作業をすべて中断し、遠隔操作できる惑星外の場所に移転させることが望ましいと結論づけた。たしかに、すでに設計が進んでいる大型化したMP2多元転送機はそのためのものだが、理由は別にあった——並行宇宙から実験で送り出された大きめの物体がたまたま固形物の中で物質化した時に起こる破滅的な結果から、研究者たちを守ることだ。ところが、地球人たちのオフィスで議論している最中に、イージアンがこの決断なら間違いなく同意を得られると考えて事務的に見通しを述べたところ、驚いたことに、地球人たちはクエルサングでの作業を中断する必要性をまったく感じていないことが判明した。

「なぜだ?」というのがハントの返事だった。その場にはハントの助手もいた。ドイツ人と、中国から来た女性科学者もいた。

理由は明らかだと思われたので、イージアンは途方に暮れた。「つまり……あのマシンが周辺にどんな混乱を生み出すか見ただろう。そんな状況でどうやったら意味のある仕事ができるんだ? わたしたちの手元にはほかの現実から届いた別バージョンのサイン帳が二冊ある。もしもそれが別の現実のきみやわたし、あるいはほかの誰かだったらどうなる?」彼は身ぶりでハントを示した。「きみがこの部屋で話をしたダンチェッカー教授は、今は別の宇宙にいる。もしも別のダンチェッカー教授が代わりにこの宇宙に来ていなかったら？」

「みんな状況をよく理解し始めたようだな」ハントは言った。

ゾンネブラントが口を挟んできた。「動作電力を下げれば収束ゾーンの核をチェンバー内にとどめることができます。そうすればあなたが言うような大きな矛盾が生じる危険はなくなるでしょう。まあ、周辺部でわずかな影響はあるかもしれませんが」

「些細なことで意見の食い違いはあるかもしれない」チェンが言った。「でも、今となっては誰もお互いを責めたりはしないでしょう」彼女は言葉を切り、イージアンが自分の考えを変えるのに苦労しているのを見て、話を続けた。「ダンチェッカー教授のいとこは、こういうことは量子揺らぎの結果として常に起きていて、今回はこれだけの規模だったから目立っただけだと考えている。わたしは彼女の意見には一理あるかもしれないと思う」

全員が黙り込んだ。

「より詳しく調べるのにこれ以上の方法はないんじゃないかな？」ダンカンが問いかけた。

イージアンにとっては予想外の展開だった。相違は意見の不一致を生み、意見の不一致は争いをもたらすので、テューリアンは当然のごとくそれを避けようとする。しかし、地球人はそれを糧《かて》にする。彼らにとってそれは挑戦なのだ。地球人はこの状況を、恐れ避けるべき不和の源ではなく心惹《ひ》かれる面白い調査対象とみなしていた。イージアンは決定を先延ばしにしてカラザーと相談するために出かけていった。

「われわれのような古い種族には、若かった頃に自らを突き動かしていた精神を思い出す機会が必要だと思う」というのがカラザーの返答だった。「われわれの祖先は、自らの内なる恐怖を反映した防衛意識にとらわれることなく、自分たちが発見した宇宙に対処していた。いざとなれば、地球人の最も有名な英雄的行為さえも色あせて見えるような大胆な計画を立案することができたのだ。われわれはその伝統を心に留めておくべきだと思う」

こうして、マルチヴァースを横切る伝播を研究する施設が二つできることになった。クエルサング研究所にもともとあった試験システムは、物理的探求のためにマイクロスケールの実験を継続し、ハントが〝時間線レンズ〟と名付けた奇妙な現象をさらに掘り下げることになる。それと並行して、より大規模で強力なＭＰ２プロジェクトの建設が遠方の宇宙空間で進められ、近くのほかの宇宙が研究所の床下で実体化されるのを好まない物体を扱うことになる。この二つの施設はお互いに補完し合っていた。時間線の収束という異様な出来事を受け入れることは、その効果についてより深く知るための最短のルートだと思われたし、大規模なプロジェクトは、それに対抗する方法を考案するうえで最も効果の高い手段だった。カラザーがすでに関与し、今や個人的に進捗状況を知りたがっていたので、ＭＰ２の完成は最優先事項とされた。地球人は実際の建設にそれほど貢献できる立場にはなかったが、ハントはテューリアンの宇宙空間における作業の進展に興味があった。それは、これまで彼自身が関与してきたさまざまなＵＮＳＡのプロジェクトとはまったく異なるものであるような気がした。

高出力のシステムを遠方の宇宙空間に設置したのは、ほかの並行宇宙で行われている同様の実験で送り出された物体が出現するのを防ぐためだった。そのようなリスクは、二つの量《りょう》子系《しけい》が完全に同一の状態で存在することはあり得ないという、地球の物理学者にとってはよく知られた事実を活用することで排除された——量子系の〝状態〟は適切なセットの〝量子《りょうし》数《すう》〟によって定義されるからだ。普通の地図では、二つの地点が同じ座標を持つことはあり得ない。同じ座標であれば、それは同じ地点だ。同じように、二つの量子系が宇宙でそれぞれ唯一の実体として存在するためには、少なくとも、それを規定する一つの数（量子座標）が異なっていなければならない。

　ＭＰ２はテューリリアンから数十万マイル離れたところにあった。たしかに、典型的なテューリリアンの尺度で見ればまだ裏庭でしかないが、統計的計算ではその目的のために充分な距離があるはずだった。その位置は、さらに大きな半径内の空間全体に存在する膨大な可能性の中からランダムに選ばれた。許容される各座標の間隔は、起こり得るそれぞれの可能性が安全な距離を保てるように設定されていた。たしかに、ほかの並行宇宙では別の方法が用いられるかもしれない。しかし、送信する可能性がある無限に近い宇宙の数と、送信された物体が到達する可能性がある無限に近い宇宙の数とは釣り合っており、ヴィザーが行った難解な統計計算によれば、最終的に衝突する確率は、規定の空間全体の中でランダムに選ばれた二つの位置が偶然一致する確率とほぼ同じだった。

　ヴィザーは現実と見分けのつかないシミュレーションを作成できるので、ハントが物理的にその場に行く必要はないのだが、地球人は代替物の同等性に関してテューリアンと同じ考え方をしないか、あるいはまだその段階に至っていないようだった。ハントはMP2で進められている作業を何度か仮想体験した後、現場が銀河系の遠い場所というわけでもなかったので、実際に行ってみたいと思った。理由は自分でもはっきりしなかった――地球からはるばるやってきたのに、一つの惑星に閉じこもったままでいたら、何かを見逃してしまうような気がしたのだ。ダンカン、ヨーゼフ、チェンも同じように感じていた。そのことをイージアンに話すと、さすがのテューリアン気質で、ただちに彼らの希望に添うように手配をしてくれた。翌日、ハントたちをMP2の建設現場へ運ぶために、テュリオスの沿岸にある宇宙基地に一隻の宇宙船があらわれた。

地球人側の希望が〝その場にいて〟現実を体験することだとしたら、テューリアンの対応は異星人としてできる限りそれをかなえようとするものだった。彼らに与えられたのは、窓越しやどこか密閉された構造物内のスクリーンで見るような距離感とは無縁な見晴らしの良い場所だった。ハントは、自分たちは「外に出たい」のだとイージアンに伝え、まさにその通りのものを手に入れたのだ。

船が現場に到着すると、一行は接続用のGフィールド〝トンネル〟を抜けて部屋くらいの大きさのプラットフォームへと運ばれた。そこには座席が並んでいて、さまざまな収納容器やコンパートメントや奇妙な機器が備え付けられ、全体を低い手すりで囲まれてはいたものの、見た目は周囲の広大な宇宙空間に開け放たれていた。ヴィザーの説明によれば、この乗り物——ほかにましな呼び名がなかった——は惑星に匹敵する重力を局所的に発生させるが、範囲は限定されていて、その先は急激に影響が薄れるとのことだった。おかげで乗客は通常の体重で活動できるし、力場《りきば》とフィルターを備えたシェルが呼吸可能な大気を保持し、危険な放射線や粒子を遮断してくれる。こうして、暖かく、快適に、しかも普段着のままで、彼らは声もなくあたりを見回した。恒星スペクトルのあらゆる色合いを放つ星々、幽玄の星雲、輝く繊維のような色彩の驚異が、上下左右にぐるりと広がり、手が触れられそうなほど近くに見えながら、果てしなく遠いようにも思われた。遠近感が自然に変化する様は、まるでワイヤーキューブでも見ているようだ。大きさや距離の尺度を判断できる見慣れた基準はどこにもなかった。月面や木星で何年も過ごし、ガニメアンやテューリアン相手の任務にもたずさわってきたハントだが、これほどまでに圧倒的な宇宙の臨場感を味わったのは初めてだった。陶酔しきった、完全なる没入感——生まれてからずっと潜水艦の中から海を見てきた人が初めて泳いでいるかのようだ。〈シャピアロン〉号の奇妙な流浪の旅の間に生まれて船内での生活しか知らなかったガニメアンの子供や若者たちも、ようやく地球にたどり着いて惑星の地表に出た時、同じような感覚について説明しようとしていた。

「きみは……本当に驚きを絶やすことがないな、ヴィザー」最初に口を開いたのはダンカンだった。

「喜んでもらえるよう努力している」いまやお馴染みの台詞《せりふ》だ。

「この風変わりな天空のツアーバスは、わたしたちのためだけに作ったわけではありませんよね？」ゾンネブラントが質問した。

イージアンがこれに答えたが、実際にはその場にいるわけではなく、テュリオスからオヴカ経由でつながっていた。「実を言うと、船舶や構造物の屋外作業に使用する、ごくありふれた定期整備用プラットフォームだ。シェルは周囲の形状に合わせて成形できるから、クルーは自由に活動できる。今回の仕事にはちょうどいいと思ってね。どうだろう？」

「最高です」ゾンネブラントは言った。

「よかった。では、わたしはこれで失礼する。滞在を楽しんでくれ。いずれまたテューリアンで会おう」

一行が素晴らしい光景を見ながら話しているうちに、プラットフォームが目的であるMP2の構造物に接近して、片側の視界がそれで埋め尽くされるまでになっていた。チェンは黙ってそれを観察していた。ハントの見たところ都市の一ブロックほどの大きさがあり、ほぼ球形のコアから、均等に配置された二十個ほどのこぶがぬるりと突き出している――クエルサングにある小型のプロトタイプに搭載されているのと同じ、各投射機の収束システムの末端だろう。球体の両側からは西洋ナシの形をした二つの大きな突起が伸びていたが、これも地球の宇宙工学でよく見られるシリンダーや箱形のモジュールとは違い、本体に溶け込む曲線で構成されていた。たとえ純粋に科学的な実験であっても、テューリアンはその創造物に芸術性と美的感覚を付与せずにはいられないようだ。二つの突起の間の〝赤道〟にあたる領域はまだ未完成で、突起の先端や投射機の一部もやはり未完成だった。

構造物の周辺にはあらゆる種類の装置、物体、機械が点在し、宇宙空間に浮かんで何らかの機能を果たしたりさまざまな用事で移動したりしていた。その大半は、構造物の未完成の赤道帯の一部に位置する、差し渡し五十フィート以上の白くて特徴のないこぶのあたりに集中していた。チェンがハントにちらりと目を向けた。「あれが進行中の組立加工ゾーンかしら？」ハントが特に見たいと言っていたものだ。

「きみにとっては良いタイミングだ」ヴィザーが口を挟んできた。「この段階がちょうど完了しようとしているところだ」

テューリアンは地球人とは違い、ボルトで部品を組み合わせて物を作るなどという、ヴィクトリア朝時代の工場からほとんど変わらないやり方はしていなかった。自然が生物を創造するのに近い方法で、内部から成長させるのだ。白いこぶは実際には流体《りゅうたい》で、整備用プラットフォームを包むものと同じようなGフィールドのシェルによって保持されている。この流体にはさまざまな溶解状態にある物質が含まれており、プログラムされた数兆個のナノアセンブラが、必要な要素を抽出し、成長する構造体の各所にそこで求められるやり方で正確に組み込んでいく。この点において、このプロセスは生物の細胞分化に似ている——発達中の胚《はい》の細胞は、共通のＤＮＡプログラムの正しい部分を活性化して、骨、血液、筋肉など、全体計画において特定の細胞が最終的になるべきものへと変化することができるのだ。ハントたちが眺めているうちに、こぶの中の流体が濁って斑点《はんてん》状になり、何らかの攪拌《かくはん》が始まったように見えた。まるで洗濯機がすすぎに入ったかのようだ。

ゾンネブラントにとっては初めて見るものであり、彼の質問に対して、ダンカンがそのアイデアの概要を説明した。ゾンネブラントはうなずきながら聞いていたが、やがて顔をしかめた。「正しく作業をこなすためには、すべてのアセンブラが自分の位置を正確に把握していなければなりません。あなたは生物の細胞のようだと言いました。しかし、細胞は成長する生物の中で自分の相対的な位置を感知し、どの機能を活性化し、どの機能を抑制するかを知ることができます」

「化学物質の濃度や電気的勾配を利用するのよね」チェンが口を挟んだ。

「はい、そういうことです。しかし、今ダンカンが説明したものには、位置情報につながる物理的な細胞マトリックスの役割を果たすものがないようです。だったらどうやってそれを実現しているのですか？」

ダンカンは、テューリアンについてより詳しく研究しているハントに目を向けた。

ハントはゾンネブラントに言った。「いかしてるよ。設計は座標演算子《えんざんし》で記述され、それが構造物全体に高密度の定在重力波パターンを定義する。事実上、あらゆる地点で固有の信号に変換されるんだ。アセンブラはその時いる場所に対応する適切な信号を解読し、それで何をすべきかを知るわけだ」

「すごいですね」ゾンネブラントは驚いたように首を振った。「そんな関数を計算するにはどんなものが必要になるんでしょう？」

「試そうなんて思わないほうがいい。ヴィザーのようなものが必要だからな」

　構造物の外で、プロセスの終了と共に抑制用のシェルが突然オフになった。流体はほんの数秒で宇宙空間へ拡散して消え、仕上げの準備が整った壁やデッキや構造部材の輝く新しい層があらわれた。

「はいどうぞ《ヴォワラ》」ヴィザーが淡々と告げた。

　チェンが楽しげな、少し皮肉っぽい表情でハントを見ていた。「あなたはこういうのが大好きなのね？　目が離せなくなる。さっき言ったように〝いかしてる〟から」

　ハントはどう返事をすればいいかわからず、少し間をおいて言った。「少なくとも独創的ではある。それは認めざるを得ない」

「学生時代もそんな感じだったの？　アメリカ人が言うオタクってやつかしら？」

「ヴィックは違うよ」ダンカンが口を挟んだ。「すごく人付き合いがいい。人気者タイプだ。オタク連中はそのあたりが苦手でね。だからオタクなものに走るんだ」

「それはどうかな」ハントは言った。「わたしはむしろ逆だと思う。人気者になるのはたしかにいいことだ……なれるものであれば。しかし、すべての時間をそこに費やすほどの価値はない。もっと面白いことがたくさんあるからね。いずれにせよ、常にみんなの人気者でいなければというのはアメリカの学生の強迫観念ではある」肩をすくめ、チェンのほうを振り返る。「そう思わないか？　あなたの地域の子供たちはどんな感じなんだ？」

　その時、ハントはチェンが話を聞いていないことに気づいた。彼女は再び目の前の構造物に顔を向けていた。その目は百万マイルの彼方を見ていた。ハントがしばらく待っていると、チェンが呟いた。「定常波《ていじょうは》」

「え？」ハントは聞き返した。

「定常波」チェンは顔を戻してハントを見つめた。「空間全体に分布する構造を定義してやるの。そうやって試験体を停止させればいい！　それは縦方向のM波動関数として伝播する。干渉関数を投射して通常の横方向の解と共鳴する定常波を作り出せば、物体は目的の宇宙に閉じ込められる。そこで嫌でも実体化することになるわ」

チェンはそれ以上詳しく説明する必要はなかった。ほかの研究者たちは彼女が何を言っているのかすぐに理解した。なるほどと思わせる発想だった。とりあえずMP2の建造方法のことは忘れて、一行はその場でヴィザーに提案した。理論上は、マシンは何の問題も見つけられなかった。しかし最終的に確かめるには実験をするしかない。

「もう一度イージアンにつないでくれないか？」ハントは言った。

「イージアンは会議中だが」ヴィザーが忠告した。テューリアンなら拒否する可能性が高いということだ。ハントはここで強引に押し通せば通常の儀礼に反することになると承知していた。しかし、これはじっと待っているにはあまりにも刺激的だった。

「リスクはやむを得ない。謝罪をして、それでもどうしても話したいのだと伝えてくれ」

少し遅れて、イージアンの姿がハントの視界の中のウインドウにあらわれた。「どうした、ヴィック？」態度は丁寧なままだが、ヴィザーが音声を再構成する段階でよほど重要な用事なんだろうなと言わんばかりの調子を付与していた。ハントはこれまでの話をできるだけ簡潔に伝えて意見を求めた。イージアンの沈黙は長すぎるほど続いた。ハントは一瞬、自分が心構えのないまま相手の感情をひどく害したのではないかと不安になった。しかしテューリアンの顔を見て、大きな間違いであることに気づいた。これはたしかに良い兆しだ。イージアンはほかの用事を心から切り離し、この話が持つ意味について熱心に思いをめぐらしていた。その時、ヴィザーが再びハントに呼びかけてきた。

「たった今、地球のコムネットとのリンクから連絡が入った」

地球？　おそらくグレッグ・コールドウェルだろう。何か緊急の用件に違いない。「わかった、つないでくれ」ハントはイージアンの反応を待ちながら上の空で言った。

ところが、ヴィザーのウインドウに表示されたのは見慣れない顔だった――肉付きがよく、丸みを帯びた顔が、揺るぎない断固とした表情をたたえている。「ハント博士ですか？」

「ええと……そうですが」

「ゴダードのUNSA先進科学局のヴィクター・ハント博士ですね？」

「はい。そちらは？」

「FBI捜査局、財務不正捜査課のポーク捜査官です。あなたはジェラルド・サンテロと知り合いですね、ハント博士」

これは一体なんなんだ？　まさに最悪のタイミングだ。「今はだめだ、ヴィザー」ハントはささやいた。「リンクを切れ。技術的な問題が発生したとかなんとか言って」

「技術的な問題は生じていない」

「とにかく、どうにかして追い払ってくれ。どうせ馬鹿げたお役所仕事だろう。われわれは物理学の大発見に近づいているんだ」

ポークの顔が消え、少し間が空いた。「よし、これで大丈夫だ」ヴィザーが言った。「地球側に問題があるという偽りのメッセージをコムネットに送った。こういうことはあまり繰り返さないようにしてもらえるかな。評判も考えないといけないので」

「肝に銘じておくよ」ハントは約束した。その時、イージアンが彼の注意を引こうとしていることに気づいた。

「これはとても理にかなっている」イージアンは言った。「なぜ今まで気づかなかったのか不思議なくらいだ。ヴィック、わたしはマダム・シーアンやきみたちが何かをつかんだと考えている。これが正しい道に違いない」

18

フレヌア・ショウムは自宅の〝巣〟と呼んでいる場所に一人きりで坐り、連なる崖や尾根や遠くの山頂を見つめていた。峡谷の奥深くにある滝が、夕陽に照らされてオレンジ色に染まり、ゆっくりと進む影にのみ込まれようとしていた。テューリアンの二つある衛星の一つ、ドヤリスの三日月が上空で明るく輝き、夜を支配しようと待ち構えていた。このようなひとき、ショウムはさまざまな義務や日常の雑事から離れ、自分の心と体が仕えるこの存在の内面に意識を向けて、その思考や感情を探索するのだった。これは地球人にはめったにない能力であり、自らの本質と内なる魂《たましい》を知るごく少数の者は、ほかの人々からは理解されなかった。その衝動的な性質と、自らが攻撃されないためにあらゆるものを攻撃しようとする強迫的な暴力により、地球人は常に外部に意識を向ける生活を送ることになった。ショウムのこの能力も、種族が成熟するにつれて発達する性質なのかもしれない。

地球の歴史について研究をしたおかげで、ショウムは地球人とその性質について多くの考察を行ってきた。人生には一年のような季節があり、一つの季節が自然に終われば、過去への誤った執着にとらわれることなく次の調和へ進むべきなのだ。今、ショウムの人生は土に栄養を戻す秋の季節を迎えていた――これまでの人生で蓄えた知恵や経験によって、以前の段階で必要だった借りを返す時だ。春は生命を生み出す季節、夏はそれを育み送り出す季節。テューリアンにとって、生命と成長を体験すること、創造し構築することに伴う精神的な喜びは、宇宙が与えてくれる最も貴重な報酬だ。それが生命の存在する理由であり、それを可能にすることが宇宙の存在する理由だ。宇宙は命を吹き込まれるのを待っている砂漠なのだ。彼らの種の長い歴史において異常者がまったくいなかったわけではないが、知性を持つ存在を意図的に殺すという考えは、ほとんどのテューリアンにとって想像し得る中で最も忌まわしいものだった。

テューリアンは、観測された宇宙がマルチヴァースを構成する全体の中のごく小さな粒でしかないように、マルチヴァース自体もそれとは比較にならないほど広大なものの一面に過ぎないと考えていた。この領域には、思考し、感じる存在の心がつながる〝真の魂〟が宿っている。魂がどこまでも存在を続ける一方で、そこから創り出されたペルソナは生まれては去っていく――それぞれに性質を持ち、魂の癒しや成長のために必要な状況に応じて形成されるのだ。ペルソナは捨て去られるかもしれないが、その経験によって明かされ教えられたことは、ある種のゲームで一時的に作られるキャラクターのように、保持されて吸収される。ペルソナが死に至る時、それは単なる一つの季節の終わりとみなされるが、魂のつながりを絶てばその本質的な成長を阻害することになる。

さらに、ペルソナのはかない生涯は、理解力、創造力、優しさ、思いやりなど、魂のより高次《こうじ》の生涯に貢献する資質を育むための養育所として機能した。しかし、殺人や破壊という行為は、それを考えるだけでも、正反対のあらゆる感情や思考停止を呼び起こす。加害者は、被害者になされたどんな非道な行為よりもはるかにむごいやり方で自己の内なる性質を侵害されて、品位を落とし、醜く歪む。テューリアンにとって、それは究極の否定であり、宇宙が有するあらゆる意味と存在理由を拒絶するものだ。とすれば、自分たちが作り出した心を持たない物質ばかりの世界で、自分たちをその偶然の産物に過ぎないと考える地球人の多くが、金を貯めたいとか他人の心や命を支配したいとかいった私欲よりもましな願いを持てないとしても、さほど不思議なことではあるまい。

ショウムは知っていた――親密な愛と母性の優しさを、友情の絆《きずな》を、他者が人生の幸福を見つける手助けができる特権を、創造と達成の喜びを、自分が仕事を成すのを可能にしてくれた人々への称賛と感謝の気持ちを。彼女は、存在の輝きや宇宙の意味が明らかになる特別な瞬間を、賢者によって心に光を灯《とも》された若者たちの輝く瞳や恍惚《こうこつ》とした顔に、軌道を離れて新世界へ向かう植民船に、旅の終わりに近づいて夢や思い出を分かち合う老人たちの交わりに、森や山や海に覆われた世界に見る。こうしたもののために、宇宙はその本質に則《のっと》って存在し、生命をもたらす。生命と宇宙は魂に響く音楽を奏でている。あらゆる成長するものはその具現なのだ。

地球についての調査で知ったいくつかの事柄に、ショウムは今でも夜の眠りを乱され、冷たく不快な恐怖を感じていた。大量殺戮のカルトに参加を強いられる子供たちや、死、都市の消滅、文化全体の根絶に全精力を傾ける産業についての記録を読んだ。血に飢えた軍隊が罪のない無防備な人々を害虫のように狩り立てて切り刻み、崩壊する建物の下では家族が焼かれて絶叫する。飢える人々、溺れる人々、家から雪の中に追い出されて死ぬ人々。それらすべてが計画的であり、意図的であり、ある側からは英雄的で輝かしいものとして称賛されていた。くすぶる瓦礫《がれき》と化した町で呆然と怯《おび》える生存者たちに爆弾をばらまく航空機の録画も見た。人間を満載した船や車両が焼かれ、引き裂かれ、吹き飛ばされる。人々は逃げ惑い、雹《ひょう》の嵐に襲われたアルイ草《そう》の葉のように倒れていく。グロテスクな、胃が痛くなるような死体の写真を見ると心が麻痺《まひ》した。焼け焦げ、ずたずたになり、手足をもがれ、内臓がこぼれた死体。溝の中でねじくれ、鉄条網に絡まり、泥の中でつぶれ、山と積まれて腐っていく死体。手足のない者、目の見えない者、ひどい怪我を負った者、かつては夫や息子、兄弟や恋人、夢をいだく若者だったものの狂った残骸が、哀れな行列を成して戻ってくる様子も見た。ある時点で、ショウムはなぜそんな事態が生じてしまうのかとヴィザーに助言を求めた。ヴィザーには何の説明もできなかった。そしてショウムは泣いた。思考力と感情を持つ存在がなぜそんなことをするのだろう？　なぜ嘘を信じてしまうのだろう？

もっと理解できないのは、支配し命令する者たちがどうしてそのような嘘を広めることができたのかという点だ。それは単にささやかな野心を押し進めたり征服計画を実行したりするためだけでなく、人間が苦闘し、陰謀をめぐらし、同盟を結び、裏切りを行うあらゆる局面において、お互いを脅威かライバルに仕立てて対立を煽《あお》り、一方が他方よりも優位に立つために行われている。人と人とが相対する際の基本的な哲学そのものが、私利私欲の追求と搾取、抑圧、強奪、残虐、強者のための弱者の奴隷化を前提としているだけでなく、それを称揚し賛美しているのだ。

ミルドレッドは地球のリーダーたちを泥棒や悪党の最たるものと評し、彼らの言うことには耳を貸さなかった。しかし、ミルドレッドは例外であり、発言力のない少数派として暮らすしかなかった。テューリアンの間では、リーダーとして最も期待される資質は、温和な成熟ぶりと、そこから生まれる無私の思いやりだ。官職や責任ある決断を下す権限は、人々に奉仕する特権的な機会とみなされる。そうした地位を個人的な利益のために乱用したり、地域社会が共に生きていくために不可欠な基本的制約を越えて望まぬ者を強制したりするのは、最も悪質な犯罪となる。このような違反がまったく起きていないと言うと嘘になる……しかし、それはほとんど考えられないことに近かった。

心を持たず、なんの導きもない物質が、自らを組織化して感情や思考を伝えられる生物になるという神話や、宇宙は無から想像を絶する暴力によって始まったという神話は、地球人だけが生み出せるものだ。彼らは自らの内なる性質を見ているものに投影し、その後で、自分が見ているものが外的な現実であると勝手に納得した。テューリアンは、生命をつかさどるプログラムは惑星上で生まれたわけではないと知っていた。惑星系は組み立て場所であり、そこでプログラムが銀河系全体の状況に応じた無数のやり方で表現されるのだ。生命の種は宇宙風によって運ばれてきた。どこから来たのか、どんな機関の手で、どんな目的のために生み出されたのか——それはテューリアン科学が解き明かすべき最大の謎であり、彼らの勢力拡大を後押しする重要な要因の一つでもあった。銀河系の中心部で——そしてほかの銀河の核の部分でも——不明瞭な雲と増加する星の集団の背後に奇妙な状況が存在する証拠があった。しかし、テューリアンはまだそれ以上のことを知るのに充分な距離まで浸透していなかった。不死を達成し、その結果として長きにわたりほかに重要なことを成し遂げなかった時期の無関心と停滞が、彼らに大きな代償を払わせることになったのだ。夢をいだき、それを実現すべく冒険に乗り出すためには、常に若さを再活性化する必要がある。そのことに気づいたために、テューリアンは昔のやり方に戻って自然とその季節を受け入れるようになったのだ。

　人間の暴力性は、生まれ持った避けようのない欠陥なのだろうか？　それとも、抑えがたい何らかの偏向であって、破壊に用いられる猛烈なエネルギーは建設的な目的にも活用できるのだろうか？　おそらく古代ガニメアンによる遺伝子操作という独特の起源を持つせいだろうが、テューリアンは人間と比較できるような存在に出会ったことがなかった。不可能なほど困難に直面して絶望的に思われた始まりから、最終的にミネルヴァを襲った悲劇の直前に至るまで、古きルナリアン文明の出現と発展のスピードはまさに驚異的で、彼らがその後に出会ったほかのどんな種族をも凌駕《りょうが》するガニメアンの経験すら嘲笑《あざわら》うものだった。イージアンの報告によれば、ハントとそのグループは、科学レベルも低く技術的な知識も限られているのに、すでにプロジェクトに大きな影響を与えていた。完全に成熟した二つの文化が共同で研究を進めるようになったら、どのようなインパクトがもたらされるのだろう？

　ショウムの思いはこの場所でミルドレッドと交わした会話に戻った。もしもルナリアンがジェヴレンの逃亡者たちの侵入によって道をねじ曲げられていなければ、とっくにそのような状況が生まれていたかもしれない。それまでのルナリアンは地球への移住を目指して共同で作業にあたっていたのだ。地球人が後に病的なまでに不安定になったのは、生来の人間性によるものではなく、体験したトラウマの産物だったのではないだろうか？　彼らが何世代にもわたって築きあげた希望を打ち砕き、ついには世界を破壊してしまった大戦争。月面の荒れ地に取り残された最後の小さな一団の経験。地球に運ばれて再び希望を取り戻したものの、孤児となった月の捕獲がもたらした大変動によってまたもや打ちのめされてしまったこと。自己保存を生存のための第一の本能とする残忍な生き物になる以外、どんなものになれたというのだろう？　生命や宇宙にまつわるほかのどんな哲学を生み出すことができたというのだろう？

そんな反省がショウムを執拗に悩ませた。自分は人間に対して厳しすぎる評価をしていたのかもしれない。それは重要なことだった――地球人がこのような性質を持っている理由についてテューリアンがどの答えを受け入れるかによって、地球をどう扱うかが最終的に決まるのだ。ジェヴレン人の陰謀が明るみに出て以来、テューリアンの間では内々にこの議論が続いていた。

何日も前から考えていたことがようやく形になり、ショウムは心の奥底から沸き上がるような興奮を覚えた。もはやこういう重要な問題について議論や憶測に頼る必要はないのかもしれない。イージアンの科学者たちは、ＭＰ２で建設中の施設からマルチヴァースを探索してサンプルを採取するための機材を送り出す話をしていた。別の宇宙からはすでに地球のハントと連絡を取るための通信装置が送り込まれていた。ブローヒリオのジェヴレン船団は実際にルナリアン時代のミネルヴァに戻っていた。

そのためのテクノロジーはすべて揃っていた。トラウマを負う前のルナリアンが地球人とどれだけ似ていたか、あるいは似ていなかったかについて――どのみち間違った答えにたどり着くリスクもあるのに――疲れ果てるまで議論をする必要がどこにある？　そんな問題は観察によって客観的に解決できる。偵察用の探査機を送り込んで確かめればいい！　その能力があるように思われる今、努力を怠るのは人類に対する不正義だ。ショウムにはそんなことは許せなかった。人類はすでにガニメアンから充分な不正義を受けていた。

子供の頃、ショウムは遠い昔に自分たちの種族が生まれた世界と、それを受け継いで破壊した野蛮人にまつわる物語を聞いていた。それはテューリアンの親が子供に聞かせる、よくある単純化されたものだった。今になって彼女は、そうしたイメージがどれほど自分の姿勢に影響をおよぼしてきたかを実感し始めていた。ショウムの解釈では、彼女の経験を拠《よ》り所とする魂は、マルチヴァースを超えて存在するその領域において、すでに価値ある重要なことを学んでいたのだ。

19

地球人の感覚からすると、テューリアンが現実のシミュレーションに本物の情報を提供するために都市やそのほかの環境にセンサーを〝配線〟する様子は、不可解なほど念入りに思えた。人口が少ない、場合によってはまったく人が住んでいない地域でさえ、衛星やそのほかの手段で広く監視し、現地の風景や状況を補完してもっともらしく再現できるようにしてあるのだ。地球上のすべてのデザイナー、プロジェクトプランナー、プログラムマネージャーが最初に考慮するコストと利益のバランスは、テューリアンが何をどのように行うかを決定する際に適用するプロセスにはまったく関係がないようだ。さもなければ、〝コスト〟と〝利益〟という概念が地球でのそれとはまったく別の意味を持つのかもしれない。

惑星やそのほかの居住地の周辺に広がる宇宙空間や、惑星系内の通常の交通路さえ、地球人には無意味に思えるほど監視されていた。それはすなわち、MP2実験の影響を受ける範囲には、すでに異常な事象を発見するための撮像《さつぞう》装置や検出器のネットワークが張りめぐらされていることを意味する。ヴィザーは別の現実からの侵入物が少なくとも一つはその空間のどこかにあらわれる可能性があると推測していた。監視システムはそれに応じて警戒態勢を整えていた。

それが起きたのは、MP2が大型でより複雑な試験体の転送に初めて挑戦するための準備をしていた時だった。クエルサングのタワーにいるハントが、どのような物体を送るべきかについての提案に目を通していると、ヴィザーから連絡が入った。惑星テューリアンの裏側、およそ十万マイルの領域を監視するセンサースキャンプロセッサから、そこに存在しないはずのものが突然あらわれたことを示す異常が報告されたとのことだった。問題の地点に向けられた分析装置が捉えた画像を再生してみると、ある種の機器パッケージのように見えるものが映っていた――アンテナやそのほかの工学的部品を含む開放式のフレームで、全体は普通の椅子くらいの大きさだ。十一秒あまりその場にとどまったあと、それは分解した。ばらばらになったわけではなく、ただ消えてしまった――全体がぼやけて虚空にのみ込まれていったのだ。まさに科学者たちが望んでいたことだった。彼らは招集がかかるのを待つこともなく、その時いた場所でやっていたほかの作業を中断して、検出器が記録した情報を精査し、そこから何がわかるかを突き止めようとした。

その物体は見るからにテューリアン起源であり、その点に疑いはまったくなかった。機能が明らかな機器もあれば、よくわからないものもあった。光学式だけではない数多くの撮像装置が周囲を忙しくスキャンしているのが確認できた。付属品の一つはh‐スペースへの中継に使われるテューリアン製の重力トランスポンダのように見えた。

「左端の塊はここの惑星スペクトル用のアンテナアレイに見える」そう発言したのは研究所にいるテューリアンだった。

「デザインは見慣れないものだが、サイズは一致している」ヴィザーも同意した。

「わたしの目がおかしいのかもしれませんが、側面に描かれているのはUNSAのエンブレムでしょうか――座標1・2と3・7のあたりです」クエルサングの別のビルにいるゾンネブラントが問いかけた。

「だとしても驚きはないな。ヴィックならやりそうなことだ」ダンチェッカーが言った。ハントが二つのデスクを隔てた先から傷ついたような視線を彼に送った。

「画質を上げられるかどうかやってみよう」ヴィザーが言った。「ただの光の加減かもしれない」

ヴィザーはさらに、複数の標準的なテューリアンの通信信号帯域でメッセージを受信したことを報告した。しかしどれも文字化けしていて、意味ある内容を抽出しようとするあらゆる努力は失敗していた。それでも励みにはなった。プロジェクトの当面の目標が、少なくとも現実的ではあることが、これ以上ないほど奇怪な形で証明されたのだ。

なにより重要なのは、この装置が到着した場所でデータを収集する機能を備えているとすれば、集めたものを元いた場所に送り返す手段も備えているはずだということだ。さもなければ収集することになんの意味がある？　つまり、科学者たちが現在到達している段階であっても、ハントの別自我が最初の短時間の訪問で可能であることを示したマルチヴァースを横切る通信は、実現に近づいているはずなのだ。装置が数秒しかとどまらなかったという事実は、それを送った別バージョンの彼ら自身が、転送した物体を停止させるという問題は解決したものの、まだ安定はさせられていないということを示している。チェンはすでに停止方法を提案しており、テューリアンの専門家たちも有望と認めているので、運が良ければこちらが大きく遅れを取ることはないだろう。

装置が消失した時の拡散の仕方は、それがコヒーレンスを失った定常波パターンとして固定されているという推定と一致していた。ヴィザーはすでに減衰《げんすい》曲線の解析を進めており、そこからもっと多くのことが判明するだろうと期待されていた。現時点で確認できた事柄からすると、科学者たちはどうやら正しい方向へ進んでいるようだった。そこで、現在たまたま作業中の同じような機器パッケージの開発がさらに強力に推進されることになった。もっとも、これら並行宇宙の奇妙な性質を考えると、実はそれほど不思議な偶然ではないのかもしれなかった。

別の宇宙からの人工物の最初の訪問と、それに続くハントと別のどこかにいる彼自身との会話は、ハントたちが出発する一週間前に開かれたオーウェンの退職祝いの夕食会で公に発表された。歴史上これに匹敵する前例はなく、メディアやエンターテイメント業界、出版界、さらにはスーパーで販売されるタブロイド紙やトークショーから最も著名な研究機関の会報まであらゆる場で繰り広げられる科学的議論にとっては、まさに天の恵みとしか言いようがなかった。地球から届くニュースでは、マルチヴァース物理学と事実上無制限の〝双子〟が存在する現実の意味合いとが、大衆の想像力をかきたてる最新の大ニュースになっていると報じられていた。〝チャーリー〟の発見はもはや過去のことだった。絶滅したと思われていたガニメアンという種族に関する推測も、生きている彼らが姿をあらわした時点で静まってしまったし、より最近に明らかになった、コンピュータが進化したエント人の世界もすでに新鮮味が薄れ始めていた。

『間違えた、あれは隣の宇宙だ』と題されたイギリスのコメディ番組は視聴率が急上昇していたし、異なる端末のプレイヤーたちがお互いの現実を行き来するゲームも続々と発売されていた。『ぼくの世界へようこそ《ウエルカム・トゥ・マイ・ワールド》』、『わたしのせいじゃない《ドント・ブレイム・ミー》』、『どこからともなく《アウト・オブ・ノーホエア》』といった昔の歌のタイトルをネタにしたパロディが大評判をとり、製作中の『オズの魔法使い』のリメイク版では、竜巻が時間線の歪みに置き換えられて、「ここはあたしたちのカンザスじゃないわ、トト」という古典的な台詞のもじりにつながっていた。

人々の間に否応《いやおう》なく浸透したさまざまな誤解は、いったん形成され、流布し始めると、無批判に繰り返されることで一人歩きしてしまった。最もよくあるのは、宇宙は重大な分岐点で〝分裂〟するという古い考えの復活で、その〝重大〟とは人間の観点から判断されるのが普通だった。物理学の基本プロセスがなぜキャベツ農家や王様の日々の暮らしの中の出来事に反応するのかという疑問は、普及者たちにとっては障害にならなかったらしく、中にはためらうことなく話を誇張して、「コインを投げれば宇宙が変わる」といったタイトルの記事や、別の宇宙で競争するほかの自分を犠牲にして人生を好転させる方法についての指南書を出版する者さえいた。当然の流れとして、こうしたマルチヴァース現象は、テレパシー、念動力、霊視、聖霊の訪問、ゴースト、ＵＦＯの新たな解釈の基礎、世界のあちこちで見られる謎の〝三角形《トライアングル》〟、さらにはＪＦＫ暗殺犯からピラミッドの建設者にまで遡る〝疑わしい人物〟リストに、新説を提供することになった。

ハントは愉悦と絶望が入り混じった気分でこうした出来事からは冷静に距離を置いていたが、そんなふうにしていられたのは、コールドウェルの秘書のミッツィがゴダードからヴィザー経由で連絡してきて、カリフォルニアの会社からハントに映画の出演依頼が来ていると告げるまでだった。

「冗談だろう」というのが、ミッツィから伝言を聞いたハントのあまり目新しくもない反応だった。

「ええ、ほかの星系で忙しくしている科学者たちに電話で冗談を言うくらいしかすることがないもので。この男性は真剣ですよ——まあ、カリフォルニア基準の真剣さですが。名前はアーティ・ストラング。〈プレミア・プロダクション・スタジオ〉の人です」

「PPS?……本当にジョークじゃないんだな?」

「今日は四月一日ですらないんですよ、ヴィック」

「ふむ。わかった。その人はどんな映画のことを言ってるんだ?」

「わたしにわかるわけがないでしょう?　本人に電話して聞くしかありませんよ」

「そうだな……」ハントは自分が時間稼ぎをして、その間に考えをまとめようとしていることに気づいた。「話のついでだが、FBIのポーク捜査官について何か知っていることはないか?」

「ありますよ。ポーク捜査官もあなたと連絡を取ろうとしていました。どうして彼のことを知っているんです?」

「ここに電話をかけてきたんだ。どうやってアクセスコードを手に入れたんだろう?」

「まあ、FBIですから」

「じゃあ、きみが伝えたわけじゃないのか?」

「違います。こちらではあなたは留守だと伝えただけです。グレッグはあなたにはほかにやることがあると考えていました」

「何の用件か心当たりはあるか?」

「レッドファーン・キャニオンの隣人に、テキサスにあるフォーマフレックス社への投資情報を教えたのを覚えていますか？」

「ジェリー・サンテロか？　ああ、覚えている。それがどうした？」

「ここにあらわれた別バージョンのあなたから聞いたんですよね？」

「そうだ。ジェリーには以前から投資のことで相談をされていた。喜ばせてやれるかもしれないと思ってね。それが？」

「あなたの別自我はわたしたちが住むこの世界ではまだ一般に公開されていない情報を知っていたようです。たとえば、何か違法なことを。ポークが調べていたのはその件です。あなたがどこでその情報を入手したかを知りたがっているんです」

ハントは視界の中のミッツィが話をしているウインドウを見つめた。「それだけ？　われわれは全銀河への入植が自宅の裏庭でのキャンプに見えるような規模で新しい無数の宇宙を開拓しようとしているのに、そいつは店の経営や簿記の話をしたがってるのか？」

「さっきも言いましたが、グレッグはあなたにはほかにやることがあると考えていました」

「グレッグはいつでも頼りになるやつだな。よし、その男からまた連絡があったら、というかありそうな気がするが、こっちでどう対処するか考えるまで保留にしてくれ」

「わかりました。そちらの様子はどうです？　ミルドレッドはやっぱりクリスをいらつかせていますか？」

「順調だよ。また別の物体が実体化したんだ。報告書を送ってある。きみは驚くかもしれないな。ミルドレッドがテューリアンの間で大人気でね。われわれが選んだ最高の大使かもしれない。クリスもいまだに信じられないようだ。それでも文句は言ってないな」

「うわ、面白そうですね！　詳しく話してもらえるのが待ちきれません。でも、今はもう切らないと。アカデミー賞のリストであなたの名前を探しておきます」

「期待しすぎるなよ。近いうちにまた話そう、ミッツィ。グレッグによろしく。元気で」

ハントは椅子に背をもたせかけ、しばらく壁のスクリーンを見つめた。そこには、ヴィザーによるデコヒーレンス解析の結果が、どこかの見慣れない海底の風景をバックに映し出されていた。ミッツィと話をしていた間に、さっきまでデスクにいたダンチェッカーがオフィスを出て行ってしまったので、今は一人きりだった。ふと思い立って、ハントはヴィザーを起動した。

「〈プレミア・プロダクション・スタジオ〉のアーティ・ストラングの電話番号はわかるかな？」

「もちろん」

「そっちの時刻は？」

「火曜日の午後三時近くです」

「連絡が取れるかどうか試してくれないか？」

おそらく科学ドキュメンタリー番組のようなものを考えているのだろうな、とハントは思った。そういう番組でホストを務めるのは日々の仕事とは違う魅力があることは認めざるを得ない。自分で言うのもなんだが、これまで見てきた評判倒れの有名人たちよりはずっといい仕事ができるだろう。それに、UNSAでのハントの立場は交渉の材料になるはずだから、番組の内容やその提示の仕方についていくらか口を出せるのであれば、世界にあふれる馬鹿げた情報の洪水を正すのに大いに役立つはずだ。

ウインドウがあらわれて、がっしりした体格の男の上半身が表示された。おそらく三十代の半ばから後半くらいで、ピンク色の肌に襟まで伸びたブロンドの髪、鮮やかな黄色のジャケットのラペルに赤いシャツの襟を折り返し、サングラスをかけている。ハントは視野を移して、部屋の壁が背景になるようにした。「ハント博士！」男は顔をくしゃくしゃにしてゴムのような笑みを浮かべた。

「そうだが」

「素晴らしい！」

「ゴダードのわたしのオフィスから、あなたが連絡を取ろうとしていると聞いたので」

「そうなんですよ」一瞬、映像のストラングが訝しげにこちらを見つめた。「念のためにうかがいたいんですが、こうしている今も、あなたはどこかよその星からわたしに話しかけているんですよね？」

「テューリアンの母星だよ、二十光年離れている」

「信じられない！　だって、昔はそんなことは起こらないと言われてたでしょう。ぼくは信じなかった。多くのことが同じように言われてましたが、今では普通に起きていて誰も気にも留めない。でも、昔の映画には全部出てきたんですよ。『星へ向かう定め』という映画を観たことがありますか？　おかしくなる前のケヴィン・ベイランドが最高でね。マーサ・アールはあれで初めて注目されたんです」

「観たとは言えないが……」ハントは少し待ってから、思いきって言ってみた。「何か、その、あなたから提案があると聞いたんだが」

「ほんとにあなたなんですよね？　よその宇宙からぱっとあらわれたりまた消えたりする替え玉とかじゃなくて？」

「はい？」ハントは額に手を当てた。これはいったいどう対応すればいいのだ？「確信はないが——」

丸々とした顔がまたくしゃりと歪んだ。「ジョークですよ。でも、本当はジョークどころじゃありません。それを映画にしたいんです」

「何を？」

「あなたですよ！　あなたの物語を。だってね、最近のあなたは有名人なんですよ？　いろんな番組にしょっちゅう登場して、あらゆる雑誌で記事になっている。しかもみんなが興味津々で子供たちも熱狂するようなことばかり。月面のミイラ、本物の宇宙船と異星人、コンピュータの中の人々。そしてこの最新の事件だ！　これはどうあっても作らなければなりません。まだ誰もやっていないのが不思議です。数年に一度の超大作になりますよ」

「まあ、面白い考えだとは思うが……」

「信じてください。ぼくはこの業界を熟知しています。潜在力は最高ですが、本当に成功させるには、特別な刺激を加える必要がある。意味わかりますか？　あなた自身に演じてもらおうというわけです」

ハントは首を振って頭をすっきりさせようとした。ストラングは口を挟まれるのを避けるように手を上げた。

「いろいろと考えていましてね。ガニメアンがあらわれた時、仲間がガニメデに大軍を送り込んでいると告げたジェヴレン人の台詞とかは最高です。もうまとめてあるんですよ。あとは組み込むだけです」ストラングが話しているのは、ジェヴレン人がテューリアンに流した偽の監視報告のことだろう。これはもはや狂気の沙汰になりかけていた。「何人かのライターがアクションシーンを書いていましてね、最初は誰もがひどく偏執的になりますが、話が進むにつれて、実際には自衛しているだけで、地球人は根はいい連中なんだということがわかってきます。それからが本番です。もっとセックスも必要ですね。あなたのお相手にはすごくイケてる女性を選んで、お熱いシーンをいくつかまぎれ込ませます。ケリー・ハインあたりかな。いい考えでしょう？　彼女にダンチェッカーを演じてもらうんです。女性の役にして。バランスは完璧だし、これならいろいろと——」

ハントは首を横に振った。「いやいや、とてもうれしい話ではあるが、わたしには似合いそうにないな」

ストラングはなだめるように両方の手のひらを見せた。「なるほど、そうかもしれませんね。では、助言役の顧問としてチームに入ってもらうというのはどうでしょう。つまり、何もかも正確にやりたいんですよ、ねえ？」

ハントは息が詰まりそうになった。「いや本当に……ありがとう、でもわたしはここでやることがたっぷりあるんでね」

「報酬はどれくらいなんですか？」

「暮らしていくには充分だよ」

「いくらであれ、その倍は払いますよ」

「わかっていないようだが、わたしには必要ないんだ。もらっても使う時間がなくて」

ストラングは口をつぐんで考え込んだ。彼の筋書きにはそういう可能性は含まれていなかったようだ。「どういう意味です？　必要ないなんてことがありますか？　それがすべての本質じゃないですか」

「ほう？　何の本質かな？」

あたりまえなことの説明を求められたかのように、ストラングは一瞬戸惑った。顔をしかめ、両手をさっと上げる。「ぜんぶですよ……何もかも。一切合切《いっさいがっさい》。だって、それで欲しいものを手に入れるわけですよね？」

「いや、アーティ、それは逆だ。金があっても無用のガラクタを買うだけ。そんなことのために時間を浪費したりしなければ、欲しいものが手に入るんだ」

「わかりませんね。どんな意味があるっていうんです？」

ハントは返事をしようとしたが、そこで気が変わり、疲れたように首を振った。「忘れてくれ。しばらくここにいるせいかもしれない。たぶん、わたしは異星人のように考え始めているんだ」

20

ミルドレッドはウォルドルフの朝食の席でハントとダンチェッカーに合流した。グループのほかの人たちはまだ姿を見せていなかった。ミルドレッドは、自力で道を切り開くという決心を守り、クリスチャンの仕事の邪魔をして重荷になったりしていないことにかなりの満足感を覚えていた。とはいえ、社交の場でほかの人たちから距離を置く理由もなかった。

「あの遠くにあるマシンが稼働したそうですね――MP2とかいう……。ありがとう。うわ、おいしそう！　これはどういう種類のパンなの？」ミルドレッドの最後の言葉は、テーブルに料理を運んできた若いテューリアンの娘に向けられたものだった。フレヌア・ショウムの自宅にあったような宙に浮くトレイや給仕ロボットはどこでも普及していたが、地球人のための奉仕を希望するボランティアが不足することはなかった。客人を自らもてなすのは名誉あるテューリアンの古い習慣らしく、それはそれで喜ばしいことだった。しかし、現在の状況でより重要なのは、それが噂に聞く地球人と出会うチャンスだということだ。テューリアンには暗黙の役割や地位という概念は通用しなかった。

「デルドランという、甘みのある穀物と果物から作られたパンを、軽くトーストしてあります。ジャムはそれに塗るためのものです。一日の始まりにはぴったりです」

「しかも本物のコーヒーの香りがする」

「はい。ここの配膳担当者がこの前に地球から来た船でいろいろ取り寄せたんです」

「たいへんありがたい。そのように伝えてくれたまえ」ダンチェッカーが言った。

「喜んでもらえるよう努力しています」

「ヴィザーと話でもしていたのか」ハントは軽口を叩きながら、自分が聞いているのはヴィザーの翻訳だということを思い出した。そして話題を変えるために尋ねた。「きみのことは何と呼べばいい？」

「イセルです。この街で暮らしている時もありますが、ボルセコンで過ごすこともあります。地表を氷と雪に覆われた、海と山ばかりの世界です。そこで何日もヴィザーから切り離されたまま、長い旅をするんです。本当に、完全に〝そこ〟にいるんです。その孤独はとてもスピリチュアルな体験です」

「学校はどうしているのかね？」ダンチェッカーが尋ねた。ミルドレッドの推測するイセルの年齢からすれば、妥当な質問と思われた。「ここ、テューリアンでかよっているのか、それとも、ここと向こうで分けてかよっているのか？」イセルはその質問についていけないようだった。「若者が学びに行くところだ」ダンチェッカーは補足した。「人生の準備をするために」

イセルはあやふやな笑みを浮かべた。「人生はそれ自体が準備ですから」返事はしたものの、まだよくわかっていないようだ。ミルドレッドの見たところ、若いテューリアンたちには礼儀正しさが自然に身についていた。地球の一部地域で悲しくなるほどあたりまえになっている状況とは異なり、彼らは礼儀を卑屈さと混同したり、自己主張を傲慢さや無礼と同一視したりはしない。テューリアンの教育制度も、ミルドレッドが調査すべきたくさんの項目の一つだった。実を言えば、今日の最初の予定はそれだった。

「よければお話をうかがえませんか、イセルさん」ミルドレッドは言った。「時間がある時にでも。あたしがここでやっている調査のことで、あなたに協力してもらえそうな質問がたくさんあるんです。地球のあらゆる場所で読まれる本に登場したいと思いませんか？」

「本当ですか？　もちろん！」

「連絡はどうしましょう？　ヴィザーに言えばいいかな？」

「はい」

「じゃあ、そうしますね。どうもありがとう」

「光栄です」

イセルは去っていった。ダンチェッカーが、チーズオムレツに刻んだ赤い野菜を混ぜ、そこにハーブを添えて透明なグレイビーソースをかけたような料理を、物珍しそうにつついていた。ハントはさっきミルドレッドがした質問に答えた。

「MP2は稼働しているが、今のところたいして刺激的な報告はないな。まあ、クエルサングにあるマシンで扱う分子や結晶のかけらよりも大きくて複雑な物体を別の宇宙へ送り出してはいるよ」

「驚いた」ミルドレッドは言った。「何を刺激的と感じるかの基準はこんなに急に下がってしまうものなんですね。数カ月前なら、そんなことを言えたら部屋中を跳ねまわって歓声をあげていたはずなのに」

ハントはまったくだと言うように手のひらを上向けて、話を続けた。「しかし、その物体がどこに着くのか——そもそもどこかへ着くのかどうかさえわからないんだ。波動関数が拡散するまで、ひたすら進み続けるだけかもしれない」

ミルドレッドはなんとか自分で解釈できる範囲で答えた。「チェンがそれを止める方法を思いついたんじゃないんですか」

「われわれはそう考えている。しかし、まだ確証はない。テューリアンは、物体を惑星の周辺であちこちへ移動させたり、h－スペースを経由してほかの星系へ移動させたりといった実験を行っている。それについては、たしかにうまくいっているようだ。とはいえ、すべてこの宇宙の中での話だからね。マルチヴァースを横切る時にもうまくいくと証明されたわけじゃない」

「宇宙から宇宙へ、横方向に移動するんですね」

「わかってきたようだな」ダンチェッカーが言った。

ハントは続けた。「確かめるには返信ができるものを送るしかない。しかし、投射機のまわりで複数の時間線が集まって混ざり合ってしまうという問題はまだ解決できていない。つまり、どんなメッセージが返ってきたとしても、それは複数の入力データがごちゃ混ぜになったものだ。完全に支離滅裂だよ。それではなんの意味もない。最初の時に別バージョンのわたしが何を伝えようとしていたのか、今ならよくわかる。〝収束〟こそわれわれが解決しなければならない大きな課題なんだ」

ミルドレッドはコーヒーをかき混ぜながら考え込んだ。「でも、彼らは解決したはずですよね――もう一人のあなたがいた別の宇宙で。実際に会話ができていたんですから」

「その通り。そこがもどかしいところでね。彼は方法を教える気でいたに違いないんだが、接続が切れてしまった。あの時、もしもここに設置されているようなテューリアンのセンサーや検知器が揃っていたら、彼らがどうやってそれを実現したかを突き止めるチャンスが充分にあったはずなんだが」

「ラジオのチューニングに少し似ていますね。ほら、一度にたくさんの局から信号が届いて、そこから自分の好きな局を選ぶじゃないですか。昔からその仕組みがよくわからなくて。まあ、〝回路を調整する〟のは知っています。でも、それは何を意味するんです？」

「近いな。しかし、この場合、すべてのチャンネルが同時にそこにあるわけじゃなく、常に一つのチャンネルから別のチャンネルへ跳び移っている状態だ。一つだけにロックオンする方法を見つけられたら、うまくいくかもしれない。とはいえ、具体的には何にロックオンしているのか？　わかっている限りでは、その宇宙に固有の何らかの量子シグネチャを割り出すことが肝要だ。ヴィザーはしばらく前から配列を調べているが、いまのところ成果はない。テューリアンの基準で言っても、とんでもない計算だからな」

これはハントにとっては微妙な問題であり、ミルドレッドはよく考えてから、二人きりの時に話をするほうが賢明だと判断した。そこで、食事を済ませるまでの間、代わりにテューリアン社会の風習や奇妙な時間線の収束効果にまつわる最新情報について話をした。その後、ハントとダンチェッカーはその日に必要なものを取りに戻っていった。ミルドレッドはイセルともう少しだけ言葉を交わした後、食堂エリアから建物の奥のほうにあるスペースへ向かい、フルシステムのニューロカプラーが並ぶキューービクルに入った。部屋にあるのを使ってもよかったのだが、こちらのほうが近かった。現実から抜け出して心が広大な内なる空虚へと開かれていく感覚は、もはや馴染みのものだった。ミルドレッドはヴィザーに、テューリアンの〝学校〟を訪問できないかと頼んでみた。

気がつくと、屋外の川か海の入り江のような場所の近くにいて、まわりには小さな町が広がっていた。どの家も色鮮やかな装飾が施され、あらゆる様式が入り交じっていて、規模は控えめだが、これまでに見たものと比べるとシンプルで機能的だった。長い間あまり変化していない古い町のようだ。家々の背後には、木々に覆われ谷にえぐられた急峻な丘がそびえている。空は晴れていて雲は少なく、暖かな空気が揺れてかすかに森の香りを運んでくる。ミルドレッドが立っているのは水辺にある敷地の中で、周囲の建物からはフェンスで遮られていた。一棟の建物の上階部分へ目をやると、屋内に通じる窓の前のデッキで何人かのテューリアンが腰を下ろしていた。敷地内の水辺には小屋がいくつかあり、その向こうにはまた別の建物と、巻き上げ機や滑車装置のついた複雑なもの、そして小さなドックがあった。見えている十人ほどのテューリアンの子供たちと二人の大人が、ドックのまわりで忙しく働いていた。ボートを作っているのだ。

「あれ……」ミルドレッドは自分のいる場所を確認するように、もう一度あたりを見回した。うっかりロープか何かを踏んだらころんでしまうことはもうわかっていた——もちろん、実際に打ち身になったり骨を折ったりすることはない。彼女の声に含まれる疑いの念にヴィザーが反応した。

「呼んだかな?」

「ええ、あの……これはとても素晴らしいんだけど、ちょっと説明が悪かったかもしれないね。あたしが見たかったのは学校なの——ほら、子供たちが共同体で生きていくために必要な基本的なことを学ぶ場所」

「ああ、わかっている。子供たちはこうやって学ぶのだ。庭を手入れしていろいろな作物を育てたりすることもある。劇場を改装してそこで劇を上演したり、手と工具を使って昔ながらのやり方で機械を作ったり、運動競技やダンスの芸術を探求したり、動物の扱い方を学んだり……。何をするかは、子供たちがどんなことに興味を持ち、どんなことができると思うかによる。ここはそれを見つける場所なのだ」

「全員が同調を義務づけられる、何か標準化されたプロセスみたいなものはないの？」ミルドレッドはその質問を口にしながら、自分の中のある部分がすでに反応を予期していることに気づいた。

「ないな。わたしたちは同調を求めているわけではない。目的は違いを発見して育てていくこと。誰もが唯一無二なのだ。テューリアンはそれには理由があると信じている。だからすべての個人がかけがえのない存在になる。二人の人がまったく同じなら、どちらかが不要になるということわざがあるのだ」

テューリアンの一人が自分の持ち場を離れ、ボートの部品や材料や作業台が散乱している中をこちらへ近づいてきた。当然ながら、彼は〝ここ〟にいるのであり、どこか別の場所からニューロカプラーで接続しているわけではない――それではボートを作るのはむずかしい。ミルドレッドはすでにこのシステムを充分に理解していたので、ヴィザーがそのテューリアンのオヴカディスクを経由して彼女の姿を視野に表示しているのだろうと推測した。礼儀としてヴィザーがミルドレッドの〝存在〟を知らせることが求められるのだ。

「アルム・エグリゴル」ヴィザーがそのテューリアンを紹介した。

エグリゴルは、ミルドレッドが出会った大人のテューリアンたちの中では最も小柄なほうで、身長は六フィートほどしかなかった。頭冠はとても明るい黄緑色、肌は紫から暗い赤色で、通常の青みがかった黒と灰色の色調とは対照的だ。来訪を予期していたらしく、満面の笑みで挨拶をしてくれた。ヴィザーが、ミルドレッドがこちらへ来てからどんな感想をいだきどんな質問をしたかについて彼に伝えた。エグリゴルは心構えができていたのか、楽しそうにうなずいている。どうやらヴィザーから事前に何か説明があったようだ。彼は少し時間を割いて自分たちが何をしているかをこまごまと説明した。ボートが完成したら、海岸沿いを帆走してから大洋に乗り出し、聞いただけで不安になるほど遠くの島を目指すのだそうだ。ミルドレッドは、テューリアンの子供たちの何人かがそんな冒険をするには若すぎるように見えて驚いた。しかし熱意が不足することはないようだった。

今のところ子供たちは、作業に熱中しすぎているせいでエグリゴルがそばを離れて空気に向かって話しかけているのに気づかないか、さもなければ、それがごくありふれた出来事なので注意を向けることもないようだった。いずれにせよ、みんな当然のようにオヴカディスクを装着しているにもかかわらず、ミルドレッドの存在に気づいている様子はなかった。ミルドレッドがそのことを尋ねると、ヴィザーはまだ彼女の映像を子供たちに送っていないのだと認めた。

「あなたに少しくらいのぞかせてあげても、みんな許してくれると思います」エグリゴルはくすくす笑った。「しばらくは自然に活動しているところを見せたかったんです。観客がいると知ったら、いいかっこをしようとするので。地球人の子供もそうなんですか？」

「たぶん、もっとひどいよ」ミルドレッドは言った。「あなたが来た時にちょうど聞こうと思ってたんだけど、こういうことを学ぶ前に、子供たちが身につけていなければならない基本的なスキルはどうなってるの？　読み書きとか、初歩の計算とか……。それがあたしの考える〝学校〟だから。でも、ヴィザーはここにはそんなものはないと言ってる。本当にそうなの？」

「歩いて話をするとか、目を開けてそこにあるものが何なのかを知るとか、地球ではそんなことを教えるために学校が必要なんですか？」

「それは自然な本能でしょう」ミルドレッドは反論した。

「はい。そして創造したり価値のある仕事をしたりすることで得られる満足感を求めるのも自然な本能です。わたしたちは誰でも、自分自身や他者の目から見て、できる限り高い評価を得たいと願っています。あなたの言うスキルとは、あなたがなれるものになるために知らなければならないことです。そのことを理解した時、子供たちはそれを学ぶのです」

「でも、どこでそれを学ぶの？」

　エグリゴルは肩をすくめた。「自宅で、あるいは友達から……。その気がある者は自分で学びます。準備ができた時、それぞれが正しい道を見つけるんです。それは自分の中から出てくるべきなんです」

　エグリゴルは話しながら背後を振り返った。ミルドレッドはその視線を追い、すべてを今までとは異なった観点から見始めた。少し離れたところで、一人の少女がほかの二人に呼びかけ、少年たちの一人が作業台でやっていることを指差した。「コラーの継ぎ手の切り方を見てよ！」――純粋な褒《ほ》め言葉だった。嫉妬《しっと》も侮蔑もない。子供たちは、人生における最も重要な教訓は誰もがお互いを必要としていることだと学んでいるのだ。

「コラーは出だしがゆっくりしていました」エグリゴルが言った。「初めは寸法を計算するのに苦労していたんです。わたしたちが基本的なことを教えてあげました」また肩をすくめる。「やがて、それ以外のことをどこからか身につけたんです……。それはさておき、そろそろあなたを紹介してもいいと思いませんか？」

エグリゴルが皆に呼びかけて、サプライズと、ちょっとした謝罪があると告げた。「テューリアンについて知るために地球からここにやってきて、帰ったらわたしたちについて本を書こうとしている人が、仮想の姿でここにいて皆さんに挨拶したいと言っています。名前はミルドレッドです」

ヴィザーがミルドレッドの姿を見せると、一瞬おいて全員の視線が彼女のほうを向いた。初めのうち、子供たちはかしこまってしまい、少し遠慮がちだった。しかし、心理的な抵抗感が薄れるにつれて、彼らはまず好奇心を持ち、次におしゃべりになり、ついには自分たちにできることをミルドレッドに見せたがった。ここは、大人の現実から切り離されて存在し、よそでは意味のない独自の基準や尺度に従って暮らす人工的な世界ではない。大人たちは子供が身につけるべきスキルの専門家として認められており、敬意を払われるのは当然のことだった。ミルドレッドのまわりにいるのは、愛され、保護され、自分に自信を持ち、行く手に待つ人生という名の冒険に乗り出すことが待ちきれない若者たちなのだ。

しかし、それは見知らぬものではなかった。以前にも見たことがあったからだ。地球上のあらゆる国の幼稚園で。アマゾン源流域の村や、ナミビアの砂漠の辺境部族や、クロアチアの農民家族の子供たちの目の中で。「見て、ジョニーは逆立ちができるんだ！」「チャノがくれた。彼女が自分で作ったんだよ！」「バヌーティは今日魚を三匹釣った！」「ユリウシュ、馬の乗り方も教えてよ」そこに偽りがなかったのは、子供たちの自信が、自分たちができることに関する知識に基づいていたからだ――これが単に口先だけのことなら、あらゆるたぐいのでまかせや妄想が生まれていただろう。

　その時ミルドレッドは、ずっと前から知ってはいたが、何らかの理由で今までは明確に表現できなかったことに意識を向けた。これが子供たちの本来の姿なのだ――寛大さ、思いやりと共感、他者の成功を助けること、仲間付き合いの中で世界と向き合う安心感を見出すこと。いつだってそうだった。子供たち自身は、憎しみや恐れ、不信感や裏切りなどは何も知らない。そういうことは大人から教わるしかないのだ。幼児期の利己主義や破壊衝動を克服して充実した人生を送るための準備をするのが、青春期の本来の役割だ。しかし、地球では利己主義や破壊衝動が美徳として理想化されていた。地球は物事を逆に進めていたのだ。成熟しようとする生命の自発的な表現を抑圧し、代わりに幼児期への退行を教えた。現実をねじ曲げてそれに合わせるために、自分たちが科学だと信じ込んでいるものに大事に守られている文化的神話を捏造《ねつぞう》した。自らの本質に反する生き方を強いられた生物と同じように、殺すことで生命を、破壊することで富を、互いを捕食することで安全を求めようとする国家や帝国や文化は、反乱を起こし、病み、やがて滅びていった。地球の歴史すべてがそれを証明していた。

「今朝はどちらに出かけたのですか？」フレヌア・ショウムが尋ねた。二人はイセルがウォルドルフの朝食の席で話していた氷の世界ボルセコンで〝会う〟約束をしていた。ミルドレッドがそれを見たがったのだ。彼女がショウムと一緒に立っている崖の上には、孤立した岩場によって断ち切られた広大な白い斜面が広がり、ごつごつした稜線が淡い青空を背に鋭く突き立っていた。眼下に目を向けると、迷路のような水路が島々の間を縫い、そこに浮かぶ幻想的な氷の彫刻が霧の中に広がっていた。ヴィザーは、このシミュレーションを本物らしくするために、空気の中に適度な冷気を注入していた。ほかのどんな服装も間違っているような気がしたので、二人はフードの付いたパッド入りコートを着ていた。

「すっかり忘れていた時代に戻ってきたんです」ミルドレッドは言った。「地球上のほとんどの人がそれを忘れてしまいました」返事を待ったが、ショウムはそのまま彼女に話を続けさせた。「テューリアンの教育に興味があったので、ヴィザーに頼んで学校を見学させてもらったんですが……」どう言えばいいのかよくわからなかった。まだいろいろな思いが交錯していた。

「実は、その話は聞きました」ショウムが言った。「子供たちはボートを作っていたんですね。アルム・エグリゴルは喜んでいました。みんながあなたの本の中に登場できるといいのですが」

ミルドレッドはしばらくじっと黙り込んだ。完全な静けさが四方に広がっていた。「でも、あたしが見たのはそういうことじゃなかったんです」

「何を見たのですか？」

「あたしは……あたしが見たことをお話ししますね。あそこにいた若者たちは、きちんと並んで坐ることもないし、自分の立場や、いつ話していいか、何を信じていいかをわきまえるよう指導されてもいなかった。憎むことや軽蔑することを教えられたり、自分が誰より優れていて誰に従わなければならないかを教えられたりもしていなかった。これから死ぬまで搾取されてもそれが当然だと信じろと命じる権威を受け入れるための準備として、権威を認めて服従することを学んだりもしていなかった。あたしは可能性があるならどんなものにでも自由に成長することを許された精神を見たんです……。たぶん初めて」

今度はショウムが黙り込む番だった。やがて、彼女はため息をついた。息が空気の中で白くなった。「前にもこんな話をしたことがありますね。それは地球で一般的な価値観とは言えない。あなたのように感じ、考えることのできる地球人はとても少ないと」

ミルドレッドは首を横に振った。「いいえ。そういう人が大多数なんです。でも彼らは声が小さくて目に見えない——貧しい者、飢えた者、無防備な者、虐げられた者。これらはあなたにはない概念かもしれませんね、フレヌア。毎日毎日、朝から晩まで働いても、子供たちにわずかな食事を用意するのがやっとの人たちが、どうして星について考えることができますか？　多額の負債や貧困の恐怖から抜け出すことを想像すらできない人たちが、どうやって自分の内面を発見するのですか？　毎朝、家から引きずり出されて監獄に入れられるかもしれない人たちが、どうしてボートを作ることができますか？」

「しかし、なぜ彼らはあなたが見ているものを見ることができないのでしょう？」

「信頼する者に欺《あざむ》かれているからです。彼らはお互いを敵対させる嘘を信じています」ミルドレッドは頭をめぐらした。その目には希望があった。「でも、それは変わりつつあるかもしれません。地球を支配してきた悪の多くは、ジェヴレン人が歴史を通じて影響をおよぼしていたことが明らかになったおかげで根絶されました。そして今、テューリアンとの接触により、地球はついにその目を開くかもしれません。テューリアンなら地球の人々に嘘を拒絶する方法を教えることができます」

ミルドレッドはショウムがそういう言葉を聞くのを歓迎するだろうと思っていた。結局のところ、それはショウム自身がこれまでさまざまな機会に口にしてきたことの要約に過ぎなかったからだ。

ところが、なぜかショウムは急に顔をそむけて、妙に動揺したように見えた。

21

ダンカン・ワットはそれを〝コンベヤーベルト〟と名付けた。テューリアンがMP2ステーションからマルチヴァースに向けて次々と送り出した探査機は、定常波動関数の成分として投射され、理論上はどこか別の現実で実体化するはずだった。探査機には連絡用の送信機が搭載され、少なくとも〝どこか〟でコヒーレントな、識別可能な物体として存在し続けていることを確認するために、識別コードを送り返すよう設定されていた。この信号は、科学者たちが〝Mｰスペース〟と呼ぶマルチヴァースを構成する現実の集合体《しゅうごうたい》の、探査機がたどり着いた地点から、MP2の遠隔操作装置によって通常のhｰスペースを介してテューリアンに中継される。しかし、この装置の周辺には時間線レンズ効果が発生するため、瞬間ごとに処理される着信信号の一部は、別の現実に存在する異なるバージョンのMP2から送り出された異なるバージョンの探査機から送られていた。探査機はそれぞれ固有の識別コードを送信する設計になっているので、そのすべてが混在した結果はまったく意味不明なものとなってしまった。

この実験の主たる目的は、ハントが以前ミルドレッドに話した、特定の現実に固有の〝量子シグネチャ〟の構築を試みるためのデータをヴィザーに提供することだった。そのような関数が定義できれば、MP2は収束する時間線の一つに〝ロックオン〟して、特定のシグネチャに関連づけられた宇宙だけを選択できるようになるかもしれない。いま受信しているような複数の宇宙からの信号の寄せ集めではなく、コヒーレントな、解読可能な信号が受信されれば、そのことが証明されるだろう。

〝コンベヤー〟で送り出される探査機は、単純な信号ビーコンだ。よそからやってきて短時間だけ姿を見せた機器パッケージとは異なり、到着した場所について調査をするための検出器やセンサーは搭載していない。一度に一歩ずつ。現時点で科学者たちが関心を持っているのは、探査機がどこかに到着したことを確認できるかどうかだ。それ以外は後回しでかまわない。

ハントはこれらすべてを理解しようとするあまり、テューリアン数学のやや抽象的な追求に没頭しがちだった。より具体的な意味を実感したのは、ある日の午後、ウォルドルフの自室でニューロカプラーを使ってテューリアン周辺の仮想観光を行っている最中に、突然ヴィザーが起動した時のことだった。

「ヨーゼフから割り込んでほしいと頼まれた。あなたに伝えておくべき出来事が起きたそうだ」

「何だ？」

「別の侵入物が発見された。ジャイスターから遠く離れていて、テューリアンの近くではない。今のところ、遠距離で測定できるデータはわずかだ。もっと詳しく調べるためにh－スペースを経由して検出器を送り込んでいる」

「よし、わたしもそこへ連れて行ってくれ」

ハントは郊外にあるタワーシティをその基部を囲む緑地から見上げていたが、それがすべて消えて、気がつくとガラス張りの展望室に坐って宇宙を見渡していた。この部屋は実際には存在しない――生物は開けっぴろげの無防備な空間にいると、たとえ錯覚でも不安を覚えるものなので、それを知っているヴィザーが整備用プラットフォームよりもしっかりした居場所が必要だと判断したのだ。

　出現した物体は、黒い背景に浮かび上がるのっぺりした白い楕円形で表現されていて、大きさは腕を伸ばした先にある卵くらいに見えた。細かい部分についてはセンサーがまだ調べているようだ。ハントは立ち上がり、ヴィザーが一方の壁沿いに用意してくれた仮想のバーでスツールに腰掛け、仮想のドリンクを注いだ。もちろん、本来は注ぐ必要などない。ヴィザーに頼めばそこにあらわれる。しかし、それを省略するといつもの手順が完成しないような気がするのだ。なめらかでまろやかなアイリッシュウイスキーが口蓋《こうがい》を温める感覚が完璧に再現されていた。悪酔いする心配もない。いまでもこれには驚かずにいられなかった。一瞬、仮想の煙草を追加したいという誘惑にかられたが、やめておいた。ヴィザーに嫌味を言われるかもしれないと思うだけで、決意は揺るぎないものになった。

「以前の装置よりも安定性が上がっている」ヴィザーが報告した。「周囲のh－スペース集合体の応力《おうりょく》勾配とエネルギー分布は定常波パターンと合致している」視点が接近するにつれ、該当領域が拡大されて構造が見分けられるようになってきた。「外殻の大きさは縦横が十フィートと六フィート、奥行きは八フィート。現在の距離は五十フィート。平らな台座の両側から仏塔《パゴダ》のようなものが突き出している。以前見たものとはだいぶ違うな。計器類はそれほど多くない。主に通信用だ。強いh－共振を検知している。テューリアンの恒星間グリッドにアクセスしてこちらの注意を引こうとしている。それは成功しつつあるようだ」一時的に表示されたウインドウに、テューリアンのどこか別の場所にいるイージアンの科学者たちがあわてて端末やニューロカプラーの元へ向かおうとしてお互いにつまずいているコミカルな場面が挿入された。

ハントはバーから立ち上がり、グラスを展望窓のほうに運んだ。ほどなく、数フィート離れたところに立つイージアンの姿があらわれた。ハントは、ヴィザーが考案したこの特等席は、システムに神経結合していてイベントに参加したいと望む人々を〝連れてくる〟(もちろん、情報のほうが彼らの元に届くのだが)場所なのだと気づいた。いつものように、ヴィザーはハントよりも先を読んでいたのだ。

「ヴィザーから報告を受けたんだな」ハントはそう言いながら、頭を回してイージアンの存在に気づいたことを伝えた。「h-帯域で発信中だ。今回は安定している。うまくいっているのかもしれないな。どうやらチェンの定常波のアイデアは正しいようだ」

イージアンは返事をしなかった。ハントは外の物体を見るのに熱中していたため、そのテューリアンが突っ立って妙な顔でこちらを見ていることに気づくまで数秒かかった。ハントはしっかりと相手に向き直った。イージアンは何かに圧倒されて話ができないようだ。どうもおかしい。イージアンとは少し前に話したばかりで、その時のイージアンは違う服を着ていた。それに、地球人が散髪するようにテューリアンが定期的に刈り込む頭冠の質感が、より豊かになっていた。イージアンは不思議そうにあたりを見回した後、ようやく口を開いたが、その声はささやきに近かった。「これは本当にそこにあるのか?」ハントがまだ意味を測りかねている間に、二人の背後のフロアに別のイージアンが実体化した。少なくとも、こちらは〝正しい〟ように見えた。

そこへ、遅ればせながらヴィザーが口を挟んできた。「申し訳ない。こちらで対処していることがたくさんあるもので。彼を置くにはここが最適に思えたのだ。あの中継器は仮想移動プロトコルで通信を行っている。向こうで神経結合しているに違いない」

また一人テューリアンがあらわれて、座席の一つに坐った。ダンチェッカーがふっと出現し、不似合いなバーの後ろに配置された――ヴィザーの気まぐれだろう。通常であれば告知が必要なところだが、その時間がなかったようだ。二人のイージアンは互いに見つめ合った。二番目に到着したほうが先に口を開いた。「さて、地球人の歌にあるように、わたしたちの世界へようこそ。そしておめでとう。きみたちは明らかにわたしたちに先行している。きみたちがいるところの日付は？」

ここで何が起きているのかについて、ハントは時間をかけて一つずつ自分に言い聞かせなければならなかった。どれもこれも実際には起きていない。すべては頭の中の出来事なのだ。ハントはテュリオスの街のウォルドルフにある自室でリクライニングチェアに横たわっている。ジャイスター系のどこかに設置されている、h－スペースを経由してテューリアンに中継するための装置が、テューリアンの仮想現実ネットを別宇宙のそれにつないでいる。ヴィザーが、その宇宙から発信されたデータと、ハントと二番目のイージアンが存在するこの宇宙から発信されたものを一つにまとめているのだ。

「ああ、ヴィック」ハントは声を聞いて振り返った。ダンチェッカーがバーの奥から出てこようとしていた。そこにはコーヒーとフルーツジュースが追加されていた。「進展があったようだな」

ハントは返答に迷った。ここにいるダンチェッカーがどの宇宙から来ているかわからなかったからだ。「やあ、クリス。きみはどちらのチームに所属しているんだ？　ホームかアウェイか？」

「なんだって？」ダンチェッカーはまだ状況を理解していないようだった。そのまま近づいてきて、ハントと一緒にいる二人のテューリアンがどちらもイージアンであることに気づくと、ぴたりと足を止めた。「まさか！」

ハントがヴィザーに、二人の色を別々にしたらどうだと提案しようとした時、ダンチェッカーが出てきたばかりのバーの後ろに別のダンチェッカーがあらわれた。一人目のダンチェッカーが襲撃でも受けたかのように身をひるがえし、二人はぽかんと顔を見合わせた。部屋のあちこちにさらにテューリアンが出現し、ヨーゼフ・ゾンネブラント、サンディ・ホームズ、そしてダンカン・ワットの二つのコピーも続いた。何が起きているのかをいくらか理解している人たちが周囲に情報を伝えようとして話し声が高まっていく。群衆はハントには追い切れないほどの勢いで増え続け、部屋がそれに合わせてわずかに広さを増した。別の宇宙にいるハントの別自我だって、こんなものを見逃すはずはないと考えながら、彼はあたりを見回した。案の定、座席の並んでいるところから、別のハントが恥ずかしげもなく気取った笑みを浮かべて近づいてきた。

「きみが先にバーを見つけたようだな」そのハントが言った。「どうだ、アイリッシュウイスキーは？　この宇宙のヴィザーはどれくらい再現できるんだ？」

「まあ、標準的なものだと思う」地球の〈ハッピー・デイズ〉で少しだけ経験していたとはいえ、これはやはり薄気味が悪かった。

「たしかに。しかし今日はビールで我慢しておこう」アウェイチームのハントの手にグラスが用意された。「乾杯」彼は味見をして、よしよしとうなずいてから、何か言おうとしたようだったが、そこで顔をしかめ、明らかにとまどった様子で、熱心に話し込んでいる二人のイージアンを順繰りに見つめた。

「どうした？」ここに属しているハントは尋ねた。「どちらがきみのイージアンか思い出せないのか？」

もう一人のハントはこの軽口を無視した。「おかしいな」彼はあらためて二人を見て、首を横に振った。「どっちも違う」

「こんな馬鹿な！」ダンチェッカーの声が背後でひときわ高く響き渡った。二人のハントは振り返った。今やダンチェッカーは四人になっていて、全員がおまえたちにはそこにいる権利がないと言わんばかりに憤然とにらみ合っていた。それから一人が姿を消した。別の一人は瞬時に数フィート位置を変えたようだった。

ハントは困惑しながら自分の別自我のほうへ顔を戻した。「いったい何が……」ところが、話しかけた先には空気しかなかった。彼は頭の中でヴィザーを起動させて問いかけた。「あいつはどこへ行った？」

「MP2から届くデータストリームから消えた。わたしは入って来るものを挿入しているだけだ」

　イージアンたちの片割れも姿を消していたが、ハントはひどく混乱していたのでどちらなのかわからなかった。一人のハントがバーのそばに一瞬だけあらわれてまた消え、後には困惑して見つめ合う三人のダンカン・ワットが残った——彼らは四人になって、また三人になり、それから二人に戻った。部屋の反対側にいる新しいハントを問い詰めているダンチェッカーは、まるで一人目の生まれ変わりのように見えた。テューリアンたちにも同じことが起きていた。部屋全体にあふれ返った人々が、あらわれたり消えたり、ある場所から別の場所へランダムに移動したりしていて、中には身ぶり手ぶりで支離滅裂《インコヒーレント》な議論を交わしている者もいた。

　ヴィザーの声が飛び込んできた。「こんな時に申し訳ないんだが、ヴィック、ポーク捜査官からまた連絡が入っていて——」

「ヴィザー、わたしはこれまでコンピュータに独自では実行不可能な生物学的行為を求めたことはないが……」

「了解！　こちらで対処しよう」

　ハントは振り返り、ヴィザーが言っていたデータストリームの発信元である、宇宙空間に浮かんだ中継器をあらためて見つめた。

背後では、途切れ途切れに聞こえるいくつもの混乱した声が、無意味な喧騒《けんそう》に溶け込んでいた。それからすべてが消え失せた。

支離滅裂《インコヒーレンス》……。

ハントはウォルドルフのリクライニングチェアに戻り、突然の静寂に包まれていた。いっとき、彼は横たわったままその感覚を味わった。まるで常軌を逸した夢から目覚めたようだ。それでも、形を取り始めていた思考はまだそこにあった。

ヴィザーがシステムに接続しているユーザーの視野に挿入した他者のイメージは、そのイメージにつながる個人の脳内の言語中枢および運動中枢で測定された活動に対応して動いている。おかげでユーザーは、よそにいるほかのユーザーの行動や会話を本人が考えている通りに見たり聞いたりすることができる。今回はどこが違っていたかというと、あの状況に接続していた各ユーザー――たとえばハント――のためにヴィザーが作り出した知覚体験の一部が、この宇宙の通常のテューリアン仮想ネットからではなく、別の複数の宇宙から来た中継器を経由してもたらされていたことだ。

あの中継器は元の宇宙に戻るための何らかの通信経路を有していた。この宇宙の科学者たちがまだ悪戦苦闘していることをすでに実現していたのだ。その経路の終着点は何らかの多元転送機だろう――別の宇宙にあるＭＰ２かそれに相当するものだ。しかし、その多元転送機は複数の時間線の過去を混在させていた。つまり、中継器がやってきた宇宙の科学者たちは収束の問題をまだ解決していなかったのだ。

では、なぜハントはこんなふうにいきなり切り離されたのか？　見たところ、複合イメージの生成作業そのものは、ヴィザーが通常行っていることと変わりはない。入力がどこから来ているかは関係ないはずだ。いったん中継器が実体化すれば、そこへのリンクはテューリアンのｈ－ネットのほかの部分へのリンクと同じように機能するだろう。そこまで明確にしたところで、ハントは確認のためにヴィザーを呼び出した。

「きみには技術的な不具合はないと思っていたんだが」

「わたしにはない。しかし、あなたたち生物体がもう一方の端で行っていた実験には明らかに何か問題があった。彼らがプラグを抜いたのだ」

「あの装置が不安定になって壊れたわけじゃないのか？」

「違う、その問題は克服されたようだ。あれは拡散パターンではなかった。まるでスイッチを切られたように、全体が急になくなってしまったのだ。事態がいささか手に負えなくなって皆が混乱していたので、ショーは打ち切るほうがよさそうだった。どのみち、もはや見るべきものは何も残っていない」

「そのようだな。しかし、酒を飲み終わってもいなかったのに」

「カプラーで再接続してくれ。それなら解決できる」

ハントは上体を起こすと、脚を振り下ろしてあくびをし、ぐっと伸びをした。「いや、あんなことがあった後だけに、本物を一杯やりたいところだな。ほかに誰か下へ行く人はいないかな?」

「ダンカン、ヨーゼフ、サンディ……ほとんどの人が同じことを考えているようだ。しかし、警告しておくよ。クリス・ダンチェッカーも向かっている」

「ああ、その扱いには慣れているつもりだ」

そう、収束こそが最も重要な問題なのだ。そこを解決しない限り、ほかのことはたいした問題ではない。ハントの別自我は最初から正しい助言を伝えようとしていた。それを考えると、今回の大混乱を引き起こした装置を送った人物が、収束の問題が明らかに未解決のままなのに、それに通信機能を搭載したのは奇妙に思えた。ハントとしては、宇宙が違えば物事の進め方も違うのだろうと推定するしかなかった。もちろん、今ハントが所属しているチームがそのうち理由を突き止める可能性もある。

ほかの人たちは、数名のテューリアンも含めてすでにバーエリアに集まっており、活発な議論が行われていた。ハントがそこに近づくと、ひときわ大きなダンチェッカーの声が聞こえてきた。マルチヴァース内のどこかの現実には、自分たちのMP2を遠隔操作し、時間線の影響を実際の肉体ではなくニューロカプラーの情報の流れに限定するだけの分別がない連中もいるのだろうか。だとしたら、今回目撃されたような大混乱は、単なる仮想体験ではなく現実のものとなる可能性がある。よそから来た三人のダンチェッカーが置き去りにされて戻れなくなり、その宇宙に四人のダンチェッカーが存在することになったら、いったい誰がそれに対処するのだろう?　とても考える気にはなれなかった。

22

フレヌア・ショウムは、テュリオスから離れた公式の隠れ家であるフェイアルヴォンでカラザーと顔を合わせた――ショウムの〝巣〟と同じように、彼がテューリアンの世界とそのあれこれから離れて引きこもる場所だ。部屋やギャラリーは、庭園や木立の広がるテラスから中央のドームを囲むようにして立ち並び、その外側はぐるりとアーケードで仕切られている――全体がテューリアンの雲の上を漂う浮島を形成しているのだ。ショウムは自身の正式な役割を示す紫色のローブとヘッドピースを身に着けて物理的にそこを訪れていた。同じように、カラザーも金のチュニックに緑のマントという姿だった。長い間の習慣により、これはすなわち、今回の会合が個人としてではなく彼らが代表する二つの職場の間で執り行われることを意味していた。テューリアンは必要とあらばこのように機能を切り分けることができる。個人的な利害や好みが一般の利益のための行政活動に入り込む余地はないのだ。

二人は外周のアーケードの上にある胸壁《きようへき》に沿ってゆっくりと足を運んだ。一方の側では花壇と小さめの果樹が眼下に広がり、反対側では底なしの峡谷が雲の中へと消えていた。

「正直なところ、よりによってきみがこんなふうに考えを改めるというのはまったくの予想外だった」カラザーが言った。「人間を信用しないことにかけては、きみは強硬派の一人だった。ジェヴレン人の欺瞞がついに明らかになった時、われわれの中ではきみが最も驚いていなかった。地球人はジェヴレン人が潜入させた工作員によって地球人同士が対立することをむしろ望んでいた、というのがきみの考えだったはずだ。きみが取り組んできたこの歴史の研究すべてが、それを裏付けているのではないのか？　一時期、きみは地球人をまったく望みが持てないものと判断し、ただちに封じ込めを行うことに全面的に賛成していた。今になって軟化しつつあるかのような発言が出てくるのは奇妙だ」

そう、たしかにその通りだ。カラザーの最後の発言が指しているのは、ジェヴレン人の誇張された報告が描き出した地球人の飽くなき征服欲に対抗すべくテューリアンが準備していた防衛策のことだ。暴力の脅威に暴力で対抗するのは、テューリアンらしいやり方ではないし、テューリアンの性分でもない。必要とあらば、燃え尽きた恒星のまわりに工学装置を網の目のように張りめぐらせたり、銀河系のかなりの部分にまたがる配電グリッドを構築したりと、過去にも極めて大がかりな計画を立案してきたテューリアンは、巨大なGワープエンジンの建設に着手し、それを並べて時空の歪んだ通行不可能なシェルを作り上げ、太陽系全体をぐるりと囲んで隔離しようとした。テューリアンならそれを実現していただろう。ガニメアンの歴史上の過去のエピソードが示しているように、彼らには職業生活を個人的な要因から切り離せる能力があり、そのおかげで重要な優先事項がある場合には感情を完全に脇に置くことができるのだ。

「それは認めます」ショウムは答えた。「あなたがどれだけ地球人の歴史を勉強してきたのかは知りません。壮大で心揺さぶられる章もありますが、何千年にもわたる記録のどの世紀を見ても、そのほとんどは……」頭を振って、言葉を探す。「恐るべきものです。ジェヴレン人による歪曲《わいきょく》を考慮したとしても、人間は何か先天的な問題を抱えているとしか思えません――地球人であれ、ジェヴレン人であれ、全員がです。それは先天的で治療不可能なものであり、遠い昔にミネルヴァで行われた生物学的実験に関わる遺伝子にまで遡るものなのです。だとしたら、わたしたちには自分自身とわたしたちに依存しているほかの種族を人間から保護する義務があります。銀河系への流出は許されません。とはいえ、それでも彼らは知性を有する生物であり、ただ滅ぼすというわけにはいかないのです。皮肉なことに、ジェヴレン人は自分たちの思惑のためにわたしたちを欺いていましたが、それに触発されてわたしたちが考案した解決策は正しかったのです。ただ、それだけでは充分とは言えません。わたしならアテナも封じ込めていたでしょう」アテナとはジェヴレンとその仲間の惑星がめぐる恒星のことだ。

「ああ、覚えている。では、きみはなぜ考えを改めた？　最近になって彼らが向上しているように見えるためか？」結局のところ、ガニメアンにまつわる事件で重要な役割を果たしたのは、やはり地球人、とりわけ手に負えないハント博士の関係者たちだった。彼らはジェヴレン人の破壊計画から〈シャピアロン〉号を救うために並外れた努力をし、テューリアンとの接触を実現した。テューリアンが何が起きているかに気づくきっかけを作ったのも彼らだった。

ショウムとしては、カラザーが意図せず提示した合理的な理由に乗っかってしまうのは簡単だった。しかし、そんなことをすれば彼を欺くことになる。公式の場で真実以外のことを話したりほのめかしたりするのは論外だった。地球は昔から、希望と明らかな進歩の時期を迎えても、再び後退し、時には以前よりも悪い状態に陥ることがあった。十八世紀末から十九世紀にかけてのヨーロッパ文化は、彼らが〝文明化された〟と呼ぶ戦争の規範を巧みに作り上げたため、その時代が終わる頃には、一部の楽観的な論者たちは、人類にとって道具としての戦争と抑圧は終わりを迎えようとしていると本気で信じるようになっていた……。ところが、その後の百年の間に、史上最も野蛮で破壊的な二つの大戦が起こり、大量生産の手法をモデルとした大量殺戮と大量破壊の産業が完成し、地球でも過去になかったほど残忍かつ抑圧的な政権が登場することとなった。かつては個人の自由と法の支配の擁護者としてもてはやされていたアメリカさえ、一時は資源が豊富で無防備な小国から略奪するまでに落ちぶれたのだ。今の流行《はや》りは、ジェヴレン人を非難してそんな時代はもう終わったと言うこと。ショウムだってそう思いたいところだが、慎重な性格が希望的観測の誘惑に打ち勝っていた。そう、彼女は納得したふりをすることはできなかった。

いったいどう説明すればいいのだろう？　ショウムが意見を変え、それまで疑問に思わなかった習慣的な考え方を見直すことになったのは、いとこから敬遠され、同じ世界の人々からは親しみを込めてではあるが変わり者と見下されている、なんの影響力もない孤独な地球人女性の話を聞いたからだ。ショウムはようやく口を開いた。「わたしたちが属している文化では、すべての人々の幸福に役立つ仕事はそれ自体が道徳的に充実したものとみなされます。それがわたしたちの価値観なのです。他者の損失や不利益によって自分の利益を追求するというのは理解しがたいことです。このような倫理観に基づく世界では、真実がルールとなり、正義は後から自然についてきます。だからわたしたちはそれを当然のこととみなしています。テューリアンには不正から生じる残忍さや苦しみという概念がありません。わたしだってそうでした——地球について深く調べ始めて、不正が単なる常態というだけではなく、それを行う力を持つ者が羨望や模倣の対象となった時に何が起こるかを見るまでは……。わたしは人々に不正を行うという罪を犯してほしくないのです、カラザー」

二人は胸壁の端まで来て、外周の壁の角を示す小さなキューポラに入った。内部には座席があり、壁にはタイルで興味深いデザインのモザイクが施され、下のアーチ形の回廊に通じる重力吹き抜けがあった。二人はそのまま反対側に続く回廊に出た。カラザーが足を止めて下の庭を眺めた。スタッフの一人が屋敷へ続く階段状になった芝地の底にある魚用の池の縁を掃除しているところだった。ショウムはカラザーに考える時間を与えていた。今のところ質問も反論もないようだ。再び歩き出したところで、彼女は話を続けた。

「わたしは人間には先天的に根深い欠陥があると信じていました。今はもう、それほどの確信は持てません。彼らはわたしたちの祖先には縁のなかった大変動とトラウマを経験しました。かつては存在していて花開くはずだった何かが破壊されたのではないかと思えてきたのです。その気高く壮大な何かは、わたしたちが身につけてきたあらゆるものを凌駕する可能性を持っています――ちょうど彼らの持つ耐え忍ぶ能力がわたしたちの想像を超えているように。しかし、それはまだ失われてはいません。彼らの粘り強さに、決意に、宇宙がもたらす最悪の災難の後でも常に立ち直り再建を目指し、テューリアンならどうしようもないと諦めてしまう逆境にも屈しないその姿に、今も垣間見《かいまみ》ることができます。だとすれば、損害は回復できるかもしれません。未発達の原人のままミネルヴァに置き去りにした時、わたしたちは彼らを見捨てた。ミネルヴァが破壊された後、わたしたちは地球の野蛮な環境に彼らを置き去りにした。ミネルヴァがそうであったように、彼らも自分たちがなり得たものへと成長する権利を奪われたのです。再び見捨ててはいけません、カラザー。今回は、わたしたちが以前果たせなかった忍耐と導きを示しましょう。わたしたちにはそうする義務があるのです。宇宙の中で隔離するという罰を与えるのではなく」

「深い言葉だな、フレヌア」カラザーは両手を背後で組み、雲の上に視線を移した。

「深く思索を続けてきたので」

カラザーはもうしばらくうつむいたまま考え込んだ。「しかし、今はもう人間を隔離するという話は出ていない。それはわれわれがジェヴレン人の欺瞞に苦しめられていた頃に遡る話だ」

「建設センターには今でもストレサーが残っています――それも大量。忌まわしいことです。そんな行為を思いついただけでなく、実行にまで移したことは大きな恥です。わたしたちは自らの本性に反し、ジェヴレン人によって堕落させられたのです」

「あれは今では単なる予防策でしかないが……」

ショウムはきっぱりと首を横に振った。「いいえ、カラザー。あれはそれ以上のものを象徴しています。わたしたちはジェヴレン人や地球人についてその権力の傲慢さを非難しますが、ストレサーが存在するということは、わたしたちにも同じ傲慢さがあるということなのです——自分たちの意思を押し付けるのは権利だと考えたり、力の優位性を美徳の優位性と同等にみなしたり。わたしたちが自らに忠実であろうとするなら、あれは破壊しなければならないのです」

カラザーは顔をしかめ、明白なことを説明するのは気が進まないというように、身ぶりで訴えかけた。「しかし、きみは自分で確信は持てないと言っていた。人間の問題は、その起源にまで遡るものであり、もはや修正不可能かもしれないのだ。わたしにどうしろというのかね、フレヌア？　きみはわれわれの知識を地球人に公開するという方針が決定されたことに強い懸念を抱いていた。そんなことをすれば、彼らにより恐ろしく強力な兵器を作る能力を与えるだけだと。それが今は、地球人にその能力を残しておきながら、最悪の懸念が現実になった時にわれわれが身を守る唯一の手段を放棄すべきだと言うのか？　きみはそんな兵器が銀河系に解き放たれることを望むのか？」

「いいえ、もちろん違います。しかし、残っているのは根底に疑念と不信がある関係なのです。そこに毒を与えるのが不確実性です。絶望的な状況であることが事実としてわかっていれば、今すぐ封じ込めという選択を進めることで、遅かれ早かれ避けられない幻滅を避けられますし、少なくとも選択肢がなかったと知ることで慰めを得られるでしょう。しかし、対処しているのが後天性の病であると知っていれば、わたしたちは楽観主義に基づいた未来に前向きに取り組むことができます。それは成功に最も重要な要素かもしれません し、秘密にしておかなければならない、その存在そのものがわたしたちを貶めるような逃げの選択肢も必要がなくなります。地球人には〝船を燃やす〟という言葉があります。良い言葉です。逃げて戻れる場所という選択肢をなくし、ただ前進を続けるという決意をあらわしているのです」

「それは尋常ならざる無謀と解釈することもできる」カラザーは指摘した。「惑星が蹂躙《じゅうりん》され、略奪され、爆破され、ここから太陽系やカランタレス星系に至るまで何が起きているかわからない状況になってから、自分の推測が間違っていたと判断するのでは少々遅すぎるのではないか？　船がなくなり、目の前で火山が噴火した。ではどうする？」カラザーは両手を広げた。「われわれは確信が持てない。だから慎重であろうとする。人間には疑いの余地があると認めているし、そう、われわれには人間に対する義務があることにも同意する。それでも、間違っていた場合の保険は用意してある。われわれ自身に対して少なくともそれだけの義務を負っているからだ」

「それらはすべて、あなたがその根拠とした前提に基づけば議論の余地はありません」ショウムは認めた。「しかし、その前提が無効なのです。わたしたちには確信を持つための手段があるのです」ショウムは立ち止まり、カラザーに同じように立ち止まって彼女と直接向き合うよう仕向けた。

　カラザーは理解できないというように顔をしかめていた。「ほう。どんな手段が？　いったい何の話をしているのだ？」

「マルチヴァース・プロジェクトです。あれが成功すれば、すでに存在する、あるいは存在したことのあるほかの領域と連絡が取れるようになるんです！　そしてわたしは成功すると思っています。古代ミネルヴァの時代に到達できることは、すでにわかっていますから」シヨウムはカラザーをしっかりと見つめた。生まれてこの方、これほど真剣になったことはなかった。「ブローヒリオとジェヴレン人が来訪する前のルナリアンは、いったいどんな人たちだったのか？　勤勉で協力的だったようですが、確かなことは誰にもわかりません。それは事実で、あの来訪が彼らを変える一連の出来事の始まりだったのか？　あるいは、それは単なる作り話で、ルナリアンにはもともとそのような特性があり、ジェヴレン人はそれを利用したに過ぎないのか？　あなたの主張は、できる限りの推測が必要だということを前提にしています。しかし、ひょっとしたら、わたしたちは近いうちに確かなことを知る手段を手に入れるかもしれないのです」

23

グレッグ・コールドウェルはまたしても家庭内に問題を抱えていた。妻のメーヴは、シャロン・シークストンの結婚式が五月十五日にあることを二週間前、つまり彼がペンシルベニアでの週末ゴルフを手配する前に告げたという。彼はそんなことは何も聞いていないと確信していた。メーヴは彼が（また）忘れることはないと断言したと言い張った。彼はそんな事実にはまったく覚えがなかった。朝食の席ではどちらも一歩も譲らなかった。メーヴは彼が話題になっている別の現実のどれかにいたに違いないと言った。その時突然、コールドウェルは、ハントが〝レンズ効果〟や枝分かれせずに一緒になる時間線という報告で何を伝えようとしていたのかを理解した。

来訪中のブラジル人たちとの昼食を終え、先進科学局の最上階でエレベーターを降りてオフィスに戻った時も、コールドウェルはまだその考えを頭の中でこねくり回していた。ミッツィは、サンディ・ホームズがダンチェッカーの代わりに送ってきたテューリアンのミニチュア版のロックガーデンの植物に水をやっていた。どうやらダンチェッカーは、自分たちが戻るまでの間、ミズ・マリングが適切な愛情を注いで手入れをしてくれるとは思っていないようだ。「まあ、とにかくビルを走り回って人を食べる怪物に変貌してはいないな」コールドウェルは色とりどりの葉や花やサボテンもどきを点検しながら言った。

「ここが気に入っているようです。フランシスは地球のほうが二酸化炭素が多いからだと言っています。植物の餌ですね」

「三十年前にはそれでパニックになっていたが」

「まあ、人生というのは何かでパニックが起きるのが普通ですから……それと、お客さんがいますよ」ミッツィは奥のオフィスのほうを顎で示した。コールドウェルは一歩足を運んだところで立ち止まった。

「あのＦＢＩの男じゃないだろうな？」

「いいえ、違います。クリスのいとこのミルドレッドが急に戻ってきたんです。一緒にランチに行きました。いろいろと興味深い話がありますよ。本を見るのが待ちきれません」

コールドウェルはそのまま奥へ向かった。錆色《さびいろ》のロングドレスを身にまとったミルドレッドが、彼の机とＴ字をなす会議用テーブルに向かって坐り、フォルダーに入った書類を読んでいた。帽子と、別のフォルダーや買い物らしき品物がぎっしり詰まったバッグと、同じように重そうなハンドバッグが、両脇の椅子に置かれていた。「おやおや！」コールドウェルは部屋に入りながら叫んだ。「今日一番のサプライズだ。待たせてすまなかった。しかしミッツィがよく相手をしてくれたようだな」

「素晴らしい人ですね。ところで大丈夫でしょうか……こんなふうに連絡もなしに来てしまって。あちこち飛び回っていたもので、いつこちらに来られるか本当にわからなかったんです。あなたのような方は、いつもとてもお忙しいでしょうから」

「そんなことは考えなくていい。ここではきみも家族みたいなものだから」コールドウェルはデスクの後ろに回り込んで腰を下ろした。幸いなことに、ミルドレッドが訪れたのは良い日だった。「きみが銀河系のこのあたりにいるとは知らなかった。本当に、よく飛び回っているんだな。ミッツィの話だと短い訪問になるようだが」

「ほんの数日です。何かの文化的交流事業の準備でテューリアンをこちらへ連れてくる船があったので、便乗させてもらいました。彼らはすごく親切なんです。ヨーロッパから飛行機に飛び乗るのとたいして変わりませんね」

「ああ、知っている。南米で実施されるんだ。その交流事業は。ちょうど関係者たちと昼食をとってきたところだ」コールドウェルはミルドレッドの隣の椅子に置かれたバッグに視線を移した。「それで、誰かの誕生日なのかな？」

「いえいえ。ただ、リストアップしておいたものを、チャンスがあるうちに買っておこうと思って。送ってもらうこともできたとは思うんですが、慣れているやり方のほうが早いこともありますね。こういうコンピュータの手続きはすごくめんどくさいことがあって——特に、あれこれ自動化されていて、何がほしいかを本人よりも知っていると思い込んでいるようなやつは。コンピュータが何かを推測するたびに、ぜんぶおかしくなるんです。自称〝スマート〟とかいうのは特に注意が必要ですね。できるなら、あたしはまず最初にその機能を止めます。コンピュータが最初にやることは絶対に馬鹿なことだとわかってるから。いいから黙って、何も推測せず、こっちの言う通りにしろと伝えたくても、そんな手立てはどこにもないし。とは言っても、いずれはあたしたちもヴィザーみたいなものを手に入れたり、ヴィザーを拡張してこっちでも管理を任せられるようになるんじゃないかと思います。今あるものの多くがいくらか改善されるだけかもしれませんが」

コールドウェルにはダンチェッカーの嘆く声が再び聞こえるような気がした。ミルドレッドが数日しかこちらにいないのは良いことなのかもしれない。さもなければ、次の氷河期が始まるまでずっとこれが続くかもしれない。

「ああ、いけない」ミルドレッドは、コールドウェルの表情や身ぶりから何かを読み取ったか、あるいはテレパシーのようなものを働かせたようだった。「わかってます。クリスチャンが教えてくれました。あたしはしゃべり過ぎることがあるって」

「とんでもない。故郷に帰ってきたという気持ちがそうさせるところもあるんだろう。それはそうと、向こうでの暮らしは充実しているようだね。フレヌア・ショウムともうまくやっていると聞いたよ」

「はい……」ミルドレッドの態度はより真剣になった。「実は、その関連で話をしたかったんです、コールドウェルさん。その関連というか、なんというか……」

「〝グレッグ〟でかまわない。ここではきみも家族だと言っただろう」

「ええ、ありがとう……」ミルドレッドはためらっているようだった。コールドウェルは待った。「実を言うと、それがあたしが戻ってきた一番の理由なんです。ゴダードにテューリアンのニューロカプラーがあって、一瞬でその場にいるのと同じようになれるのは知っています。でも、それを通過するものはすべてヴィザーが処理しています。電話をかける時でさえ、ヴィザーが……ええと、なんだろう、hだかMだかの物理的な、仮想の……とにかくそういう空間のどれかを通して接続するんです。結局のところ、ヴィザーは異星人の人工知能であり、異星人の目的をかなえるために作られたものなんです。自分の発言がどこへ行き着くかわからないでしょう？　そして、あたしが話したかったのは極めて機密を要することなんです」

コールドウェルは眉を上げ、できるだけこの場にふさわしい厳粛な顔をして見せた。どのみち、この日の午後は暇だった。ヴィザーが扱う通信データはすべて厳密にプライバシーが保たれているとテューリアンが保証していたし、これまでの経験から考えてもそれを信じたい気持ちは強かった。とはいえ、今はそれについて無意味な議論に突入するつもりはなかった。「聞いているよ」彼は手のひらを広げて言った。

ミルドレッドは大きく息を吸い、どこから話せばいいか決めかねているかのように眉をしかめた。「まだ数カ月しか経っていませんが、テューリアンについていろいろとわかったことがあります。結局、そのためにあたしは向こうへ行ったんですが……」顔を上げる。「でも、あなたがすでに知っていることを話して話題をそらしたくありません。あなたは最初からテューリアンと関わっていたんですから。お互いの考え方が一致していることを確認するためにききたいんですが、彼らをあらわすのに最も適した形容詞は何でしょう？」

コールドウェルは額をかきながら考え込んだ。こういう話の進め方には馴染みがなかった。ミルドレッドは自分の都合に合わせて独特なやり方で核心に迫るのが得意なようだ。「ああ、そうだな……〝進んでいる〟とか〝慈悲深い〟とか〝非暴力的〟とか〝正直〟とか。そのくせ必要な時には〝断固たる〟態度だし、〝合理的〟とか〝現実的〟とも言えるかもしれないな」

「そう、最後のやつが重要なんです。あたしが力を入れて学んできたことの一つは、初期のガニメアンの時代までずっと遡る彼らの歴史です。おっしゃる通り、彼らはお互いに対しても、移住以来出会ったほかのどの種族に対しても、まったく攻撃性を見せていません。彼らの性質がそれ以外の対応を許さないのです。でも、これまでに何度か見られたように、自分たちの存在や生活様式が脅《おびや》かされた時には、自己防衛のために容赦なく効率的に行動することもできます。ここでは〝容赦なく〟という言葉をあえて使っています」

ミルドレッドが言っているのは、植民地化の準備のために地球の捕食動物を一掃するという、頓挫はしたがいまだにテューリアンたちに罪悪感を与えている計画や、もっと最近の、太陽系をまるごと封鎖するという気の遠くなるような計画のことだろう。「それについてはよく知っているよ」コールドウェルはそう言ってうなずき、ミルドレッドに説明しなければと思わせないようにした。

ミルドレッドは、コールドウェルが指でデスクをとんとんと叩くのをちょっと見つめてから続けた。「これら二つの性質を合わせると、かなり厳しいけれど避けようのない結論が出てきます。地球の戦争やそれ以外のあらゆる暴力の歴史は、テューリアンにとっては極めて忌まわしいものです。それでも彼らは、この攻撃性によって人間が自分たちの利益と考えるものをどれほど迅速に推進させるかを目の当たりにしてきました。地球人がジェヴレン人の阻止をものともせずに太陽系全体に広がり、今やテューリアンの技術を吸収しているという現在の状況を見れば、彼らは間違いなく、自分たちが嫌悪するあらゆるものが星系内の各惑星に持ち込まれる危険性があると考えるはずです」

コールドウェルは興味を引かれ始めていた。別に新しい話ではない。彼だって何度も同じことを考えてきたし、ハントやダンチェッカーたちと議論してきた。UNSAの幹部の間では常に議論される話題なのだ。「続けたまえ」

ミルドレッドはため息をついた。「テューリアンは慈悲深く、忍耐強く、思いやりがあり、聖人のような存在かもしれませんが、政治的な現実主義者でもあります。彼らがそんな危険に身をさらすことは決してありません。本当に脅威に発展しそうな状況になったら、黙って見過ごすわけがないんです」

コールドウェルはミルドレッドを急速に見直し始めていた。ジェヴレン人との架空戦争やそこに至るまでの出来事があって以来、彼はこの点を一部のキャリア外交官やいわゆる国際問題の専門家たちに伝えようとしてきたが、それはハントやダンチェッカーのような、最初からガニメアンと関わっていた人々の見識に基づくものだった。ミルドレッドは四カ月ほどで自力でそこにたどり着いたのだ。「テューリアンが何をするか、きみのほうで思いつくことは？」当然ながら、それが最初に思い浮かぶ要望だった。しかしミルドレッドは首を横に振った。

「わかりません。でも、以前に起きた出来事からすると、彼らは一度行動を起こす必要があると判断したら全力を尽くします。中途半端なことはしません」

ここでもコールドウェルは同意することしかできなかった。何か結論があるのかと待ってみたが、それで終わりのようだった。これは自分が毎日直面してきたことではないかと改めて思い起こす。ミルドレッドにとっては新たな啓示だったのだ。二十光年の距離を旅してでも伝えたくなるのは当然のメッセージだと認めてやる方法はないものか。「とても興味深い話だ。きみはずいぶんいろいろと考えてきたのだな。だからこそ尋ねたい。われわれが何をすべきかについて、きみのほうで具体的な考えがあるのか？」

ミルドレッドは、そんな質問は必要ないはずだと言わんばかりに、少し驚きをあらわにした。「ええと……」途方に暮れたように片手を上げる。「だって、あなたのような人は、あちこちの政府の人と話し合うとか、そういったことをするんですよね？　テューリアンの性質や、彼らが脅威と感じるような事態が発生した場合にどんな行動を取る可能性があるかについて、充分な情報が伝わっていれば……」空中で小さな円を描くように手を動かし、「政策の決定とか、何かそういった面で、政府の人たちも分別ある適切な対応ができるんじゃないかと思って」

コールドウェルは唇を嚙《か》んで笑みをこらえた。ああ、世界がそんなに単純なものであればいいのに！　歴史という名の災厄の連鎖を回避するために必要なのが、自分が天才であるという妄想に魅せられた指導者や権力に酔いしれた征服者に、軽率な行動を起こす前にまず自分自身を律し他者のことを考えるよう告げることだけだとしたら。「近年は彼らもよくやっているようだ」というのが、彼に言える精一杯の言葉だった。「多くの人と大きな変化がからむことは、何であれそれに応じた速さで進むしかない。辛抱強く努力を重ねるしかないんだ。一マイルを歩き通すなら、ただひたすら足を前に出し続ける。街を造るならレンガを一つずつ積み上げる」大したことは言っていないのに、なんだかそれらしく聞こえた。コールドウェルはそういうことが得意なのだ。「しかし、きみの指摘はどれも重要なことだ。きみの言う通り、それらは真剣に扱われなければならない」

ミルドレッドはほっとしたようだった。「だったら、最も役に立つ場所に伝えてくれるということですね？　テューリアンとの間で何か恐ろしい問題が起きた時に、あたしが向こうにいて学んだことを最大限に活用できる立場の人たちにちゃんと知らせなかったせいかもしれないと後悔するのは嫌なので」

「そこは安心してくれ」コールドウェルは真顔で答えた。

とはいえ、コールドウェルはミルドレッドとの会話をあっさり頭から消すことはできなかった。わかっていながら後回しにしていたことを、あらためて検討することを余儀なくされたのだ。この数年間、彼は名声や上級職の立場によって自分自身を甘やかしていたのかもしれない。ゴルフ、結婚式、ブラックタイのディナーが多すぎた。

コールドウェルは地球上のすべての問題の責任をジェヴレン人に押し付けることに納得しているわけではなかった。あまりにも多くの人々が、ジェヴレン人による人類への干渉が暴露されたことを、自分自身や自分の国、その信条やイデオロギーの罪や責任を免れるための口実にしていた。歴史のあらゆるページから償いを求められ、それが無理なら、せめて未来が同じ過ちを繰り返さないように何らかの教訓を学ぶことを求められている幾多の罪に、まったく加担したことがないようなふりをしているのだ。この流れに乗り、そこから利益を得ようとする連中が尽きることはなかった。そのような悪しき本能が再び支配するのを目にしたければ、地球は罪のない犠牲者であるという心地よい錯覚に浸り、学ぶべきことなど何もなく、それゆえ変えるべきことも何もないと信じるのが確実だろう。

退職する前のオーウェンは、地球上のあらゆる方面の責任ある人々との付き合いの中で目についた事柄について、何度も懸念を口にしていた。世界全体が自己満足に浸り、マスコミが異星人を中心としたセンセーショナリズムの狂宴にふける中で、古くから続く憎しみ、底にひそむ不安、支配への野望は活発に息づいていたのだ。もちろん、公式のストーリーは、人々の楽観主義と未来への高揚感を煽るものであり、指導者は生まれ変わって矛を収め、これまで外部の力によって妨げられてきた新たな理解の光の中で黄金時代をもたらそうとしていることになっていた。しかし、コールドウェルはそうした陽気な調子にはどこか現実味がないように感じていた。その裏ではどんな勢力が機会をうかがっているのだろう。表向きは行儀良くしながら、描き直されたゲーム盤と、異星人のテクノロジーという新体制にアクセスできるチャンスによって大きく上がった賭け金を、じっくり値踏みしているのだろうか。すでに、辛口のゲリラ的なメディアや世界規模のネットワークでは、アメリカ大陸を征服した小さくも獰猛《どうもう》な集団に地球人をなぞらえ、地球の〝節目〟が近づいており、その運命は〝向こう側〟にあると主張する記事が公然とあらわれていた。

悪が勝利するために必要なのは善良な人々が何もしないことだ、という昔の名言が再びコールドウェルの脳裏をよぎった。食卓での雑談や意見を同じくする仲間との交流以外に、自分はいったい何をしてきた？　簡単に言えば、〝ほぼ何もしていなかった〟。ほかの人々と同じように、正直に事実を見つめた後は、それ以外のことでひたすら多忙な日々を送り、その間ずっと、意識して明確化することなく、ただ漠然と〝何か〟が起こるだろうと考えていたのだ。

かつてのコールドウェルは決してこんなふうではなかった。何かが起こるのを待つだけでは、航空通信局《ナヴコム》を引き継いでUNSAの最大かつ最も活発な部門に育て上げることなどできはしない。物事はただ起こるのではない。人々がそれを実現させるのだ。UNSAの創設初期に、ある同僚から、自分たちのしていることを信じる少数の献身的な人々が世界を変えることができると本気で思っているのかと尋ねられたことがある。コールドウェルは「それをやり遂げたのはそういう人たちだけだった」と答えた。実を言えば、これは彼自身の言葉ではなく、ずっと前にある女性人類学者か何かの言葉として聞いたものだった。しかし、それはいい言葉だったし、彼女は勝手に使われても気にしないだろうと思った。そんな昔の自分がまだ残っていて、コールドウェルの頭の中で、おまえはどうするつもりなのかと問いかけていた。

夜になっても、コールドウェルはまだその問いかけと格闘していたため、メーヴが言っていることを半分ほど聞き逃し、やっと雪解けが始まっていた家庭内に新たな冷え込みをもたらしてしまった。その夜が終わるまでに彼が埋め合わせをして良心の呵責《かしやく》を和らげるためにできたのは、ゴルフの予定をキャンセルすることくらいだった。

翌朝、ミルドレッドから、コールドウェルにはブランデーが、メーヴにはバラの花束が届けられた。おかげで朝食はいつもの温かな雰囲気に戻り、否定的なことばかり考えていた彼も、人間性への信頼を取り戻すことができた。もっとも、コールドウェルはミルドレッドの人間性についてもともと疑いを持っていたわけではなかった。

翌日、コールドウェルは頭の中でこの問題について何度も隅々まで考え抜き、あらゆる可能性と見方を探った後で、おかしなことではあるが、ミルドレッドの単純な提案には彼が気づくべき隠された鍵は含まれていないと納得した。世界の権力の回廊をめぐる道徳的な講演ツアーに出かけたところで、コールドウェルがついにストレスにやられたというゴシップを流されるだけで目立った成果は挙げられそうにないし、場合によっては――もちろん、充分な礼節と年齢にふさわしい敬意を払われたうえで――仕事を失うはめになりかねない。

それに、たとえコールドウェルが各地で真剣かつ共感的な注目を集めたとしても、利害関係が複雑にからみ合い、その背後にある真の動機はしっかりと隠されているので、彼が何とか第一歩を踏み出したとしても、それが世界規模で協調する有効なものに成長する前に、反対命令や官僚による妨害で力を奪われてしまうだろう。わかりきったことなのだ。彼自身が現代における最大の国際的事業の一つで調整役として重要な役割を担ってきたのだから。しかし、宇宙軍が誕生し、その機能を発揮できたのは、その背後にあるすべての金融および政治勢力が利益を得ていたからに他ならない。事業を拡大し、多角化し、過去に彼らを駆り立てた競争相手を打ち負かすチャンスを放棄するよう求められた場合、彼らが同じような協調行動を取る可能性は低いだろう。

コールドウェルは人間の性質やそれが世界を形作るやり方を変えるつもりはなかった。少なくとも、近い将来には。この方程式におけるもう一つの要素は、人間を暴力的な異星人とみなしがちなテューリアンの気質だ。人間がその傾向を抑えて方向転換できるなら寛大に受け入れてもらえるだろうが、できなければ……どうなるかわからない。見たところ、そうした気質を変えるためにコールドウェルができることもあまりなさそうだ。感情面および心理面で距離を縮め、〝異質さ〟を減少させる何かが必要だろう。そうすれば、彼がＵＮＳＡの一部門でミルドレッドを受け入れたように、人間も〝家族〟になる。

ミネルヴァの破壊後、テューリアンはそうした緊密な関係を築く能力と潜在的な意欲を示した。ルナリアンの一派であるランビア人――後のジェヴレン人――を連れ帰り、自らの文明に統合しようとしたのだ。しかし、その試みは、ジェヴェックス内部で生まれた超現実的なコンピュータシンボリズムの世界からエント人が侵入してきたことで失敗に終わった。その一方で、セリオス人は自らの希望で地球に運ばれた後、そのまま太陽系にとどまって地球人の祖先となった。この時から続く分離が、現在の表面的な友好関係の根底にある異質感を生んでいた。

必要なのは、あらゆる懸念を圧倒できるほど求心力のある出来事や体験だ。テューリアンにとっても、人間にとっても大きな重みを持ち、テューリアンがジェヴレン人に示したような親和性をもって二つの種族を共通の未来に向けて融合させる何か。しかし、いったいそれは何なのか？

その後、ハントから連絡があり、イージアンの率いるテューリアンの科学者たちが時間線の収束問題を解決したと考えているとの報告が届いた。すなわち、もうじきマルチヴァースのほかの部分から首尾一貫した情報が得られるということだ。コールドウェルは数時間オフィスで過ごして報告書を熟読し、それが意味するところを考えた。今彼らを分断する大きな隔たりが存在しなかった時代の情景がゆっくりと頭の中に描かれていく。ガニメアン、地球人、ルナリアン、ジェヴレン人の分岐した歴史すべてが、遠い昔に存在した世界で一つになっていた時代。

考えるのはここまでにしておこう。本能のままに行動し、システムを迂回《うかい》する時が来たのだ。〝許可を求めるより後悔するほうが簡単だ〟というアイルランドの古い格言が頭に浮かぶ。昔のグレッグ・コールドウェルが再び動き出したような、温かく爽快な気分が胸のうちに沸き上がってきた。デスクサイドのコンソールに手を伸ばし、先進科学局の回線からテューリアンのネットワークにアクセスするためのコードを入力した。数秒後、ヴィザーの声が流れ出した。

「グレッグ・コールドウェル。こんにちは、久しぶりだな」

「それはまあ、きみはビル一杯の従業員や自宅にいる家族の世話をしているわけではないからな」

「二十ほどの星系で試してみるといい」

「わかった、きみの勝ちだ。しかしまた話せてよかった」

「同感だ。何か用かな?」

「カラザーの予定をおさえる方法を教えてくれないか? 彼と話をしたい。ただの通話ではなく、仮想システムを通して対面で」

「いつ頃を考えている?」

「彼の都合がいいならいつでも。今は体があいているんだ」

「ちょっと待ってくれ」

コールドウェルは指でデスクをぼんやりと叩きながら、別の星系にあるコンピュータが何かをしている最中の異星人の邪魔をする様子を想像した。やはり不気味な感じがする。やれやれ、アインシュタインの教会は大きな間違いをしていたようだ。

やがて――「カラザーが『やあ、連絡をもらえてうれしい』と言っている。今ちょうどシステムに結合しているようだ。仕事の話なら、テュリオス政庁でするのはどうだろう？」

「よし。二分だけ待ってくれ」

コールドウェルは立ち上がり、オフィスの外の応接エリアに出た。ミッツィは用事で留守だった。そのまま廊下を抜けてニューロカプラーが設置されている部屋へと向かう。自分のオフィスにも一台設置しようかと何度か考えたことはあったが、まだ決心がついていなかった。来客を感心させる小道具を置くというのは彼のスタイルではないし、いまある場所で誰でも使えるようにしておくほうが便利だろう。横になるといつものように歯医者にいる気分になった。ほどなく、コールドウェルは大理石の壁、豪華な調度品、床の敷物、カーテンで明るく装飾された部屋に立っていて、窓からはタワーや高くそびえるアーチが見えた。カラザーは低いテーブルの前でソファに坐り、まわりにはいくつかの腰掛けが置かれていた。

「素晴らしいタイミングだ。ちょうど読書の遅れを取り戻そうとしていたところでね」異星人は立ち上がり、腰掛けの一つを身ぶりで示した。「どうぞ、こちらに」

違う、〝異星人〟と考えるのをやめるべきなのだ、とコールドウェルは自分に言い聞かせた。それが今回の訪問全体の主旨なのだ。

24

ヴィザーは、特定の宇宙に固有の〝量子シグネチャ〟を構築し、それでほかの宇宙を効果的に締め出すことで収束問題を解決しようとする試みを放棄していた。構想としては妥当だったが、安定した領域を定義するために必要な情報量が、その領域の大きさに比例して指数《しすう》関数的に増加することが判明したのだ。つまり、原理を実証する以外にはほとんど価値のない些細な実験を超えて、現実的に意味のある作業を行うリソースを確保しようとすると、必要な計算量が無限大に向かって急速に増加し、ヴィザーほどの能力があっても重すぎる負荷がかかってしまう。テューリアンの数学者たちは、この問題を扱いやすくする何らかの近道やアルゴリズムが見つかるかもしれないと期待していたが、現時点では自分たちが何を探しているのかさえ明確にはなっておらず、たとえ解決策があるとしても何年もかかる可能性が高いことを最初から認めていた。

これを打開する糸口は、数学者や高度な理論家ではなく、宇宙推進技術者により、まったく予期しなかった方向からもたらされた。テューリアンの宇宙船は、ガニメアンがミネルヴァにいた時代の初期まで遡る、〈シャピアロン〉号で採用されていた駆動装置の発展型であり、船は時空を歪めた〝バブル〟に収まって運ばれる。現代のテューリアン船はｈ‐スペースを通じて送られる恒星間グリッドから動力を得ているが、〈シャピアロン〉号は自前の発動機を使用しているのだ。イージアンのグループの何人かは、マルチヴァース内で投射される物体を定義する定常波のコヒーレンスを維持し、それによって物体を停止させるという別の問題を研究していた。この手法は機能したが、不安定だった。数秒から一分程度という短い存在時間の後に、波は崩壊してしまう――これは直接観測されたわけではなく、ほかの宇宙から到着した物体がこの宇宙でそうなるのが観測されたことから推測された。

イージアンの科学者たちは、このバブルがどのようにして生成されるかをもっと詳しく知るためにスペースドライヴの設計者たちに連絡を取った。似たような仕組みで定常波パターンを拡散させずに保持できるかもしれないと考えたのだ。詳しく調べてみたところ、この技術をM－スペースに適用するのは比較的簡単なように思われた――技術者たちがずっと扱ってきたのと同じタイプの波が縦方向になるだけだからだ。しかし、M－スペース・バブルの生成について調査するためにクエルサングで予備実験を実施したところ、まったく予期せぬ結果が観測された。

M－スペース・バブルは明らかに時間線の収束を抑制し、その内部に封じ込めていた。イージアンの指示で、以前なら転送チェンバーの外で収束が発生したレベルまで慎重にマシンの出力を上げても、何も検出されなかった。問題の影響は依然として存在していたが、チェンバーの中心にあるバブルの内部に限定されていた。バブルの外部では、異なる過去を持つ出来事や物体すべてが同じ時間の同じ場所に存在するという混乱は生じなかった。これがどのようにして起きたのかは誰にもはっきりとはわからず、またもや新たな論争の種を与えられた理論家たちは、何年も頭を悩ませることになるかもしれなかった。もっとも、ある問題に対する実用的な解決策が、それがなぜ機能するかを説明する洗練された理論の登場より先行するのは、テューリアンにとっても地球人にとっても初めてのことではなかった。

こうして収束の問題は見たところ解決された――少なくとも、許容範囲内には抑えられた。このバブルをマルチヴァース内へ投射されるパターンの一部として転送波動関数と組み合わせた場合、拡散を制限するという当初の目的も達成されることが判明した。別の宇宙へ送り込んだ物体をそこにとどまらせることができるようになったのだ。

バブルの生成にはかなりのエネルギーが必要だ。クエルサングでの実験で使われた小さな試験体はもちろん、MP2から送り出される探査機でも小型の信号ビーコンに過ぎないので、適切なエネルギー源を搭載することはできない。そこで、時間線の収束を抑えるために投射機で生成されたバブルを伸ばして細長いフィラメント状にし、投射された波動関数を末端部分で広げて試験体も一緒に包むという手法が開発された。こうしてバブルは二つの内包ゾーンを持つダンベル形となり、間をつなぐフィラメントがエネルギーを運んで末端部分の表面を維持する。MP2から投射される送信機でバブル実験を行ったところ、フィラメントは送り返される信号の導管《どうかん》としても機能し、封じ込められた収束ゾーンの外側で傍受すれば、きちんと解読できることが判明した。これらのフィラメントは〝へその緒《アンビリカル》〟と呼ばれた。

素晴らしいのは、いったん物体が統合されて安定すると、パターンを維持するために供給されていたエネルギーはもはや不要になり、バブルのスイッチを切れることだ。それは別の宇宙に〝本当に〟存在し、今はまだテストする方法はないが、理論的には、その後は周囲から独立して相互作用し、自由に動き回ることができるはずだった。

模範的な成果ではあるが、これだけではやみくもに砲弾を撃ってどこかに着弾したことがわかるのと大差ない。どこなのかを知るには、着弾した周囲の環境と状況を知る必要がある。それでも、少なくとも科学者たちは、今や送り返された情報を理解できる形で解読できるようになった。次のステップは、単なる識別コード以上のものを送り返すことができる、充分に大きくて複雑な物体を投射することだ。

まるで既視感《デジャヴ》を反転させたようだった。以前にも経験したことがあるような不気味な感覚だったが、今回のハントは逆の状況にあった。

タワーブロックの研究室で坐り、風変わりなスタイルの機器に囲まれながら、実際に目の前に置かれているスクリーンを見るという、忘れかけていた体験に再び慣れようとしていたのだ。テューリアンはこの装置をほとんど使っていない。見る者の頭の中で同じ効果をより簡単に、より多彩に生み出せるのに、ハードウェアを作る意味がどこにある？　しかし、このテストでは、テューリアンの科学者たちは遠い接続先の向こうで見聞きされたものを正確に捉えたいと望んでいた。

部屋の中では、五、六人ほどが坐るか立つかして待ちながら、好奇心をあらわにして機器を見つめていた。地球人もその場にいたが、ダンチェッカーは開発中の意識の理論について話をするためにテューリアンの哲学者たちと会っていたし、ミルドレッドは例によって街へ出かけていた。端末は数十万マイル離れたＭＰ２施設とリンクしており、そこには今や収束効果を抑制するための専用のバブル生成機が設置されていた。収束が抑えられたことで、ＭＰ２には少人数の研究者や技術者が配置され、そこから送り出されるさまざまな装置の設定を行っていた。ただし、機器から送り返されるデータは、通常は監視と分析のためにテューリアンに中継されていた。

ヴィザーが報告した。「探査機用プラットフォームが安定化」

スクリーンに黒い宇宙を背景にした星々の映像があらわれた。部屋のあちこちから呟きが聞こえてくる。何人かがハントの背後に近づいてきたが、スクリーンの内容はオヴカを介して各自の脳内でも表示されていた。探査機に搭載された機器が周囲のスキャンを開始し、景色が滑るように動いていく。地球が上の隅からあらわれて大西洋側の半球が見えるようになり、それが中央に向かって移動していくと、片側に浮かぶ四分の一ほど欠けた月が視界に入ってきた。

「いいぞ！」どこか近くでテューリアンの声がした。

「これはホームシックになりますね」ゾンネブラントが誰にともなく言った。

ヴィザーがあまり必要のないアナウンスをした。「ターゲットの位置が確認された。わたしたちが望んでいた場所だ。星野《せいや》の配置も見える惑星の位置も、指定された時間帯と一致している」

「信じられない！」チェンがささやいた。

再びヴィザー。「通信メッセージを受信している。システムコードとメッセージプロトコルを処理中。少しかかるかもしれない」

ダンカン。「こういうのはまだ何カ月も先のことだと思っていた」

サンディ。「ここの人たちは優秀だね」

あるテューリアン。「お楽しみはこれからだ」

別のテューリアン。「それはどういう意味だ？」

「うちの子供たちが聞いた地球のことわざだ。気に入ったか？」

ヴィザーが以前に試みた量子シグネチャの構築はまったくの無駄に終わったわけではなかった。当初の目的を達成することはできなかったが、それらが基にしていた群《ぐん》と集合の論理は、時空の座標によってマルチヴァースを〝マッピング〟するための基礎となり、事実上無限の次元から導き出され、宇宙が次第に〝異なった〟ものになるほど小さくなる〝親和性〟という指標を提供してくれた。それぞれの宇宙がどのように異なり、どれほどの速さで変化するのかという点については、あちこちに物体を送り、そこで見つかったものを理解し、結果をなんらかの指標に基づいて調整することによってのみ確定することができた。この作業は中世の地図製作者が村の通りや農場を地図にしようとしたのと同じようなことであり、実用的な定量的科学に発展させるには、何世代とまではいかなくても何年もかかるかもしれない。とはいえ、シェイクスピアとアルファベット、ベートーベンとハ長調の基本的な転回と同じように、何事もどこかで始めなければならないのだ。ハントは、マルチヴァースを構成する想像もできないほど膨大な配列と異種の中から、これほど近いところへたどり着けたことに驚きを覚えた。

というのも、今見ているのは、宇宙を横切って二十光年の彼方にある、ハントたちがやってきたお馴染みの地球とは限らないのだ。それは無数にある中の一つの地球であり、現時点までに達成できたおおざっぱなスケール因数《いんすう》を信じるなら、およそ六カ月前の地球だ。つまりトラムライン一行が出発する少し前ということになる——そのような出来事が、今こうして見ている世界で起きていた、あるいは起こり得たと仮定すれば。しかし、認識可能な通信メッセージを受信しているという事実は、少なくともそれが二十世紀のパラノイアの発作で自爆した地球や、そもそも風車や馬を超えて発展することができなかった地球ではないことを意味していた。

「ロンドン、パリ、リスボン、ボストン、ニューヨーク、リオデジャネイロはすべてあるべき場所にあり、正常に見える」ヴィザーが報告した。「月面基地らしきものもある。同期軌道帯には多数の通信衛星」

それほど驚くことではないな、とハントは思った。親和性を決定すると思われるパラメータをかなり近いものに設定していたのだ。たとえそうでもすごいことではあるが。

「ヴィック、そろそろ舞台に上がってもいいんじゃないか」ダンカンが呼びかけてきた。

「よし、コムネットのトランク・ビームに入った」ヴィザーが告げた。「いい感じだ。ライブラリの構造やディレクトリの一覧は見慣れたものだ。ＵＮＳＡがある……ゴダードの先進科学局も……ヴィクター・ハント博士、物理学担当の次長。トラックに轢《ひ》かれたりはしていないな。時間のずれも大きくない。五日以内だ。このまま行くのか？」

考えるまでもなかったが、礼儀としてイージアンに確認を取る必要があった。「続けたまえ」彼の声がテュリオスのどこかから割り込んできた。

「通話の接続中……」

ハントの胸の内ではさまざまな感情が妙な具合に入り混じっていた。興奮、相変わらずの小さくない不信感、これから起こる騒動に対するわくわく感――テューリアンはこれをあまり理解できないようだが受け入れてくれてはいる――さらには、まだすべてがぶち壊しになるかもしれないという一抹の恐怖を伴った緊張。「アンコールをもらえるかな？」彼はすぐそばまで近づいてきたダンカンに尋ねた。

その時スクリーンの表示が切り替わって映し出されたのが……ほかでもないダンカン・ワットの姿だった！　ハントの隣にいるダンカンは凍りつき、ただ見つめることしかできなかった。ハントはスクリーン上の相手が口を開くのを待った。

「何だい、ヴィック？」これはいささか期待はずれな反応だ。その時、相手の顔が困惑に歪んだ。「きみの後ろにテューリアンがいるな。どうなってるんだ？」

「まずはわたしの隣に誰がいるか見てくれ」ハントはそばにいるダンカンに、見えるところへ来いと合図した。するとダンカンがハントの演出を台無しにした。彼はハントが自分の別自我と初めて出会った時の記録を何度も読んで暗記していて、ハントがこの宇宙でもう一人の自分を見つけた時に備えてとってあった台詞を、この場で先に口にしたのだ！

「これは少しばかりショックだと思う」

別バージョンのダンカンはぽかんと見つめ返した。言葉が見つからないようだ。誰も彼が見つけられるとは思っていなかった。

「説明するのは大変でね」ハントは言った。「わたしの推測が正しければ、テューリアンたちは今、ブローヒリオとその取り巻きがマルチヴァースの彼方へ飛ばされてしまった時に何が起きたのかを解明しようとしているはずだが、それがどんな作業なのかを考えてみればヒントになると思う。今のところ、われわれはきみたちより少し先を行っているとだけ言っておこう。わかってもらえたかな？」スクリーン上のダンカンはまだうつろな目をしていたが、呆然としたまま何とかうなずいた。「よし。簡単に言うと、われわれがそちらの軌道上に投射した中継装置が、コムネットに接続してマルチヴァースの言語に変換しているんだ。この通話と一緒に転送されているはずのデータパッケージを見ればすべてわかる。しかし、つながっている間にわたしは自分と話をしたい。つまりきみのほうのわたしとだ。近くにいるかな？……おいおい、ダンカン、しっかりしてくれ。こういう仕事をしているんだから、少しくらいはおかしなことがあると覚悟しておかないと。これからもっとひどいことになるんだ。特に収束に関する部分には注意してくれ。ヴィックはそのへんにいるのか？」

ダンカンはようやく声を取り戻した。「彼は異星生命科学研究所にいる……クリス・ダンチェッカーと一緒だ」

「じゃあ、つないでくれるか？　助かるよ。もっと長く話せなくてすまない。礼儀として挨拶しておきたくてね」

「ああ。もちろん……。ええと……今からつなぐよ」

「それじゃまた」発信側のダンカンは無意識にそう挨拶してから、ふと思い直した。「まあ、実際にはそうはいかないかもしれないな」

彼らは背景情報を説明するファイルを用意していたので、最初のハントが代表していたグループよりも準備が整っていると言えそうだ。もっとも、あのグループは安定性の問題に取り組んでいる最中のように見えたので、細かい点についてはまだ考えていなかったのかもしれない。

サンディ・ホームズが異星生命科学研究所にあるダンチェッカーの研究室で通話を受けた。彼女はスクリーンから不安げにこちらを見つめ、肩越しにさっと振り返ってから、再びこちらに目を戻した。「これは何？」半ば独り言のような呟きだった。「録画なの？　何かの冗談？　ねえみんな、これは誰？」

「いや、録画でも冗談でもない。わたしだよ、ヴィックだ」ハントは言った。「ヴィックを探しているんだ」

サンディの考えが目に見えるようだった――〝映像が受け答えをしている。この人は本物なんだ〟彼女はその難問と格闘し、諦めて、また振り返った。「クリス、ヴィック……これを見て」ダンカンの数フィート後ろから見ていたサンディが無言で笑みを浮かべた。彼女はさっきダンカンがやったように話に割り込んだりはしなかった。これからいくらでも機会はあるだろう。スクリーンにさらに二つの顔が映し出された。ハントは淡々としていた。ダンチェッカーは何かの最中に邪魔をされたかのようにいらだっていた。「これは録画じゃないわ」サンディが二人に伝えた。「受け答えをする」

「ああ、そうだ。試してみてくれ」ハントは提案した。

ダンチェッカーは眼鏡の奥で何度か素早くまばたきをした後、一緒にいるハントに顔を向けた。「これはどういう芸当だ、ヴィック？　何か意味があるとしても、わたしにはわからないな。やらなければいけないことが山のようにあるんだぞ」

もう一人のハントは力なく首を横に振った。「いや、クリス、正直なところ、わたしにもわからない。これは何も関係が……」そこで何か思いついたらしく、彼はスクリーンから顔をそむけた。「これはヴィザーの創作物に違いない。ヴィザー、きみはこれに関わっているのか？　何の意図があるんだ？」

「関わっているが、通話をつないだだけだ。その映像は創作物ではない」ヴィザーの声が回線上で応じた。それは明らかにこちらにだけ聞こえるひそひそ声でハントに尋ねた。「わたしから彼に伝えようか？」

「頼む」ハントは言った。

「それはあなただ。別のあなたと言うべきか。わたしたちはテューリアンからそちらの軌道経由でコムネットに接続している。つまり、別のテューリアンからだ」

ハントはもう一人の自分の頭の中を駆け巡る思いが聞こえるような気がした。「マルチヴァース版か？」スクリーン上のハントが言った。「マルチヴァース内の相互通信？　きみたちがそれに成功したということか？」

周囲から歓声と拍手が沸き起こった。ヴィザーはテューリアンと地球人が大勢いる部屋の様子をぐるっと撮影し、そのコピーを向こうへ送っていた。

「驚いたな！」ダンチェッカーが弱々しく声をあげた。

その後のやりとりはダンカンの時の流れとほぼ同じだったが、もう少し突っ込んだ内容になった。

技術データのパッケージは善意を示すための単なる贈り物だった。送る側の宇宙にいる人人は、当然その情報をすでに持っているのだから、何の利益も得ることはない。まだ始まったばかりの、地球とテューリアンの別バージョンを訪問するという一連のテストの真の目的は、探査機が到着した宇宙について、ヴィザーができるだけ多くの参照情報を収集することにある——物理的特徴、地理、歴史、政治および社会組織、技術、芸術、慣習など、時間が許す範囲でアクセス可能なものはなんでもだ。そうした多数の探索結果を投射機にプログラムされた設定と関連づけることで、膨大なデータベースを構築し、〝親和性〟というパラメータをより日常的に意味のある言葉で解釈できるようにしたいのだ。電話でのおしゃべりは本当は必要なかった。実際、予定されていたテストのほとんどはそれを省略していた。同じことの繰り返しになりかねないし、目新しさもすぐになくなる。ただ、その一方で、結果を見るために何度か試してみたいという衝動は抑えがたかった。最初のハントの別自我があんなに愛想よく話しかけてきた理由もそこにあったのかもしれない。

ハントは、ジェリー・サンテロに投資の助言をする件については何も言わないようにした。彼の別自我には考えることが山ほどありそうだったからだ。それに、ハント自身もフォーマフレックス社のビジネスがどんなものなのか実際にはよくわかっていなかった。

投射された探査機がいつどこに到着したかを特定できるようになったことで、今回の一連のテストではマルチヴァース理論のもう一つの予測の検証が可能になった。関係者の脳裏には、密接に関連する宇宙へ時間を先行するように探査機を送れば、未来を知るための次善の策になるという興味深い思いが浮かんでいたのだ。しかし、エネルギー収支の方程式を見ると、そう単純な話ではないようだ。時間の進む方向で展開する事象が示す不確実性の解消は、熱力学《ねつりきがく》の第二法則によりエントロピーの増大として表現される。マルチヴァース物理学では、エントロピーとエネルギーの関係から、別の宇宙への投射を行う場合、ターゲットとなる現実の時間が投射側の〝今〟に近づくにつれてより多くのエネルギーが必要になり、時間差がゼロになると無限大になる。つまり、未来をのぞき見することを妨げるエネルギーの障壁が存在しているようなのだ。それもいつかは突破できるのかどうかについては、誰にもわからなかったし推測もできなかった。しかし、ＭＰ２でのテストでは、今のところその制約が現実のものとなっていることが確認された。

たしかに、時間を遡って投射された探査機からの通信は、マルチヴァースを横断してその未来へと進んでいた。しかし、マルチヴァース方程式が述べているのは定義された波動関数の投射エネルギーについてであり、その後の信号エネルギーと情報の流れについてではない。このケースでは、エネルギーは送信側から供給されていた。

25

もしもポーシック・イージアンが賭けをする気になっていたら、ものの見事に負けていたことだろう。テューリアンには出来事の結果に賭ける習慣はないし、スポーツにおける組織的なギャンブルに相当するものもなかった。しかし、地球人がもたらした影響の一部としてそれは広まりつつあった。イージアンは科学者たちの成功を願ってはいたが、個人的にはマルチヴァースの別の部分との矛盾のない通信を期待するのはまだ早すぎると考えていた。ＭＰ２にバブル生成機を設置してやっとテストを終えたものの、それは最初の実験用プロトタイプとほとんど変わりがなく、経験を積むにつれてパッチや改造を加え、最初の一貫した結果が確認された後で大急ぎで導入されたものでしかなかった。しかし、計測器の担当者たちは、別の現実からやってきた探査機を垣間見たことに触発され、すでに独自のセンサーパッケージや通信リレーの設計を進めていた。バブルが収束の解決策であると判明した時、彼らを抑えることはできなかった。昔のような、整然とした、計画的な、統制の取れた進歩はどこへ行ってしまったのか。これもまた地球人による影響の一例だろう——しかも今度はイージアンの部署の中で！

地球人というやつは！

ほとんどのテューリアンと同様、イージアンはいまだに、この感情的で、頑固で、攻撃的で、争い好きな、ピンクから黒まである小柄な種族について最終的な分析には至っていなかった。フレヌア・ショウムを悩ませていたのは彼らの暴力性だった——たしかに恐ろしいものであり、それがなぜ美徳として称えられ、その指揮に熟達した者に名誉が与えられ、その結果を最大限に活用するために全産業が捧げられるのかは、精神科医にしか解き明かせない領域の問題に違いない。しかし、ショウムは異星文化を専門とする社会学者であり、政治史家でもあるので、そのような要素は仕事の中心になる。地球人のそうした側面は、イージアンに直接的な影響をおよぼすことはほとんどない。科学顧問および研究責任者としての立場から見てより顕著なのは、特に今取り組んでいるこの共同プロジェクトの遂行に関して言えば、地球人の衝動性のほうだった。

テューリアンの昔ながらのやり方は、比べると遅くて慎重に見えるかもしれないが、堅実で信頼できるものだ。ミネルヴァがルナリアンに委ねられ、その後彼らによって破壊された大拡張時代、初期世代のテューリアンたちは巨大都市の中核を築き、後にヴィザーに発展するネットワークの基礎を作り、遠く離れた星系をつなぐエネルギーの変換および分配システムを設計した。これらの創造物はすべて設計どおりの機能を果たし、故障することはなかった。テューリアンのエンジニアにとっては、それ以外のやり方は想像もできなかったのだ。時々客に毒を盛ってしまうシェフが許容されるものだろうか？　聞くところによると、地球では既知の欠陥がある機器が設置されたり、車が暴走したり、構造物が倒れたりすることがあるという――これは通常、富の所有を富の創造よりも評価するという地球人の逆転した価値観を過剰に追求した結果だが、地球で何が起きているかは彼らの問題だ。

しかし、イージアンが担当するプログラムに影響が出始めるとなると話は別だ。クエルサングで初めて実験に成功した六カ月後にMP2から通信探査機を送り出すというのは、イージアンの考えでは、許しがたいほど無謀なことだった。成功の最大の要因は純粋な運であり、今にして思えば、何が起きているのかを理解する前にクエルサングで収束のもたらす取り返しのつかない事故――たとえば、別の宇宙から取り残された誰かの複製体と共に立ち往生する――が起こらなかったおかげでしかない。そんな状況だったのに、イージアンは押し寄せる熱意に心動かされてしまい、本来なら自分たちが何をしているのか明確になるまですべてを停止させるのが正しかったのに、出力を下げる命令だけですませるよう説得されてしまった。彼はそれを地球人のせいだと考えていた。地球人は、テューリアンなら一生落ち込んで自責の念にかられるような失敗をしても、その結果を受け入れることができる。多くのテューリアンはそれを非難したが、逆にそれを強みとみなして、自分たちにもそういう面があるほうが有益だと考える者もいた——たとえば、テューリアンは遠い祖先の行いに対していまだに悩みを抱えてしまっているではないかと。イージアンはどちらの意見も明確に支持してはいなかった。現時点でわかっているのは、それにどう対処したらいいのかわからないということだ。

今は本人からの要請でカラザーに会いに行くところだが、それがショウムに関連しているのはほぼ確実だった。テュリオス政庁に向かうGラインの中で、彼はハントと探査機との交信を聞いていた。カラザーとの会談が仮想ではなく対面で行われるということは、単なるおしゃべりや日常業務ではないことを意味していた。おそらく、半年に一度開催される人民集会と関係があるのだろう。二日後に開かれることになっているこの公式行事には、テューリアンの各州だけではなく、あちこちの従属世界や主立った惑星外ハビタット群の代表者も参加する。カラザーとはもう長い付き合いだけに、イージアンはしばらく前から、彼が何か重要なことを伏せていて、それをこの機会に発表するつもりなのだろうと感じていた。

イージアンの推測では、ショウムが以前カラザーに提案し、その後も折に触れて取り上げていた話と関係がありそうだ——あの致命的な最終戦争につながったルナリアンの分裂が起きる前のミネルヴァに、高性能の偵察探査機を連続して送り込もうというのだ。ショウムが突き止めようとしているのは、それ以前のルナリアンは協力的で進歩的な種族だったというお決まりの描写は正しいのか、それとも単なる俗説にすぎないのかということだ。それがわかれば、地球人のパラノイアや暴力性が彼らの本質なのか、それとも経験によって引き起こされた異常なので改善の可能性があるのか、という疑問に対する答えが得られるだろう。もし後者だとすれば、テューリアンは地球を銀河共同体の一員とするために思いやりをもって積極的かつ全面的に取り組むべきであり、そこから締め出すなどという話は論外だ、というのがショウムの主張になる。ここで言う〝全面的〟な取り組みとは、封じ込めという選択肢を排除することだ。初めてそれを聞いたとき、イージアンは唖然とした。ショウムは常に断固たる強硬派の一人だったのだ。

イージアンがほかのテューリアンたちと共に流れ込んだのは、政庁の下層であらゆる方向に広がるポート、トンネル、多種多様な相互接続スペースの迷宮だった。どの場所でも建築物には局所的な重力がかかっていて、人々は上下左右いたるところから合流したり離れていったりする。地球人はあっという間に迷ってしまうのが常だった。イージアンは流れを離れて建物本体に通じるシャフトを目指した。

イージアンはそのような主張には反対だった。理由の一つは、ショウムと彼女が集めた支持者たちが技術的な問題をひどく過小評価していることだ——もっとも、最近の成功を考えるとこの線で説得するのはむずかしいかもしれない。単純な機器パッケージを送ったところで、ショウムが知りたがっているようなことはわからない。ヴィザーがやったようにライブラリやアーカイブにアクセスする必要があり、それには通信システムに接続することが前提になる。しかし、わずか六カ月前の密接に関連したバージョンの地球でそれを実現するのと

――イージアンはそちらがうまくいったことにさえ驚いていた――五万年前のミネルヴァで同じことをするのとはまったく別の問題だ。今回は少なくとも、技術スタイル、コード、アクセス手順など、地球に関するあらゆる要素が馴染みのあるもので、細部の違いもわずかだったわけだが、それらを解決するのは、ヴィザーにとっても決して些細なことではなかった。これがミネルヴァとなると、どんな難題に直面することになるのか見当もつかない。当時のルナリアンの慣習や規約は何もわかっていないのだ。テューリアンはあまり〝不可能〟という言葉を使いたがらない――彼らは最終的には、地球人が言葉を失うほどの事業を、自分たちなりの地道なやり方で幾度も成し遂げてきた――が、この件に関しては、イージアンはそれに近いと思っていた。

　だが、それ以上に、これは物理学のまったく新しい領域へと踏み込む基礎研究科学なのだ。今はそこに焦点を合わせるべきだろう。歴史的背景を知って政策を立案するための道具として扱うのは、現在の状況ではあまりにも時期尚早だ――たとえ最良のタイミングでも道徳的見地から多くの疑念を向けられかねない。仮にショウムの突然の心変わりに確固たる根拠があり、初期のルナリアンが平和主義者だったと判明しても、今いる人間たちが必ずしも救済可能とは限らない。イージアンは、カラザーが封じ込めという保険を放棄するのが正しいとは思えなかったし、彼にそんな行動を取らせることに加担したくはなかった。人間の本性のどれだけの部分が生得のものかという問題については、ジェヴレン人の記録を見ればすでに答えが出ていると考える者もいる――しかし、彼らの状況はエント人の侵攻によって複雑化しているので、イージアンとしてはどちらとも言えなかった。

結局、ほとんどのテューリアンが幼少期から学ぶ習慣に従って、イージアンは自分自身の動機を偏見なしに調べてみようとした。まず認めなければいけないのだが、彼の姿勢の多くの部分は、自分が訓練を受けた通りにテューリアンの科学を純粋に保ちたいという思いから生じている——つまりは管理統制だ。地球で目にしたように、科学を人気や名声を得るためのお祭り騒ぎの道具にしたくはないのだ。たしかに例外はある——ハントと彼のグループはその顕著な例で、そうでなければ彼らはここにいない——が、イージアンが現状と歴史的記録の両方で目にした範囲では、驚いたことに、偏見を支持するために証拠が公然と操作されたり、既存の理論によって何が事実として認められるかが決められたりしていた。科学者たる者が、個人的な利益や分不相応な名声を追求するために明らかに間違った考えを擁護するなどということをなぜ正当化できるのか、イージアンにはとても理解できなかった。テューリアンにとって、科学とは現実への理解を深めること自体が報酬なのだ。世間の関心、名声、称賛は、科学理論の人気を高めることはできても、それを真実にすることはできない。

シャフトを出た先は、下の階から伸びている木を中心に構築された広大な吹き抜けになっていて、ガラス壁のギャラリーや廊下が、さまざまなホールや行政オフィスへと続いていた。カラザーがこの時のために手配したのは、今日、彼が人民集会の準備状況を確認するために訪れることになっているスタッフ用の会議室だった。側近が控室でイージアンを出迎え、軽く雑談をしてから、慣例として軽食を勧めてきた。イージアンが辞退すると、側近は彼を奥にある小さな会議室に案内した。そこには予想どおりフレヌア・ショウムの姿もあった。

「ポーシック！」カラザーが両手を広げた――いつもの調子だが、それ以上に勢いがあった。イージアンはすぐさま身構えた。「元気でやっているようだな」

「なんとかやっています。あなたのほうは、ブライアム？」

「最高だよ」カラザーは口をつぐみ、イージアンはショウムに向かってお辞儀をした。

「お会いできてうれしいです」

「まったく同感です」

「クエルサングからの知らせを見たよ」カラザーが言った。「本当におめでとう、ポーシック！　素晴らしい成功だ。しかも面白い！　科学がもっとあんなふうだといいんだが。わたしが別の宇宙にいる別のバージョンの自分と話せるように手配できないかな……今後のああいうテストで」

「まあ……だめな理由は見当たりませんが」

「とにかく相手のあの顔を見たいんだ。ヴィックは明らかに楽しんでいた。しかし、きみはうまくいくとは思っていなかったと聞いた。そうなのか？」

　イージアンが予想していた展開にはなりそうもなかった。場の雰囲気はあまりにもなごやかで、あまりにも軽く、彼が覚悟していた激しい意見の衝突には向いていなかった。しかし、カラザーの質問は、イージアンが用意していた台詞を言うのにちょうどいいきっかけを与えてくれた。「実を言えば、わたしたちは極めて幸運でした」イージアンは答えた。「期待したよりもはるかに幸運だったんです。MP2の収束抑制器は実験用のプロトタイプで、ほとんどテストされていませんでした。あんなに大急ぎで送り出して、スタッフを置くべきではなかったのに。わたしたちはあらゆる原則を破っています。責任がわたしにあることは認めますし、言い訳もできません。テューリアンと地球人の混成チームの管理には、わたしにはまだ理解できない複雑な要素があるようです」

「重い言葉だな」カラザーが言った。それほど驚いているわけではなさそうだ。

「これは深刻な問題です。状況を見たままに述べるしかありません」

「どうすればいいと思う？」

「物理学の徹底的な再評価を、クエルサングでの低出力段階から改めて始めるべきです。わたしたちの考えと計画がまとまるまではMP2でのこれ以上の実験は停止します。クエルサングでの結果が良好なら、抑制器を適切に設計されテストされた装置と交換します」イージアンは息を吸い込んだ。あれこれ主張しようと思っていたことが、わずかな言葉に凝縮されてしまった。こうなったら最後までやり抜かなければ。「これは単なる提案ではありません、カラザー。わたしがきちんとこのプロジェクトの指揮を続けるためには、どうしても必要なことなのです。さもなければ、これ以上の責任を負わずに身を引くしかありません」

カラザーとショウムはちらりと目を合わせた。これで状況は充分に明らかになった、と言わんばかりに。イージアンは質問と説得が始まるのを待った。

「少し舞い上がってしまったようだな」カラザーが言った。「全員がということだ——わたしも含めて。きみは正しいと思う。まったく正しい。この家は基礎から整えなければ。自分たちの高い理想とプロフェッショナリズムの基準から決して逸脱してはならないのだ」

「個人の失態とは思わないでください、ポーシック」ショウムが言った。「ほかの科学者たちから聞きましたが、それは全員に影響を与えているようです。皆が望んでいるのは確固たるリーダーシップです」

ショウムは愛着のあるプロジェクトを手放そうとしている人には見えなかった。そんなものは一時の興味でしかなかったと言わんばかりの、冷静でさりげない態度だった。イージアンはうろたえた。ほかに何かが進んでいると感じたのだ。「言うまでもないことですが、ミネルヴァに偵察用の探査機を送る計画は無期限に保留となります」

「あなたにとっては喜ぶべきことですね」ショウムが言った。「もともとその計画に乗り気ではなかったのですから」

イージアンは困惑してショウムからカラザーへ目を向けた。

カラザーは手を振ってそれを一蹴した。「ああ……。それで、本当のところ何が達成できたんだ？　そういうやり方でミネルヴァについて何か意味のあることを学ぶのはむずかしいと、きみが自分で言ったではないか。こっそり忍び寄り、空から監視して盗聴して……。そういうのはジェヴレン人の件で充分ではなかったのか？　たとえ実行したとしても、それからどうする？　仮にわれわれの疑問に対する答えが見つかったとしよう——滅びる前のミネルヴァが希望に満ち、疑うことを知らなかったとしても、その先には戦争、破壊、大災害に、その余波という恐ろしい物語が待っている。データを集め、分類整理して、こぎれいな図表と参照資料にまとめた後、われわれは何をする？　ただ探査機を引き揚げて、目的を終えた実験動物のように彼らを放置するのか。これから生まれる何十億もの人々が、やがて訪れる苦しみと、痛みと、虐殺の物語に身を投じることになるんだぞ……おぞましい千年期が何度も繰り返される間」

カラザーは何かを待っているかのようにドアに目を向けた。そのドアが開き、家庭用トレイが滑り込んできて、ウレとお菓子の盛り合わせを運んできた。ちょうどいいタイミングで、イージアンに今のメッセージについて考える時間をくれたようだ。

「あの時この話をしなかったのは、よく考えて確信を持ちたかったからだ」カラザーは立ち上がり、ホストらしくトレイから料理を並べ始めた。「少し前に、グレッグ・コールドウェルが訪ねてきた」

話はまたもや予想外の方向へ進んでいた。「ヴィック・ハントの上司ですね」イージアンは言ったが、それは時間をとって気持ちを落ち着かせるためだった。

「そうだ。地球人のエネルギーを暴力と破壊から遠ざけ、代わりに太陽系全体に広げる原動力の一つとなった人物だ。地球人の過去の再発見と〈シャピアロン〉号の救出につながる調査を指揮し、最終的にわれわれと接触した後も、両陣営の多くの者が恐怖と疑念に屈して今日《こんにち》とはまったく異なる状況を招く可能性があった中で、彼は冷静さを保ち続けた」ショウムがわずかにたじろいだが、イージアンにはカラザーがそれを意図しているようには思えなかった。カラザーは、経験から好みに合うとわかっている配合で材料を混ぜたゴブレットをイージアンに手渡した。「ケッサヤはとてもうまいぞ」彼は身ぶりでトレイを示した。

「いまはけっこうです……ありがとう」

カラザーは話を続けた。「珍しいビジョンを持つだけでなく、ビジョンを現実に変えられるというさらに稀な能力を持つ人物だ。夢を見る勇気があり、夢を実現させることができる。そのコールドウェルが、ある夢を持ってわたしのところに来た……。本当にケッサヤを試さなくていいのか？」

イージアンは一瞬それをカラザーに投げつけそうになった。彼は首を横に振った。

「コールドウェルのような人物は、地球人のあらゆるポジティブな側面を体現している。活力、たゆまぬエネルギー。絶望的な状況でも決して諦めず、勝利をつかみ取ろうとする。その攻撃性が建設的な目的に向けられた時、わずか数十年でどれほどのことが起こるか見てみるといい」

そのような考えはイージアンにとって目新しいものではなかった。ほかでもないショウムと何度も話し合ったことがあるのだ。「本当に驚くべきことです」彼は同意した。これまでに訪れたほかのどの世界でも、あのような存在と遭遇したことはなかった。

「そして、われわれガニメアンも同じくらい称賛に値する別の資質を体現している。きみ自身がさっき簡潔にまとめていた――慎重で、周到で、あらゆることに高い理想を求め、物質よりも道徳を尊重する。われわれはこれらの組み合わせがそれぞれ単独で何を成し遂げたかを見てきた。しかし想像できるかね、ポーシック、両者が一緒になった時にどんなことができるか？」

イージアンがショウムに目をやると、彼女もイージアンを熱心に見つめていた。言いたいことが山ほどありそうだったが、今この瞬間は、カラザーの話を遮りたくないようだ。イージアンは自分が何か要点を聞き落としているのだろうかと思った。「はい、おっしゃることはわかります」彼はカラザーに目を戻した。「しかし、それはすでに実現しているのではありませんか？　ジェヴレンの脅威は暴かれ、無力化されました。地球はようやく改善の兆しを見せています。彼らはわたしたちの科学を吸収し、わたしたちの技術に適応しているようですし……」

カラザーは手を振って、素早く頭を振った。「そういう意味ではない。今は傷だらけの地球と、何万年も前に始まった分断の反対側にいるわれわれとが、子供の頃に離ればなれになったきょうだいのように、再びお互いを知ろうともがいている状態だ。わたしが話しているのは、動物じみた生存主義に逆戻りさせられ、そこからの回復を妨害される前、まだ分断が存在しなかった頃に人類が有していた可能性だ。テューリアンとそのような種族は今どんな状況になっていたと思う？　やはり生命をつかさどるコードの起源をたどり、どんな媒介者がどんな目的でそれを考案したのかを解明しようと躍起になっていたのだろうか？　それとも、とっくの昔に完全な意識を持った存在となって、自分たち自身や、今ようやく垣間見えてきた無数の現実における自分たちの役割をしっかりと理解していたのだろうか？」

突然、この話がどういう方向へ進むかが見えてきて、イージアンは衝撃を受けた。彼は唇をなめて、もう一度ショウムに目をやった。

ショウムは彼の考えを読み取ったかのようにうなずいた。「今でさえ、わたしたちを正しい道へ導いているのは地球人から得た手掛かりなんですよ」

カラザーはさらに話を広げた。「わたしが言っているのは、探査機と監視用の目を送り込んだ後、ここで恐ろしい地球の映画を観ている観客のように坐って、ルナリアンが運命に向かって進むのをじっと見物するということではない。戦争が起こる前の時代に行き、それを変えるために何かをするということだ！」

イージアンはケッサヤの一つに手を伸ばし、震えながら包みを解いた。その瞬間、彼の思考機能は止まってしまったようだった。

「考えてみてください、ポーシック！」ショウムが急《せ》き立てた。「人間とテューリアンの組み合わせが持つ完全な、真のポテンシャルは、実現されるべきだったのです――ミネルヴァのポテンシャルが実現されるべきだったように。本来なら存在すべきだったまったく新しい現実。それはまだ実現可能です。わたしたちがそれを創造できるんです！」

甘くなめらかなキャンディの味で、一瞬、イージアンは思考の混乱から気を紛らわすことができた。ほんの数分前、カラザーとショウムは、現在のプログラムは慎重さの基準を超えているので、より厳しい管理が必要だと合意していた。この二人が代わりに提案していることは、大胆さの点で、イージアンが息をのむほどの規模でそれを超えていた。頭の中にいくつもの異議があふれだした。

彼らは何かを〝創造〟するわけではない。量子現実の物理学では、存在し得るものは最初からすべて存在するとされている……。いや、違う。イージアンは自制した。それは数学的形式主義の文字どおりの解釈から導き出された、旧来の想定方法によるものだ。ダンチェッカーは、意識の介入でそれを変えることができるので、未来は決して自動的に決まるわけではないということを示唆する有力な理由をいくつか提示した。これもまた挑戦的な地球人の考え方だ。それはテューリアンの哲学者たちの間で激しい論争を引き起こした。ひょっとしたら、自分の意志の力でまったく新しい未来を、そうでなければ存在しなかったはずの未来をもたらすことができるかもしれない。彼らの現在の知識レベルでは、その可能性を排除する根拠はなかった。

「それは……それは……」イージアンは力なく手を振りながら、二人の顔を順繰りに見つめた。「自分の言っていることの重大さがわかっているんですか？……ついさっき、現在のプロジェクトでさえ全面的な見直しが必要だと同意したところなのに。今話していることはまったく規模が違う――」

「われわれが同意したのは、今やっている作業を中断して、健全かつプロフェッショナルに管理された研究と堅実なエンジニアリングのプログラムに戻る必要があるということだ」カラザーが口を挟んだ。「完璧だよ。つまり、正しい原則を守って基本からやり直せるということだ」

イージアンは懇願するように両手を広げた。「技術面だけの問題ではありません。人を送るという話なんですよ……テューリアンか、地球人か、その両方かわかりませんが……ロボットだけではないんです。根本的な指針が変わるんです。現地の状況に適応し、自分たちの安全や生存を確保するためには自律性が必要です。となれば何らかの船で行かなければなりません。しかし向こうでは移動することさえできないんです。船はh－グリッドから動力を得ますが、五万年前のミネルヴァにはh－グリッドはなかったんです」

ショウムはこの指摘を予想していたようだった。「h－グリッドを必要としない船が一隻あることを忘れていますね」その言葉に、イージアンはぽかんとショウムを見た。頭がひどく混乱していてつながりがわからなかった。「〈シャピアロン〉号ですよ。今はジェヴレンにあります。ガニメアンの古い宇宙船で、独立した駆動装置を搭載し、あらゆる面で自己完結しています」

「しかし、たとえあなたの言う通りにしたとしても……マルチヴァースはとてつもなく広大です。送り込む人数はごくわずか。それで重要な違いを生むことができますか？」

「何を言っているんですか、イージアン」ショウムはたしなめた。「地球で耳にしそうなせこい損得勘定にしか聞こえませんよ。あなたはすべての子供に食べ物を与えられないからといって、飢えた子供に食べ物を与えないのですか？　世界にはほかに助けられない病人がいるからといって、病人を見殺しにするのですか？　わたしたちの文明の概念には、思いやり、同情、愛が、原始的な家族から始まって、町や村、国家、惑星と段階的に広がっていく共同体を包含するという原則があり、今日では多くの世界にわたって親近感を覚えるようになっています。すべてを生み出した何らかの力がわたしたちに求めている次の一歩が、これなのではないでしょうか？　想像してみてください――かつての星々と同じようにずっと孤立していた無数の宇宙から成る共同体を。それがどんな未来につながるのか、いずれ何が生まれるのかは、誰にもわかりません。わたしたちは再び真の開拓者となり、発見者となるのです。だからこそわたしたちに選択肢はないのです」

イージアンの頭の中で再び異議が湧《わ》き出し始めたが、その時フレヌアと目が合った。明るく、情熱にあふれる目が、長い間どこでも見たことのない光で輝いていた。カラザーからも同じくらい強い気持ちが放たれているのが感じられた。科学者であるイージアンの中で何かがそれに反応していた。それが心の奥底で大きくふくらんでいくにつれて、彼を捉えていた否定的な執着がアルバイト店員の仕事にふさわしいサイズまで縮んでいくように思えた。

今やイージアンの心の中にもさまざまなビジョンが浮かんでいた。はるか昔のガニメアンは、自分たちの暖かく馴染みのある恒星系から広大な宇宙空間へ放り出され、月ほどの大きさがある建造物を築き爆発する星の力を操ることを夢見ていた。ガニメアンが直面した未知と挑戦は、今イージアンたちを待ち受けるそれより劣るものだったのか？　彼らが手に入れたものや学んだことは、これ以上に大きなものだったのか？

「そうだ！」イージアンは自分がささやく声を聞いた。それは無意識の行為だった――しゃべったのは彼ではなく、彼を内側から動かしている精神だった。カラザーは顔をそむけ、両手をそわそわさせて、感情を抑えるのに苦労しているようだ。ショウムは立ち上がり、イージアンを抱き締めたいという衝動を抑えているように見えた。「そうだ!」イージアンはもう一度、今度は大きな声で言った。「やりましょう! わたしたちの種族は、もう充分に長い間、安全と自己満足の中で生きてきました。再び炎を燃やし、真の発見という冒険に乗り出す時が来たんです。きみの言う通りだ、フレヌア。ミネルヴァは生き返り、あるべき姿を取り戻す――ひょっとしたら、わたしたちが創造する新しい現実の中で! これはきっと運命なんだ」

第二部　ミネルヴァへのミッション

26

「クレス！　見て！　熊だよ！」エンジンとローターの騒音に負けじと、ライシャが興奮気味に叫んだ。二人は月に二、三度エザンゲンに向かう補給便に同乗していた。クレシムールことクレスは、操縦士の肩越しに見える白い牙のような山々から目をそらし、ライシャが指差している下方へ目を向けた。轟音《ごうおん》に驚いたのか、スピンウイングの影に追われるようにして、二頭の成熟した熊が、四頭の子熊を川岸から追い立てて雪の筋が見える斜面を登り、岩や倒木があるところを目指していた。おそらくそこに巣穴があるのだろう。

「ブラウンベアだ」クレスは確認した。「キャンプに着いたらもっとたくさんいるぞ。可愛《かわい》く見えても、あまり近づかないように。意地悪になることがあるんだ。でも、熊は集団でいる人には近づいてこない。だから向こうでは一人でふらふらするなよ」彼はライシャを見上げた。二歳年下で十二歳の彼女は、まだまだ子供っぽいところがたくさんある。幼い頃に家族で町へ引っ越して、今でもほとんどの時間をそこで過ごしているのだ。しかし覚えは早い。明るく熱意にあふれた顔は、キャビンの暑さと分厚いフード付きジャケットのせいで少しピンク色に染まっていた。二週間ほど自宅を離れて自由に過ごせるのが嬉しくてたまらないようだ。クレスは安心させようと笑顔で言った。「でも、きみのことはちゃんと面倒を見るから。いつもそうしてきただろ?」

どこか前のほうで無線が息を吹き返したパチパチという音がして、後に声が続いた。「こちらエザンゲンキャンプ。聞こえるか、ジュド?」

操縦士が応答した。「やあ、ウルグ。こちらジュド」

「そっちの調子はどうだ? 天気が悪くなるかもしれないんだ」

「今、湖の南側の端に近づいているところだ。到着まで……あと十分か十五分だな」

「それなら天気が悪くなる前に着けるな。子供たちは大丈夫か?」

「もちろん。二人に話をさせるよ」ジュドは振り返り、伸縮コードがついたハンドマイクを差し出した。「おい、クレス、おじさんに挨拶《あいさつ》したくないか?」

「ありがとう……。もしもし? ウルグランおじさん?」

「聞こえてるよ、相棒。久しぶりだな。みんなおまえがキャンプに戻ってくるのを楽しみにしてるぞ。面白いものがあるから見せてやりたいんだ」

「巨人のもの?」多くの若者と同じように、クレスは遠い昔にミネルヴァに住んでいた失われた種族に特別な魅力を感じていた。〝長頭《ちょうとう》の知能ある二足歩行脊椎《せきつい》動物〟という意味の学名はあったが、ほとんどの人は単に〝巨人〟と呼んでいた。

「当たりだ。また骨が出た——少なくとも三体の完全な骨格だ。建物の一部も」

「すごい!」

「機械の部品もあるが……どれもかなりもろくて腐食している。ほとんどは何の部品なのかわからない」

「ライシャならわかるかも。おとうさんと同じエンジニアになりたがってるから。挨拶させていい？」

「もちろん」

クレスがマイクを差し出してうなずくと、ライシャがそれを受け取った。「ミスター・ファイム？」

「まあ、その呼び方でもいいんだが、こっちではだいたいウルグだな。それで、きみはうちのゲストとして二週間滞在するんだね？　考古学に詳しいのか？」

「正直言って、それほどでもないです。今クレスが言ったように、どちらかというと科学とか技術的なことが好きなので。でも、本当に面白そうで、そちらに着くのが待ちきれません。招いてくれてありがとう！」

「まあ、警告しておくが、二週間もここの空気を吸ってイスコイ族の料理を味わったら、帰りたくなくなるかもしれない。しかしまずは一歩ずつだ、いいね？」

「おとうさんと一緒に働いている人が、巨人の超質量のかけらを見せてくれたことがあります。指の爪くらいの大きさしかないのに、持ち上げることができなくて。すごく不思議でした」

「おれもいくつか見たことがある。さて、またすぐに会おう」

「はい、さようなら」

クレスはマイクとコードをジュドに返した。「さっきの超質量のこと、ぼくには教えてくれなかったね」彼はライシャに言った。

「うん、ええとね……ほんと言うとあたしのことじゃないの」ライシャは顔を赤らめて白状した。「おとうさんが話しているのを聞いただけ」

クレスは首を横に振った。「ウルグランおじさんには本当のこと以外は言わないほうがいい。話し方はのんびりしてるけど、ほんとはすごく鋭いんだ。嘘は見抜かれてしまうよ。一度でもそんなことがあったら、二度と同じ評価をしてもらえなくなる」

「覚えておく」ライシャは約束した。


考古学者たちのキャンプは、イスコイ族と呼ばれる現地部族の集落の近くに設営されていた。この部族は掘り下げた穴に石灰岩や凍土のレンガを積み上げて家を建てていた。科学者たちのために家事をこなす見返りに、赤道地帯の都市から届く道具や衣服や物資を受け取っていて、優秀なハウスキーパーの役割を果たしていた。その夜、鹿肉のシチューと、何かのイモとハーブで作ったラナキルという風味豊かなマッシュで食事をすませた後、ウルグランはクレスとライシャを連れて、食堂として使われている小屋から、発電機も置かれている研究室の小屋へ移動した。夜は冷たく澄み渡っていて、細い三日月の光に照らされた丘や点在する低木が白く幽霊のように見えた。地球は空の片隅にちょうど顔をのぞかせたところだった。

「今掘っている場所は北に六マイルほど行ったところにある」ウルグランが入口の外側のドアを開け、明かりをつけて、二人を中へ通した。「なんらかの巨大構造物で、宇宙船基地の一部かもしれない。ライシャなら興味があるはずだ。明日はそこへ行ってみよう。とりあえず、骨をいくつか見せてあげたくてね。クレスは前に見たよな」もちろん、フイシャは巨人に関するありきたりなことは書物や神話を題材にした冒険映画で親しんでいたし、博物館でも骨格標本をいくつか見ていたが、あまり詳しく調べたことはなかった。

クレスにとって、それは理解しがたいことだった。彼は巨人に関する新しい情報は発表されるたびに貪《むさぼ》るように読んでいた。自宅の部屋は巨人の模型や記念品を集めたミニ博物館と化しており、一面の壁の大部分は消滅した巨人時代のミネルヴァを再現した地図で占められていた。同好の友人たちと一緒に発掘された巨人の都市の遺跡を訪れ、専門家の話によれば時には数千フィートの高さにそびえ立っていたという建造物の基礎や土台を畏敬の念を持って眺めたりもした。巨人たちがかつて建造した宇宙船は、ミネルヴァが居住不能になる前に地球への大移住を実現しようと急ぐルナリアンの科学者たちがいまだに解明できていない原理で動作していた。回収され解読された巨人たちの伝説の断片には、彼らは懐疑論者が主張するように絶滅したのではなく、ミネルヴァから遠い星にある新天地へ自ら移住したと記されていた。その理由は定かではなかった。気候が周期的に変化し、今日《こんにち》のルナリアン文明を脅《おびや》かしているような状況がもたらされていたのではないかと考える者もいた。伝説によれば、行き先は太陽系から二十光年《こうねん》離れたところに位置する、後に〈巨人たちの星《ジャイアンツ・スター》〉と呼ばれるようになった星だった。エザンゲンの緯度からは見えないが、クレスは数年にわたり、合計すれば何時間もその星を見上げては、伝説が事実であることを願い、巨人たちが今住んでいるはずの世界を想像しようとしたものだった。

部屋にはシンク付きの大きな作業台が二つあって、実験用のガラス器具や顕微鏡などの科学機材が用意され、壁にはクローゼット、工具ラック、ボトルや瓶をおさめた棚が並んでいた。作業台の上と、片側にある保存液の入ったいくつかの容器の中に、巨人の骨格標本が見えていた。完全に組み立てられた骨格はなかったが、壁の大きな図表には全体像が描かれていた。大人の身長は八から九フィートある。ウルグランがそこに近づきながら、細長い頭蓋《ずがい》骨《こつ》のプラスチック製のレプリカを手に取った。

「きみも前に見たことがあるはずだ」ウルグランはライシャに話しかけた。「クレスと五分以上一緒にいれば、誰でもこれについて聞くことになるからな。ほら、巨人はおれたちと違って顎が引いた平らな顔をしていない。むしろ馬に似ていて、この下向きの鼻は上に行くほど広がっているから目の間隔が広い――その目は馬よりも前向きに付いている。そして後ろ側には、人間のような丸い脳の容《い》れ物の代わりに、重量のバランスを取るための突出部がある……。肩もまったく違っていて、こんなふうに骨の板が重なり合っていると、まるで何かの鎧《よろい》みたいだ。クレスのような野生児たちがしょっちゅう折っている、きゃしゃな鎖骨《さこつ》とは違うな」ウルグランは奥の壁に向かって手を振った。「あそこにいくつか骨片がある」

ライシャが進み出て、図表に描かれた人物の中央部分をのぞき込んだ。「巨人たちに六本の……腕だか脚だかがあったというのは本当なんですか？」

「おい、ライシャはなかなか鋭いぞ、クレス！　そうだ……ここを見て」ウルグランが指差したのは、前方に突き出した支柱で支えられた分厚い骨の輪の両側にある、胸郭の底を支える二組の骨構造だった――巨人は人間のように骨盤が広がっておらず、腹部の内臓は下から支えるのではなく吊り下げて保持していたと考えられていた。「外肢《がいし》構造の痕跡だ。きみの言う通り。われわれと同じように二本の脚で歩いて二本の腕を使ってはいたが、彼らの属する生物群は三組のペアを基本とする別種の身体構造を持っていた。ミネルヴァの原生《げんせい》生物だな」

「今でも魚に見られるやつだよ」クレスが口を挟んだが、ライシャもそのことは考えていた。ミネルヴァの最初の陸棲《りくせい》生物も六足動物だったが、その中に捕食者はおらず、巨人の消失直後の時期に突如出現した現在の種《しゅ》に取って代わられた。ミネルヴァのそれ以前の化石記録には四足の新集団を予見させるものはなく、巨人によって持ち込まれた祖先から進化したことは疑いようがなかった。多くの科学者は地球が彼らの起源であると考えていたが、それはまだ証明されていなかった。フライバイ探査機によってそこに生命があふれていることは確認されたが、最初の着陸船はまだ旅の途中であり、到着するのは数カ月後だ。しかし、それが事実だとすれば、計画されている移住にまったく新しい意義が加わることになる。なぜなら、持ち込まれた生物の中には人間の祖先も含まれていたからだ。それはルナリアンが故郷に帰ることを意味していた。

そのまま明日の予定について話をしていたら、外のドアが開いて閉じる音が聞こえた。すぐに、キャンプ内の家事を担当するイスコイ族の女性、オプリルがノックをして部屋に入ってきて、到着した二人の寝床が用意できたことを伝えた。彼女はクレスに笑顔でうなずきかけた。「お帰りなさい。きっといたずらをするんでしょうね。こちらはお友達ですか？」

クレスはライシャを紹介した。「何か必要なこと、やってほしいことがあったら、オプリルに言えばいい。ここで知っておくべきことをなんでも知ってるんだ。ねえオプリル、バーカンとクーアはどうしてる？……彼女の息子さんたちだよ」彼はライシャに説明した。

「父親や村の人たちと狩りに出かけています。明日の遅くには帰ってくる予定です。その後は、たらふく食べて何日も踊り続けるでしょう」

「いいタイミングだな。ジュドが上等な酒を二ケースほど持ってきたんだ」ウルグランが言った。

「帰る前にランガットの扱い方を教えてあげるよ」クレスはライシャに言った。「楽しいよ、特に急流では」

「この三人には気をつけて。その前に溺れさせられる可能性のほうが高いですよ」オプリルが言った。

「うん……」ライシャはあくびをこらえた。「あ、ごめんなさい……。今夜だけはやめておきたいな」興奮していたクレスは、彼女がどれほど疲れているか気づいていなかった。

「行きましょう。泊まるところに案内します」オプリルが言った。「あなたの荷物も置いてありますよ」

ウルグランが問いかけるようにクレスを見た。「おれは寝る前に食堂に戻って、何か温かいものを一杯やるよ。一緒にどうだ？」

「もちろん」男たちの一員として扱われるのはいい気分だった。ウルグランが電気を消すと、後方の暗闇には発電機の音だけが残り、一同は再び外の寒さの中に出た。食堂がある小屋の入口に着くと、オプリルはおやすみなさいと言って、そのままライシャと共に寝るための小屋のほうへ去っていった――一部が地下になったイスコイ式だ。クレスとウルグランは小屋に入った。中は空気がこもっていて、暖かく、ストーブが熱を放っていた。ジュドがグラスを手にテーブルについて、くつろいだ満足そうな顔をしていた。使用済みの食器が散乱している中にボトルが置かれていた。別の男がストーブのそばにある肘掛《ひじか》け椅子に寝そべっていた。腹回りが大きく、赤い巻毛で、数日分の無精髭《ぶしょうひげ》をたくわえ、厚手のセーターと毛皮のズボンと重いブーツを身につけている。クレスは会ったことのない男だ。ウルグランはその男をレズと紹介し、採掘測量士であり地質学者でもあると説明した。そしてストーブに置かれた鍋をチェックし、シンクのそばにある水差しで足し水をしてから元に戻した。上の棚からグラスをもう一脚取り出し、水洗いして、ボトルから一杯注いだ。

「湯が沸くまでの間が暇だからな」ウルグランはクレスに説明した。「一口試してみるか？」

「あー……そうだね」

「いいぞ。イスコイ族にはまだうまくできないことがあってな」ウルグランが少なめに入れたグラスを差し出した。クレスはそれをひと口飲むやいなや、咳《せ》き込んで喉を詰まらせ、目に浮かぶ涙が見えませんようにと祈った。

「おかしなところに入ったか」

「うん、そうだね」ウルグランおじさんはこういう人だった、とクレスは自分に言い聞かせた。まともに相手をしてはいけないのだ。

隅の棚にあるテレビはついていたが、音は消されていた。ミネルヴァの写真を背に、セリオス大統領のマーロット・ハルジンが真剣な顔で話していた。画面の下のほうに〝分裂が宇宙への一致団結した努力を脅かす〟とのキャプションが表示されていた。

「これは何だ、何か新しいことか？」ウルグランがグラスで画面を示した。

「今日の午後に言っていたことの繰り返しだ」ジュドが応じた。

「今日の午後は何て言ってたんだ？　おれは一日ずっと穴にいたんだよ」

「ランビア人と一緒にやることはできないようだ。彼らは本気だよ、ウルグ。ハルジンはもっと備えが必要だと言っている——予防措置として。ペラスモンのほうは、われわれのやり方ではうまくいかない、中途半端な案では全員が共倒れになるだけだと言っている。われわれだけではなく彼らの生存もかかっているんだ」

ウルグランはグラスを半分ほど空けて、首を横に振った。「じゃあ、ペラスモンは彼らが持っているものの一部を別のことに使い始めるというのか？　おれたちも同じようにしなければならないと？　そいつは少しばかりいかれてると思わないか？　それともおれがおかしいのか？　この惑星上のまともに動く脳と手は、すべてここから脱出するために働くべきだ。それなのにリーダーがおかしなことを言い出したら……。そんなの聞いたことがない。あいつらの言い分に筋が通っていなかったらどうする？　あいつらは人々のためにすべてを理解しているはずじゃないのか？」

「わからないよ、ウルグ。わたしはスピンウイングを飛ばすだけだ。事態がここまで深刻になると、大きな責任を持つことが人をそういう行動に駆り立てるのかもな」

「ペラスモンが本気で言ってるはずがない」レズが言い放った。「こんな時だぞ。はったりに決まってる。あまり賢いとは言えないけどな。そんなことを考えるだけでも本人の失脚につながりかねない。こっちの体制にどう対処するのが正しいのか、まだ誰もよくわかっていないという可能性はある。でも本気じゃないはずだ」

ウルグランは顔をしかめ、テーブルのほうへ身を乗り出してグラスを満たした。

クレスはその話には口を出さず、まだ熱いシチューのおかわりをすくうことに専念していた。彼はおじに向かって尋ねるように眉をあげ、鍋を指差した。ウルグランは首を横に振った。「おれはいいよ……ありがとう」

クレスは、最近になって大人たちが持てる時間の半分くらいを費やして話している政治にはあまり関心がなかった。巨人や埋もれた都市、辺境地域の生活、動物についての発見のほうがずっと面白い。どうしてみんなは、考古学者や地質学者がイスコイ族と仲良くしているようにできないのか、彼には理解できなかった。

ミネルヴァにはセリオスとランビアと呼ばれる、住民のいる二つの大きな陸地があり、それぞれが赤道地帯をまたいでいて、間に広がる海は冬になると北と南が交互に氷に閉ざされる。常にそうだったわけではない。遠い昔、氷冠《ひょうかん》がもっと小さかった頃、海はこの惑星全体をつないでいた。巨人の文明は今は永久氷床《ひょうしょう》に覆われている地域にも及んでいて、そのために遺跡がほとんど発見されていなかった。おそらく、まだ発見されるのを待っている都市全体やそれ以外の何かがあるはずなのだ。大気の組成と、内部からの大量の熱の流れを許す薄い地殻のおかげで、過去の信頼できる記録を復元した限りではあるが、ミネルヴァは太陽からの距離が遠い割にはかなり温暖に保《たも》たれていた。しかし、ここ数世紀の間はその状況も変わりつつあった。かつて栄えた町は雪に閉ざされ、農地は凍《い》てつく砂漠と化し、年々拡大する氷床によって人口の中心地は赤道地帯まで容赦なく押し戻されていた。

かつての人類は、こうした傾向に気づきながらも、それが予告する運命に幻想を抱くことはなく、あらゆる事物やあらゆる個人と同様に、自分たちの世界もいずれは終わりを迎えるのであり、何をしようとそれが変わることはないのだと受け入れていた。将来に備えて莫大《ばくだい》な財産を築こうが、名声や威信を得ようが、そもそも将来がないのだから無意味だ。彼らはその代わりに、文明的で調和の取れた生活、文化の享受、若者や病人、高齢者、不運な人々のニーズに応えることに力を注ぎ、持てるものを分かち合って、時間が許す限りすべての人に快適な生活体験を提供しようとした。あの時代から変わるべきではなかった、あの時代こそ人々が最も良い状態にあったと言う者もいた。世界にかけられた魔法が自然に終わるのを防ごうとするのは、寿命を終えてしおれた花を支えるようなもので、結局は無駄なことなのだ。空は新しい花々がどこまでも芽吹いているのを示しているのではないか？　ルナリアン語で宇宙を意味する言葉は〝果てしない庭〟だ。

その後、学習と実験により科学、工学、新技術が出現し、革新的なエネルギー源が利用可能になった。機械が氷の下に埋もれた膨大な未開発資源を開拓して、人工飛行の夢が現実となり、通常の空の旅が急速に発展すると、巨人たちの伝説に触発されて、ルナリアン文明を太陽により近い地球へ移そうという考えが広く定着した。それが種族としての探求課題となったのだ。

さまざまな部族、氏族、国家などから成る全住民のほとんどは、ルナリアンが昔から秩序維持のために頼ってきた世襲の君主や民衆の首長によって統治されていた。移住による生存が共通の目標になると、過去の歴史のパターンに倣ってそれぞれの活動が合流し結び付いていき、わずかな周辺共同体を除いて、地図はセリオスとランビアという二つの大集団に統合された。

クレスとライシャはセリオス人だ。クレスにしてみれば、なぜそんなことが重要なのかは謎だったが、新技術の普及と共に生活のペースが速まって、変化することがすべてのルールになる中、セリオスは王家を廃止し、民衆が任命した代表者たちの議会を率いる大統領を置くようになった。多くのセリオス人が支持していると思われる考えでは、こうして研究と生産が分散化されて多くのグループが競い合うようになれば、より良い結果がより早く得られるとされていた。一方、ランビア人は、そんなものは混乱と重複と破滅的な浪費をもたらすだけであり、中央の指示と調整という古くからの実績あるやり方こそが、一貫した計画を達成する唯一の方法であると信じていた。いずれにせよ、今は実績のあるものを壊し、うまくいくかどうかわからないものに置き換えている時ではないと。そのため、ランビアにはまだ王がいて、民衆を代表する議会の力は限られていた。

クレスの父の時代から、二つの勢力はこのように共存していたが、どちらも明らかに優れていると示すことはできなかった。両陣営の支持者が自分たちの成功と相手の失敗を強調している一方で、どちらにもいる批判者は、重要なのは能力と知識であり、どのように動機付けるべきかという理論ではないと主張した——現在の状況はこれ以上の動機付けなど必要としていないのだから。

ウルグ、ジュド、レズの三人が話していたもっと不吉な展開は、かなり最近の出来事だった。資源は皆のものというルナリアンの伝統的な考え方に基づき、ランビアの王ペラスモンが、セリオスはランビアのものでもある未来を浪費していると非難したのだ。セリオスが責任を持ってそれを守るつもりがないのなら、ランビアには必要に応じて強制的にでもその管理を行う権利があると。ペラスモンはランビアの産業界に一部門を設け、有事に備えて部隊の武装と訓練を行うために、適切な装備の開発を進めようとしていた。そして今、ハルジン大統領は、セリオスも同様の措置を講じるしかないと言っているようだった。

クレスはそれが意味するものに呆然としていて、考える気にもなれないほどだった。王や大統領など、共同体を率いるあらゆる種類の指導者たち……彼らが存在するのは、人々に奉仕し、人々がよりよく生きるための手立てを組織するためだ。だから人々は彼らの言うことに耳を傾け、彼らを信頼してきた。しかし、今語られているのは人を殺すためのものを設計して製造するという話だ。狩猟用の武器とか、保安官や町の執行官や時には自警団が、犯罪者を止めたり、時々郊外に出没する無法者の集団に対処するために必要とする種類のものではなく、何もしていない普通の人々を脅すためのものだ。

遠い昔には、暴力で隣人を食い物にして生きようとする野蛮な部族や新興国があった。しかし、いったん多数派が行動を起こすと、そうした集団はもはや存続できず、やがて文明的なやり方が普遍的になると、ほとんどのルナリアンにはそれ以外の方法など想像もつかなくなった。今、王が他国を暴力で攻撃するための組織について語るのを聞くのは、無法者による支配を想像するようなものだった。ペラスモンは選択の余地がないと言っていた。クレスには王にどんな選択肢があるのかわからなかったが、複雑で機知に富んだ大人の世界が問題を解決する別の方法を見つけられないというのはとても信じられなかった。銃弾や槍《やり》で倒れた動物の死体は何度も目にしてきたし、もっと幼かった頃には、崖から落ちた車の中で黒焦げになった二人の乗員の遺体を見たこともあった。クレスはライシャの身に同じようなことが起きたらどうなるだろうと想像した――事故や、人生で時には起こる不幸ではなく、誰かがそのために設計して作った装置で意図的にやられたとしたら。その考えはあまりにも恐ろしく、クレスはシチューをこれ以上食べられそうもないと思った。

しかし、それは一瞬のことだった。オプリルのシチューは最高だった。クレスは暗いイメージを頭から追い出し、堅焼きパンの塊《かたまり》にバターを塗って皿をぬぐった。

「どうだ?」おじさんが尋ねた。

「うん……。おいしかった」

「ずいぶん静かだな。おまえらしくない」

「お腹が空いてたせいじゃないかな。長い一日だったから」

ウルグランはクレスを見つめた。「いろんな話をあまり真に受けるなよ。あいつらは虚勢を張っているだけだ。そんなにひどくなるはずはない。みんなわかっていることだ」

「ウルグの言う通りだ。ペラスモンが本気なわけがない」レズがまた言った。

27

多元《たげん》転送機のプロジェクトはテューリアンらしい規模になりつつあった。クエルサングにあるオリジナルの転送チェンバーは、原理を実証するための微小な物質しか扱えないものだったが、MP2で使われていたバージョンに拡張され、通信リレーや計測探査機のような装置を収容できるようになった。MP2は今やMP3、別名〝ゲート〟にその役割を引き継いでいた。

　ＭＰ３のコントロールセンターはＭＰ２に置かれており、そこから数百マイル離れた場所で制御された位置に並ぶ十六台の投射機が、対象となる空間を定義する形になっていた。これらは〝ベル〟と呼ばれているが、先細りの円筒の端が広がって断ち切られた中空の円錐《えんすい》形になっているため、よくあるデスクランプのシェードをなんとなく連想させる。ただし、直径と長さはどちらもほぼ千フィートに達していた。これらを駆動するための動力はテューリアンのｈ‐スペース・グリッドを通じて供給される。全体の配置は球状で、投射機の出力は直径半マイル強の中央の〝転送ゾーン〟に集中する。多元宇宙《マルチヴァース》の彼方《かなた》へ投射される物体はこの〝ゲート〟から送り出されるのだ。ゲートの転送ゾーンは〈シャピアロン〉号を収容するのに充分な大きさだった。

　実験はまだ〈シャピアロン〉号をどこかに送るという段階には至っていなかった。しかし、ジェヴレンから移設された船は、現在はジャイスター系の別の場所にある建造・整備用の施設で改修作業が進んでいた。独自のＭ‐スペース・バブル生成機も搭載されることになっているのは、その後にＭＰ２で実施されたテストで、単純な計器プラットフォームや通信リレーよりはるかに大きな物体を転送するためには必要だと判明したからだ。

　もっと小型の装置でも、投射機から供給されるエネルギーで細長いダンベル状のバブルを生成し、送信側では収束効果を抑制し、遠隔側では投射された物体が安定するまで拡散を防ぐことはできる。しかし、この方法では〈シャピアロン〉号ほど大きなものを収容できる遠隔側の突起を生成するには不充分だった。間をつなぐへその緒《アンビリカル》フィラメントにそれだけの負荷をかけられないのだ。つまり遠隔側には追加の動力源が必要であり、それを確保する手段が、転送される物体そのものに組み込むことであるのは明白だった。

ゲートの中央にあるテスト用の〝筏《ラフト》〟は、〈シャピアロン〉号の半分の大きさのダミー構造で、計測器とセンサーのプラットフォームと、〈シャピアロン〉号に搭載予定のM《エム》波《は》装置の複製が組み込まれていた。ほかに、生物学的プロセスへの影響を確認するための動植物の標本一式も搭載されていた。ハントはMP2に設置されたMP3コントロールセンターで席に着き、フロアに並ぶスクリーンとヴィザーが提供するオヴカの映像で状況を追っていた。彼は再び物理的にこの場所に来ていた。今回は仮想のバーを備えた実在しない展望室はなかった。

ハントたちがテューリアンに到着してからほぼ一年が経過していた。しかし、カラザーがテューリアン人民集会のドラマチックな演説で訴えた新しい任務を引き受けたために、ルナリアン時代のミネルヴァに関してこれまでに集められたすべての情報が突如として関連性を持ち始めて、作業は増えるだけでなく範囲が大きく広がっていた。その上、イージアンのこだわりにより、エンジニアリングの抜本的な見直しまで行われていた。テューリアンの手法とそれを支えるヴィザーの計算リソースがなければ、状況がここまで進展することはなかっただろう。

それでも、これまでにほとんどのメンバーが少なくとも一度は地球へ帰っていた。サンディとダンカンは、ダンチェッカーとハントの補佐という役割の解釈を広げて、ミネルヴァの破壊に至るまでの歴史の分析にテューリアンと共に携わっていたが、同時にアンデスで二週間のスキーも楽しんでいた。ダンチェッカーは、ほとんどの時間をテューリアンで生物学および哲学の研究に没頭して過ごしていたが、ミズ・マリングから避けようのない公務に関する呼び出しがあって二度ほど帰っていた。ゾンネブラントは家庭の事情で今も地球へ行ったままで、いつ戻ってくるかは不明だ。ミルドレッドは自分の調査を終え、地球に帰って本の執筆に取り組んでいた。チェンはまったく帰らず、MP3ゲートの建設作業の進捗を追っていた。彼女はハントと共にMP3でテストに立ち会った唯一の地球人《テラン》だった。

実を言えば、ハントは仕事で地球に帰ることが最も多く、そこにはコールドウェルとの長時間にわたるセッションにより新しい全体戦略の中でトラムラインの役割を再定義することも含まれていた。ハントは裏ではもっと多くのことが進行していて、そこにコールドウェルがオヴカのウインドウを通じて一連の手続きに加わっているのだ。コールドウェルは地球からオヴカのウインドウを通じて一連の手続きに加が何らかの形で関わっていると確信していた。コールドウェルは、彼の管理スタイルにしては珍しく、日々の出来事の細部にまで興味を示していた。テューリアンたちの間には、カラザーが人民集会を仰天させたあの構想は、その初期段階からコールドウェルに多くを負っていたという噂があるようだ。しかし、ハントが好奇心からその話を持ち出そうとした時には、うまくはぐらかされてしまった。ハントのこれまでの長い経験からすると、コールドウェルがある問題について話したくないと決めたら、それで話は終わりなのだ。

ミッションが目指している頃のミネルヴァには人間のルナリアンが住んでいたので、派遣するチームには人間を含めることで意見がまとまっていた。どのみち、それに反対する者がいたら、最初から加わっていたハントたちを相手に激論を強いられることになっていただろう。コールドウェルは、この新たなミッションには誰も義務を感じる必要はないと明言していたが、行かないという考えは誰の頭にも浮かばなかった。予想どおり、地球でこのニュースが流れると、参加を望むさまざまな利害関係者から人を送りたいとの申し出があった。しかし、そういう人々はチームにとってマイナスの存在であり、侵入者として疎《うと》んじられるだろう。コールドウェルはその雰囲気を敏感に察知し、この時点で混乱が生じれば現場にいる部下の効率性が低下すると判断して、本国で防衛を固めることを自分の仕事の一部とした。この点でコールドウェルは完全に成功しているようだった。騒動や裏の政治がテューリアンまで浸透してくることがいっさいなかったからだ。

今回の実験の目的は、テスト用のラフトをマルチヴァース内の特定の別宇宙に送り、それを帰還させること――テューリアンや地球人を送るつもりなら、克服すべき重要な前提条件だ。たとえば、〝チンギス・ハンがヨーロッパを守るプロシア軍を打ち負かした後も呼び戻されず、そのまま西方を蹂躙《じゅうりん》した結果、世界を植民地化した文明がアジア系になった宇宙〟というように、特定の現実に関する属性でマルチヴァースを〝マッピング〟することはまだできなかった。マルチヴァースを構成する無数の方向で主観的に認識される〝変化〟を、物理的に測定可能なものと結びつける明確な方法は見つかっておらず、そもそもそのような結び付きが存在するのかどうかさえ定かではなかった。ヴィザーは〝親和性〟という概念に磨きをかけようとしてきた。これは見慣れた現実と異なる現実がどの程度離れているかを大まかに示してくれるが、どのように異なるかを示そうとするとひどくあいまいになる場合がある。地球に月がない宇宙、火星にまだ海がある宇宙、木星の主衛星が二つ足りない宇宙、いずれも親和性は同程度だった。なぜそうなるのかについては、まだ仮説すらなかった。今の段階では、果たして解明できるのかどうかさえわからないのだ。

それでも、親和性という指標は、たとえば五万年前のミネルヴァのように、マルチヴァース内である種の同族類似性を有していそうな一群の現実を、おおざっぱに区別するのに役立った。新聞広告に大きな刷毛《はけ》でハイライトを入れるようなものではあるが、〝ほぼ無限〟にある可能性の数を〝ほぼ無限マイナスいくらか〟の量だけ減らすことができれば、その結果はヴィザーがおおむね対処可能な問題となる。要するに、その特性を基に狙いをつけたターゲットに命中させることはできなくても、だいたい正しい大陸に砲弾を打ち込むことはできるのだ。

その範囲内でいつどこに到着したかというデータのフィードバックがあれば、あとは補正を繰り返して装置をターゲットに近づければいい。補正は必ずしも期待された効果を挙げるわけではなかったが、送信された指示と返ってきた結果とを関連づけることで、いつか一つの地図にまとまることが期待される数々の断片が生み出されていた。しかし、その縮尺はまだ誰にもわからなかったし、さらに悪いことに、無数にある方向ごとに縮尺は異なっているようだった。ヴィザーは挑戦できるものがあるのは良いことだと言っていた。

指揮をとるテューリアンの監督官の声がローカル回線から流れ出してきた。「ビーコンによる追尾は安定しています。ベルのディストリビューターはh‐入力から充電中。ドローンの波動《はどう》関数は全マトリックスに登録済み。パイロットビームも同期完了」その後に、ヴィザーとの数値のやりとりとステータスの確認が行われた。これは、ゲート内にあるラフトの準備が整い、その周囲の空間に配置された投射機もおおむね出力準備が完了したことを意味する。〝ビーコン〟は、ヴィザーがラフトを追跡するためのもの――約三十分前に、マルチヴァース内のかなり〝近く〟の、ある程度確信を持てる場所に送った探査機だ。戻ってきた天文観測データと傍受したテューリアンの通信信号により、位置はジャイスターの近隣星系にある平凡な惑星から約五十万マイル、日時は数カ月前と特定されていた。

「まあ、運がよければきみが正しかったかどうかすぐにわかるだろう」ハントはチェンに言った。今回のテストは、チェンと何人かのテューリアンが調査していた〝戻り波〟のある特徴に関わるものだった。試験体を戻すためには投射プロセスを逆転させることになる――事実上、戻る方向に波形を進行させるのだ。これは以前のＭＰ２チェンバーで小さな物体を送った一連の実験で成功していた。ラフトは大きな物体でゲートを使う最初の試みとなる。

「わたしたちを確実にここへ連れ戻せるのかどうかは大いに気になるところね」チェンはそっけなく答えた。

「ところで、ヴィック」コールドウェルがハントの脳内に表示されたウインドウから呼びかけてきた。「今日オーウェンが訪ねてきたよ。きみに挨拶してくれと頼まれた。彼も参加したがっていたが、長くはいられなくてね」テストはゲートでの土壇場《どたんば》の変更により数時間延期されていた。

「それは残念だな」ハントは言った。「オーウェンの隠居生活はどうなんだ?」

「順調だ。読書と旅行を満喫していて、まだ国連宇宙軍《UNSA》時代の本を書くことも考えているそうだ。それでも、職場は恋しいのではないかと思う。わたしも一、二年前に退職を考えたことがあったと話したかな?」

ハントは驚いて眉を高々と上げた。「いや、そんな話は聞いてないぞ。本気で?」

「もちろん。きわどいところだった。最後はメーヴに説得されてね。わたしが毎日、一日中そばにいると考えたら恐ろしくなったんだと思う。しかし、それで良かったよ。あの時はちょっと――」

ヴィザーが割り込んできた。「申し訳ないが、バイトールがグレッグと話をしたいと言っている」バイトールは監督官用パネルのそばで補佐をしているテューリアンのエンジニアの一人だ。

「すぐ戻る、ヴィック」

「わかった」

コールドウェルの姿は消えた。ハントは並んだスクリーンに注意を戻した。ラフトの撮像《さつぞう》装置からの映像では、ベルと呼ばれる十六台の投射機が青紫色の光の円盤となって星々を背景にぐるりと配されていた。一つのスクリーンではMP2が明るい光を放ち、その向こうには遠方にある惑星テューリアンが丸く浮かんでいた。コントロールセンターに詰めているテューリアンたちは坐《すわ》ってそれぞれの仕事に集中していた。もはや誰も大きな驚きがあるとは思っていなかった。一年前には突拍子もないとみなされていたこんなことが、あっという間に日常として受け入れられてしまうとは。カウントダウンはゼロに近づいていた。

「シーケンス移行……転送中」

するとゲートは空になっていた。それだけだ。目を見張るような効果はなかった。一瞬前までラフトは配列パターンの焦点にあったのに、次の瞬間には消えていた——計画どおりであれば、数光年の宇宙を越え、数カ月過去に戻ったのだ。

「今回もうまくいったみたいね」チェンは表示や数値に忙しく目を走らせていた。

「そしてわれわれはここで退屈そうに坐っている。これがどれほど驚くべきことか、あなたは本当にわかっているのか?」ハントは首を横に振った。

ヴィザーがラフトとのデータリンクが機能していることを確認した。戻ってきた測定値は、無事にビーコンを発見したことを示していた。ほどなく、映像チャンネルが開き、星と宇宙の様変わりした景色があらわれた。今度はベルもMP2もなく、テューリアンではない惑星が遠くに小さく浮かんでいた。

「あそこね」チェンがうなずいて指摘した。ビーコンが別の映像で視界に入ってきた。ヴィザーの報告によれば距離は十一マイルだった。

「向こうではもう騒ぎになっているだろうな」ハントは言った。どこの宇宙に接続したにせよ、この大きさのラフトではテューリアンの監視システムを逃れることはできない――そして特に隠したい理由もない。むしろその逆だ。

コールドウェルの姿が視界にぽんと戻ってきた。「いい感じだな。ラフトが向こうに着いたのか」

ハントはうなずいた。「そのようだ、グレッグ」

「接続が確立された。名刺を提示している」ヴィザーが報告した。ラフトの通信リレーを経由して、ターゲットの宇宙に存在するヴィザーとコンタクトが取れたという意味だ。今回のテストでは最も価値ある成果の一つだ。慣れないシステムでいちいち解読作業を行う代わりに、ラフトがある現実に関する情報を大量に転送できるのだ。探査機で同じテストを何度か繰り返した後、彼らはもはや個人対個人で連絡を取るのはやめていた。流れがワンパターンになったし、受信側の人たちが呆然としてしまうことが多く、時間をかけるだけの価値がある有益な情報をあまり入手できなかったからだ。

「おや！」ヴィザーが感嘆詞を入れるのは珍しかった。「あなたたちがここのチームにいなかったのは幸運だ。彼らはクエルサングでパワーを落としてMP2へ移行しなかった。重大な事故があった――物質の衝突のようだ。研究所の半分が吹き飛んだ。現場にいなかったダンチェッカーとミルドレッド以外は全滅だ。こちらの記録を渡したが、役に立つかどうかはわからない。プロジェクト全体が停止されたままだ。テューリアンや地球では大きな政治的スキャンダルになっている」

「なんとまあ！」コールドウェルが呟《つぶや》いた。ハントはあまりの驚きで言葉が出ず、静かに口笛を吹くことしかできなかった。

「イージアンが許可したの？」チェンの声には驚きと少しばかりの不信感があった。

「彼らのイージアンは早い段階で計画から抜けたようだ」ヴィザーが答えた。「意見の相違があった……。彼は地球からの圧力に従わなかった」

「言わなくてもわかるよ」コールドウェルが言った。「そっちにいるもう一人のわたしはもうじき解雇されるんだろう？」

「あなたは向こうにはいない」ヴィザーが答えた。「一年以上前に早期退職した」

監督官が告げた。「波動パターンは安定しています。これよりローカル制御に切り替えます」

「リンクを解除してスタンバイ状態に。バブル集合体《しゅうごうたい》を無効化」別の声が報告した。

ここが実験の肝心なところだ。ゲートからの動力伝達が遮断されたのだ。こちら側のM-スペース・バブルとラフト側で生成されたバブルとをつなぐアンビリカルはもはや維持されていない。ラフトは今や自己完結した実体となり、別の宇宙を自由に動き回れるようになって、すべての通信は遮断された。〈シャピアロン〉号がミネルヴァに送り戻された時に生じる状況をシミュレートしているわけだ。空白の画面と動きを止めた表示により、ラフトから戻ってくるすべての情報の流れが止まったことが確認された。一方、先に送られたホーミングビーコンは、独自のアンビリカルでＭＰ２の投射機に接続されており、およそ五十マイル離れた場所から望遠鏡で撮影したラフトの映像を送り返していた。

ビーコンはラフトを帰還させるうえで重要な役割を果たすだろう。マルチヴァース内の航行支援はヴィザーにとってまだ極めて不正確な業務であり、やみくもに狙って同じ場所を再び見つけるのはかなりむずかしい。〝場所〟は、特定の時間における空間上のある一点というだけでなく、無数の〝類似性〟の中にある特定のバリエーションも意味していて、同じパラメータと思われるものを繰り返しても同じ場所に戻れる保証はないことがテストで実証されていた。事実、いまだにそれが成功したことは一度もなかった。しかし、すでに向こうに稼働中のビーコンがあることで、ヴィザーには狙いをつける〝ホーム〟ができ、それが名前の由来ともなっていた。予定では、五分間の休止の後、再接続を試みることになっていた。部屋の中では、テューリアンたちがよりくつろいだ姿勢に戻り、体を伸ばしたり、仲間に話しかけたりしていた。

「ああ、そういえば」コールドウェルが言った、「こちらではポーク捜査官がまたわれわれにちょっかいを出している」

「ＦＢＩか？　冗談だろう」

「きみがつい最近戻ってきたことを知ったんだ。今はわたしが困った立場になっている。どうやら通報するべきだったらしい。彼らと話をするか何かしてくれないか、ヴィック？　追い払ってほしいんだ」

「わかった。しかしどんな角度から攻めるか考えないとな」ハントは約束した。

　フォーマフレックス社は、テューリアンのスキャン技術とナノアセンブラ技術を使った物体複製方法を試験的に市場に出した後、最近になって株式を公開した。彼らは従来の方法では採算が合わない分野に限定していると主張していたが、製造業界はこれは足掛かりに過ぎないと見てパニックに陥っていた。最初に示唆された通り、フォーマフレックス社の株価の急騰は記録を塗り替えるほどだった。ハントは、たとえこれまでに経験したような問題がなかったとしても、自分ではこの手の情報を流すことはないはずだと思った。考えられるのは、ハントよりも金融の世界に疎い別バージョンの彼自身が、マルチヴァースのどこかに少なくとも一人はいるということだ。

「今後も広がっていくはずよ」チェンが言った。彼女はこの話題を定期的に持ち出すのだった。「地球はいずれテューリアンの価値観に適応しなければならない。貨幣制度はゼロサム経済の均衡を図るよう設計されている。ある帳簿の債権はほかのどこかの債務とバランスを取らなければならない。でも、ひとたびテューリアンの技術が導入されれば、制度が想定している有形財《ゆうけいざい》の交換は主要な要素ではなくなる。テューリアンの富は知識にあり、そこには別の算術が適用される。持っているものを共有しても何も失うことはない。与えれば与えるほど、みんなが豊かになる。その総和は指数《しすう》関数的に増大する」

「ウォールストリートはまだその準備ができていないと思うよ、チェン」ハントは言った。

「学ぶしかなくなるのよ。もう誰にも止められない」

「メーヴはすでにそれを理解していると思う」コールドウェルが二人に言った。

ハントはテューリアンたちの間に動揺が広がっていることに気づいた。「ヴィック！」チェンも声を張り上げた。ハントは彼女の視線を追って、ビーコンから送られてきた映像が表示されているスクリーンに目を向けた。とんでもないことが起きていた。宇宙空間で星を背景に浮かぶラフトが、今や二つになっていたのだ。見ているうちにも、そのうちの一つが消え、しばらくしてまた別の場所にあらわれた。それからラフトが三つになり、やがて何もなくなった。

混乱した状況が続く中、テューリアンの間からテストの中止を求める声が上がった。その時、チェンがオヴカで割り込み、監督官に呼びかけた。「これは接続が切れたとたんに始まった。復旧させてみて」

監督官が判断に悩んでいるうちに数秒が過ぎ去った。そして――「やってみます。バブルの出力を上げろ」ビーコンから提供されたホーミング情報を使って、ゲートのバブルが復旧され、投射された。数度の補正を経て、ラフトからの映像を表示するスクリーンが息を吹き返した。それと同時に、ビーコンから送られてくるラフトの映像も安定した。五分経過、十分経過……。問題の兆候はそれ以上あらわれなかった。

「予定どおり続行します」監督官が告げた。最後の部分はラフトを帰還させることだった。それは問題なく進行した。ベルが全出力になったところで、ヴィザーが逆順シーケンスを実行すると、数秒後にラフトがゲート内に出現した。まるでどこへも出かけていないかのようだった。そこから送られる映像には、再びＭＰ３から見た宇宙が映し出されていた。ケージの中では、動物たちが駆けまわり、餌を食べたり、体をかいたり、じっと坐って物思いにふけったりと、何事もなかったかのように過ごしていた。

明らかに、この時観測されたのはある種の時間線《じかんせん》の収束効果だった。これまでは、収束はクエルサングのプロトタイプやＭＰ２の大型化されたチェンバーのような多元転送投射機の近くで発生する現象だった。しかし、ラフトには投射機がない。積んでいるのは計測器と通信機、そして〈シャピアロン〉号に搭載されるバブル生成機のテスト用モデルだけだ。この数カ月の間に、計測器や通信機を搭載した探査機は何度も送ってきたが、こんなことは起こらなかった。従って、この現象はバブル生成機に原因があるのだ。しかし、発生したのはゲート側のバブルに接続したアンビリカルが切断されたときだけだった。つまり、バブルが二つの端を持つダンベル状で存在する間は抑制されている何かが原因ということになる。

ラフト周辺の事象を至近距離から監視するために、ＭＶ波分析器を搭載した観測探査機を用いてさらなる実験が行われた。その結果、ゲートバブルのコア領域は、投射機側の収束ゾーンを閉じ込めているだけでなく、アンビリカルの内部を細いフィラメントとして遠隔側まで伸びていることがわかった。遠隔側のバブル内にも収束ゾーンが形成されているが、二つのバブルがつながっている限り、両者の間の〝張力《ちょうりょく》〟によって小さなコア領域に抑え込ま

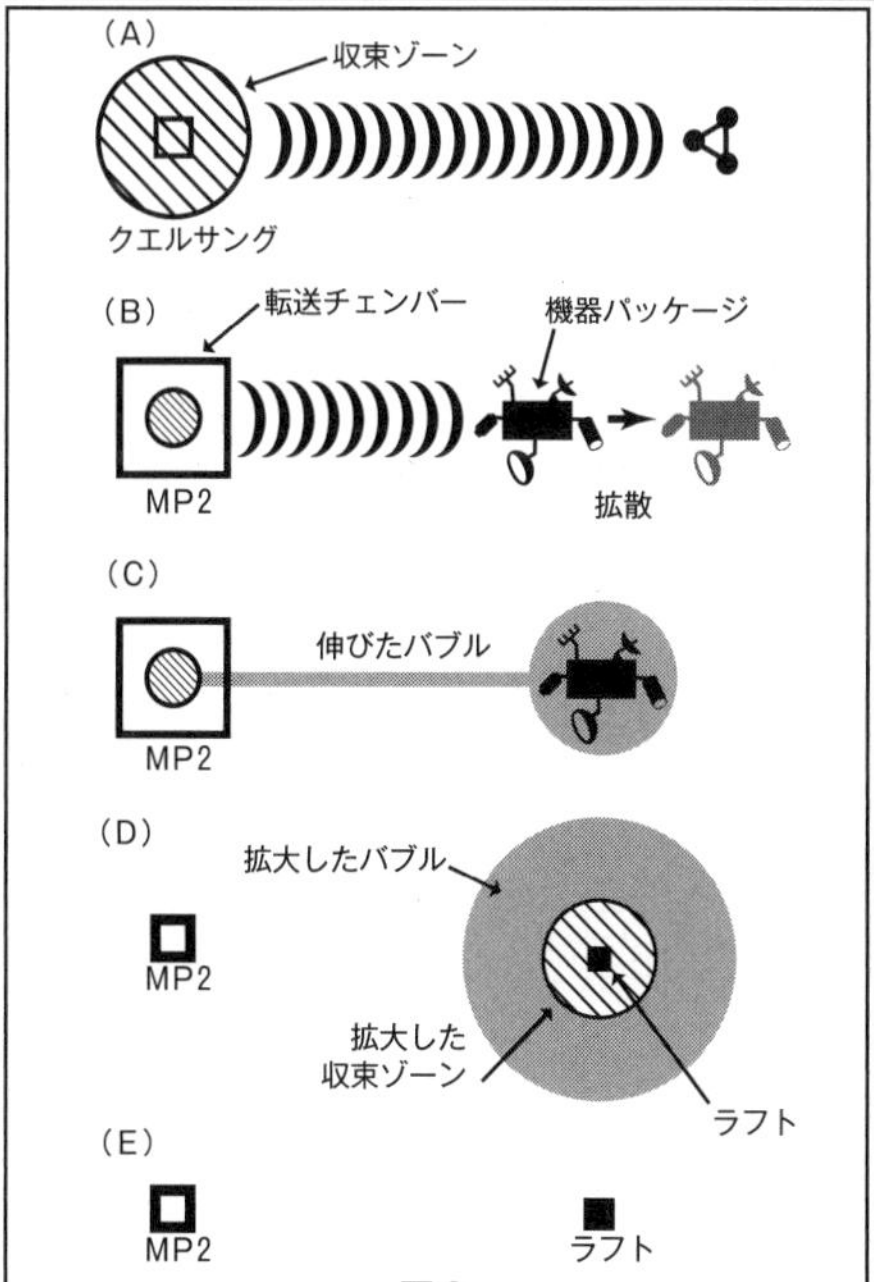

図2

（A）クエルサングのプロトタイプ。p.187 参照。
（B）MP2 バブルは収束を閉じ込めているが、試験体の拡散は解消されていない。p.289 参照。
（C）伸びたバブルが拡散を防ぐ。p.290 参照。
（D）切り離されたバブル。搭載されている動力で遠隔側のバブルと収束ゾーンが拡大する。p.346 参照。
（E）安定後の遠隔側バブルの崩壊により収束が解消される。p.350 参照。

れている——そのためにこれまでは存在すら疑われていなかったのだ。
しかし、ゲート側が遮断されると、ラフト側に搭載された動力源によって遠隔側バブルとそのコアの収束ゾーンが拡大し、奇妙な観測効果が生じる。解決策は、投射された定常波《ていじょうは》が安定して拡散できなくなった直後に遠隔側バブルを無効化することだった。正確な物理的過程はまだ解明されていないが、繰り返しテストを行った結果、この方法が信頼できることが判明した。ここで興味深いのは、収束の問題が解決されたと思い込み、次のステップとして通信機能を備えた探査機を送り出したら、その後で収束が思った以上に捉えにくい問題であるとわかったことだ。これはおそらく、しばらく前に仮想の狂乱を引き起こした、別の現実からやってきた同じような発想の装置の一件の説明になっており、そのことがハントを困惑させていた。

28

ハントは人間がコンピュータに感傷を抱く日が来るとは思ってもみなかった。ラフトによる実験が成功した後、次の大きなステップは、〈シャピアロン〉号本体を使った実験を繰り返して運用可能な規模まで拡大することだった——ゲートの設定サイズはこの最終的な目標を念頭に置いて決定されていた。〈シャピアロン〉号は同種の唯一の現存する船であり、万が一のことがあれば代わりが利かない。しかし、この重大なテストに至るまでの過程はイージアンでさえ満足するほど順調だったので、やがて決断の時を迎えることになった。

船全体を非物質化する最初の試みは、船体だけを対象とし、ガニメアンや人間が乗ることはなかった。このような予防措置は通常のやり方だったが、今回はいつもと違う複雑さがあった。〈シャピアロン〉号には、拡散制御および演算処理を担当するゾラック——ある意味ヴィザーの小型の前駆的存在——が不可欠であり、船がジェヴレンに拠点を置いていた間は、惑星ネットに接続されて貴重な仕事をしていた。実際、ヴィザーの堅苦しくない気まぐれな対話スタイルは、クルーに人気のあったこの古い宇宙船システムのインターフェース設計を大いに参考にしていた。ゾラックは、〈シャピアロン〉号がその奇妙な流浪の旅を経て初めてガニメデにあらわれた時に、ハントやダンチェッカーなど当時その場にいた地球人たちが実際に会話をした最初の異星の知性だった。彼らだけではなく、その後の木星でのガニメアンと地球人との交流の間、あるいは〈シャピアロン〉号が六カ月間地球に滞在していた間にゾラックを知った人々にとっては、それは明確な個性を持ち、あらゆる意味で独立した知的存在に分類されるに値したのだ。ガルースや彼のガニメアンのクルーにとってはなおさらで、ゾラックは二十年以上の間、彼らの命を預かる船とその内部のあらゆるものを受け持つ頼もしい管理者だっただけでなく、助言役であり、良き師でもあったため、ほかのガニメアンと変わらぬミッションの一員となっていた。要するに、全員の一致した意見として、船を失うのは残念なことだが、そうなったとしても受け入れることはできる——しかしゾラックを危険にさらすことはできない。

ゾラック自体はそんな見通しにも動じていなかった。それまでの実験記録から、深刻な事態が起こる可能性は低く、回路を消耗するほどのことではないと結論づけていたのだ。M－スペース内を転送されて回収された電子装置や光学装置は正常に機能を続けていたし、それは動物たちも同じだった。これは炭素ベースの生物の湿っぽい頭脳がまたもや感情的になっただけのことであり、彼らをより幸せにする手段を考え出すのは彼らに任せるのがいちばんだ。そこで生物の頭脳が考え出したのは、テストを行う前に保険としてゾラックの完全なバックアップをヴィザーに保存しておくということだった。少なくとも、この情報があれば最悪の事態になった場合でもゾラックを何か別の形で再構築できる――具体的にどんな形になるかについては、その必要が生じた時に考えればいい。

結局、そんな心配は杞憂《きゆう》に終わった。〈シャピアロン〉号をゲートから非物質化させる最初の試みは、非常に〝近い〟現実のジャイスター系にあるビーコンまで数百マイル移動させるだけという極めて慎重なものだった。ゾラックは、システムクラッシュを数秒間偽装して人々にあやうく心臓発作を起こさせかけてから、結果は良好で、実際には通常のh－スペース経由での転送よりも不安はなかったと報告した。信頼が増すにつれて、テストの規模は徐々に拡大され、マルチヴァース内でビーコンを放り投げ（〝どこへ〟というのは、まだ正確に決められることではなかった）、〈シャピアロン〉号をそこに送り込んで再び帰還させることが、意のままに繰り返せるタスクとして実証された。そしてついに避けることのできない第二のハードルが迫ってきた――生身の人々が加わる最初のテストだ。

これは自分たちのプロジェクトだ、とテューリアンは指摘した。だから最初に生体《せいたい》を送る特権はテューリアンのものであるべきだと。地球人のほうは、自分たちが接触した中継装置がもたらしたメッセージが全員を正しい方向へ導いてくれたのだから、最初の機会は地球人に与えられるべきだと主張した。どんな理屈でこういう結論になるのかは誰にもよくわからなかったが、地球人チームに思いつける最高の主張だったので、みんなその非論理性には気づかないふりをした。言い争いが収まったのは、コールドウェルの元にこの問題が戻ってきた時のことで、彼の返事はシンプルだった。「一人ずつ送ればいいのでは？」たしかにその通りだ。多くの明白なことと同様、誰かが口にすればそれは明白なことだった。

その後は、言うまでもなく、それぞれから誰を選ぶのかという問題になった。ハントは公式に地球人グループのリーダーなので、自分が行くべきだと疑いもせず考えていた――将校は自分にできないことを部下にやらせてはならないという古い原則があったし、どのみちそれが彼の気質には合っていたのだ。ダンカン・ワットは、ハントの経験は使い捨てにしていいものではないと異議を唱えたが、ハントにはダンカンが自分で栄光をつかむための安っぽい策略としか思えなかった。個人の栄光という概念にあまり縁のないテューリアンは、こうしたややこしい事情に戸惑った。ダンチェッカーはコールドウェルと内密に連絡を取り、たとえリスクが小さくてもヴィックを危険にさらすべきでないというダンカンの意見は正しいので、コールドウェルが上司としてハントの代わりに決定を下すのが適切ではないかと提案した。しかし、コールドウェルはリーダーの判断を覆《くつがえ》すのはグループのためにならないと考え、口を挟むことなく、ハントがその立場にふさわしい主張をするに任せた――初めからそうなるとわかっていた通りに。こちらで決着が付くと、テューリアン側は異議を唱えることなく、地球人がグループのリーダーを送るならテューリアンも同じようにするとの見解を示した。こうして、ハントとイージアンが選ばれた。

テストのためにはMP2へ移動し、宇宙服を着用しなければならなかった。クエルサングにあるオリジナルの転送チェンバーは、人間一人、ましてや身長八フィートのテューリアンを収められるほど大きくはない。MP2を遠隔地に建設して、試験体を遠くの場所へ投射していたのは、固体の内部で再物質化する危険を回避するためだった。人々を投射する場合も同じで、むしろそれ以上の配慮が必要だ。だから宇宙服なのだ。

二人は金属壁に囲まれたチェンバー内の一段高くなった格子の上で手すりをつかんで立っていた。筒状の投射機の開口部が四方八方から突き出し、その隙間は監視装置や計測器の台座で埋め尽くされていた。ところどころにある観察口から、目が彼らをのぞき見ていた。格子の下には収束抑制器の入った直径五フィートの球体があった。時間と共に起こる奇妙な現象は、いずれ研究の対象になるのは間違いないが、現時点ではそこに閉じ込めたままにしておくことになる。試験体として見た場合、ハントとイージアンはローカルバブル生成機の携帯が必要となるサイズをはるかに下回っていた。

ハントはそれまでずっと明るくふるまっていたが、そこにはいかにも不吉な圧迫感が漂っていた。ひどく手の込んだ恐ろしい処刑の儀式の犠牲者になったような気分だ。いつものようにに軽口を叩く気分にもなれない。スーツの測定値はすべて良好だし、投射機のシステムもカウントダウンが進行中で、特に言うべきことはなかった。コールドウェルは再び地球から接続していたが、今回は口数が少なかった。まるでハントの気分が伝わっているかのようだ。いつもどおりのグレッグだな、とハントは思った。

「何も問題はありませんか?」ハントのヘルメットの中でテューリアンの科学者の声が問いかけてきた。

「すべて順調だ」

「準備はできている」イージアンが言った。

投射機の黒々とした開口部が、一瞬黄色くちらついてから、均一で深みのない藍色で安定した。「シーケンス開始……。転送中」

するとハントは宇宙空間に浮かんでいた。これはヴィザーが作り出した仮想の幻影を、彼がどこかのニューロカプラーで体験しているわけではなかった。ハントは本当にそこにいるのだ──すべてが予定どおりに進んでいるなら、MP2から数千マイル離れた場所に。どうやらうまくいったらしく、一マイルかもっと近いところに一台のビーコンが見えていた。生身の存在がテストに参加するので、イージアンが通常のホーミングビーコンに加えて、予備ビーコンを先に送るよう指示していたのだ。ハントがゆっくりと回転していると、イージアンの姿が星野《せいや》と共に視界に滑り込んできた。ガニメアンの長い顔が、テューリアンの宇宙服の中できょろきょろとあたりを見渡している。ハントは、ついさっきまでの憂鬱《ゆううつ》な気分が不思議なほどの高揚と畏怖の念に置き換わっていくのを感じた。

たった今何が起きたのかをしっかりと自覚しなければならなかった。ハントの肉体を構成する粒子の一つ一つが、波動パターンの成分に変換され、マルチヴァース内の少し離れたところへ投射されて安定化した。そこでは、投射機から送られたエネルギーを利用して、波動成分が物質粒子を定義するノードに凝縮され、ヴィクター・ハントに等しい配置で再構成されたのだ。

これが今のハントだった。MP2にいたハントと同じ、振動する局所エネルギーの凝縮物から形成された構造物。投射機からM－スペース内を伸びるアンビリカルによって維持されている抑制バブルが、局所エネルギーのバランスを見つけて安定させるまでの間、波動パターンを一つにまとめているのだ。

「状況はどうですか？」監督官の声が確認した。

「すべて順調に見える」イージアンが答えた。

「ヴィック？」

「ああ……大丈夫。まったく大丈夫だ」

「こちらから見ても問題はなさそうです。次の段階に進んでもいいですか？」ここまで来たら、プロセスを完了しなければ何も得られるものはない。イージアンが目を向けてきたので、ハントは手袋をした左右の親指を立ててうなずいた。

「進めたまえ」イージアンが言った。

「バブルを無効化します」

数秒が経過した。ハントの袖パネルに付いている、リンク経路の状態を監視するインジケータの表示が突然消えた。「こちらイージアン、コントロールセンターどうぞ。テスト中」

応答はなかった。ハントも試してみたが結果は同じだった。

「どうやらわれわれだけになったようだ」ハントはローカル回線で言った。

「考えると真顔になってしまうな」

なぜなら、ハントがジャイスターと反対方向に光点《こうてん》として確認したMP2は、二人がやってきたMP2ではなかったからだ。彼がヘルメットのバイザー越しに見ているのは別の宇宙だった。彼とイージアンは今やその一員なのだ。このMP2の中にはちょうど別のハントがいるかもしれない。そうでなくても、彼の右肩の後方に十セント硬貨くらいの大きさで見えている惑星テューリアンのどこかに、ほぼ確実にハントがいるはずだ。十分以上前に出現したビーコンはすでに大騒ぎを引き起こしているだろう。テューリアンのセンサーが宇宙のどこからも遠い場所に浮かぶ宇宙服姿の二つの人影を発見した時の反応を想像して、ハントはにやりと笑った。

袖パネルのインジケータの表示が復活した。ビーコンにロックオンされたままのヴィザーはバブルを再形成していた。「コントロール確認中。数値は良好のようです」

「すべて順調だ」イージアンが報告した。

「問題ない」ハントは言った。

「たった今歴史を作ったことを自覚しているのか？」コールドウェルの声が呼びかけてきた。

ハントが再び社交的な気分になったと的確に判断したのだ。

「最近、ここでは日常的なことになっているようだよ、グレッグ」ハントは言った。

「充分に見ましたか？」ＭＰ２にいる監督官が尋ねた。

「いくら見ても充分ということはないな」イージアンが答えた。

「我慢してもらうしかありません」監督官は言った。「予定はこれだけですし、とても慎重な上司がいますので。申し訳ありませんが、もう帰る時間です」


その後、乗員を乗せた〈シャピアロン〉号をマルチヴァース内の徐々に〝遠い〟目標へ送り込むという試みが繰り返された。新たな驚きはなかった。そして、エンジニアリングと並行して独自のペースで進められてきたミッションの計画も、いよいよ最後の仕上げの時を迎えた。イージアンとハントは、カラザー、ショウム、そしてプロジェクトの報告をしている人民集会の代表者と共に最終的な打ち合わせを行った。二週間後の出発までにすべての準備が整わない理由はどこにもなさそうだった。

29

イマレス・ブローヒリオは、意識を取り戻したことは自覚できても、それ以外は何もわからないというパニックに近い感覚を覚えた。自分がどこにいるのか、この瞬間の前に何があったのかもわからない。彼はただ……そこにいた。頭の中で奇妙な光の模様が縮んだり広がったり渦を巻いたりしていた。精神が何億ものかけらに分解され、再び一つにまとまり始めているかのようだ。彼は硬く不快な床に横たわっていて、しばらく前からそうしていたかのように体がこわばり冷え切っていた。聞こえるのは機械類のこもった作動音と、通風口から吹き出す空気のシューッという着実な音だけだ。

目を開けた。数秒から数分ほどの間、彼が見ている物、形、色彩、光の点は、意味のあるまとまりになることを拒んでいた。側頭部に殴られたような痛みがあった。その時、どこからか聞こえてきた平板な合成音声が告げた。「不安定な共振《きょうしん》状態は緩和されました。予定外のh-転送後に通常空間へ再統合しています。到着座標は不明。探知器による呼び出しは応答なし。グリッド活動は検出されません。評価を継続」

その言葉がきっかけで、視覚的イメージの断片が一つにまとまってジェヴレン宇宙船のブリッジデッキの内部となった。近くから聞こえるうめき声で、ブローヒリオの精神は再び動き出した。危機があった……ジェヴェックスのローカルノードが停止……テューリアンと地球人に計画を阻止され……脱出して再集結して……緊急転送でアッタンへ。

ようやく記憶が戻りつつあった。短命に終わったジェヴレン連邦の首相に就任したばかりのブローヒリオとその側近、それと支持者の中核を乗せた五隻のジェヴレン船は、秘密の要塞工場である惑星アッタンに逃れるべくジェヴレンから発進した。そこで再集結して新しい計画を立てるまで持ちこたえるつもりだったのだ。ところが、ジェヴレンの近くにいるはずのない〈シャピアロン〉号が、どこからともなくあらわれて追跡してきた。カラザーと地球との間で以前から行われていたはずの裏取引を考えれば、〈シャピアロン〉号には地球の武器を備えた地球人が乗り込んでいる可能性があった。ジェヴレン船が通常の宇宙空間で古いガニメアンの自己推進式宇宙船から逃げ切ることはできない。ブローヒリオはただちにアッタンへのh－スペース転送を命じた。

アッタンには本物のジェヴェックスがひそかに移設されていた。テューリアンたちが何年も前から察知していた惑星ジェヴレンでの活動は、見せかけの作戦だったのだ。しかし、ジェヴェックスが五隻の船のために回転するブラックホール転送ポートを投射しようとした時、それを阻止しようとする何らかの力が介入して、渦が不安定になり、時空が激しくもつれて痙攣《けいれん》する状況が生じた。ヴィザーが何光年も離れたところから転送を阻止しようとしたとしか思えなかったが、ジェヴレン船を追跡する〈シャピアロン〉号の偵察探査機からの不充分な情報以外には手掛かりがなかった。回避の試みはもはや手遅れだった。逃れようのない重力勾配に引きずられ、五隻のジェヴレン船は混沌《こんとん》とした相対性理論の渦中へ飛び込んでいったのだ。

またうめき声が聞こえた。ブローヒリオは気力を振り絞ると、痛みをこらえてデッキから頭を持ち上げ、なんとか体を起こしてコンソールの基部に背をもたれて坐った。ジェヴレンの元外務大臣で、新連邦軍の総司令官に任命されたワイロットが、操作ステーションの座席でうずくまり、両手で顔を覆っていた。血のしずくが指の間から袖に流れ落ちている。ブローヒリオは手を上げて自分の顔と顎髭に触れた。濡れたりべたついたりしているところはなかった。一緒にいた科学顧問のガーウェン・エストードゥは、キャビネットと機器パネルに挟まれた通路に横たわっていて、まだ意識がなかった。そのまわりでは、艦長や近くにいたほかのクルーが、いろいろな格好で倒れたまま動かずにいたが、中にはゆっくりと身じろぎして命の気配を見せている者もいた。「現時点で完全な評価は不可能です。マトリックスとシステムファイルが破壊されました。ディープスキャン診断、リンクの修復および再構築が必要です。確認を求めます……繰り返します、確認を求めます……開始します」

ブローヒリオは状況をぼんやりと把握した。視線が上を向き、ブリッジデッキを見下ろす大型のディスプレイ・スクリーンを捉えた。そこには宇宙と星々の景色が映し出されていた。少なくともそれだけはまだ機能しているようだ……。中央から少し寄ったところに惑星の円盤が浮かんでいた。ジェヴレンではなかった。アッタンでもなかった。ブローヒリオが見た覚えのあるどの世界でもなかった。

衛星を伴っていた。親星《おやぼし》のスペクトル、大きさ、質量が、およそ三億マイル離れた太陽《ソル》のそれと同じで、望遠鏡による周囲の観測では木星が発見された。星の配置も宇宙のその地点から見た通りだったが、五万年の時の経過を考慮して補正が必要だった。テューリアンのh－グリッドの存在を示す信号はなく、通話、航行支援、データのどの帯域を見ても何もなかった。あるはずがないのだ。この銀河系にはテューリアンは存在しない。ヴィザーもまだ存在しない。ジェヴレン船は破壊される前のミネルヴァに戻っていたのだ。

さすがのブローヒリオも、徐々に脳に染み込んでくる認識に呆然としていて、いつものような好戦的な態度はあまり出なかった。「こんなことがあり得るのか？」彼はエストードゥにささやきかけた。相手はクルーステーションに坐れるくらいには回復していたが、まだ震えていた。

科学者は並んだディスプレイに何度も何度も視線を走らせた。まだ心のどこかで、それらが示すメッセージが変わっているかもしれないという希望を抱いているのだろうか。「わたしたちが進入したところは時空が完全に混乱していました。それで量子《りょうし》全体の別の領域に飛ばされてしまったのです。どうやってかはわかりません。物理学ではこんなことは予想されていなかったのです」

「それで、どうやって戻るんだ？」ブローヒリオは詰問した。

エストードゥは暗い顔で首を横に振った。「そのために必要なエネルギーの集中は、ヴィザーやジェヴェックスのような能力を持つシステムがｈ‐グリッドを通じて作り出すしかないのです。ここにはそんなものはありません。戻る手段はないのです」ブローヒリオの顔が赤くふくれ始めた。「閣下がいくら怒鳴っても何も変わりません。わたしたちはここにある選択肢について考えるべきです。ほかに選択肢はないのです」

普段は従順なエストードゥの柄《がら》にもない発言があまりにも予想外だったので、ブローヒリオは話しかけたところで口をつぐみ、意気消沈して、しばらくはただ見つめることしかできなかった。エストードゥは見た目以上に心に傷を負っているのかもしれない。声が聞こえる範囲にいた艦長や、士官たちや、その場に姿を見せていたブローヒリオのほかの部下たちは、その情報を重苦しく消化していた。

ワイロットは片方の頬に軽い切り傷を負っていたが、それ以外は打ち身がいくつかあるだけだった。「ではｈ‐グリッドの主電源がないのか？　補助システムだけか？」

「そのようです、将軍」艦長が言った。

「早急にどこかに着陸する必要があるな」ワイロットは指摘した。

ブローヒリオは反射的にワイロットの〝才気〟を褒めそやす台詞《せりふ》を口にしかけたが、すぐにやめた。皮肉を言ったところでどうにもならないのだ。「艦長、ほかの艦の指揮官たちに状況を伝えてくれ。今後の指示を待つようにと」

「承知しました、閣下」

ブローヒリオはフロアを横切って、ミネルヴァを映したままの大型ディスプレイの前に立ち、考え込んだ。まだコンソールに手を置いて体を支える必要があるようだった。今考えると、機会があるうちにミネルヴァについてもっと学ぶ努力をしておけばよかったのだ。しかし、ブローヒリオは地球の監視計画に専念して、テューリアンへの情報の流れを管理し、秘密裏にジェヴレンの軍事力の増強を進めていた。部下に対しては、おれの顔は未来に向いているのだとよく言っていた。過去は過去であり、おれには関係がないのだと。その言葉は今となっては皮肉に響いた。

ブローヒリオは地球のことをセリオス人の新たな権力拠点として語ってきたが、それは主にプロパガンダとして価値があるからだった。実際には、セリオスについてはミネルヴァを破壊した二つの超大国の一つであるということ以外、あまり詳しくは知らなかったのだ。テューリアンはもう片方の勢力であるランビアの生存者を銀河系の自分たちの宙域へ連れ帰り、最終的にジェヴレンに定住させた。こうしてランビア人は〝ジェヴレン人〟になり、セリオス人は敵とされた。ブローヒリオの歴史分析とそこから生じるイデオロギーも、それ以上に深く掘り下げられることはあまりなかった。彼はミネルヴァの円盤の向こうで半分だけ照らされた月に目を向けた。

「ジェヴェックス」それは反射的な呼びかけだった。応答はなかった。当然だ、ジェヴェックスはそこにいないのだ。ブローヒリオは振り向いて肩越しに話しかけた。「エストードゥ顧問。現時点でのルナリアンの技術力について教えてもらえるか？　特に軍事組織と武器の能力について」

「情報源として最も頼りになるのは最終戦争の出来事ですが、明らかにそれはまだ起きていません。しかし、その時点でさえ、彼らはまだ初期段階にありました――初歩的な核兵器とビーム兵器です。しかし、惑星外での能力については、近くの宇宙空間で争ったり、月に長距離砲撃施設を設置したり、ロボット調査船を地球へ何度か送ったりするくらいが精一杯でした。しかし、その程度のことを実現するために必要な進歩のほとんどが、両陣営の軍事化が加速した終末近くに起きたことが示唆されています」

「では、彼らはミネルヴァではまだ初期段階にあるのだな」ブローヒリオはスクリーンに目を据えたまま言った。「月にもほとんど進出できていない」

「そうかもしれません、閣下。地表を望遠鏡で調べればもっと詳しいことがわかるでしょう。通信量の統計データも同様です」

ブローヒリオはさらに一分ほどその光景を見つめた。表向きはジェヴレン製の輸送船だが、彼の五隻の船にはテューリアンの知らない武装が施されていた。さらに、強化策の一環としてアッタンから持ち込んだ兵器も積み込んだままだ。船には彼の支持者が二千人から三千人ほど乗り込んでいて、そのほとんどが遠隔地で行われた軍事演習で訓練を受けて経験を積んでいた――ジェヴレンから大急ぎで脱出したために正確な人数は不明だ。ブローヒリオは振り返り、背中で両手を組んだ。「よろしい。皆にはこの状況についてじっくり考える時間があったはずだ」側近たちに語りかける。「どのような計画を提案する？」彼はエストードゥに目を向けた。

「はいっ？　わたしは……それは……」

ブローヒリオはワイロットに視線を移した。「将軍？」

「まあ、むずかしいですね……つまり、状況のあまりにも急激な変化を考えると」

ブローヒリオはほかの一同を見渡した。「専門家たちには計画がない。しかし、おれには計画がある。現時点では、ミネルヴァの宇宙監視システムがどの程度有効なのかはわからない。彼らは大がかりな惑星間活動を行っているわけではないので、最小限のものだろう。しかし油断は禁物だ。明確な戦略を立てるまではわれわれの存在を知られないようにしたい。宇宙では発見されやすいのだ。おれの予想では月はまだほとんど占領されていないはずだから、われわれはそこに降り立ち、一時的なカムフラージュされた基地を設営する。少人数の着陸隊をミネルヴァに派遣し、状況を偵察して、われわれの利益に適すると思われる当局と連絡を取るのだ。もしも彼らが敵対関係の初期段階で、武器や戦術の開発に取り組んでいるならば、こちらにも交渉に使える材料がないわけではない。おれの話を理解してもらえたかな、諸君？」

ワイロットがゆっくりとうなずき始めた。「は……い。もちろんです」

「エストードゥ顧問、ただちに彼らの月の調査を手配しろ」ブローヒリオは命じた。「目視できる地表設備と通信活動の報告がほしい」

「はい、閣下」

「艦長、それまでの間、ミネルヴァに対してなるべくレーダーに映らない姿勢を維持するよう全艦に指令を出せ。ワイロット将軍、われわれが搭載している武器の目録と、人員の総数およびスキル評価と専門分野別の内訳が必要だ。地表基地用の装備を準備するスケジュールも用意しろ」

「了解しました」

上級幹部が指示を伝えてブリッジに活気があふれ始めると、ブローヒリオは自分が慣れ親しんだ役割に戻っていくのを感じた。さて、この惑星にいる素人《しろうと》どもは戦争の準備について何か知っているつもりでいるのか？　おれならこいつらがまだ思いつきもしない発想を導入してやれるかもしれない。先のことはわかるまい？　どうやらジェヴレンで軍事指導者になるという野望は挫《くじ》かれたようだ。もはや帰ることができないのなら、それは仕方がない。しかし、ひょっとしたら、代わりになる世界があるのではないか？　おれの顔は未来に向いている。過去のことは過去のことだ。ブローヒリオは満足げに周囲の光景を見渡した。

「評価が完了しました」ブリッジデッキのコンピュータが誇らしげに告げた。「ここは太陽系内、惑星ミネルヴァから八十万マイルの位置で、時間差はマイナス五万年です」

「その馬鹿な装置を止めろ」ブローヒリオは怒鳴った。

30

ゲートの監督官が、もはやお馴染《なじ》みの台詞を唱えた。

「シーケンス開始……転送中」

ただし、今回は本番だった。ゲートに並ぶ投射ベルの巨大な円盤が青色に変わり、その色がさらに深みを増したかと思うと、消えた。船の周囲には異なる星野が広がっていた。

ハントが初めて〈シャピアロン〉号に乗ったのは、それがガニメデに姿をあらわした直後のことだった。彼とダンチェッカーはそこに設置された探査基地にいて、氷の下で発見されたガニメアンの古い宇宙船の残骸の調査を行っていた。ＵＮＳＡの技術者たちが再起動させた装置が発した信号を、〈シャピアロン〉号が拾い、その場所までやってきたのだ。当時の〈シャピアロン〉号はほぼ自己完結した小さな町のようなもので、本来のミッションに参加していたクルーから、奇妙な流浪の旅の過程で生まれた幼い子供まで、あらゆる年齢のガニメアンであふれ返っていた。内部は二十年にわたって唯一の住居として使われていただけのくたびれ具合だった。数日前、改修が終わって船内がピカピカになった後で、ハントが馴染みのある通路を歩いた時には、まるで無人の大聖堂のように見えた。全長〇・五マイルの宇宙船には、ガルースと、上級士官と、必要最小限のクルーだけが乗り込んでいた。この船が使われているのは、その大きさのためではなく、自律的な運用が可能だからだ。

　地球人の代表団は、本を書くために地球に戻ったミルドレッドと、ヨーロッパで用事があるゾンネブラントを除けば、元のメンバーで構成されていた。彼らは船のコマンド・デッキから状況を追っていたが、そこではほぼ通常のクルーが持ち場についていて、昔のような雰囲気が感じられた。ハントが船内に戻るのはジェヴレン遠征以来で、当時の彼らは架空戦争《かくうせんそう》の最中だった。物事がこんなふうに循環するのは不思議なことだ。ブローヒリオの船団がなぜか大昔のミネルヴァに放り出されたと判明したことがマルチヴァース研究のきっかけとなり、それが今、彼らが同じ時間の同じ場所に戻ることで最高潮に達しようとしていた。

　まあ、まったく同じというわけではない。今回のミッションで期待されているのは、新しい現実を創造し、そこからマルチヴァース内にこれまで存在しなかった一群の未来を生み出すことだ。この新しい世界観は、起こり得ることはすべて〝どこかで〟起きている、という物理的考察から導かれた信念を覆すものだった。ダンチェッカーがテューリアンの哲学者たちと共に発展させてきたのは、意識が量子確率を変えられるという新しい考えだった。意識の介入によって宇宙をまたぐ変化が生じ、新しい現実が生み出されるという考え方が広まりつつあった。それがこのミッションの重要な着想元となったのは間違いない。

　できることなら、ミネルヴァが救われる過去を生み出したかった――広大なマルチヴァースの分岐する枝の中で新たな小枝が成長し、その後に続く人類とガニメアンの全歴史として実を結ぶことを期待したのだ。そんなことはあり得ないと主張する者もいた。逆に、それこそがマルチヴァースの存在理由であり、意識の目的とは道徳的に意味のある変化を生み出せることにあるのだ、と主張する者もいた。しかし、確実に言えることが二つあった。第一に、誰にもわからないということ。第二に、こうしてビジョンと目的意識を刺激された今、カラザー、ショウム、コールドウェル、そしてこのプロジェクトに関わるほぼすべての人々が、哲学者たちが合意に至るのを待つつもりはないということ。どのみち、両種族の哲学者たちは、これまで数え切れないほど多くの場面で合意に至りながら、その後に意見を変えてきたのだ。

となれば、壊滅的な戦争が幕を開ける前にミネルヴァに出現することが目的となる。しかし、どれだけ議論して計画を練ったところで、その場で実際に何が起こるのかはわからない。テューリアンと地球人との間で、目標やそれを達成するための戦略について合意ができないということではない。単に、その戦争とその時代についての情報が驚くほど少なく、戦争に至るまでの歳月に何があったかについてはさらに情報が乏しいのだ。

ミネルヴァの図書館や記録は、その惑星と共にほぼすべて破壊された。地球から捕食動物を一掃した罪悪感をいまだに引きずっているせいか、テューリアンはルナリアンの問題には関与せず、ジャイスターを中心に銀河系内で独自の発展を目指す方針を取っていた。戦争の末期になって、太陽系外縁部に残してきた監視装置がミネルヴァの破滅を告げる爆発を感知すると、テューリアンは急いで調査団を編成した——惑星系には重力を乱す転送ポートは投射しないという通常のルールを無視するほどの急ぎ方だった。救出ミッションのために設置されたポートが引き起こした激動は、ミネルヴァの遺児である月を地球へ向かう軌道に乗せることになった。さらに、ミネルヴァの最も大きな破片が外側へ押し出され、後に冥王星となった。

奇跡的に、一部のルナリアンはミネルヴァの破片で生き延びていたが、当然のことながら、その数はごくわずかだった。彼らは、原始冥王星やそのほかの破片で見つけた隙間から、あるいは同じように紛争で荒廃した月面に散らばっていた集団から、さらには残骸の中で漂流していたさまざまな宇宙船や軌道ステーションから救助された。政治的な文書や歴史的な記録の保存は、当時の生存者が優先して気にかけるようなことではなかった。テューリアンに連れ帰られたランビア人——後にジェヴレン人になる——がそれらの記録を入手したのはずっと後のことだ。ほとんどの記録は口頭で伝えられ、記憶を元に再現された。提供者となったのは、兵士、宇宙船クルー、鉱山労働者や建設作業員、農民、狩猟者、村人、それと戦場から遠く離れた地域の人々が多く、都市住民や、学者や、そのような事柄を研究していた可能性が高い専門家は極端に少なかった。

従って、ミネルヴァ行きのミッションで採用された方策は、どこか〝下流〟——つまり戦争が終わった後——でなるべく近い時点を狙い、そこから〝上流〟へと偵察を重ね、充分な情報を得てより良い介入のタイミングを決定するという明快なものだった。

ヴィザーが適切な領域にビーコンを送り込んだ——ビーコンは二機が普通になっていたが、これまで失敗はなかった。事前の測定によれば、時期はほぼ合っていた。天文観測で木星と土星が見つかり、ミネルヴァは見つからなかったが、太陽の裏側にある可能性もあったのでたいした意味はなかった。若干の電子的交信はあったが、当時のルナリアンの通信手順が不明なので解読はできなかった。これ以上のことを知るためには〈シャピアロン〉号がそこへ行って見て回るしかない。

緊張感はあるが好奇心に満ちた沈黙がコマンド・デッキを支配し、全員の視線がスクリーンに映し出される外部の光景に注がれた。「ビーコンはこちらにあります」ゾラックが報告した。「本船は正しい場所にいます。帰還用の経路も開いていて機能しています」カラザー、コールドウェル、さらにはMP2やクエルサングの研究所やテュリオス政庁のどこかから見守っている不安げな顔が、メインスクリーンにモンタージュとなって映し出されていた。

「さて、いよいよだな」コールドウェルが言った。「後できみたちがチェックインしたらまた話そう」テューリアンからビーコンへのM接続は維持されており、ビーコンは通常の通信ビームを介して中継ができる。しかし、〈シャピアロン〉号がメイン・ドライヴを起動すると、電磁波が通過できない歪《ゆが》んだ時空のカプセルが形成され、通常の通信から切り離されてしまう。

「長くはかからないよ」ハントは答えた。「ちょっと見て回るだけだ」

「皆に幸あれ」カラザーが言った。

「それについては疑問の余地はありません」イージアンが答えた。

「船の扱いは慎重にな、ジュニア」ヴィザーが言った――ゾラックをからかって生物体の皆を楽しませようというのだ。

「ジュニア？　わたしはあなたが設計仕様になる前からこの船を動かしてきたのですよ」

「現地の状況を報告してください」監督官が要求した。

「波動関数が統合され、安定した」ガルースが答えた。「切り離しの準備完了」

「バブルを無効化します」

「ローカルバブルを無効化しました」ゾラックが報告した。

テューリアンからのリンクが表示されたスクリーンが消えた。〈シャピアロン〉号は今や自由の身となり、五万年前の過去のどこかで別の宇宙の一部となった。

「ゾラック、メイン・ドライヴに切り替えだ」ガルースが指示した。「最初の目的地へ向かってくれ」

こうして、〈シャピアロン〉号がメイン・ドライヴ条件下で正常に作動することを実証し、自分たちがいつの時点のどこにいるかを評価するために、太陽系内で移動してはチェックを繰り返す作業が始まった。ミネルヴァは発見されなかった。その衛星は発見されたが、すでに太陽を目指して内側へ向かう軌道上にあり、四散する惑星の破片の雲からは生まれたばかりの冥王星が出現していた。接近しつつ遠距離から観察すると、最近到着したテューリアンの救助船が報われない仕事を始めているのが見えた。〈シャピアロン〉号は通常のローカル帯域とh－リンクモードで識別可能なテューリアンの通話を拾うことができた。〈シャピアロン〉号のコマンド・デッキではほとんど会話がなかった。ガルースは自分たちの存在を伝えないことにした。これ以上状況をややこしくしなくても、救助隊には充分に考えることがあるのだ。

出発前にもう一つ確認が必要だった。ブローヒリオとその配下のジェヴレン人がミネルヴァにあらわれたのは、ランビアとセリオスの亀裂が深まっていた頃と考えられていた。ジェヴレン人が実際にそれを引き起こしたかどうかは不明だった。しかし、たとえそうでなくとも、ブローヒリオがミネルヴァで見せた好戦的な性格と征服の野望は、彼らが戦争の勃発に向けて緊張をエスカレートさせていたことを示唆している。〈シャピアロン〉号がこうして戦争の終結を目撃しているということは、彼らが到着したのは明らかにジェヴレン人の来訪よりも後の時点だ。正確にどれくらい後なのかは誰にもわからなかった。当時のテューリアンの尋問官がジェヴレン人について何も質問しなかったのは、ジェヴレン人がまだ存在しなかったからだし、ルナリアンの生存者も過去のどこかの時点であらわれた謎の異星人について何も語っていなかった。別に驚くようなことではない。もし事実が推測どおりの経過をたどっていたとすれば、それは一方の側が異星人の来訪に助けられていたということを意味するわけだが、その存在を知っていたらルナリアンの市民は反対で一致団結していたはずだからだ。従って、ブローヒリオとその支持者たち、そして彼らと運命を共にするルナリアンの一派には、新しい同盟者の出自を隠す理由が充分にあった――それについては、ジェヴレン人が完全に人間の姿をしていることが大いに助けになったはずだ。

最初の〝チャーリー〟の調査の頃に入手可能だったルナリアンの記録の断片から、ジェヴレン人がミネルヴァを訪れたのは戦争の一、二世紀前だったと推測されていた。ダンカンとサンディも手伝った最近の調査では、それよりもずっと近かったとされている。戦争が惑星を破壊するまでにエスカレートした頃のランビア人のリーダーは、ゼラスキーと呼ばれる独裁者だった。彼は前任者ザルゴンの死によって権力を握ったが、当時はゼラスキーが仕組んだと疑う者はほとんどいなかった。ザルゴンは、ランビア最後の王フレスケル＝ガルの元将軍だった。ザルゴンは無名だったが、高度な軍事化計画を推進することで急速に頭角をあらわした。後にフレスケル＝ガルを追放し、独裁体制を宣言して自らが指揮をとるようになった。ザルゴンはブローヒリオではないのかという指摘は当然だが、それはまだ憶測の域を出なかった。ザルゴンはミネルヴァ破壊の二十年ほど前に突如として出現していた。

ジェヴレン船団が時空の混乱によって生まれたトンネルを抜けて別の宇宙からやってきたとき、彼らを追跡していた探査機が、トンネルが閉じる直前にミネルヴァの最後の画像を送り返した。ハント、ダンチェッカー、ガルースなど、今〈シャピアロン〉号に乗っている人人は、その画像が送られてきた時に現場にいた。探査機はジェヴレン船団を追っていた〈シャピアロン〉号が送り出したものだった。これより五万年後、その探査機はまだ機能しているh－帯域用の機器を搭載し、太陽系の端を周回しながら、現代の地球とテューリアンとの接触を仲立ちする最初の信号を中継することになる。もし二十年前にジェヴレン船団と共にミネルヴァに到着していたのなら、その探査機は今でもどこかにあるはずだ。これが確認すべき最後の事柄だった。

ゾラックは船の通信機器を使って黄道《こうどう》周辺をぐるりとスキャンし、適切な呼び出しコードを送信した。予想通り、ミネルヴァからそれほど遠くない場所から確認応答と位置情報が返ってきた――五万年後には太陽系の端まで到達することになる探査機だ。すなわち、ブローヒリオとジェヴレン人はここに到着していたことになる。しかし、彼らはすでにミネルヴァの過去の一部だった。〈シャピアロン〉号は出来事の流れに逆らってもっと上流に移動しなければならなかった。

「知る必要があるのはそれだけです」イージアンがガルースに言った。「ここですべきことはもうありません」

ガルースは〈シャピアロン〉号を主ビーコンの近くまで戻した。メイン・ドライヴを切断してからビーコン経由で呼び出すと、テューリアンとの通信が再び確立された。

「船の緩衝装置への接続を確認」監督官の声が告げた。「抑制器による補正も良好です。バブルを安定化……。帰還の準備が整いました」

「きみたちはあまり話し好きではないようだな」回線上に戻ってきたコールドウェルが言った。一秒か二秒ほど、重い沈黙が続いた。

「あまり言えることがないんだと思うよ、グレッグ」ハントが答えた。

31

ヌース一等軍曹が新兵の部隊を怒鳴りつける声と、ブーツが一斉に地面を踏みしめるリズミカルな音が、兵舎の窓の外から聞こえてきた。

「いっち、にー、さん、しー。いっち、にー、さん、しー。どうした、フレニツォウ？　筋肉を痛めるのが怖いのか？　心配は筋肉をつけてからにしろ。その足を上げるんだ。いっち、にー、さん、しー……」靴音はパレード広場の方角に消えていき、射撃場から小火器のタタタッという発砲音が断続的に流れてきた。

クレシムール・ボソロス中尉は寝台の上で体を伸ばし、巨人たちの生物学的著作に関する記事が載っている読みかけの雑誌を脇に置いた。少なくとも、彼はまだクレ人と呼ばれていた。彼の人生のその部分だけは変わっていなかった。それ以外のことは、彼が想像すらしなかったような形で変わっていた。最近はかつての興味について考えることも少なくなったが、夜間の歩哨《ほしょう》任務で一人になった時は、ジャイアンツ・スターを見つけて少年時代の夢を思い出していた。ランビアとセリオスの間の状況は悪化し、あれこれ口実をつけて実際に紛争が起こることもあった。ほんの数年前でも、ほとんど考えられなかったことだ。社会学者によれば、社会がより複雑になり、意見の違いを許さないさまざまな理念が広がったことがもたらした必然的な結果とみなされているらしい。そのために、世界はそれらを守るために新しい技術をせっせと学び、向上させているのだった。

クレスの部隊は幸いこれまで戦闘に巻き込まれることはなく、兵舎で心理学者や政治学者を自任する者の中には、狂気の発作はすぐに収まるから彼らが戦闘に加わることはないと自信満々に断言する者もいた。セリオスの大統領ハルジンは、手遅れになる前にミネルヴァが正気を取り戻すようにと、ランビアに向けて呼びかけをしていた。最初の争いの引き金となった、地球への移住に必要な技術を最も早く生み出すのはどちらのシステムなのか――ランビアの中央集権と指揮、セリオスの選択の多様性と競争――という問題は、それ自体がすべてを阻む最大の要因となっていた。二つの大国は互いを打ち負かそうと何年も競い合ってきたが、最も重要な結論は――どちらかにそれを認める気があればだが――大きな差があるようには見えないということだ。どちらの陣営も似たような兵器を開発して配備し、近宇宙へ進出して月への足がかりを築くために同等の努力を重ね、今は双方の学者たちが政治的圧力や脅迫の手段として民間人を攻撃することの有効性について語っている。クレスは兵舎の専門家が正しいのかもしれないと認めたが、賭けに出るつもりはなかった。これまでにも政治家からこの手の話は出ていたが、そのたびにまた別の口論に発展していたのだ。

「おい、クレス」ロイブ伍長《ごちょう》が、部屋の中ほどにあるストーブのそばでテーブルを囲んで坐っているグループから振り向いた。彼はカードをシャッフルしていた。「ゲームは始まったばかりだ。きみもやるか？」

「どうした？　わざわざひどい目にあいたいのか？　前回はすっかり巻き上げてやっただろう？」クレスは言葉を返した。

「いやいや、まさにそこだよ。あれを取り戻したいんだ」

「夢でも見てろ」

「お月様の導きだ、賭け金は張り込むぞ」オーベレンが両手をこすりながら言った。「運が来てる気がする」

「ロイブもそう言ってたな」クレスは鼻で笑った。

「みんなはいいか？」ロイブはほかのメンバーを振り返って尋ねた。彼らはうなずいて同意した。「プレイするならこっちに来いよ」彼はクレスに呼びかけ、カードを配る前にいくつか技を披露した。

クレスは寝台から両脚を下ろし、再び雑誌を手に取って、両腕を後ろに伸ばした。「遠慮しておこう。散歩でもして、外の空気を吸ってくるよ」

「しかし、おまえが持って出て行くのはおれの金だぞ」

クレスはドアに向かう途中でロイブの肩をぽんと叩いた。「違うぞ、ロイブ。それはわたしの金だ」

外は涼しく、曇っていた。北からの風が雨の気配を運んでくる。クレスはくたびれた上着の襟《えり》を首まわりと耳を覆うように立て、スリットポケットに手を突っ込んで、I棟とJ棟の間の小道を歩き、パレード広場の一角を横切って管理棟に向かった。日勤室に詰めている軍曹はヨスクだった。この男なら大丈夫だ。クレスは奥にある通信室のドアのほうを目で指し示した。ヨスクは顔を反対側へ向け、クレスはそのまま通り抜けた。クレスが知っていた通り、アーブ伍長代理が当直だった。

「何か新しい情報は？　もう戦争は始まったのか？」クレスは尋ねた。

「言葉が弾丸なら、大虐殺になりますね。話ばかりしています」

「いつもどおりか？」

「ぼくにはありがたいです。かわしやすいので」

クレスはアーブのデスク脇にあるコンソールを顎で示した。「今日は何かあるか？」

「ああ、何かありましたね……」アーブはキーを叩いて画面を確認し、戸口のほうをちらりと見た。「大学のネットメールです。あなたのおじさんからみたいです」

「コピーしてくれ」

アーブは再びドアのほうへ緊張した視線を送った。「ぼくは一週間の掃除当番になるんですよ。これはいつまで続くんですか？」

「大丈夫。ヨスクはまともだよ。明日のデートのために例の四十を借りたいんだろ？　ほかにどうやって読めばいい？」

アーブはうなずいて身を引き、クレスは上体を乗り出して解読キーを打ち込んでから、元データを削除するコマンドを入力した。アーブがボタンに触れると、プリンタが長年の酷使を物語るうなりをあげてガタガタと動き出した。二枚のコピー用紙がトレイに吐き出された。

クレスはそれを手に取り、一枚目をちらっと見てから、折りたたんで内ポケットに押し込んだ。「きみも大丈夫だよ、アーブ。さあ、今のうちに済ませておくか？」彼は後ろポケットから紙幣を抜き出し、二十を一枚と十を二枚取り分けてアーブに差し出した。「ほら、楽しんでこい。わたしがやらないようなことはするなよ」

「それならかなり自由にやれますね」アーブは少し考えてから言った。

手紙はライシャからだった。彼女はセリオス政府から派遣された技術代表団の翻訳者としてランビアにいた。技術力において両陣営に大きな差はないというハルジン大統領の主張をランビアに納得させるためだ。しかし、軍事基地にいながら、敵地で繊細な問題に関わる人物を相手に私的な通信を行うというのは、良く言っても無謀であり、発覚すればとてつもなく面倒なことになる。そこで二人が考案したのが、ライシャが、クレスのおじであるウルグランが働いている大学で学部を運営している電子工学コンサルタントに手紙を送るというやり方だった。そのコンサルタントからウルグランに手紙が転送され、ウルグランがそれを大学の通信としてまとめて転送するのだ。

クレスは建物を出て隣の食堂に行き、給仕カウンターの端にあるディスペンサーで飲み物をマグカップに入れて、隅のほうの人目につかない席を見つけた。静かな時間帯ではあったが、厨房《ちゅうぼう》では夕方のラッシュに備えて料理人たちがあわただしく動き回っていた。クレスは持ってきた雑誌を広げてテーブルに立て、それで隠すようにして上着から取り出した手紙を広げた。そこにはこう書かれていた——

親愛なるクレスへ

ごめんなさい――何日か経《た》っちゃったね。こっちは信じられないほど忙しくて。でも、正直に言うと、少し時間を作ってみんなで街を見に行ったりもした。もちろん、ランビアの公式ガイドに案内されてね。だから見てまわったところは間違いなく厳選されていた。川沿いにはペラスモン王とその系譜の大きな記念碑があって、計画局がいかに効率よく物事を処理しているかを示す洗濯機工場があって、大勢の子供たちが体操をしていたり、夜には重厚な文化的催しがあったりした――でも、ローストしたエスはすごくおいしかった！　食後に出たブランデーは温かくて喉にきつくて、ウルグランおじさんたちがエザンゲンで飲んでいたやつを思い出した。あれを試した時はまずかった気がするけど、ランビアのはけっこういける。実はちょっと酔っ払ったくらい。あたしも大人になったということかな。エザンゲンが遠い昔のことのように思える。今思うと、ほんとに無邪気で幸せな時代だった。それとも、子供にはそう見えるのかな？

でも、面白いニュースがいくつかあるの。言うべきじゃないかもしれないけど、あたしだからね、言っちゃうよ。今回は本当に突破口が開けそうなの――技術的な方面でね。ランビアの人たちは感心しているみたいで、このくだらないライバル関係のせいでみんなが無駄に損をしていることを認めそうな雰囲気がある。実はね、ペラスモンが自ら話を聞くために昨日ここに来たの。あたしも少しだけ会ったんだよ！　大柄で丸々としていて、赤ら顔に白い髭をちょっと生やしてた。すごく可愛かった（ほんとは違う――あなたが嫉妬《しっと》するかと思って）。でも、新聞にいろいろ書かれてるほど悪い人じゃないと思う。多くのことがそうだけど、誰かが最初に一歩を踏み出せばいいのかも。そして、あたしたちがそれをやったのかもしれない。そう考えるとわくわくするよね！　今朝になって、ハルジン大統領がセリオスから招かれてペラスモンと正式に会談するかもしれないという噂が流れていた。この二人がすべての問題を解決して、これまでの悲惨な出来事を忘れられるとしたら、素晴らしいと思わない？　もちろん、すでに誰かを亡くした気の毒な家族や友人たちは忘れられないだろうね。でも、将来に向けて何かを学んで、二度と忘れられることがないとしたら、それがまったくの無駄ではなかったと知ることは彼らの慰めになるかもしれない。

あなたがああいうことに巻き込まれなくて本当に良かった。聞いた話だけど、何もかもぶち壊しにしかねないのは、何年も義父の王座に羨望の目を向けているフレスケル＝ガル王子なんだって。嫌な感じのやつ。あたしは好きじゃない。そもそも中央集権主義を大げさに吹聴《ふいちょう》してペラスモンを軍事的対立へ向かわせたのは王子の一派だし。でも、また真面目な政治の話になっちゃったね。あなたがうんざりしてるのはわかってる。

基地での生活はどう？　いろいろ面白い友達を作ってるみたいだね、もっとましな仕事に就《つ》けたはずの人もいるかもしれないけど。昇進おめでとう――でも、正直な話、毛皮とスノーブーツ姿で、バーカンやクーアと笑い合って、ランガットから落ちたり、オプリルのキッチンからクッキーをくすねたりしているあなたのほうが、軍服を着て、新兵を怒鳴りつけて、銃を持っているあなたよりも想像しやすい。

次はいつ家に帰る予定？　その時は、お父さんとお母さん、それとお兄さんにもよろしく伝えて。そうそう、ソルネクにいるあなたの友達が送ってくれたでっかい電気製品が、あたしがこっちに来る直前に届いたよ。とても感謝していると伝えて。すごく状態が良かった。近くでじっくり見る時間はなかったけど、戻ったら見てみるつもり。面白そうだよ。

というわけで、今回はここまでだよ、クレス。休憩中に急いで書いてるから、そろそろ行かなくちゃ。気をつけてね。この兆しが現実になって、あなたが本当に危険にさらされる前にすべてが良い方向に変わることを心から願ってる。


いつもどおりすべての愛を込めて（でも、それはもう知ってるね）

永遠に
ライシャ

クレスはマグカップの中身を飲み干し、手紙をポケットに戻すと、坐ったままその内容についてしばらく考え込んだ。それから立ち上がり、使用済みの食器のために用意されたトレイにマグカップを置いて、ドアに向かって歩き出した。外に出て足を止めると、パレード広場を行き来する分隊や、トラック基地の開いた扉の奥でエンジンをいじる整備士や、兵站《へいたん》倉庫の前に積まれた箱を数える軍曹の姿が目に入ってきた。セリオスの子供たちは、会ったこともない、自分たちに何の害もおよぼさないランビアの子供たちを見境なく殺したり傷つけたりする訓練を受けている。どうしてこんなことになったのだろう？　歴史の流れや政治的主張について知ろうとすればするほど、細部の避けがたい論理を追うことはできても、その根底にある意味を見失うのだった。ライシャが関わっていることが、すべての愚かな騒ぎを終わらせて、ミネルヴァが決してそれてはならなかった道に戻るきっかけになるなら、どんなに素晴らしいことだろう。いや、だめだ……。その考えはあまりにも重大過ぎた。ライシャが間違っていた場合のことを考えると、大きな期待を抱きすぎて感情的になるわけにはいかない。

それに、中央ゲートで監視シフトに入るための装備を整える時間が、もう三十分も残っていなかった。クレスは襟を顎のまわりまで引き上げ、自分の兵舎に戻るために勢いよく歩き出した。

32

　ランビア王国警備隊、王子直属連隊の指揮官であるグダフ・イラステス将軍は、その外国人たちが誰なのか、どこから来たのか、どうやって王子と接触したのか知らなかった。彼らは航空隊員のものと思われる異国風の奇妙な服を着ており、話す言葉はランビア語由来と思われたがほとんど理解できなかった。しかし、イラステスの人生観は単純かつ現実的だった。職務で知る必要があることなら、いずれ知ることになるだろう。それまでは命令に従うだけだ。その命令とは、接触してきた代表団を率いるワイロットに同行して、彼らがどこかに設置したという基地へ行き、そこから彼らの長《おさ》を案内してランビアにあるドルジョン要塞でフレスケル＝ガルに会わせることだった。

　イラステスは二名の士官と八名の兵士からなる分隊を引き連れていた。ワイロットと、彼と一緒にあらわれた代表団のうち四名がイラステスたちを案内し、残る四名は持参した武器の見本と共にドルジョンに残ることになった。おかしなことをしないように人質として預かるというわけだが、それを口に出すほど無神経な者はいなかった。イラステスは、外国人たちが手首やベルトにつけている通信機器と思われるアクセサリーや、携帯している銃器に興味をそそられた。極めて高度な、まったく見たことのないタイプだ。彼の知らないセリオスの研究成果だったりしなければいいのだが。もしそうだとしたら、その意味するところは深刻だ。フレスケル＝ガルが武器に強い興味を持ったのも無理はない。あの王子は秘密裏に進められてきた技術開発にアクセスできるセリオスの反逆者グループと何か取引をしているのだろうか。

ランビアの人員輸送フライヤーは、外国人の指示に従い、混成グループを乗せてドルジョンの南にある丘陵地を越え、それから高原地帯を横切って、海岸山脈の東側の基部となる複雑に地形が入り組んだ荒野へと進んだ。イラステスには、この方角のどこから外国人が来たのか想像もつかなかった。おそらく人質と共にドルジョンに残っている自分たちの乗り物で来たのだろうが、彼はそれを尋ねる立場にはなかった。

副操縦士のパネルから外国人の奇妙な言葉が流れ出した。イラステスに聞き取ることができたのは「……確認……」と聞こえる部分だけだった。副操縦士が周囲を見回して指示を仰いだ。ワイロットがうなずいてマイクを受け取り、短く言葉を交わした。外国人たちがランビアの送信周波数を監視していたのは明らかだった。針路誘導を手伝っていたワイロットの補佐官が、操縦士の肩を叩き、前方の急な尾根の脇に突き出た大きな岩のでっぱりを手で示した。「あそこだ……。ぐるっと回って。それから降下する。場所が見えるか」

その岩を回り込むと、突然眼下に峡谷が広がった。そこに横たわっていた航空機は、イラステスが過去に見たどんなものとも似ていなかった――この外国人たちと関わるほぼすべてのものがそうであるように。機体は鈍い灰色で、曲線が多い丸っこい形をしていた。尾部はその大きさの割にあり得ないほど小さく見える二枚の短翼に広がり、それぞれの先端には上下に伸びる垂直安定板が付いていた。軍の兵員輸送機か小型の民間旅客機くらいの大きさだろうか。外には人影があり、ランビアのフライヤーが降下するのを見守っていた。着陸するために接近すると、航空機の翼と側面に記章が付いているのが見えてきたが、どれもセリオスのものではなかった。

フライヤーは着陸した。クルーが扉を開けてステップを伸ばした。ワイロットが外国人二人と共に外に出て、イラステテスたちについてこいと指示し、フライヤーから降りた残りの人人がそのすぐ後に続いた。外にいた外国人たちは武装していたが、武器を構えてはいなかった。彼らは到着した一行と共に、待機している自分たちの航空機のほうへ戻ろうとしていた。まだ旅は終わっていないようだ。イラステテスは立ち止まった。「われわれがここに戻るまでどれくらいかかりそうですか?」彼はワイロットに尋ねた。

「いばじゃんといった?」

イラステテスは航空機を身ぶりで示した。「どれくらい?」袖を押し上げて自分の腕時計を見せてから、空中で円を描いて地面を指さす。「ここに戻る?」

「おお……」ワイロットは手を上げて四本の指を見せ、親指も伸ばした。「数時間」

イラステテスは士官一名と兵士二名に、この場に残ってフライヤーの警備をするよう指示した。それからワイロットにうなずきかけ、仲間を連れて外国人の航空機から伸びたタラップを登っていった。

機内はさらに奇妙だった。その構造や装備は、イラステスがこれまで見てきた飛行機械のように必要に迫られて切り詰められたものではなく、むしろ豪華なヨットの内装に近いように見えた。パネルや機器ラック、ケーブルの束といった、通常の軍用機の内装にありそうなものはいっさい見当たらない。代わりに、発光クリスタルのようなものが並んだスクリーンがあり、内部から光る壁や天井が機内を照らしているように見えた。座席は望む姿勢に合わせて自在に形を変える造りになっているようだ。イラステスがそれらすべてに驚嘆しているうちに、タラップが格納されてどこからともなく出てきたドアが閉まり、あっという間に機体が動き出していた。スクリーンに表示される景色を見る限り、まっすぐ上昇しているようだが、不思議なことにキャビンが後方に傾いている感覚はなかった——加速している感覚さえなかったが、地上の光景が小さくなっていく様子からすると、その速度がすさまじいものであることは明らかだった。すでにランビアの輪郭が雲の合間にのぞいていて、その後には氷床の端と思われるくっきりしたラインに縁取られた海が見えてきた。水平線がはっきりとした曲線を描いている。見上げると、空は暗くなり、星が見え始めていた。それでも機体は上昇を続けていた。その時ようやくイラステスは気づいた——これはただの航空機ではなく、宇宙船なのだ！

ブローヒリオはジェヴレン船団の旗艦のブリッジに立っていた。スクリーンには、船団が着陸したミネルヴァの月面の、峡谷、尾根、氷塊、塵《ちり》にまみれた岩などの殺風景な環境が映し出されていた。まだルナリアンが月の裏側を定期的に監視しているとは考えにくかったが、船団は拠点として多くの時間が陰になる窪地を選んでいた。Gショベルを備えた地表トラクターが船の上や周囲に月のデブリを散布して、その輪郭を隠していた。

事態は順調に、しかも驚くほど急速に進んでいた。ワイロット将軍が乗り込んだ小型船でミネルヴァに派遣された偵察隊は、今がランビア・セリオス間に大規模な敵対行動が始まる前の、初期の緊張段階であることを立証していた。エストードゥや科学者たちがしきりに話していた、ジェヴレン人の起源に関連する特異な状況の循環を考慮すると、ランビアに接近するのが理にかなっていると思われた。そこでワイロットは、フレスケル＝ガルという支配者の一派と接触し、フレスケル＝ガルはワイロットがこの目的のために持参した武器のサンプルにすぐさま魅了された。当初の計画では、ランビアの指導層と何らかの関係を築き、そこから臨機応変に対応するつもりだった。しかし、ワイロットからの報告により、フレスケル＝ガルはセリオスとの和解を目指すランビアの公式方針に反対し、より強硬な対応を求める反体制派の代表であることが判明した。ワイロットは、フレスケル＝ガルがこんなことを打ち明けたのはジェヴレンの兵器の魅力のせいであり、単に反対意見を表明する以上の野心を抱いている可能性があると考えていた。これはブローヒリオにとってさらに都合のいい話だったので、彼はこのフレスケル＝ガルなる人物に一刻も早く会えるよう手配せよと命じた。ワイロットからは、自分がフレスケル＝ガルの軍司令官を一人連れて帰ってブローヒリオに会わせるとの連絡が入った。ますます良い。名誉ある護衛だ。厨房のドアを叩く物乞《ものご》いのように、そちらから出向いて来いと言われるのはありがたくない。

「軌道船がコンタクトを報告」一台のコンソールからオペレーターが告げた。「着陸船がホーミングビームにロックオン、速度変化二七五〇、高度五五〇〇〇」

システムモニター！をにらんでいたブリッジの当直士官が振り返った。「下降中です。着陸まで約四分」

「ワイロット将軍をスクリーンに出せ」ブローヒリオは指示した。数秒後、銀髪をきれいになでつけた、ややふっくらしたピンク色の顔が映し出された。「見事な成果だ」ブローヒリオは言った――彼としては手放しの称賛に最も近い言葉だった。

「ありがたいお言葉です、閣下」

「手筈《てはず》はどうなっている？」

「クレベ少佐と一部隊がドルジョンに残っています。われわれは地表の待ち合わせ場所に向かい、そこで待っているランビアの船がわれわれを連れて帰ります。偵察船はドルジョンに隠してあります。フレスケル＝ガルが閣下のお越しをお待ちしています」

ブローヒリオはうなずいた。「申し分ないな」

ワイロットは肩越しに背後を目で示し、声をひそめた。「今、フレスケル＝ガルのイラステス将軍を紹介してよろしいですか？」

ワイロットの背後で座席にへたり込んでいる人物がいた。まだ何か軽いショック状態にあるようだ。ブローヒリオは髭の奥で小さく笑みを浮かべた。「言葉のほうはどれくらい通じるのだ?」

「むずかしいですね。類似点が……あまりなくて」

イラステスがジェヴレンの恒星間輸送船の司令ブリッジに入るという初めての経験の一部としてブローヒリオに会うことになれば、その姿はより印象的なものになるだろう。効果を最大化するというのは指揮とリーダーシップの技術の半分を占めるのだ。「ここで彼を迎えるとしよう」ブローヒリオは答えた。

着陸船は数分後に頭上にあらわれ、ゆっくりと着陸して、輸送船の接続ベイにドッキングした。ほどなく、イラステス将軍とその参謀および護衛が案内されてきて、あっけにとられたようにぽかんと左右を見渡した。ブローヒリオは、集合したブリッジの士官たちの前に威厳たっぷりな態度で立ち、腕組みをして待っていた。訪問者たちが受け入れようという気分になるまで充分に衝撃を与えたら、ただちに出発する予定だ。これは彼らには伝える必要のないことだが、h‐グリッドの動力がなければ、この船のシステムは乗員の生命維持のために予備電源で稼働するしかなかった。主武装は使用不能だし、副武装が有効なのも予備電源が生きている間だけだ。予備電源が切れたら、ブローヒリオの船団は月面のスクラップの山でしかなくなる。ミネルヴァにはこの船に燃料を補給できるような産業はないのだ。

フレスケル＝ガル・エングレッド王子は、ドルジョン要塞の私室でテーブルに置かれた物体を再び見つめた。一緒に並んでいる武器は、イラステス将軍とその一行が戻った時に、専門家たちがまだ仔細《しさい》に観察して外国人たちに質問を続けていたものだ。イラステスがその物体を持ち帰ったのは、その日彼らに降りかかった出来事の重要性を示すためだった。それは月の裏側にあった岩石だった。イラステスはついさっきまでそこにいたのだ。王子はまだ、聞いたばかりの話を受け止めるのに苦労していた。

　人間でありながら異星人？……なぜか不完全で中途半端なランビア語を話す。未来から時間旅行してきたようだが、それは異なる未来だと言う。まだ未来がないのにどうして異なる未来がある？　何もかもフレスケル＝ガルの理解を超えていた。ただ、はっきりしているのは、彼らがとてつもなく強力な武器を持っていることだ。たとえその数に限りがあっても、ランビアがその武器を運用し維持するための材料を供給できなくても、この異星人の持つ知識には計り知れない価値があるかもしれない。

　フレスケル＝ガルの副官であるローヴァックス伯爵《はくしゃく》は、異星人の会話をいくらか理解できるようになっていて、彼らのリーダーであるブローヒリオという荒々しい黒髭の男の言葉を通訳していた。「あなたたちは……おそらくこの世界のことだと思いますが……戦争を知らない。戦争の準備の仕方や……計画や設計については知っているし、何度かの……子犬の咬《か》みつき？　つまり小さな紛争なら知っている。しかし人々の心を……ここはよくわかりません……そして国家や州を……また同じ言葉です。おそらくまとめてだと思いますが……戦争に持ち込む方法についてはどうなのか？　われわれの助けがあれば……あなたは軍事指導者となり……全ランビアを団結させて……担う、でしょうか……。ここはむずかしいです。彼が話しているのは、セリオスが抵抗できないような戦力のこと……ランビアとセリオスがやがて一つになり、一人の王だけを持つこと……」ブローヒリオがフレスケル＝ガルを指差した。「それと……何か運命と関連する壮大なことです」

　王子はもろく地味な岩石をあらためて見つめた。イラステスは、向こうにある彼らの船は大型客船並みの大きさだと言っていた。そして彼らは取引に応じるつもりだと。ブローヒリオが詳しい説明を避けた何らかの理由により、彼らはやってきた場所に戻ることができないらしい。月面では二千人以上の仲間たちが保護と食料を必要としていて、その見返りとして間違いなく貴重なサービスを提供できるというわけだ。フレスケル＝ガルは、ブローヒリオの言葉によって脳裏に描き出された光景に目を輝かせた。これは極めて有益な取引の土台になりそうだ。長い間、彼はペラスモンを追い落とす日を目指してきた。支持者たちは準備ができていたし、装備も整っていた。それでも、自分たちが優位に立てるだけの差をつけているという確信は持てなかった。これがそうなのかもしれない。

　もう一つの要因は適切な機会を待つことだった。それもちょうど答えが出たのかもしれない。ローヴァックスの知らせによれば、セリオスのハルジン大統領が、両国の技術顧問の間でしばらく前から進められていた交渉の結果、ランビアにやってきてペラスモン王と会うらしい。それはすなわち、両国間の休戦が間近に迫っていて、その後はペラスモンが英雄となり、フレスケル＝ガルが権力と名声を手にするチャンスは永遠に失われてしまうということだ。行動を起こすなら、ごく近いうちに起こすか、あるいは決して起こさないかのどちらかしかないようだ。

33

「敵襲！　敵襲！　戦闘配置！」

北方海域を哨戒中のランビアのコルベット艦〈イントレピッド〉の通路と甲板《かんぱん》は、戸口から転がり出てくる者や、装備品を身につけながらハッチをくぐり梯子《はしご》をよじ登ってくる者で大騒ぎになった。ジセック少尉が操舵《そうだ》室を離れて右舷《うげん》艦橋に出ると、四番砲の砲手があわてて配置につこうとしていたが、ちょうどその時、東の夜空から黒い影が飛び出してくるのが見えた。魚雷は十三秒後に船体中央部に命中した。

衝撃で手すり越しに投げ出され、前甲板の主砲上にある信号ベイに落下した。全身の関節に激痛が走り、半ば意識を失ってつぶれたように横たわった。耳鳴りを突き抜けて叫び声や悲鳴が聞こえてくる。呆然としたまま、旗用ロッカーの脇に立つマストの支柱を使って体を起こした。甲板はすでに危険なほど傾いていた。見上げると、船の中心部が一面のオレンジ色に照らされ、瓦礫《がれき》や肉体のシルエットが空中に投げ出されているのが見えた。ジセックの上に見える艦橋によろめき出てきた人影は、航空機がロケット弾と機関砲を発射しながらもう一度通過したとたん、背後にある扉や階段と共に霧散した。

海は突風で激しく波立ち、その灰色は空よりもほんの少し暗かった。ジセックは、濡れた油まみれの服と救命ボートのゴム引きのキャンバス地の床を通して、骨まで冷たさが忍び寄るのを感じていた。これでは誰も長くは保《も》たないだろう。氷棚《ひょうほう》から五十マイルしか離れていないのだ。しかし、それを口にするのにふさわしい場ではなかった。

今は二人だけだ。とにかく、生きているのは。片脚を失ったソナー操作員は一時間ほど前に死んだはずだが、ソーク兵曹はまだ横たわった男の頭を膝《ひざ》にのせていた。風を避けるために追加の覆いにしているのか？　それとも、単に遺体を持ち上げて船外へ投じる体力がないのか？　ただ意味がないと思っただけかもしれない。寒さで思考が散漫になり、考えるだけで意志の力を必要とした。

ソークのほうも何かが――銃弾か、あるいは飛散した破片か――背中に当たって怪我をしていた。息が荒く、時々咳き込むと、口から血の筋が流れた。ソークはわずか十九歳で、初めての実戦任務だった。それでも彼は文句を言わなかった。ジセックは自分も少年みたいなものだと感じた。内心では、これからどうなるにせよ一人で向き合わなければならないと考えて気持ちを引き締めていた。ジセックは少年の顔を見た。血色が悪くなり、緑がかっている。ソークは乾いた唇をなめた。無意識のうちに、ジセックは限られた食料を浪費する危険性を考え始めた。そこで自分の卑しさに気づいて嫌になり、水筒のキャップを開けて差し出した。ソークは一口飲んで、感謝の印にうなずき、水筒を返してよこした。ジセックは自分では飲まずにキャップを閉め、水筒をサバイバルボックスに戻した。

ジセックは、沈んでいくコルベット艦の炎の明かりの中で、別の救命ボートが次々とふくらみ、人々が自力でそこに乗り込んだり仲間を引き上げたりするのを見ていた。しかし、それらがまだどこかに浮いているとしても、夜明けが来る前に視界の外へ流れてしまっていた。わびしい水平線を見渡しても、〈イントレピッド〉が存在していたことを思い出させるのは、四十フィートほど離れたところにグロテスクに浮かぶ死体だけで、それは浮遊するいくつかの残骸と共にジセックたちのそばに執拗《しつよう》にとどまっていた。おかしな話だ。ほかのボートは見えなくなったのに、なぜこの漂流物は消えないのだろう？　海流というのは不思議なことをする。しばらく前に水平線上に見つけた影は、今はもっと近くに見えているが、あれはどうやら氷のようだ。こちらが北に流されているのだろうか？

イリアのことを考えた。二人でやっと手に入れたフラットで彼女が植物をいじったり壁を塗ったりしていたこと。庭でのんびり過ごす両親が、いつも息子を心配してくれていたこと。前回ジセックが休暇で帰ったときロッケイがまだよちよち歩きだったこと。この最後が長く続くのであれば、両親には決して知られたくなかった。空腹で胃が締め付けられる。そろそろ朝ごはんの支度をする時間かもしれない。あるいは、もっと現実的で賢明なのはこのまま待って……また迷う癖が出てしまった。

「少尉……？」ソークの声は乾いたしゃがれ声でしかなかったが、急に切迫した響きを帯びていた。ジセックは顔を上げた。ソークがこちらを向いて高いところにある何かを見つめていた。ジセックはこわばった体で肩越しに振り向いた。

それがどうやって音もなく近づいてきたのかはわからなかった。トラックほどの大きさがある巨大な金属製の卵みたいなものが、百フィートほど先の空中に浮かんでいた。「あれは何ですか、少尉?」

ジセックは首を横に振った。「なんだろうな」そんなものは一度も見たことがなかった。

「やつらのですか?」ソークは怯《おび》えたように尋ねた。

「わからない」

しばらく二人を観察した後、その物体は近づいてきた。ジセックは口がからからになるのを感じた。それはすぐそばまで迫ってくると、降下して下半分を水に浸し、表面の垂直部分をボートにくっつけるようにした。見えなかったパネルが開いて、内扉《うちとびら》のある隔室《かくしつ》があらわれた。その奥にはオレンジ色に照らされたもっと大きな空間があり、いろいろな金具や機器パネルがわずかに見えていた。

「聞こえますか?」内部から声がした。

ジセックは呆然とうなずいた。「ああ……おまえは誰だ?」

「ここで詳しく話すのは無理です。それに、あなたは一日中そこに坐って話を聞いていられるようには見えません。こちらが近づける距離はここまでです。渡って来られますか? 三人なら充分なスペースがあります」

「違う」ジセックは答えた。訂正しなければという衝動は反射的なものだった。「二人だけだ」

彼らは時を遡《さかのぼ》り、戦争の始まりへと向かっていた。

〈シャピアロン〉号の医師の話によれば、ボートに乗っていた負傷していないほうの乗組員は、よく眠って食事もとっており、面会できるくらい元気なようだった。彼の連れは、手術後まだ意識がなく、回復の見込みもないらしい。そうした状況なので、大勢の取調官をわずらわせる必要はなかった。この政治的ミッションの表向きの責任者であるフレヌア・ショウムは、ハントと一緒にその乗組員と話をすることにした。看護師が聞き出したところによれば、名前はジセックで、どうやらランビア人のようだ。

ゾラックは、こうした偵察訪問で住民との接触を繰り返してきたことで、通訳としての能力を急速に向上させていた。接触するのは孤立した個人に限られていたので、その人物の語ることにほとんど価値がないというリスクはあった。そこでハントは、話を単純にして時間を節約するために、どんなことでも答えられる人が集まっている大学のキャンパスに探査機を降ろし、まとめて片を付けてはどうかと提案した。しかし、ダンチェッカーは、そんな派手なことをすればヒステリックな大騒ぎになり、自分たちが質問攻めにあうばかりで何も聞き出せなくなるのではないかと考え、現在の方針が維持された。

淡い黄色の壁と発光パネルが連なる廊下を、医務室のあるメディカルベイを目指してハントと共に歩いている間、ショウムはじっと黙っていた。彼女がこの件を自分で処理しようと決めたのは、単にハントの科学的な視点を補完してテューリアンの存在を示すためだけではなかった。ショウムにとってこれは重い個人的な問題になっていた。テューリアンが存在の成就とみなす内面的発展へと進むために、自分の本質のさまざまな側面をより深く理解する必要があると切実に感じているのだ。ハントは、ランビアがどこかの都市の郊外にある工業地帯を空爆した際の映像が〈シャピアロン〉号の探査機から送られてきた時のショウムのうろたえぶりを見ていたし、傍受したニュース放送で失明したり手足を失ったりした幼い孤児たちがそれぞれの体験を語る姿が流れた時の彼女の表情も見ていた。ショウムにとって、そうした事態を回避できる現実をほんの少しでも作り出せる可能性は、ほとんど宗教的な熱狂の対象となりつつあった。

看護師が二人を部屋に入れてくれた。ジセックはローブに身を包み、病室用のゆったりしたパンツとふわふわのハウスソックスを履いて、続き部屋の外側の部屋にある小さなテーブルのそばで肘掛け椅子に坐っていた。ゾラックから、彼がベッドでの面会を渋っていることは事前に聞かされていた。ジセックは驚いた顔でハントを見つめた。彼が乗船してから人間の姿を見たのはハントが初めてだった。探査機で〈シャピアロン〉号に戻るまでは仲間を見守っていたが、ガニメアンの看護師が対応を引き継ぐとすぐに意識を失っていたのだ。

ショウムが話し始めた。ゾラックの翻訳音声がテーブル上のグリルから流れ出した。「医師のほうから、今ならあなたと話してもかまわないと言われました」ジセックの視線が彼女からハントに戻った。「わたしの名前はフレヌア・ショウム。わたしたちは遠い世界からやってきて、短期間だけここに滞在しています。こちらは科学者のハント博士。あなたにいくつか質問したいことがあります」

「ソーク兵曹について何か聞いていますか？　わたしと一緒にいた者です。手術を受けていると聞きました」

「残念ですが、あまりよくありません」ショウムが言った。典型的なテューリアンだな、とハントは思った。事実を曲げることができないのだ、ほんの少しでも。ジセックはうなずいた。覚悟していたようだ。ハントはテーブルのもう一つの椅子に腰を下ろした。ショウムは壁際のソファに坐った。

「あなたは遠い昔にミネルヴァに住んでいた巨人ですか？」ジセックが言った。「われわれが聞いていた物語は本当なんですか？　ほかの星に行ったんですか？」

「その通りです」

ジセックは戸惑いを隠せない顔で再びハントを見た。「じゃあ……あなたはルナリアンなんですか？」

ハントはテーブルの上で両手を組み、愛想よく見えるようにしていた。「どうもややこしいことになりそうだね。お互いに質問したいことがたくさんあるだろう。しかし、きみはわれわれに借りがある……」彼は言葉を切り、ゾラックがその言葉をジセックに通訳するのを待った。「だから、まずきみからこちらの質問に答えるというのはどうかな？」

ジセックはうなずいた。「やってみます」

ハントはショウムに目を向けた。彼女は持参した書類を参照して、ジセックの名前、ランビア出身であること、海軍士官であることなど、医師がすでに聞き出していた内容を確認した。これは対話を進めるためのきっかけだ。それから戦争の話に入った。「どれくらい続いているのですか?」

ジセックはどう答えていいかわからない様子だった。

「どこかの時点で正式な宣戦布告があったのか?」ハントは尋ねた。「ランビアかセリオスが相手と戦争状態に入ったと宣言した日は?」

ジセックは首を横に振った。そんな考え方はしたことがないようだ。「戦争はただ……年年拡大していったんです」

「どんなふうに始まった?」

「記憶にある限り、セリオスとは常に問題がありました。彼らは私欲と腐敗にまみれていたんです。全員が生き延びるには一つの種族として協力することが重要だった時でさえ。われわれは皆を地球へ移住させたかったのに……」

「ええ、そのことは知っています」ショウムが言った。もちろん、これまでに話を聞いたセリオス人の解釈は異なっていた。

ジセックは続けた。「われわれの王は、セリオスのしていることは皆のチャンスを奪ってしまうのだと理解してもらうために説得を試みました。しかし、彼らは自分たちのやり方をわれわれに強制し、武器を作り始めたのです。ランビアは自衛のためにやむを得ず同じことをしました。セリオス人はわれわれの国の上空に飛行機を送り込んでスパイ活動を行いました。彼らのスパイ船もわれわれの沿岸海域に侵入してきました。ランビア海軍の船がそれを追い返そうとしたら、発砲され、その後の交戦で撃沈されたのです。わたしが海軍に入る前の出来事でしたが、あの時に実際の戦闘が始まったのでしょう」

「セリオスのフリゲート艦〈チャンピオン〉のことですね」ショウムはメモをちらりと見て言った。

ジセックは驚いて眉を上げた。「そうです」

セリオス側の説明では、〈チャンピオン〉が攻撃を受けたのは公海とされていた。

「それは何年前のことですか？」

「二年か三年……そんなところです」

「ゼラスキーという名前で何か思い当たることはありますか？」ショウムが尋ねた。ゼラスキーは最終戦争時のランビアの独裁者だ。

「いいえ」

では、ゼラスキーはまだザルゴンの後を継いでいないのだ。

ショウムは続けた。「あなたは王について言及しました。今でもランビアには王がいるのですか？」

「はい」

「ペラスモン王？」

ジセックはまた驚いた顔をしたが、今度は首を横に振った。「いいえ、彼は殺されました。

今はフレスケル＝ガルが王です」

ショウムがハントをちらりと見た。これは興味深い。フレスケル＝ガルは、ランビアがザルゴンのもとで独裁国家になる前の最後の王だった。「ザルゴンという名前で思い当たることは？」ハントは尋ねた。

ジセックはうなずいた。「ええ、あります。ザルゴンは王の将軍の一人です。とても力のある人で、先端兵器計画を指揮しています。極秘ですが。セリオスの諜報《ちょうほう》機関はその内容を解明しようとしています――ランビア人の内通者や二重スパイのおかげで、いくらか成功しています」

「どんな武器があるんだ？」ハントは好奇心で尋ねた。すぐには返事がなかったので、話を促した。「核分裂や核融合は？　粒子ビームや放射線ビームは？　先進的な核兵器は？」

「わたしは……そちら方面のことは何も知りません」

ハントはそれ以上追及しなかった。「このザルゴン将軍はどうだ？　どんな見た目か説明できるかな？」

「はい、みんなニュースやテレビで見ていますから。背はそれほど高くないんですが幅があります」ジセックは両手を上げて自分の胸と肩を示した。「真っ黒に日焼けしたような肌に、黒い髭――短い顎髭で、きれいに整えられています。大きな顎に、よく目立つ歯」ハントは椅子に背をもたせかけ、満足げにうなずいた。イマレス・ブローヒリオに間違いないだろう。腕を一本賭けてもいい。

「ザルゴンの背景情報を教えてください」ショウムが言った。「彼の経歴や記録です。ランビアのどの地域の出身ですか？」

「それについてはあまり知られていないんです」ジセックは答えた。「突然、どこからともなくあらわれたみたいで」

「いつ頃のことですか？」

「やっぱり、三年くらい前です。〈チャンピオン〉の事件の前ですが、それほど前ではありません……六カ月くらいかな」ジセックはためらってから、付け加えた。「わたしの意見を言わせてもらえるなら、ザルゴンはそもそもランビア出身ではないかもしれません。セリオス人かもしれないと思っています」

これは驚きだった。「なぜそう思うんだ？」ハントは尋ねた。

「彼はフレスケル＝ガルのスタッフとして、秘密主義の信奉者たちを引き連れて登場しました。何人いたかは今でもわかりません。とにかく、新しい武器の技術を持ち込んで、あらゆる種類の高度な科学知識を含むプログラムを立ち上げたんです」ジセックはそれ以上何が言えるのかという身ぶりをした。「わたしの言いたいことがわかりますか？　セリオスの兵装専門家たちが、ミネルヴァの別の地域から集団で亡命してきたのではないかという気がするんです。あくまでわたしの推測ですが……」

「彼らがセリオス人だとしたら、なぜセリオスがその行動を調べるために諜報活動を行う必要があるんだ？」ハントはかすかな笑みを浮かべながら尋ねた。

ジセックはしばらく考え込んだ。「ザルゴンがプログラム全体を持ち込んだとしたら、彼らはそれを取り戻そうとしていたのかもしれません。とにかく、それならあの秘密主義の説明はつきます」

ハントはその答えで充分だとうなずいた。

ショウムが再び口を開いた。「ペラスモン王の話に戻りますが、あなたは彼が殺されたと言いましたね。いつのことですか？」

「三年前です」

「では、だいたい同じ頃？」

「そうですね」

「その時には、ザルゴン将軍はフレスケル＝ガルの部下として出現していたのですか？　それが起きた時、彼は近くにいましたか？」

「それは……よくわかりません」

「では、どんなふうにして起きたのです？」

「セリオス人との問題は解決できると多くの人々が思っていた時期もあったんです。詳しいことはわかりませんが……。両者の違いはそれほど重要なものではないとか何とか。誰も戦争は望んでいなかったと思います。当時はそんなことは想像するのもむずかしくて――ホラー映画で見るようなことでした。だから戦争は避けられるという希望がどこにでもありました。セリオスのハルジン大統領はメルティスにやってきたんです。王とじきじきに会うために……」メルティスはランビアの首都だ。

「ペラスモン王と？」

「はい、そして二人は共同で大演説をしました――お互いに理解し合ったので、これからはミネルヴァ全体が共に働くのだと。彼らは彼らのシステムを維持し、われわれはわれわれのシステムを維持するのだと。まるで悪夢が終わったようでした」ジセックは言葉を切り、テーブルに置かれた水差しでグラスを満たして一口飲んだ。

「それで？」ショウムが言った。

「その後、二人はメルティスからセリオスへ飛び、ペラスモンがそこを訪問するはずでした。しかし、その飛行機が撃墜されたのです」

すでにこの手の話はたくさん聞いていたのに、ショウムは一瞬目を覆わずにいられなかった。「誰がやったのですか？」

「セリオス人です。彼らの軍事組織内のならず者部隊。共通の目標について考えるどころか、私利私欲に取り憑《つ》かれていた身勝手な連中です。彼らは武力による緊張状態で大きな力を得ていました。それを手放したくなかったんです」

「その後は？」ハントは尋ねたが、推測するのはむずかしくなかった。

「ああ、その後はもはや妥協の余地はありませんでした。フレスケル＝ガルが王になりました。彼はペラスモンのように欺《あざむ》かれたりしない、人々が必要とする強い指導者でした。セリオス人はずっと武装を強化していました。おそらくザルゴンがわれわれを救ったのです。彼がこの三年間で築き上げた防衛力がなければ、今頃ランビアは間違いなく侵略されていたでしょう」

ピースがはまった。ブローヒリオと配下のジェヴレン人がやってきたのは、セリオスとランビアが、長年にわたって状況が悪化していたものの、まだ小競り合い程度にしか至っていなかった不和をついに解決しようとしていた時のことだった。しかし、その和解を実現させた二人の指導者は、それが効力を発揮する前に暗殺されてしまった。セリオスでは、フレスケル＝ガルが仕組んだランビアの陰謀とする別の説があった。時期的にブローヒリオの関与も疑われたが、断定はできなかった。真実がどうあれ、袖で出番を待っていた強硬派のフレスケル＝ガルがそのチャンスを利用し、ブローヒリオがすでに登場していたかその直後にあらわれたことで、強硬姿勢、紛争拡大、そして最終的な全面戦争への道が開かれた。まだ先のことだが、フレスケル＝ガルは自分の行為の報いを受けることになる――ブローヒリオすなわちザルゴンがタイミングを見計らって彼を排除するのだ。

この情報により、ようやくミッションが狙いをつけるべき時点が明確になった。およそ三年前、ミネルヴァはまったく別の道を歩む準備を整えていた。探すべき目印は、フレスケル＝ガルがまだランビアの王子で、ペラスモンとハルジンが生きていること。さらに、ハルジンとペラスモンがジェヴレン人に適切に対処できるように、ジェヴレン人が到着する前でなければならない。しかし、ジェヴレン人が正確にいつ到着したのかは不明であり、さらなる質問でそれを特定できる可能性も低かった。ブローヒリオとその一行の拠点設営が秘密裏に進められたからだ。彼らの存在と出自が隠されているとすれば、単に彼らの船の痕跡が見つからないというだけでは何の証拠にもならない――今も彼らの痕跡は見当たらないが、ジェヴレン人はたしかにここにいるのだ。

探すべき最後の目印は、ジェヴレン船団を追跡して時空のトンネルを抜けた〈シャピアロン〉号の探査機からの応答がないことだ。ゾラックは偵察訪問のたびに信号を送って探査機が機能していることを確認していて、今回の訪問でもそれは正常に機能していた。時を上流へ遡って応答がない時点まで到達すれば、探査機はそこにないということであり、ジェヴレン船団もまだ到着していないはずだ。

チェンの考えでは、〈シャピアロン〉号が到着するタイミングとして心理的に最適なのは、ランビアの首都メルティスでペラスモンとハルジンが新たな相互理解について共同発表した時になるべく近い、ミネルヴァ全体が楽観的で希望に満ちていた時期だった。ショウムもこれに同意し、カラザーに正式に承認してもらうための提案が作成された。

まだ果たすべき約束が残っていた。地球人用の貯蔵庫で着るものを調達した後、ジセックは〈シャピアロン〉号のコマンド・デッキに連れて行かれ、ミッションのほかのメンバーと対面した。そこでハントは、この船がどこから来たのか、なぜミネルヴァに戻ってきたのかという奇妙な話を、関連する範囲でできるだけ詳しく説明してやった。救出されてからのジセックは、ほとんど何でも信じられるようになっていたらしく、すべてを理解したようなふりはしなかったが冷静に話を聞いていた。その後、船医から連絡があり、ジセックの連れのソークが心配されていた通り亡くなったとの知らせが入った。

フレヌア・ショウムは明らかな気遣いと同情をもって若い士官を見つめた。「そう遠くないうちに、あなたの世界は恐ろしい暴力的な最後を迎えるでしょう。わたしたちはそれを知っています。それを変えることはできません。しかし、あなたにとっては、そうである必要はないのです。わたしたちと一緒に、あなたには想像もつかない平和と驚きに満ちた世界へ戻れば、残りの人生と未来を心待ちにすることができます」

ジセックは、見せてもらったテューリアンの景色が表示されたままになっているスクリーンをじっと見つめた。彼は諦めたようにぼんやりと微笑《ほほえ》みながら、妻や生まれたばかりの息子のこと、彼を心配する両親のことを話した。「そんなことが起こるのであれば、家族にはなおさらわたしが必要でしょう。ありがとう。でも、わたしはその場にいなければならないのです」

ハントとショウムは、ジセックと共にトランジットチューブで探査機が待つ船尾のドッキングベイへ向かった。その探査機でランビアの海軍基地に近い海岸沿いの入り江に彼を連れて行くのだ。扉が閉まる時、ジセックは機内から手を振って別れを告げた。一分後、ハントたちがドッキングベイのモニターで見守る中、探査機は船を離れて星野へ遠ざかっていった。フレヌア・ショウムの顔が妙な具合にぴくぴくと動いていた。ハントは、ガニメアンが泣くのを見たのはこれが初めてだと気づいた。

34

ライシャは何年も感じていなかった未来への希望で気持ちが浮き立つのを感じた。自分では意識していなかった心の重荷が急に取り除かれたかのようだった。なにより、たとえ小さな役割であっても、自分がその実現を手助けしたという満足感と達成感があった。

ハルジン大統領がメルティスに滞在して二日が過ぎた。世界のニュースに流れた暫定報告は心強いもので、セリオスとランビアの両国民に向けた共同声明が、ハルジンの出発を控えたこの日の正午に発表されるとのアナウンスがあったばかりだった。ライシャが所属する代表団が利用しているオフィスは、メルティス中心部にある複合庁舎アグラコンにあり、その周辺の噂によれば、誰もが待ち望んでいた合意になるだろうとのことだった。さらに、ペラスモン王の予定表が数日先まで空白になっているので、同時に驚きの計画が明かされるのではないかという指摘もあった。ライシャは翻訳室のデスクに向かい、メモや記録を整理していた。その日は朝からほとんど仕事がなかった。ライシャは胸のうちで、ミネルヴァの人々が協力して働き、いつの日か自分たちを乗せた船団が地球へ向かう様子を思い浮かべた。

プレスルームに通じる戸口から、ウセリアが顔をのぞかせた。「ねえ、ライシャ・エングス。あなたに電話がかかってきたよ」

「わたしに？　誰から？」

「さあ、知らない。来て確かめたほうがいいね。でも、手短にして。今朝はいくらでも回線が必要だから」

ライシャは立ち上がり、セリオスの記者やレポーターが働いている部屋へ向かった。デスクには紙が散乱し電話の音が鳴り響いていた。セリオスにある彼らのオフィスにつながる回線を、ランビア人が提供してくれているのだ。ウセリアは、片隅にファイルが積まれたテーブル上の、架台からはずれた受話器を身ぶりで示した。ライシャはそれを取り上げた。「もしもし？　ライシャ・エングスです」

「おいおい、なんて堅苦しいんだ！　プロの鑑《かがみ》だな。感心したよ」

「ええっ？……クレス、あなたなの？」

「ははっ！　驚いたかい？　誕生日おめでとう」

「今日はあたしの誕生日じゃないよ」

「だから？　誕生日にはサプライズが付きものだ。ほんとに誕生日で期待しているところに誕生日おめでとうと言われて、どこにサプライズがあるんだ？」

「ああ、クレス、あなたってほんとに馬鹿ね。で、どこにいるの？」

「まだ基地にいる。ここで通信や暗号についての授業があってね。それで大学で知り合ったウス・ウォシのことを思い出した。あいつを覚えてるか？」

「ボールプレイヤーだった人？」

「それだ。ウォシは今オッセルブルクのＮＥＢＡ報道局で働いている。それならランビアにいるきみたちと話す手段があるはずだと思って、こっちにある特別な専用チャンネルで彼に連絡してみた。するとどうだ。今こうして話をしている！」

ライシャはやれやれと首を振ったが笑顔になった。「あなたはいかれてる。でも、声が聞けてよかった。特に今日はね、今までの苦労が報われたんだから。良い知らせに花を添えてくれる」

「とにかく良い知らせであることを祈ろう。でも、話は手短にしないといけないんだ」

「わかってる。こっちもそう。でも、あたしのことを想ってくれて嬉しい」

「いつでも想ってるよ。わかってるだろ」

「あたしだって」

「ランビアのブランデーには気をつけろよ。もう切らないと。また近いうちに会おう」

「だといいけど。じゃあね、クレス」

「それと……まあ、わかるだろ。まわりに人がいるんだ」

「わかってる。あたしも」

ライシャは受話器を置いて戻ろうとした。ウセリアがこちらを見ていた。なんだか不機嫌そうな顔をしている。おそらくオフィスの時間を浪費されることに憤《いきどお》りを覚えているのだろう。なんであれ、それは彼女の問題だ。ライシャはそう判断して翻訳室へ戻っていった。

月の裏側に着陸している旗艦に戻ったイマレス・ブローヒリオは、ブリッジデッキを落ち着きなく歩き回っていた。エストードゥと側近たちは信号オペレーターのコンソールの後ろに立ち、ランビアのニュースチャンネルで流れている映像に見入っていた。そこには、アグラコン正面のバルコニーにいる一群の人々の真ん中でペラスモン王とハルジン大統領が演説をしている様子が映し出されていた。もう一つの画面には、メルティスから二十マイル離れたドルジョン要塞にいるフレスケル＝ガルとその副官、そしてブローヒリオの将軍ワイロットの姿が映し出されていた。フレスケル＝ガルは二人の士官と共に準備状況について協議しているところだった。

すべてが順調に進んでいるように見えた。フレスケル＝ガルは以前からペラスモンの統治に不満を持ち、自ら権力を掌握するためのクーデターを計画していた。ところが、ペラスモンを排除して合法的な後継者となるチャンスが、都合良くブローヒリオの来訪と重なったのだ。それは同時に、フレスケル＝ガルが必要としていた、ランビアとセリオスの和解不可能な分裂を約束するものだった。ジェヴレンの武器の提供を受けるには、ブローヒリオを感心させて信頼を得る必要があると考えたのか、フレスケル＝ガルは驚くほど寛大に、現在の状況や自身の計画の詳細を教えてくれた。

フレスケル＝ガルは独自の情報源により、ペラスモンが民衆への演説の後、セリオスの大統領ハルジンと共に、返礼として相手国へ象徴的な訪問を実施することを予測していた。大急ぎで立案されたハットラック作戦では、ハルジンの大統領機が海の向こう側にたどり着いたところで、高高度を飛行するランビアの戦闘機三機からミサイルが発射される予定だった。セリオスに近づくまで待てば、セリオスの過激派の関与を示唆する宣伝工作がより信憑性《しんぴょう》を持つことになる。ランビアから離陸したセリオスの飛行機に爆弾を仕掛けるのはやはり見栄えが悪いし、何より警備の失敗を非難されることになる。

ペラスモンの死が報じられればフレスケル＝ガルは自動的に後継者となるが、何らかの反対勢力が出現して、迅速な支配の確立を邪魔してくる可能性もある。そのための備えとして、彼は軍を動員していた。重要な地点と施設を確保するために割り当てられた部隊は出動準備を整えており、アグラコン周辺にはフレスケル＝ガルが自ら選んだ精鋭が数多く配されていた。また、継承の正当性を是認してくれる著名な法律家や政治家も待機していた。必要とあらば、彼の地位を固めて適切な人物を要職につける作業は、暗殺後に発動される緊急条項を正当化した上で実施されることになる。

ワイロットとジェヴレン人の先遣隊はドルジョンに配置されていたが、その日に予定されている出来事に積極的な関与はしないことになっていた。ミネルヴァ全体が一致団結して反対にまわるような民衆の反応を避けるため、ジェヴレン人は目立たない形で徐々に国家に溶け込むことになる。ワイロットの役割は、残りのジェヴレン人を月から連れて来るための準備をすることだった。その夜、ミネルヴァがまだ混乱している間に、月の裏側に隠れている五隻の船は、ランビアの人里離れた場所に用意されている中継地点に乗員を送り届ける。船は使えるものをできるだけ取り外した後、海中に沈める。残念ではあるが、動力を使い果たした船は足手まといになるだけだし、万一その存在が発見された場合、事情を説明するのは極めて困難だ。

「申し分ないな」フレスケル＝ガルが言った。彼が二人の士官を退出させている間に、ワイロットがあらわれて画面からこちらを見返した。ブローヒリオは目で問いかけた。

「船団を今夜迎えるための歓迎パーティーを準備中です」ワイロットが報告した。「一時的な宿泊施設のほか、衣料品や食料の提供についても用意しています」

「いいだろう」ブローヒリオはうなずいた。

フレスケル＝ガルがワイロットに加わった。「船団を沈めた後、脱出したクルーの回収に関して何かする必要があるのか？」

「その必要はありません」ブローヒリオは答えた。船団は自動制御で深い海溝に送り込まれ、そのまま海に沈むことになる。

エストードゥたちが見ているスクリーンから群衆の抑えられたどよめきが響いた。ブローヒリオはオペレーターに音量を上げるよう指示した。二人の指導者は大方の予想どおり停戦を宣言していた。そして、まだ騒ぎが収まらないうちに、ハルジンがペラスモンをセリオスへ招待し、すぐに二人で旅立つことを発表した――まさにフレスケル＝ガルの予想どおりだ。ブローヒリオはフレスケル＝ガルのことを、抜け目なく、計算高く、機が熟すのを待てるだけではなく機をとらえて迅速かつ確実に行動を起こす勇気を持つ人物とみなしていた。これからしばらくの間は、ブローヒリオたちが立場を確保するために貴重な人材だ。そして長い目で見れば、危険な存在となる。

その時、ブリッジデッキのコンピュータの音声が割り込んできた。「お知らせします。異常な監視警告が出ています」

「ステーション5へ報告」士官の一人がスクリーンとインジケータを起動させた。

ブローヒリオは顔をしかめて横へ移動した。「どんな警告だ？　何が起きている？」

士官はディスプレイを参照した。「何か奇妙なことです、閣下。中間Cバンドが未確認物体を検出しました。約百万マイルの距離に突然……出現したようです」

「物体？　どんな物体だ？」

士官はさらにデータをにらんだ。「一つの物体ではありません。二つです。もう一つは数百マイル離れたところにあります」

フレスケル＝ガルがドルジョンに接続されたスクリーンからその様子を見ていた。「そっちで何が起こっているんだ？」

「わかりません」ブローヒリオは答えた。

異常について議論が続いている最中に、再びコンピュータの音声が流れた。「より大きな乱れが発生中、ベータオクターブで一七・六を記録しています」

士官が報告した。「一つ目から約千マイルの距離です。こちらはもっと大きいです。h－モードで何らかの信号を送信しています」

数秒間、ブローヒリオはただ見つめていた。意味がわからなかった。「そんなことはあり得ない」

ミネルヴァにルナリアンが住んでいた時代には、h‐放射線を発生させるものは存在しなかったのだ。

「ホーミングビーコンがロックオン、正常に機能しています。予備ビーコンも作動しています。出発準備が整いました。幸運を祈ります、〈シャピアロン〉号。シーケンス開始……転送中」

彼らはミネルヴァに戻っていた。今はセリオスのフリゲート艦〈チャンピオン〉が沈没する六カ月前だ。静寂が続く中、ジェヴレン人が到着していることを示す探査機をゾラックがスキャンした。これまでの偵察では、それは常にミネルヴァの近くで確認されていた――到着して間もないのであれば当然のことだ。もっとも、探査機はガニメアンのh‐スペース信号を使っているので、どのみち目立った応答の遅れはないはずだ。

「応答ありません」ゾラックが告げた。〈シャピアロン〉号のコマンド・デッキで驚きと不信の表情が飛び交った。ついに来たのか？

「スキャンを繰り返して確認しろ、ゾラック」ガルースが指示した。

わずかな間の後――「応答ありません。いっさい痕跡がありません」

探査機がなければ、ジェヴレン人もいない。ミッションは目的地に到着したのだ。

ハントは周囲の顔を見回した。誰もが緊張していた。これは単なる偵察ではない。このミッション全体が目指してきたもの、まさに本番なのだ。イージアンは問いかけるようにこちらを見返していた。ショウムはじっと観察していた。ダンチェッカーは端のほうから無表情に見ていた。ハントはかすかにうなずきを返した。

「では行こうか」イージアンが、テューリアンとのリンクの向こう側で待機しているチームに告げた。カラザーとコールドウェルが再び画面にあらわれた。これは一種の慣例になっていた。今回、彼らはただ無言の挨拶を送った。

「波動関数が統合され、安定した」ガルースが確認した。「切り離しの準備完了」

「ゲートバブルを無効化します」

「ローカルバブル無効化」〈シャピアロン〉号は独立し、再び本来の自由な存在となった。

次にやるべきことは正確な日時の確定だ。すでにハルジンとペラスモンの暗殺がいつ行われたかは判明していたし、ルナリアンの放送の傍受もできるようになっていた。事前に決めてあった通り、ヴィザーはその大まかな精度の許す範囲内で、問題の日付のできるだけ近くを狙っていた。ぎりぎりまで近づくために何度かの微調整が必要になることは予想されていた――理想は事件まで数日以内、それならミネルヴァは希望に満ちあふれているし、ミッションには適切な人物と接触してメッセージを伝えるための余裕ができる。ハントはチェンのそばに移動した。チェンはガニメアンのオペレーターの背後に立ち、彼がルナリアンの通信スペクトルから情報を選別するのを見守っていた。ハルジンについての言及があるので、彼はまだ生きているようだ。状況は有望に見える。

「では、われわれは自分たちの現実と、常にここにあったこの現実とを行き来しているだけなのだろうか？」ダンチェッカーの声がハントの背後から問いかけた。それは自然主義的唯《ゆい》物論《ぶつろん》への軽い当てこすりだった。「いいや、わたしはそうは思わない。フレヌアは正しかった。われわれは新しい現実を創造している。ここから世界がまるごと生まれるのだよ、ヴィック」ダンチェッカーは、テューリアンの哲学者たちと関わるようになってから、これまでの思考習慣からの根本的な逸脱を受け入れるようになっていた。四年前なら、ハントにはとても信じられなかっただろう。かつてのダンチェッカーは、精神は物質の発現性質でしかないという説の最も熱烈かつ頑固な擁護者だったのに、最近は、シェイクスピアの戯曲が紙についた印の偶発的な産物ではないように、精神も神経系からの偶発的な産物ではないと主張しているのだ。

「次は政界へ進出ですか、教授」チェンがいたずらっぽく言った。「外交団に入るとか」

ダンチェッカーは指の腹で鼻をこすった。「われわれはすでにそれをやっているのかもしれないという気がする。このとんでもない旅をほかに何と呼べばいい？」

ガニメアンのオペレーターが、これはどうですか、と言いたげな視線を肩越しに送ってきた。ハントは身を乗り出した。スクリーンに表示されていたのは、街の広場のようなところに集まった群衆が、バルコニーにいる一群の人々に喝采を送っている様子だった。しばらくして画面がアップに切り替わると、中央にいる二人がハルジンとペラスモンであることがわかった。オペレーターは、コメントの必要はないと言わんばかりに、画面下部を横切るバーを指差した。

ハントは詳細な情報を確認した。「ああ、まさか！」

イージアンが近づいてきた。「どうした？」

「ヴィザーはどんぴしゃだった。近すぎるんだよ、ポーシック」ハントは指差した。「まさに今日なんだ！」

35

ブローヒリオは、遠距離監視カメラが捉えた映像を信じられない思いで見つめた。なめらかな曲線を描く形状も、船尾に広がる四枚の尾翼も見間違いようがなかった。ブローヒリオが最後に〈シャピアロン〉号を見たのは、それがジェヴレンから逃げる彼の船団に迫っていた時だった。過去からやってきたガニメアンとその呪われた宇宙船がなければ、彼と配下のジェヴレン人をこんな苦境に追い込む原因になった陰謀じみた状況は何も生じなかったはずだ。首筋の血管が脈打ち始めた。これまでの出来事にもかかわらず、彼は自制心と事態を掌握している感覚が揺らぎ始めるのを感じた。

「あれがどうやってここに来たんだ？」ブローヒリオは呟き、けんか腰でエストードゥに顔を向けた。

科学者はどうしようもないという身ぶりをした。「わたしたちと一緒にトンネルを抜けてきたとしか思えません」

「おまえの専門家たちは何の痕跡もないと言ったはずだ。われわれだけだと」

「それは……彼らが間違っていたと考えるしかありません」

「何が専門家だ！」ブローヒリオはその言葉を吐き捨てると、両手を後ろに組み、険しい表情で背を向けた。

「何があった？」話を耳にしたフレスケル＝ガルが、別のスクリーンから尋ねてきた。

「その画像をドルジョンに転送しろ」ブローヒリオはオペレーターに命じた。

フレスケル＝ガルは頭をまわして、別の方向に表示されている画像を見つめた。「そこにある船は何だ？　今になってきみたちの船団だけではなかったと言うのか？」

「詳しく説明している暇はありません」ブローヒリオは言った。「予期せぬ複雑な事態が起きているようです。迅速な対応が求められるかもしれません」

フレスケル＝ガルはスクリーンから数秒間ブローヒリオをじっと見つめた後、堅苦しくうなずいた。「今現在、きみがわたしよりも多くの事実を知っているのは明らかだ。何をしてほしいのか言ってくれ」頭が切れて現実主義者なのは確かだな、とブローヒリオは胸のうちで呟いた。

ブローヒリオはブリッジを横切り、船が着陸しているため無人になっている航行エンジニアの持ち場をぼんやりと見つめながら、必死で思いをめぐらした。それから振り返り、エストードゥたちを一瞬見つめた後、再びフレスケル＝ガルに向き直った。

「遠い昔、ミネルヴァには別の種族が住んでいました——生物として異なる種です」

「われわれが巨人と呼ぶ者たちか？」

ブローヒリオはうなずいた。「あの船はその種族のものです。ここにあるわたしの船団は彼らが知らない武器を装備しているので、優位はこちらにあります」

「彼らはきみがここにいることを知っているんだな？」

「そうとは限りません」

「きみを尾行してきたわけではないと言うのか？　そうでなければなぜここにいる？」

「ここで説明するには複雑すぎる話なのです。単にわれわれの居場所を探しているだけかもしれません。彼らはなんとかしてあなたと接触しようとするはずです。交渉のためにミネルヴァに降りるよう誘い込むことができれば、こちらには奇襲のチャンスがあります。そちらの衛星地上局からの通信はどんな経路で送られるのですか？」

「全国の通信ネットワークを経由している」

「そして支配階級に向けたメッセージの行き先は……どこです？」

「メルティスにあるアグラコンの通信室だ。軍の司令部にも直結している」

「計画の一部を前倒しする必要があるかもしれません。そこを支配下に置かないと。あなたの部下で今すぐアグラコン内を制圧できますか？　特に通信の確保が重要です」

フレスケル＝ガルはうなずいた。「すでにほとんどの要所に部下を配置してある。重要な警備要員もすべてこちらの手の者だ。彼らは動員態勢に入っている」

「すぐに命令してください。あなたがドルジョンから現地へ飛んで指揮をとるまでどれくらいかかりますか？」

「スタッフ用のフライヤーの乗員は待機している。長くても十分だ」

ブローヒリオはうなずいた。「では行ってください。ワイロット将軍がドルジョンでこちらの手筈を整えます」彼はしばらく考えてから付け加えた。「ハットラック作戦のほうも前倒しが必要になるかもしれないので、空中で待機させておいてください」

フレスケル＝ガルは頭の中で項目を確認しているようだった。「わかった」彼は振り向いて副官に指示を始めた。

ブローヒリオは、さまざまなデータ表示を調べているエストードゥに顔を戻した。

「最初にあらわれたほかの二つの物体は何だ？　小さいやつだ。特定できたか？」

「残念ながらまだです、閣下」

「それも〈シャピアロン〉号が送り出した探査機ではないのか？　われわれのすぐ後ろを追ってきたような」

「いいえ、それとは別物です。設計も用途も馴染みのないものです」

ブローヒリオは眉をひそめた。あの探査機は彼らの船団を追跡していた時に〈シャピアロン〉号のために目と情報を提供していた。「気に入らないな」彼はほかの船からのデータを確認している艦長に呼びかけた。「副レーザー砲台の発射準備を整え、二つの物体に照準を合わせておけ。それと、全艦を飛行待機状態に移行させろ」

艦長は各所にその命令を伝えた。

「計画をお聞きしてよろしいでしょうか、閣下？」エストードゥが尋ねた。

「やつらがわれわれの存在に気づいている様子はない。ならばわざわざ警告してやる理由もない」ブローヒリオは答えた。「待つぞ」

「近すぎるな」イージアンが首を横に振った。「もう二、三日遡らないと」

「ビーコン経由でテューリアンに連絡して修正を求めましょう」〈シャピアロン〉号の女性科学主任、シローヒンが言った。「これだけ近いなら、ヴィザーのほうで正確に調整できるのでは？」

「できるはずだ」イージアンが答えた。

「ゾラック」ガルースが呼びかけた。「連絡を――」

「だめです！」

いくつもの顔が驚いてフレヌア・ショウムのほうを向いた。

「だめです」ショウムはもう一度言って、懇願するように周囲を見回した。「何を言っているのかよく考えてみてください」彼女はハント、ダンチェッカー、チェンのそばにあるスクリーンへ体を向けた。ちょうどハルジンとペラスモンの演説が終わったところだった。二人の指導者は、ペラスモンがセリオスの大統領専用機でハルジンに同行することを宣言し、演説を行っていたバルコニー後方のドアからすでに屋内へ姿を消していた。一緒にいた人々の一部が後に続いている間に、制服姿の人物が前に出て締めくくりの言葉を述べていた。ショウムは話を続けた。「この世界には何年かぶりの希望を手にした大勢の人々がいます。わたしたちのように、血の通《かよ》った、温かい、生きている人々です。彼らには家があり、子供がいて、愛があり、夢があります。しかしわたしたちは、あなたもわたしも知っています。彼らの未来にいて、彼らを待ち受ける恐怖を見たからです……彼らの世界が軍事化された悪夢に変わり、最終的に完全に破壊されるまでを。それなのに、テューリアンを呼び出して家に帰り、それが起こるに任せるというんですか！　あれだけのものを見た後で、どうしてそんなことができます？　腐った死体、四肢を失った人、盲目の人、燃え盛る都市。これから先どうして安らかに眠ることができますか？」

「近すぎるんだ。充分な時間が──」イージアンが再び言いかけた。

「時間なら充分にあります！　ペラスモンとハルジンは今日飛行機で移動するわけですよね。彼らの時代の飛行機でミネルヴァを半周する旅はどれくらいかかりますか？　四時間？　五時間？　セリオスの海岸に近づくまで機体が破壊されないことはわかっています。高高度を飛行する何かからのミサイルです。大統領機の電子機器担当官は、命中する直前にレーダーでそれを捉えていました。計画に含まれている壮観な着陸や大衆向けの演出のことは忘れましょう。わたしたちがやらなければいけないのは、指揮系統の上のほうにいる人物に接触して飛行経路を変えることです。説明は後ですればいいのです」

「時間内に説得できるか?」ダンカン・ワットが疑問を投げかけた。「彼らはこっちが何者か知らないんだぞ」

「数時間あります」ショウムは食い下がった。「わたしに彼らと話をさせてください。ガニメアンですよ。遠い昔にミネルヴァに住んでいた巨人の一人。それなら彼らの注意を引けると思いませんか?」

ダンチェッカーは首を横に振りながら笑みをたたえていた。相手の気分を害することなく微妙なことを伝える方法を探しているかのようだった。「もちろん、きみの言うことは正しいよ、フレヌア。本当に悲惨なことだ。しかし、たとえ成功したとしても、それは想像を絶する広大な全体像の中のほんの小さなひとかけらに過ぎないのだ……」

「この世界には人が住んでいるんです。生きて、考えて、感じる、人々です」

ハントは親指とほかの指で眉間をつまんだ。ダンチェッカーの言うことはもちろん正しい。ダンチェッカーがショウムに気づかせようとしたがあえて口にしなかったのは、この世界の未来はどのみち決まっているということだ。すでに起きてしまった過去がずっとそのままであるように、何をしようが未来を変えることはできない。物理学者や哲学者はいまだに議論を続けていることだが、このミッションが突き止めようとしているのは、マルチヴァース内で開始された行動がそれまで存在しなかった新しい未来を生み出すかどうかだ。しかし、気持ちが昂《たかぶ》っていたので、ハントはその話に踏み込むつもりはなかった。

「何をするにしても、早くしたほうがいいわね」チェンが言った。「彼らはもう空港へ向かっているかもしれない」

ルナリアンと接触するまでは厳密にはイージアンが責任者だったが、彼は首をかしげてショウムに指示を任せた。

「ガルース」ショウムは言った。「接続はできますか？　メルティスにあるランビア政府のシステムが必要です――ペラスモンの問題に最も密接に関与している部署です。始めるのに最適な場所はおそらくアグラコンでしょう」


翻訳部門の責任者、ヴァズキンのデスクの上で、白い電話の呼び出し音が鳴った。それはアグラコンの内部システムで、外部とはつながっていなかった。その時ヴァズキンはデスクを離れていた。ライシャは椅子の上で体をまわして受話器を取った。「セリオス翻訳室、ライシャ・エングスです」

「ファリシオです。本館の通信室にいます。こちらに翻訳者が必要です。すぐに来てもらえますか？」ファリシオはセリオス代表団の上級交渉役だ。彼の声には緊張しているような響きがあった。

「ええ、はい、もちろんです。どんな――」

「とにかく来てください」背景で聞こえる、早口でとげとげしい別の声が、ライシャには聞き取れなかった何かを言った。ファリシオは電話を切った。ライシャは不思議に思いながら、オフィスでの仕事用にしているバッグにペンとノートを放り込んだ。翻訳室は、複合庁舎アグラコンの裏手の周辺ビルの一つにあり、本館を含む保安エリアの外側に位置していた。通信室に行くためには、警備室で入館手続きをして、ランビア人の案内役をつける必要がある。ライシャは身分証明書と許可証を持っていることを確認し、何人かの好奇の視線に送られながら、ドアに向かって急いだ。

地下に降りた後、近道に通じている脇のドアから外に出て、ＶＩＰ用車両のガレージの裏手に沿った細い路地を進み、アクセス道路の一つにつながる道に出た。全体の雰囲気が変わっているような気がした。表立った騒音や騒ぎはないものの、ランビア兵がそこらじゅうにいて、目的を持って迅速に動いていた。何か恐ろしくまずいことがあったのではないかという不安が突然沸き上がってきた。

別の路地を進み、レストランと職員用カフェテリアの脇のドアにたどり着いた。正面玄関を抜けると、警備所の向かい側から保安エリアに入ることができる。建物に入り、キッチンを過ぎて食堂エリアに向かう通路を進んでいたら、代表団の技術専門家であるメラ・デュクリーズが、ライシャのほうへ急ぎ足で近づいてきた。同じルートを逆方向からやってきたらしい。すっかりうろたえて、不安そうに背後をちらちら見ている。

「何かあった？」ライシャは尋ねた。

「よくわからない。何らかの乗っ取りが進行しているようだ。兵士たちが人々を誘導している。中は完全に封鎖されているぞ」

「どうやって出たの？」

「わたしが着いた時、ちょうどゲートで口論が起きた。その隙にすり抜けたんだ。ペラスモンを倒そうとする動きかもしれない」建物内の食堂のほうから抗議の叫び声が聞こえてきた。デュクリーズはライシャの腕をつかんで注意を引き続けた。「それが何を意味するかわからないのか？　そんなことが起きているとしたら、これはその一部でしかない。大統領の飛行機は目的地にたどり着けないんだ！」

ライシャは首を振って、手で口もとを押さえた。「そんな！」

「オフィスを出た時、兵士はいたか？」

「外にはいたけど、まだ誰も入ってきていなかった」

「まだみんなに知らせるチャンスはあるかもしれない。保安エリア内からの通信はすべて遮断されている。さあ行こう」

二人が出会った通路から少し離れると休憩室と階段があった。階段の登り口の脇の壁にくぼみがあり、ライシャはそこに白い内線電話を見つけた。「二人とも止められたら意味がない。あなたは先に行って。あたしはそこからかけてみる」彼女は指差した。デュクリーズは電話を見て、素早くうなずき、急いで立ち去った。ライシャは電話に近づき、翻訳室の裏にあるプレスルームの番号を打ち込んだ。少なくとも、こうして脇道にいれば通路からは見えない。誰に何を頼むつもりなのか、自分でもよくわからなかった。

リーン。リーン。「ああお願い、お願い……」

「セリオスのプレスルームです」

「ウセリア、あなたなの？」

「はい。どなたですか？」

「ライシャよ。あのね、説明する時間がないの。さっきあなたがオッセルブルクのＮＥＢＡ報道局にいる人につないでいた回線。あれはまだ開いてる？」

「そのはずだけど。どうして――」

「もう一度彼に連絡して。名前はウス・ウォシ」

「ほんとは、こういうのはすごく異例なことで、あなた――」

「ウセリア、黙って！　そんな時間はないの！　いいから電話して！」

ライシャの口調だけで充分だった。「何を言えば？」ウセリアは震え声で尋ねた。

通路の突き当たりにある食堂から声が聞こえてきた。「こっちに三人連れて来い。向こうを調べるんだ。外へのドアはすべて封鎖しろ」

ライシャはなるべくゆっくり、はっきりと話そうとした。「よく聞いて。セリオス軍の基地にクレシムール・ボソロス中尉がいる。ウスなら連絡先を知っているの。人統領専用機がなんらかの危険にさらされている――具体的なことはわからない。ボソロスからセリオスの最高司令部にメッセージを送ってもらわないと」メルティスのアグラコンから軍を経由して警告を伝えれば、ＮＥＢＡ報道局の誰かが申し立てるよりも注意を引きそうだ。

「本気なの？」

「クーデターみたいなものが進行している。今にも彼らがやってきそうなの、ウセリア。とにかくやって」

「NEBAのウス・ウォシ。クレシムール中尉……ボソロスだっけ？」

「そう」

「おまえ！　電話。だめ！」ランビア兵が片言のセリオス語で怒鳴り、ライフルで威嚇するようなしぐさを見せたが、銃口を向けようとはしなかった。

「大丈夫です。ランビア語を話せます」ライシャは受話器を置きながら言った。

「誰と話していた？」兵士の背後からあらわれた下士官が尋ねた。

「内線電話です。あたしはセリオス代表団の翻訳者です。通信室に呼ばれたんですが、道に迷ってしまって。教えてもらおうとしていたところです」

　ランビアの下士官はライシャのバッジをのぞき込んだ。「許可証は？」ライシャはバッグから書類を出して緊張しながら待った。「一緒に来い。正面の保安ゲートまで案内してやる。おまえたち二人は作業を続けろ」

「了解です」

　ライシャが下士官と一緒に通路に出たちょうどその時、突き当たりにある外へのドアからメラ・デュクリーズが館内へ連れ戻されてくるのが見えた。

〈シャピアロン〉号のコマンド・デッキのメインスクリーンからこちらを見つめているのは、

痩《や》せた、鷹《たか》のような顔立ちの男で、黒い目は鳥のようによく動き、先細りの口髭をたくわえていた。彼はランビアの陸軍元帥の制服を着ていた。背後にも多くの人物が立っていて、制服姿の者もいれば私服姿の者もいた。ほんの数分前に、大昔に消えた種族の人々を含む一団が宇宙のどこかにある宇宙船から話しかけてきていることを知った割には、充分に落ち着いているように見えた。実際、ハントは男が落ち着きすぎているような気がした。まるでこんなことが毎週起こっているかのようだった。

「現在、王は公務で国外に出ている」フレスケル＝ガルが告げた。「王国の第一王子として、わたしが代理を務める」ミネルヴァの報道によれば、ペラスモンとハルジンが乗った飛行機は、〈シャピアロン〉号が適切な連絡相手を探している間に出発していた。

「王と連絡を取る手段があるはずです」フレヌア・ショウムが言った。

「憲法により、王の不在時にはわたしが国家元首の正式な代理となる」フレスケル＝ガルはなめらかに答えた。「この真に歴史的な機会に際し、ランビア王家とその領地を代表してきみたちを歓迎する」

「頭ごなしに主張したのでは相手が気分を害するかもしれないぞ」ダンチェッカーが横から口を挟んだ。その部分は送信される音声からゾラックが削除してくれる。「われわれは何か判断ができるほど彼らの習慣を知っているわけではないのだ。リスクを冒すことは勧められないな」

ペラスモンの後継者であるフレスケル＝ガルが、将来的にセリオスに対して強硬な態度を取ることは事実としてわかっていた。だからといって、彼が現在そのような方針を取っているわけではない。彼と暗殺を結びつけるものは何もないのだ。ミネルヴァではどちらの陣営にもさまざまな派閥や陰謀が渦巻いていて、誰が犯人であれフレスケル＝ガルは王の座を継ぐだろう。

「おそらく最も大きな要因は、ブローヒリオとジェヴレン人がまだここに到着していないことでしょう」シローヒンが言った。〈シャピアロン〉号のガニメアンたちは、二年間ジェヴレンでテューリアンの代理として惑星行政官を務めていたが、その後に全面戦争に至るほど事態が悪化した原因が誰にあるかについては疑いようもなかった。「ブローヒリオがこのフレスケル＝ガルを倒し、自らを独裁者と称するまで四年あります。四年もあればいろいろなことが起こりますから」

船でガルースの副官を務めるモンチャーが、その指摘に賛同した。「たとえブローヒリオがいなくても、暗殺事件はそれだけで事態を悪化させるだろう。お互いが相手を疑っていればなおさらだ。それを阻止することが、われわれに達成できる最も重要な成果かもしれない。失敗すればほかのすべてが徒労になりかねない」

ショウムは大きく息を吸いながら、言うべきことをまとめた。そしてフレスケル＝ガルが映っているスクリーンに目を戻した。「わたしたちがなぜこのようなことを知っているのか、それは長く複雑な話なのでもっと適切な時期に語るべきでしょう。わたしたちがあらわれたという事実だけで、わたしたちの言葉には充分な重みがあるはずです。今しがたメルティスを発《た》った二人の国家元首を乗せた飛行機に、撃墜の危険が迫っています。細かいことは言いません。時間がないかもしれないのです。とにかく、ただちに命令を出して飛行機の針路を変え、状況の調査が行われるまで最寄りの安全な着陸施設に降ろす必要があります。これを防げなかったら、やがてあなたがたの世界で起こる出来事が、ミネルヴァ全土に壊滅的な結果をもたらすことになります。それらにすべて対処した後で、今起きている出来事の特殊性と、両種族の関係の発展についてお話しします」

コマンド・デッキ内の全員の目がメインスクリーンに釘付けになっていた。フレスケル＝ガルは消えた異星人と見慣れぬ人間が混在する奇妙な集団を前にして顔を歪めていた。何を考えているか、ほとんど読み取れそうだ。〝どこからともなくあらわれて、われわれの未来を知っていると言うのか？〟さらには、〝われわれが存在する前から高度な文明を発達させていた存在に、星から旅をしてくる船だと？〟

「どうしてそんなことを知っているのだ？」フレスケル＝ガルは尋ねた。

ショウムは抑えきれない焦りにため息をついた。「すでに言ったように、今は時間がないのです。すべてはしかるべき時に説明します。とにかくわたしたちの言う通りにしてください。飛行機の針路を変更して着陸させるんです」

フレスケル＝ガルはさらに数秒間、目を泳がせながらこちらを見つめていた。そして決心がついたのか、振り返って同席している人々と相談を始めた。ずいぶん長く思える間、彼らは身ぶり手ぶりを入れて言葉を交わしていた。ハントはダンチェッカーの視線を捉え、ただ眉を上げた。チェンは無表情に見守っていた。今は何も言うことがなかった。

スクリーン上の議論が人々のうなずきと共にようやく終わると、何人かが急いでその場を離れていった。フレスケル＝ガルが再び前に進み出た。「いいだろう。きみたちの希望に従って指示を出そう。今は管制官に連絡し、着陸の代替案を作成しているところだ」〈シャピアロン〉号の船内で安堵《あんど》のため息が広がるのが聞こえた。フレヌア・ショウムは思わず手をついて体を支えた。「さて、この状況にふさわしいもっと適切な環境で、きみたちが伝えたいという残りの話を聞かせてもらうのはどうかな」フレスケル＝ガルが提案した。「きみたちをミネルヴァの客人として迎えられることを光栄に思う。われわれはかなりの焦燥と果てしない興味をもって、きみたちの話を待ち望んでいる」


追跡ステーションで中継された映像が流れていたスクリーンが消えた後、アグラコンの通信室にはしばらく沈黙が続いた。建物を占拠した王子直属連隊の兵士たちがドアの脇に陣取っていた。ペラスモンのスタッフは全員退去させられ、フレスケル＝ガルの部下がコンソールとモニターパネルで配置についていた。

「終わりですか？」一時的に通信を担当した少佐が確認した。

「接続は切れました。送信終了です」技術者が告げた。フレスケル＝ガルは緊張を解き、月の裏側でジェヴレン船のブリッジにいるブローヒリオとその部下を映しているスクリーンに向かって、問いかけるような視線を送った。

「素晴らしい！」ブローヒリオが言った。「見事な演技です、殿下。わたしもあやうく信じそうになりました。いや、これは失礼。今はもう〝陛下〟ですね……とにかく、もうじきそうなります」

36

フレスケル＝ガルからの報告によれば、二人の国家元首を乗せた飛行機は安全な着陸地に向かっており、彼らから謝意と敬意を〈シャピアロン〉号に伝えてほしいというメッセージが届いたとのことだった。両元首は、変更されたスケジュールの整理がついたらすぐに、おそらくはセリオスで、船からの代表団を共同で迎え入れることになる。それまでにメルティスで準備会議を開いておけばいろいろと手配が楽になるはずなので、フレスケル＝ガルの提案通りにそこへの着陸を進めるべきだろう。カラザーもコールドウェルも、あらゆる段階であらゆる決定に関与しようとするタイプではなかった。ミッションとしての戦略は決まっており、それを実行する最善の方法を決めるのは現場の人々だ。フレヌア・ショウムは、主ビーコンを経由してテューリアンのコントロールセンターに最新の状況を伝えてから、フレスケル＝ガルとの会談の準備に取りかかった。

一行は〈シャピアロン〉号の汎用シャトルで降下した。ジセックを救出した偵察用の探査機よりは大きいが、通常サイズの着陸船よりは小さい――そちらではランビア人から指示されたアグラコン内のヘリパッドに収まりきらないのだ。イージアンとショウムがテューリアンの代表で、少数のスタッフを伴っていた。ハントとダンチェッカーは地球の代表。モンチャーと二人の上級クルーもガルースの代理として同行した。〈シャピアロン〉号はシャトルを発射するために接近したが、ミネルヴァからは月が生み出す影で見えない範囲にとどまった。惑星上の各政府がそれぞれのタイミングで住民に船の存在を知らせるほうが、天文界の大騒動で早々に明らかになるよりも適切だと思われたからだ。

ハントはシャトルのキャビンで静かに席につき、一つのスクリーンでは球形のミネルヴァが大きさを増していくのを、別のスクリーンでは近くを通過した月がゆっくりと小さくなるのを見守っていた。思いは七年前の〝チャーリー〟の発見へと戻っていた――ルナリアンの存在を初めて明らかにした月面の宇宙服姿の死体だ。その後の調査は主にグレッグ・コールドウェルが中心になって進められ、UNSAの首脳陣は誰が何をするべきかの線引きに忙殺されていた。その時にハントとダンチェッカーが初めて出会ったのだ。二人の初期の大きな成果の一つは、チャーリーの身辺にあった書類や後に見つかった証拠から彼の世界を再構築したことだった。ミネルヴァと名付けられたのはその時だ。ハントのグループは、UNSAによる調査の中心地となっていたヒューストンの研究室に直径三メートルの惑星の模型を作った。あの頃はその模型を何時間も見つめながら、五万年前に存在した失われた世界の姿を頭の中で再現しようとしていた。島や海岸線、山脈や赤道直下の森林、進行する氷河に挟まれた居住エリアや大都市など、あらゆるものを知り尽くしていた。今スクリーンに映っているのはすべて見慣れたものだ。しかし、それは研究室の模型でもなければコンピュータによる再構築でもない。それは現実であり、たしかにそこに存在している。ハントたちはその地表に降り立とうとしているのだ。

その一方で、月は見慣れない姿をしていた。子供の頃から科学の本や百科事典で見ていた写真よりもつるりとして特徴がなかった。地球人類の歴史――さまざまな民族の出現、最初期の祖先の生存のための奮闘――を見守っていた月は、大戦末期にその地表で繰り広げられた激しい戦いの傷跡を残していたが、それはミネルヴァの崩壊と共に何十億トンもの破片によって消し去られた。しかし、そうした出来事は二十年も先のことだ。ミネルヴァを見守る月はまだ汚れなく穏やかだった。

「不思議な巡り合わせだと思わないかね?」ダンチェッカーの声が近くから聞こえた。ハントはスクリーンから目をそらした。「はるか昔、ミネルヴァを失った月が単独で地球へたどり着き、われわれの祖先を運んできた。そして今、五万年後の子孫であるわれわれが、すべての始まりの場所に戻ってきた。起源の場所に敬意を表するようなものだ――言ってみれば聖地巡礼か」どうやらダンチェッカーも同じようなことを考えていたようだ。

「ちょっと鮭《さけ》と似ているな」ハントは言った。

ダンチェッカーは舌打ちをした。「きみは時々ひどく俗っぽくなるな、ヴィック」

ハントはにやりと笑った。「たぶんニュークロスの影響があるんだろう」彼が育ったロンドン南部の一地区のことだ。「『どこまでも労働者だ、それを誇りに思え』というのが父の口癖だった。高尚なものにはあまり興味がなかったんだ。『猿が高く登れば登るほど、ほかの連中からは馬鹿に見える』なんてのもあったな。父はわたしが夢中になっているようなことは最後まで理解できなかった。わたしに向いているのは異世界に行くことだけだと言っていた。それについては父の言う通りかもしれない」

ダンチェッカーはなんと返事をすればいいのかわからず、眼鏡の奥で目をぱちぱちさせていた。

〈シャピアロン〉号のモンチャーと二人の上級クルーは黙っていた。降下チームの中でこの三人だけがミネルヴァを実際に見たことがあった。彼らはテューリアンではない。彼らにしてみれば、自分たちが二千五百万年も前に――本人たちの認識では二十年以上前に――旅立った失われた故郷が、魔法のように蘇《よみがえ》ったのだ。

シャトルは高層の巻層雲《けんそううん》を突き破った。ハントが下へ目をやると、低層の雲の合間にのぞく灰色の海を背景に、ランビア南部の海岸線の一部が途切れ途切れに見えた。「お客さんが上がってきます」〈シャピアロン〉号のゾラックが、月の片側に配置された探査機を通じてシャトルのレーダーを読み取りながら報告した。スクリーンに映し出されたジェット戦闘機の編隊は、上昇しながら散開して、降下するシャトルの周囲で護衛隊形を取った――儀礼としての護衛なのか、警戒の目で見守っているのかは判別できなかった。そのデルタ翼機は扁《へん》平《へい》な胴体にエンジンを横並びに搭載し、二枚の尾翼を立てていた――二十世紀末の激動期に地球人が設計したものと不気味なほどよく似ている。サメやイルカと同じように、うまく機能する形状というのはかなり狭い範囲に限定されていて、普遍的に出現するものなのだろうとハントは推測した。

「針路は予定どおり、問題なし」降下するシャトルを見守っているランビアの地上管制官から報告があった。「着陸地点もクリア」

「接近ビームを受信」ガニメアンの副操縦士が応じた。「到着まで三分強」

「了解」

「どこか見覚えはあるか？」イージアンがモンチャーと〈シャピアロン〉号の二人の上級クルーに尋ねた。

「ないな」モンチャーが映像を見つめながら答えた。「何もかも変わっている」

首都メルティスが姿をあらわして、徐々に細部まで見えるようになり、やがて降下レーダーがアグラコンと認識したビル群が視界の中心に収まった。ビル群は大きさを増して外側へ広がり、屋根や窓のあるファサードへとゆるやかに姿を変え、シャトルの降下に合わせてスクリーン上でゆっくりと上方にスライドした後、その動きを止めた。シャトルの奮闘の唯一の印だった穏やかなエンジン音も消えた。

「着陸しました。エンジン停止中。惑星ミネルヴァに到着です」操縦士が告げた。

「久しぶりですね」ゾラックが言った。おそらく乗船している三人の最初のガニメアンたちのためだろう。彼らは圧倒されすぎて返事ができないようだった。

外部の映像で確認すると、そこは人目を引く頑丈そうな灰色の高い建物に囲まれた広場になっていて、壁際の花壇や灰色の芝生を横切る小道沿いには、やはり灰色の低木が点々と生えていた。ハントはすでに、この世界全体が昔の白黒映画のような灰色で構成されているのではないかという印象を抱いていた。広場の周辺部にはさまざまな車両が見えた——地上車やトラック、さらにはヘリコプター型の乗り物が、追い出されたかのように片側に固まっている。車両も建物と同じように頑丈で壊れにくそうだが、いかにも実用的で堅苦しい。デトロイトのスタイリストなら絶望したことだろう。中心となる色は黒、カーキ……それにさまざまな濃さの灰色だ。

シャトルが着陸した時、ルナリアンの姿は見えなかった。しかし、エンジンを停止した後、広場に隣接する大きな建物の裏口と思われる場所から人影があらわれ、シャトルに向かって近づき始めた。彼らの服装は、〈シャピアロン〉号が以前訪れた際にルナリアンの特徴とみなしていた単調なチュニックっぽい形状と、制服と思われる共通テーマのバリエーションが大半を占めていた。外套《がいとう》や帽子を身につけている者も多い。

「外は寒いのかもしれないな」ハントは言った。

「摂氏《せっし》九・三度です」ゾラックが答えた。

フレヌアア・ショウムとイージアンがシャトルのエアロックの内扉の前に立ち、その後にハント、ダンチェッカー、モンチャー、そして〈シャピアロン〉号の二人の上級クルーが続いた。インジケータはエアロック内外の圧力が均衡していることを示していた。内扉が開いた。一行は前に進んだ。そして外扉《そととびら》が開いた。冷たく湿った空気が押し寄せてきた。地下鉄の駅に漂うトンネルの臭気のような、少しつんとくる感じがあった。

イージアンとショウムは、エアロック内で後方に押し込まれた二人の小柄な地球人の視界を妨げたくなかったので、スロープの最上部で立ち止まることなく、全員が広がって平等に出迎えを受けられる場所まで一気に降りた。通信回線を通じて基本的な情報はすでに交換されていたが、この場では少し形式的な言葉が必要に思われた。ショウムはテューリアンの習慣である頭を下げる挨拶をし、自己紹介をした後、同行している人々を順に紹介していった。シャトル内の中継器でゾラックにリンクしているので翻訳は可能だが、〈シャピアロン〉号と距離があるので三、四秒の応答遅延が生じてしまう。この対話方法は、後にヴィザーで開発された方法ほど洗練されていないのだ。一行は音声と映像を拾うヘッドバンドを装着しており、ゾラックからの情報はクリップ式のイヤピースとリストスクリーンで知ることができた。ショウムが挨拶の最後に言った──「わたしたちはテューリアンと呼ばれる世界からやってきました。こちらでジャイアンツ・スターとして知られる恒星をめぐる惑星です」

一行と相対しているグループの中心人物は、風変わりな三角帽子をかぶり、編み紐《ひも》を多用した制服を着用していた──後に戦争が本格化した時に使用されるものより明らかに飾りが多い。丸みを帯びたずんぐりした体型で、肌の色はほかの人と同じ明るい茶色、平たい鼻と細い目のせいでどことなくアジア的な印象がある。彼は背筋をぴんとのばし、堅苦しく答えた。「わたしはグダフ・イラステス、ランビアとその領土の王子であるフレスケル＝ガル直属連隊の指揮官です」イラステスはためらい、どうしたものかというように随行員のほうをちらりと見たが、全員を紹介することはないと決めたようだった。「ミネルヴァを代表して皆さんを歓迎します。フレスケル＝ガルが中でお待ちです。どうぞこちらへ……」

一行はルナリアンが姿をあらわした入口から建物の中へ進んだ。ハントは映画かテレビ用のカメラらしきものを持った人物が何人かついてくることに気づいた。屋内に入って短い廊下を抜けると、床が大理石の開放的な前庭があり、そのまわりを囲む角柱は上にあるギャラリーに向かって伸びていた。廊下は、一群のアルコーブとドアの間を、左、右、前方へ続いていた。一行はギャラリーに通じる主階段を通り過ぎ、その奥にあるアーチをくぐって下《くだ》り階段を降りた。下には衛兵がいる頑丈な二重扉があった。扉の先は石造りの廊下で、上の廊下とは比べものにならないほど厳《おごそ》かな雰囲気が漂っていた。ハントの頭の中に、別の恒星から来た異星人の最初の外交使節団を迎えるにしては妙な環境だなという思いが浮かんだその時、一行は制服姿の大勢のランビア人がデスクやコンソールに向かって働いている部屋に入った。そこはスクリーンや通信機器が並ぶ広々とした明るいエリアに通じる控室だった。武装したランビア兵が壁際で配置についていた。一行の後からもさらに多くの兵士が入ってきて、扉の内側に陣取った。フレスケル＝ガル王子はその一番奥でスタッフと共に待っていた。その表情は客を迎えようとしているホストのそれではなく、石のように硬かった。

しかし、テューリアンであれ地球人であれ、到着した人々が信じられない思いで足を止めたのは、フロアに面した大きなスクリーンに映し出された一団の人影を見たせいだった。彼らは人間だったが、ルナリアンではなかった。先頭に立つリーダーは、短い黒髭をたくわえた大きな顎の中で白い歯を見せて、この瞬間を楽しんでいるかのように笑みを浮かべていた。ゾラックは彼の言葉を翻訳する必要はなかった。ハントも、ダンチェッカーも、その場にいるガニメアンたちも、ジェヴレン語に精通していたからだ。

「たいへんご足労をおかけした。カラザーには感謝したい。わたしでもこれはどうまい計画は立てられなかっただろう」ブローヒリオが言った。「直接きみたちを出迎えられずたいへん申し訳ないが、どうしても都合がつかなかった。しかし、その楽しみを奪われる時間はそれほど長くはないだろう。われわれは遠くにいるわけではないからな」

ブローヒリオが横を見てうなずくと、船長らしき制服を着たジェヴレン人がどこかに向かって肯定の合図をした。「レーザーを発射」画面外で誰かの声が指示した。

コールドウェルは短パンにハウスローブという姿で、メリーランド州郊外の自宅のサマールームにある椅子の肘掛けに坐り、真剣な顔をした十歳の孫のティミーがモーツァルトを彷彿《ほう》《ふつ》とさせる格式高い曲を子供用グランドピアノで立派に演奏するのを、どこの祖父でもそうするように義務的に見守っていた。その日は、UNSAのような組織やテューリアンのような場所が存在することを忘れてしまいそうな爽やかな夏の一日だった。外では、コールドウェルの娘のシャロンが夫のロビンと共にプールサイドで過ごしていた。メーヴは家政婦兼料理人のエレインと二人でキッチンにいて、夕食をどうするか話し合っていた。あるいは、何か女性陣がキッチンで話し合うようなことかもしれない。

ティミーは華々しく演奏を締めくくり、集中しすぎて止めていた息を吐き出した。「ブラボー！」コールドウェルは拍手をしながら叫んだ。「来シーズンはニューヨークかな？　それとも、もう少し待たないといけないのかな？」

「音階も全部知ってるよ。一つ選んで――どれでも好きなのを」

「どうやって選ぶんだ？」コールドウェルの音楽的センスはブリキの洗濯桶《おけ》並みだった。

「だったらキーを選んで」

「うーん、じゃあ……これだ」コールドウェルは黒い鍵盤を指差した。

「それはAフラット。次は長調か短調か言って」

「ああ、わたしだったら、やっぱり長調かな」

ティミーはオクターブ上まで奏でて、また下へ戻った。とにかく、正しく聞こえた。

ロビンがパティオのドアから入ってきた。外からカチャカチャと音が聞こえるのは、シャロンが皿やグラスを集めているのだろう。「何をしてるんだ？　おじいちゃんにいいところを見せてるのか？」

「わたしにはとても見事に聞こえるよ」コールドウェルは言った。「いまだに四分音符《クロチェット》とかかぎ針編み《クロシエ》の区別はつかないけどな」

「夕食は家で？　それとも外食？　もう決めたのかな？」

「今、その部署のマネージャーが話し合っているところだ」

ロビンはシャツをはおってボタンを留め始めた。「シャロンが言ってたけど、ゴダードで何かの一般開放日があるらしいね」

「そうだ」

「どういうことなの？」

コールドウェルは目を上げた。ほんの十年前でも、軍国主義時代の名残で秘密主義と保安体制が厳しい中では、とても考えられないことだった。「思い出させないでくれ。せっかく休日を楽しんでいるのに。火曜日にあるんだ。この世界を動かしている権力者たちは、ゴダードで行われていることのほとんどに公共の金が使われているのだから、民衆には自分の目で見る権利があると判断した。だから、講演会とか研究室の展示とか——ほら、よくあるやつだよ」家の中のどこかで電話が鳴った。

「おもしろそうだな。行ってみようかな。火曜日だっけ？」

「観光客と子供の大群がスタッフの食堂を占拠しているのが気にならなければな。クリス・ダンチェッカーが不在で良かったよ」

「グレッグ、あなたによ」メーヴが隣の部屋から呼びかけてきた。

「わたしは隔離中だ」コールドウェルは休日には通信パッドを持ち歩かなかった。

「カラザーよ。先進科学局から中継で。すごく深刻な様子」

「ああ。それは別だ……。すまんな、ロビン」コールドウェルは電話を受けるために部屋を出て行った。

ロビンは、ちょうどトレイを持って入ってきたシャロンに顔を向けた。「カラザー？　テューリアンの指導者のこと？」

「そうよ」

「みんな知ってるよ」ティミーが口を挟んだ。

ロビンは首を横に振った。「ぼくの義父には別の星系から電話がかかってくるのか？　とても慣れることはできそうにないな」

隣の部屋では、コールドウェルがスクリーンに向かっていた。「やあ、ブライアム。何があった？」

「ゲートの監督官から連絡があった。ビーコンとの通信が途絶えた。すべてが一度に切れたんだ」

たしかにテューリアンの機械装置が故障するのは珍しい。しかし、こんな電話をかけるほどの事態なのか？「じゃあ予備ユニットに切り替えよう」コールドウェルは言った。

「そちらもだめだ。両方が同時に停止した」

それが意味するところは明白だった。なるほど、こんな電話をするだけの理由があったわけだ。二つのビーコンが同時に停止したとすれば、何らかの機関が意図的に破壊したとしか思えない――同時に衝突事故が発生する危険を避けるために、それらは充分離れたところに配置されていた。

しかし、もっとまずいのは、その二機がヴィザーの位置特定ビーコンだったということだ。それはあの宇宙を再び見つけ出す唯一の手段だった。ビーコンがなければミッションを帰還させる手立てがなくなるのだ。

37

〈シャピアロン〉号では、船内に残った要員がシャトルの降下チームの状況をヘッドバンドから中継される情報で監視していた。かつてのジェヴレン遠征に参加していなかったチェンだけは、それがブローヒリオだとすぐには気づかなかった。ダンカンとサンディは言葉を失っていた。ガルースは、アグラコンにあるスクリーンにそのジェヴレン人が映し出されているのを呆然と見つめていたが、そこにゾラックが割り込んだ。「司令官、重大な緊急事態が発生したかもしれません。M－スペースのビーコンとの交信が両方とも途絶えました。高倍率スキャンは、両地点で破片が急速に拡散していることを示しています」

ガルースは立て続けに起こる突然の出来事に動揺して、すぐには反応できなかった。ブローヒリオがアグラコンの地下室にあるスクリーンから話し始めた時、シローヒンがそばにやってきた。

「明らかに破壊されていた」シローヒンは言った。「ジェヴレン人の仕業としか思えない」

「何かが飛来したと思われる方向を示す痕跡はないか？」ガルースはゾラックに確認した。

「ありません」

やはり意味がわからなかった。なぜジェヴレン人がここにいる？　それなら彼らを追ってトンネルを抜けた探査機もここにあるはずだが、入念なチェックを繰り返してもその兆候は見つからなかった。時間をもっと先に進んだ偵察訪問では、探査機が存在して機能していることが毎回確認されていたのだ。ただし、今回たまたま訪れた宇宙で、ほかのどの宇宙とも違って探査機が故障していたとすれば話は別だが……。違う。ガルースはその可能性を退けた。しかし、ジェヴレン人が〈シャピアロン〉号より先にここに来たのなら、なぜ彼らの五隻の船の兆候がないのだろう？　何もかもつじつまが合わない。ガルースは、ブローヒリオが自分に話しかけていることに気づいてはっとした。

「メルティスで何が起きているかは、そちらの〈シャピアロン〉号に残っているきみたちにも伝わっているだろう」

ガルースは〝そちら〟という言葉に注目した。つまりジェヴレン人は〝そちら〟ではないどこかにいるわけだ。ブローヒリオは続けた。

「きみたちもおそらく気づいているだろうが、われわれはかなりの火力を有している。きみたちの偵察装置に起きたことはその威力の実演と考えてもらってかまわない。それは今、きみたちの船に照準を合わせている。まだ話がよく見えないかもしれないから、現状を要約しておこう。きみたちはもはやヴィザーやテューリアンの影に隠れることはできない。これが最も興味深い視点の変化であり、きみたちにも同意してもらえると思う」

ガルースはその意味を充分に理解していた。〈シャピアロン〉号が最終的に地球を離れた後、ブローヒリオは、ジェヴレン人の描く歪んだ姿とは違う、地球の真実の姿がテューリアンに伝わるのを防ぐため、船の破壊を試みた。それを防ぐことができたのは、コールドウェルが率いるUNSAとテューリアンとの直接通信がちょうど良いタイミングで確立されたからだった。ガルースが半ば呆然としたまま聞いていると、イヤピースからチェンの声が聞こえてきた。抑えた口調なので、ゾラックが個別に接続しているのだろう。

「ガルース、それにシローヒン。これが何を意味するかはあなたたちにもわかるはず。フレスケル＝ガルの演技はすべて策略だった。つまり彼が言ったことはすべて嘘だった。ペラスモンとハルジンから確認のメッセージが返ってきていないのは、そもそも何も送られていないから。セリオスの航空機の針路を変える命令も出ていない。二人はまだ危険にさらされている……すでに手遅れかもしれない」

ガルースは凍りつき、うめき声をあげた。彼の関心は、地上で罠に足を踏み入れた人々や、彼の船、そしてジェヴレン人の脅威にばかり向けられていたので、それ以外にどんな影響があるかを気にする余裕がなかった。地球人のように考えられることは役に立つ。

「そうか！」シローヒンがささやいた。

「それを止められるのはわたしたちだけ」チェンが言った。「セリオス人を通すしかないでしょう。ランビアにいる人は誰も信用できない」

ガルースはスクリーン上のブローヒリオの姿をじっと見つめたが、言葉は耳に入っていなかった。チェンの言う通りだ。ここは彼らにかかっている。ガルースは必死に考えをめぐらせた。「ゾラック」

「司令官?」

「ローカルで」これはガルースの発言をミネルヴァへのチャンネルに流すなという指示だ。

「了解」

「ブローヒリオたちの計画が何なのか、自由に連絡が取れるのかどうかはわからない。とにかくやってほしいのはこれだ。セリオスの軍事司令システム、宇宙作戦機関、あるいは政府で大統領の事務を扱う部門にアクセスしてくれ。ハルジン大統領とペラスモン王を乗せたメルティス発の航空機を破壊する陰謀が進行中だと警告するんだ。われわれはミサイルで撃墜されると考えている。ただちに引き返すか針路を変えなければならないと」

「今やっています」

ガルースの顔に浮かぶ無力感を見ていると、それだけでも充分に満足だった。ブローヒリオにとって〈シャピアロン〉号とその乗員は最大の憎悪の対象なのだ。もちろん、ガルースのことは認識していた。〈シャピアロン〉号がガニメデにあらわれ、その後半年間地球に滞在して報道の嵐になった時、ブローヒリオはカラザーに報告するジェヴレンの監視作戦を指揮していた。あの船のせいで、ブローヒリオとジェヴレン人の頭越しにテューリアンと地球人との直接の接触が実現し、彼とその先達《せんだつ》が何世代にもわたって計画してきたことがすべて明るみに出てしまった。やつらが企てた策略により、ジェヴェックスは崩壊し、ブローヒリオはジェヴレンの君主としての地位を失い、地球人とテューリアンを等しく支配しようという野望を永遠に阻止された。そして今、〈シャピアロン〉号は子犬のように無防備な姿でここにある。以前にも破壊しようとしたことがあったが、回避されたあげく、すっかりコケにされてしまった。今、その借りを返して仕事をやり遂げることについて、ブローヒリオには何のためらいもなかった。

しかし、その姿を見ているうちに、頭の中に新たな思いが浮かび上がってきた。なぜ〈シャピアロン〉号を破壊するのか？　ブローヒリオ自身がガルースに楽しげに指摘したように、極めて興味深い視点の変化が起きていた。ミネルヴァの月面には五隻の船があるが、自由に動けるわけではなく、ブローヒリオとその支持者をミネルヴァまで輸送するだけの動力しか残っていないので、その後は海に沈める以外に使い道もなかった。しかし、目の前のスクリーンに望遠鏡で映し出されているのは、完全に自己完結した宇宙船であり、自前の動力源を備え、独立した運用と航行が可能なように設計されているだけでなく、二十年ほどガニメアンの集団の生存を維持していた。彼らは難民や乞食《こじき》としてミネルヴァに行く必要はなかったし、寝る場所やフレスケル＝ガルの厨房の残飯と引き換えに自分たちが持つ資源を差し出すよう強いられることもなかった。ブローヒリオが海に捨てようとしていた兵器とそれを稼働させる宇宙船の動力を備えた〈シャピアロン〉号のようなものがあれば、ミネルヴァ程度の惑星なら一週間以内に支配できるだろう。

考えれば考えるほど興味をそそられた。しかし、不動産を所有しようとする者なら誰でもそうであるように、こちらの提案と条件を決定する前に、その不動産を自分で調べてみたかった。付き合ったこともない過去から来たガニメアンを乗せた船に乗り込んだら、どんな未知のリスクがあるのだろう？　たとえ彼らがテューリアンと同じように戦いを望まない卑屈な連中だったとしても、船を管理するＡＩがどんな反応を示すかはわからない。ブローヒリオは頭を振ってエストードゥを呼び寄せた。「あの船が建造された時代には、ヴィザーに匹敵するような惑星管理ＡＩは存在しなかった。それは事実なのか？」

「その通りです、閣下。完全な統合が行われたのは、ジャイスターとテューリアンへ移住した後のことでした」

「では、あの船が地球にいた時にわれわれが耳にしたゾラックとかいうのはどんなシステムなんだ？」

「最初期のガニメアンの宇宙船には、統合制御とシステム管理ディレクターが導入されていて、驚くほど多機能であったため、その設計理念の一部が後にヴィザーに取り入れられたほどでした。〈シャピアロン〉号はおそらく後期のモデルです。ゾラックは、初歩的な自律型知能と、ヴィザーやジェヴェックスのように完全な恒星間運用が可能な超並列分散型アーキテクチャとの中間的な発展形と言えるでしょう」

「なるほど」ブローヒリオは少しも理解していなかったが、その言葉は特に何かを意味するものではなかった。彼はあらためて船の画像を見つめた。「ああいうものの制御を手に入れるにはどうしたらいい？　その船を指揮する者に自動的に従うのか？　それとも、何か別の形でもっと複雑な忠誠心を時間をかけて発展させていくのか？　それはどのようにして機能するのだ？」

エストードゥはブローヒリオの視線を追って、彼の考えがどの方向へ向かっているのかを察知した。「わたしはそのようなシステムを個人的に経験していないということはご理解ください、閣下。しかし、わたしの理解では、多重接続された自己参照学習階層が自動最適化型自発的連想ネットワークを駆動するというのが主な特徴かと思われます」彼はブローヒリオの首筋が朱に染まるのを見て、急いで説明した。「つまり、そのふるまいは初期の設計パラメータよりも経験によって形作られるということです。現在の士官やクルーに対して強い忠誠心を進化させている可能性が高いでしょう――馴染みのある時空環境から長期にわたり強制的に隔離されていた後であればなおさらです」

「ふむ」それは明らかにブローヒリオが望んでいた答えではなかった。

エストードゥは続けた。「とはいえ……」口調が変わったので、ブローヒリオは彼に顔を戻した。「このシステムは、変更できず、無視できず、上書きもできない、根本的原則という基礎の上に構築されています。それらがシステムの本質的な設計上の役割と性格を定義しています。最も基本的な原則の一つは、システムが主に愛着を抱いている生物体の安全と生存を確保することが、ほかの考慮事項よりも優先されるということです。今回のケースではその傾向が極めて顕著にあらわれています。それが正しいか間違っているかの判断、あるいは長期的に望ましい結果をもたらすかどうかの判断は、重要なことではなくなるのです。えと……言いたいことはわかりますか？」

ブローヒリオの目に理解の光が灯《とも》った。「つまり、あの化石みたいなガニメアンの命を守る方法がほかになければ、システムはわれわれの命令に従うのか？　拒否しないのか？」

「それ以上です、閣下。拒否できないのです」

「ふむ……なるほど」今度はブローヒリオは本当に納得していた。ひょっとしたら目の前にある悩みを両方とも解決できるかもしれないのだ。

ブローヒリオはもうしばらく〈シャピアロン〉号の映像を見つめていた。この船はトンネルを抜けて――それ以外にはどうやってここへ来たのか説明がつかない――彼の船団を追ってくる前に、ジェヴレンで秘密の作戦に従事していた。そういう任務なら必要最小限の乗員やクルーしか乗せていないだろう。それは彼の目的にうってつけだった。

ブローヒリオは〈シャピアロン〉号のコマンド・デッキとつながっているスクリーンの前に戻った。

「こちらの指示を伝える」ジェヴレン人たちが隠れているどこかの場所から、ブローヒリオが言った。「きみ自身ときみの船のすべての乗員は補助船に乗って退去したまえ。船は搭乗可能な状態にし、周囲五十マイルを緩衝ゾーンとする。ただちにだ」

ガルースは信じられない思いでブローヒリオを見つめた。

「無理よ」シローヒンが隣でささやいた。「ビーコンに何が起きたかを思い出して」それだけでなく、地球を発った〈シャピアロン〉号を破壊しようと試みた時も、このジェヴレン人はためらわなかった。

「何を馬鹿な」ガルースは答えた。彼らが船をほしがっているなら、クルーはその中にいるほうが安全だろう。「きみはわれわれが――」

「自分が交渉できる立場にないことを忘れているようだな」ブローヒリオが割り込んだ。縮小された彼の映像がスクリーンの半分に表示されていた。残りの半分では、イージアン、フレヌア・ショウム、ハント、ダンチェッカー、モンチャー、そしてガルースの二人の上級クルーが、武器を水平に構えたランビア兵に取り囲まれ、フレスケル＝ガルがそれを見守っていた。「これは口先だけの脅しではない。殿下は確認されますか？」

「きみに従おう」フレスケル＝ガルがスクリーンから言った。

「まずは一人から始めようか」ブローヒリオは言った。

ガルースは口の中が乾いていることに気づいた。思わずゾラックに助言を求めたくなったが、こらえた。これは指揮をとる者が決断すべきことだ。このままでは部下や友人を犠牲にすることになるのは確実だ――その上、船を失う可能性もあった。従えば自分の死を招く可能性があり、その場合、地上にいる人々がどうなるかはわからなかった。後者の選択肢では何一つ確実ではないのだ。シローヒンもそのあたりを理解しているらしく、事態をさらにむずかしくすることは控えていた。

「時間が必要だ」ガルースは言った。

「駆け引きをしている暇はない」ブローヒリオは捕虜のほうへ手を振り、ガルースの二人の上級クルーのうちでより下級の者を示した。「そいつを前に出させろ」

それはガルースがこれまでに下した中で最も苦しく屈辱的な決断だった。「わかった。きみの言う通りにしよう」


セリオス国内治安部のフレンダ・ヴェスニのデスクでディスプレイに表示されたメッセージは、衛星追跡ステーションを運営する国立航空宇宙局《NAD》のオフィスから送られてきたものだった。それを転送したNADの局長はこう書き添えていた――〝どう扱えばいいかわからない。そちらで判断してくれ〟

隣室に通じるドアがいきなり開いて、ネグリコフがあらわれた。「これは何だ？　しゃべる宇宙船からの電話？　われわれにはもっとまともな仕事があると思わないのか？　外には本当にいかれた連中がいるんだぞ」

ヴェスニはためらい、唇を嚙《か》んだ。「大統領府に警告したほうがいいと思いませんか……念のために？」

「なんだって？　そして部内で一番の馬鹿どもと呼ばれたいのか？　どうせ学生のハッカーか何かがシステムに侵入したんだろう」

「でも、そのためにわたしたちはここにいるのでは？　情報を伝えるために？」

「そうだ。それと情報の評価もな。わたしがここに勤め始めたのは昨日や今日じゃないんだぞ。保育園の子供だってＮＡＤのセキュリティを突破できるんだ。これからグラットのところへ行ってくる。数分で戻る」

「これはどうすればいいのですか？」

「ああ……いつか誰かが詳細を必要とした時のために、ファイルしておくようディラに言ってくれ。ひょっとしたら、連中もそれを探し出せるくらい賢くなるかもしれん」ネグリコフはオフィスを横切りながらぶつぶつ言い続けた。「ペラスモンが突然ここに来ることになって、こっちがどれほど忙しくなったと思っているんだ……。しゃべる宇宙船か」彼は音高くドアを閉めて出て行った。


ヴェスニはもうしばらくそのメッセージを見つめた。放置するのはやはりずさん過ぎるような気がした。しかし……上司がそう言ったのだ。しかたがないので追記を入力し、ディラの注意を引くためにその項目にフラグを立てた。たとえデマだったとしても、ネグリコフが大きなリスクを負うわけではないのに。ヴェスニはネグリコフのことを部内でも指折りの大馬鹿野郎だと考えていた。

基地の司令官は、オフィスにクレスが案内されてくるのをデスクから見ていた。「ボソロス中尉です」部隊長はそう告げてそのまま部屋にとどまり、当番兵がドアを閉めた。司令官は再びメモを見て、中尉に話を繰り返させた。

「その情報はどこから得たんだ？」司令官は疑いをあらわにして尋ねた。「ＮＥＢＡにいる知り合いか？　ジャーナリスト？」

「彼は転送しただけです」クレスは答えた。「情報の発信元はランビアにいる人物で、メルティスのアグラコンで技術代表団に同行しています」

「その人物が誰なのか教えてもらえるか、中尉？」

「えー……わたしの婚約者です……おそらく……願わくば」

「ああ、なるほど。その女性はどんな立場でそこにいるんだ？」

「代表団の技術翻訳者です」

「名前は？」

「エングスです。ライシャ・エングス」

「ふむ」司令官はメモを取り、さらにその紙片を見つめた。「つまりきみは、これがランビアのアグラコン内部から、ここセリオスの軍事基地にいるきみの元へ伝えられたと言っているのだな？」

クレスは唇を噛み、息を吸った。これは逃れようのないことだった。「その通りです」

「きみはそのような告白の重大性を理解しているのだな？」

「はい」

「この代表団は誰の指揮下にあるんだ？　報告はどの部門にしている？　知っているか？」

「国立科学研究局だと思います」

司令官はさらに数秒考えてから、鼻を鳴らして電話に手を伸ばした。「中尉、これが間違いなら、きみは厳しい立場に置かれて、多くの説明をしなければならないぞ……うん、すぐに師団のオーダン将軍のオフィスにつないでくれ、秘匿回線で。極めて緊急を要する事態が発生し、科学研究局に確認が必要だ。極めて緊急だ」彼は受話器を置き、椅子に背をもたせかけてクレスを見つめた。「これが本当なら、どうやったかは聞かずにおこう」

「承知しました」クレスは言った。

38

最初にフレスケル＝ガルと会うために連れて行かれた場所は、作戦室か通信センターのような雰囲気だったが、そこから移動させられた先は、塗装された壁、パッド入りのプラスチック製の座席、オフィス風の金属製の家具など、より質素な造りになっていた。イージアンとショウムには合わない座席だったので、二人はやむなく端に腰掛けたり立ったりを繰り返していた。ドアの内側には武装した衛兵が二人いて、外にはもっと大勢いた。彼らのために用意された策略というより、もっと大きな何かのまっただなかに踏み込んでしまったことはほぼ疑いようがなかった。フレスケル＝ガルは、ブローヒリオに敵《かたき》を嘲笑《あざわら》う機会を与えた後、急いで全員を退出させたらしく、未来からやってきた生身の異星人を乗せた船に対して不思議なほど興味がないようだった。一連の出来事も、絶え間ない呼び出しや使者の出入りで何度も中断されていた。もっと差し迫った用事があるので、こちらは先送りにされているような感じだ。ハントは革命のまっただなかに到着したような気がした。

ハントの隣で回転椅子に坐っているダンチェッカーが、わずかに頭をめぐらせた。「むしろわたしが心配なのは――」

「しゃべるな！」衛兵の一人がドアから怒鳴った。ダンチェッカーは再び黙り込んだ。ここにいる間にジェヴレン人の言葉をあれこれ耳にして、ランビア人の言葉と似ていることに気づいていたので、いくつかの単語は理解することができた。ランビア人は、捕虜たちのヘッドバンド、イヤピース、リストスクリーンを取り上げて、〈シャピアロン〉号との通信手段とゾラックの翻訳機能を奪っていた。それはまた、一緒にいるガニメアンとの会話も不可能になったことを意味していた。

ダンチェッカーは、物事に影響を与える可能性がある時には異議を唱えたり騒ぎ立てたりするが、可能性がなくなると諦めたように沈黙して状況の変化を待つほうだった。ハントはその逆だ――むしろコールドウェルに似ている。坐って、何もせず、ただ待つというのは性に合わなかった。違いをもたらせる可能性がどれほど小さくても、何かをせずにはいられなかった。

ハントがなにより心配していたのは、ハルジンとペラスモンの乗った飛行機が、今まさにセリオスに向かっていることだ。フレスケル＝ガルの言っていたことがすべて嘘なら、飛行機の針路を変更させたというのも嘘に決まっている。これからの数年間に繰り広げられるはずの出来事に関する断片的な知識を考慮に入れれば、あの飛行機の撃墜事件の背後に誰がいたのかはもはや明白なように思われた。革命のまっただなかに踏み込んだような感覚は少しも的外れではなかった。まさに正解だったのだ！

二人の指導者が暗殺されたことでフレスケル＝ガルがペラスモンの後継者の地位についたわけだが、皮肉なことに、ランビアの有力派閥はこれに反対していたのだ。フレスケル＝ガルが取った強硬路線は、将軍であり顧問でもあったザルゴン——疑われていた通り、明らかにブローヒリオ——に後押しされ、セリオスとランビアを戦争へと導く取り返しのつかない敵意を呼び起こした。しかし、〈シャピアロン〉号の偵察訪問でわかったのは、この最終段階まで至っても、そうならない可能性もあったということだ。セリオス人は知っていたのだ。セリオスの軍部はこの陰謀を察知し、警備担当者に警告を送ったが、そこの誰かがそれを放置した。この失態はスキャンダルとなって、首脳陣の首が飛び、大勢が職を失ったが、事態の流れを変えるには遅すぎた。

もちろん、ガルースや船上の仲間たちも飛行機の針路が変更されていないことに気づいたかもしれないが、ハントにはそれを確かめるすべはないし、たとえ気づいたとしても彼らに何ができたかはわからない。となると、残るは地上に降りているハントたちだけだ。しかし、武装した衛兵に閉じ込められ、通信手段もない自分たちに何ができる？

ひとつだけ考えられるのは、フレスケル＝ガルの立場が盤石《ばんじゃく》なものとなる前に、その自信を揺るがす方法を見つけることだ。そうなれば彼も考え直すかもしれない。ハントは自分たちの手駒で使えそうなものを頭の中で数えあげた。多くはなかった。彼らは現在のミネルヴァの技術をはるかに超える宇宙船で到着したが、それはブローヒリオと彼のジェヴレン人も同じだ——それどころか、なんと五隻の宇宙船で到着したのだ。たしかに、〈シャピアロン〉号が独立した運用が可能であるのに対し、ジェヴレン船はこの宇宙にはまだ存在しない設備に依存しているが、なによりも重要なこれからの数時間に、フレスケル＝ガルがその点を気にかけることはなさそうだ。ハントたちと一緒にいるのは遠い昔にミネルヴァから姿を消した異星人であり、それは考古学者などさまざまな分野の研究者にとっては果てしない興味の対象でも、フレスケル＝ガルのような現実的な性格の者が圧倒されることはないだろう。彼の関心を引きそうなのは、戦争を語り、武器を運んできてくれる異星人だろうが、それならすでにブローヒリオやジェヴレン人がいる。

となると、あとははったりに頼るしかない。ハントたちは、セリオスの大統領専用機がミサイルで撃墜されようとしていて、それがほぼ間違いなくフレスケル＝ガルの仕業だということを知っているが、フレスケル＝ガルには彼らがどうやってそれを知ったのかを突き止めるすべはない。別の世界からあらわれた見知らぬ連中が知っているとすれば、ミネルヴァにいる大勢の不満分子も知っている可能性があるのではないか？　フレスケル＝ガルは計算高そうに見えた。自分の立場が強固になるどころかむしろ弱まる結果になりそうなら、このまま暗殺を進めることを考え直すかもしれない。少なくとも、それは具体的な目標になる。その後に何が起ころうと、その時に対処すればいい。

ほかにはあまり選択肢もなかったので、ハントは身ぶり手ぶりで衛兵たちに話をしたいと伝えた。そのうちの一人がこっちへ来いと合図した。ハントは立ち上がり、はかの人たちから不思議そうな目で見られながら近づいた。衛兵は八フィートほどまで近づいたところで止まれと指示した。「そこだ、おまえ［何かの指示］」

「ランビアの王子と話す」ハントはドアを示した。「フレスケル＝ガル」

衛兵は首を横に振った。「話だめ。殿下［聞き取れず］別の人」古いランビア語と後世のジェヴレン語でやりとりするのは面倒だった。ゾラックがいればずいぶん違うのだが。そう考えたとたん、これを利用してゾラックにアクセスできるかもしれないと思いついた。ハントは偵察訪問の聞き取り調査で少しだけ覚えたセリオス語を使い、単語をつなぎ合わせて即席の文章を組み立てた。衛兵はまた首を横に振った。

「セリオス語、わからない」

ハントは再び身ぶりを交えて声に切迫感を出し、違いがわからないかのようにランビア語とセリオス語を混ぜた。「どうしても……重要な……フレスケル＝ガル……危険」もう一人の衛兵が何か呟き、ドアを叩いた。反対側からドアが開かれ、彼は出て行った。

「待て」最初の衛兵は命じた。ハントは訓練中の犬のような気分でそれに従った。どこにも行くつもりなどなかった。

しばらく待っていると、またドアが開き、二番目の衛兵があらわれた。「王子［何か］話せ［何か］急げ」

衛兵に連れて行かれたのは、以前いた通信センターのような場所だった。まだ大忙しの様子だ。フレスケル＝ガルは数名の士官と話しながら、地形や都市の地図が表示されたスクリーンの列を参照していた。宇宙空間に浮かぶ〈シャピアロン〉号の姿もあった。ミネルヴァの天文台の映像なのか、ジェヴレン人がどこかに配備した監視装置の映像なのかは、知りようもなかった。驚いたことに、通常サイズの着陸船がそこから分離し、遠ざかっていくのが見えた。着陸船を使う唯一の理由は、搭乗しているすべての乗員を運ぶことだ。しかし、それが何を意味するのかを考える前に、フレスケル＝ガルが振り返った。

「どうした？」

「ハント」ハントは自分を指さした。

「何の用だ？」

少し馬鹿みたいな感じはしたが、ハントはこびるように微笑むと、再び言語を混ぜる演技を始めた。フレスケル＝ガルは顔をしかめて話を聞き取ろうとした。「すみません」ハントは言った。「セリオス語のほうがわかる。宇宙船の翻訳コンピュータがあれば簡単」とにかく、これはゾラックにアクセスする一つの手段だった。我ながらなかなか独創的だ。

「必要ない」フレスケル＝ガルが言った。「セリオス人の翻訳者を手配してやる」

ライシャは、アグラコンの保安エリア内にいたファリシオやそのほかのセリオス人たちと一緒に坐っていた。彼らがいるのは本館地下の通信室がある階のどこか、何かの店のような薄汚れた部屋だった。ライシャはまだ混乱していて、何が起きているのかさっぱりわからなかった。ほんの一時間前に感じていた高揚感があまりにも唐突に崩れ落ちたので、頭がうまく回らなかった。ハルジンとペラスモンの演説、両国の和解、それが意味するものすべてを目の当たりにした後で、こんなことはあり得なかった。何度もこれは悪い夢だと自分に言い聞かせ、無理やり目を覚まそうとした。しかし目覚めは訪れなかった。これは現実に起きているのだ。

ライシャは、メラ・デュクリーズが代表団のオフィスが占拠される前にそこへ戻ろうとして館内に連れ戻されるのを見た後、ランビアの下士官に連れられてレストラン棟の外にある警備所まで行き、彼女がファリシオの呼びかけに応じて向かおうとしていた通信室へ案内してくれる護衛があらわれるまで一緒に待っていた。しかし、ライシャは通信室までたどり着けなかった。途中でランビアの士官と兵士たちに制止され、別の部屋へ連れて行かれたところ、そこにはすでにファリシオたちが捕らえられていた。ファリシオはライシャを呼び出した時点では状況を把握できておらず、通信室からいきなり追い出されたことを誤解だと考えていた。フレスケル＝ガル王子が側近を連れてあらわれたのは、セリオス人たちが今いる場所に連れてこられたときだった。ライシャには、王子がペラスモンの立場に反対し、自らランビアの支配権を狙っているとしか思えなかった。ウセリアがＮＥＢＡにいるクレスの友人に警告を伝えたのか、そもそも伝えようとしたのかについては、デュクリーズがプレスルームにたどり着けなかったのでわからなかった。今ライシャにできるのは、積み上げられた箱とむき出しの壁、ダクト、配管を見つめながら、まだこれから目が覚めるのかもしれないというわずかな希望を抱くことだけだった。

ドアの鍵を開ける音がした。皆が顔を上げた。制服のようなものを着たランビア人の女が、入口に陣取っていた衛兵を残して中に入ってきた。「ここに翻訳者はいますか?」女は部屋全体に向かって言った。セリオス人たちは戸惑った視線を交わした。何人かがライシャに目を向けた。ライシャは返事をしようとしたが、喉が詰まって声が出ず、唾をのんですっきりさせなければならなかった。

「あたしは翻訳者です」

「あなたが必要です。こちらへ」

衛兵に付き添われて、大勢の人が急ぎ足で行き交う廊下を進むと、両側に衛兵が配置された二重ドアがあり、そこを抜けると制服姿の事務員がデスクやコンソールに向かう控室になっていた。女はライシャに衛兵と一緒にそこで待つよう合図し、進み出て内側のドアの前にいる士官に何か言った。士官がうなずいて奥に姿を消した時、スクリーンや通信機器で埋め尽くされた明るい部屋が一瞬だけ見えた。陸軍元帥の制服を着た、口髭をたくわえた鋭い顔つきのランビア王子が、大勢の士官や側近の中心にいるのに気づいて、ライシャは思わず息をのんだ。二人が待っている間も人々が出たり入ったりした。定期的に外側のドアから伝令が入ってきて、事務員たちにメッセージを残していった。

やがて、奥に入っていた士官が、ランビアの大佐の制服を着た別の士官を連れて戻ってきた。もう一人、変わった姿の男が一緒にいた。ライシャが見たことのない服装で、背が高く、手足が長く、肌は茶色というよりピンクに近い珍しい色で、やはり薄い色の髪はウェーブがかかっていた。目の色もライシャがこれまでに見た誰よりも薄く、機敏に動き、何も見逃しそうにない。男は、セリオス人が拘束されている部屋からライシャを連れてきた衛兵と女をちらりと見た後、あらためてライシャに目を戻し、すぐに状況を理解したようだった。そして彼女の視線をとらえて笑みを浮かべた。ライシャはどう反応していいかわからず、目をそむけて真顔を保った。

「セリオスの翻訳者です」制服姿の女が言った。

「このよそ者との会話を手伝ってもらいたい」大佐は薄い肌色の男に顔を向け、話をしろと促した。


テューリアンから来た快速船はＭＰ２中央部のベイ内部でドッキングした。カラザーとクエルサングの多元転送機《マルチポーター》から来た科学者グループは、ＭＰ３ゲートの監督官とその助手に迎えられた。一行は施設のコントロールセンターへと急いだ。仮想旅行が適しているのは、日常業務の遂行、息抜きや娯楽用、ほかに選択肢がない場合とされているが、今回はそれが適しているとはとても思えなかった。

「何か知らせは?」カラザーがそう尋ねたのは、遠くの宇宙空間に並ぶ投射ベルと関連施設を見渡すガラス張りのギャラリーに到着した時のことだった。コールドウェルはすでに地球から接続されており、オヴカのウインドウ内に映像が挿入されていた。

監督官は重苦しい表情だった。「残念ながら何もありません。痕跡もありません。完全に消えました」

カラザーはおおむね察していた。状況に変化があれば、連絡が来ていたはずだ。彼は懇願するようなしぐさをした。「何もできることはないのか? ヴィザーで何か捜索はできないのか?」

「捜索するものがないのです。ビーコンが故障したら、M-スペースでは見えません。〈シャピアロン〉号も同じです。それが存在する宇宙を見つけるには、計測探査機を送って環境に合わせて探すしかありません。成功の確率をゼロよりわずかに高めるために必要な試行回数を考えると、それは現実的ではありません」

「しかし、同じことが進行している宇宙は膨大な数があるのだろう?」コールドウェルは言った。「少しは確率が上がるのではないか?」

「ほんの少しは」監督官は認めた。「ですが、さっき言った分布統計が希薄であるという問題がまだ残っています」彼は両手の親指で眉間をもんだ。「それに、とてつもない幸運により〈シャピアロン〉号が存在する宇宙を発見したとしても、それが〝われわれの〟〈シャピアロン〉号であることを確かめるすべはありません。実際、そうでない可能性のほうが圧倒的に高いのです。ビーコンが作動していれば、そのアンビリカルはわれわれのこの宇宙と一意につながります。無数のバージョンがあるかもしれませんが、それは〝われわれの〟ビーコンであり、〝われわれの〟〈シャピアロン〉号と同じ宇宙にあるのです。今はもう、それは当てはまりません」

「帰って来さえすれば、彼らは細かいことにはそれほどこだわらないだろう」コールドウェルは答えた。

その女性は、ルナリアン特有の背が低い丸みを帯びた体型で、地球の地中海人のような肌をしていた。まっすぐな黒髪に東洋風のアーモンド形の目のおかげで、とても可愛らしい印象がある。地味なベージュのハイネックのチュニックに、茶色のノースリーブのオーバーベストをはおり、何かバッグを持っている。一緒にいた女は「セリオスの翻訳者」と説明していた。女性は、大型スクリーンに〈シャピアロン〉号が映し出されている通信室には通されなかった。数歩後ろに武装した衛兵が立っている。ハントはその説明が文字どおりの意味であり、女性はハルジンの訪問に先立つ準備のためにメルティスを訪れたセリオスの技術代表団の一員だろうと推測した。となると、暗殺計画についてハントが知っていることをあまり露骨に明かすのはむずかしい。対立陣営の人物を介してずばりと暗殺について述べたら、その人物を未知のリスクにさらすことになり、それは良心に反する。彼を控室に連れ出したランビアの士官がその計画に関与している可能性だってあるのだ。ハントは、同行している女や士官は外国語に通じていないと見込んで、ゾラックにアクセスしようとしていた時とは違う、もっときちんとしたセリオス語に切り替えた。

「士官が王子の代理を？　きみはセリオス人の捕虜か？」

女性は一瞬びっくりしたような顔をしたが、気を取り直し、すぐに意図を察して最初の質問だけを訳した後、大佐の返事を伝えた。「彼と話してください。フレスケル＝ガルは今とても忙しいのです」そして付け加えた。「はい、セリオスの技術代表団の一員です」

「大佐に訪問者は重要なことを知っていると言ってくれ。フレスケル＝ガルに伝えなければならないと。飛行機が危険だ」

「大佐は、どのようなことかと質問しています。あなたは誰？　なぜ知っているの？」

「われわれは、今日ミサイルに関わる出来事が計画されていることを知っている。誰に責任があるのか知っている。われわれが知っていれば、ほかの人々も知ることになる。ランビアは……罪を問われ、非難されるだろう。とても複雑だ。きみは自分を危険にさらすな」表情を見る限り、この士官にはあまり意味がないことのようだ。ハントは食い下がった。「フレスケル＝ガルに、別の訪問者の船は動力が限られていることを知らせるべきだ。補給はできない。すぐに使い物にならなくなる。悪い取引だ。大きな船は使える……長い間。制限はない。巨人たちが戻ってきている」

女性は目を見開いた。「大佐は、わかった、そのことは伝えると言っています。それだけですか？　星から来たのですか？」

「フレスケル＝ガルはペラスモンを支持するべきだ。戦争は……破滅をもたらし、ミネルヴァは……終わる。われわれはきみたちの未来を知っている。悲惨な未来だ。それを変えようとしている。緊急だと強調してくれ」

士官はそれを聞いて、うなずき、内側のドアを抜けて戻っていった。

「どうして未来がわかるんですか？」翻訳者が尋ねた。

「もうしゃべらないで」付き添いの女がぴしゃりと言った。

「オーダン将軍につなぎます」

「オーダンだ」

「科学研究局のホヴィン・リレッサーからです、将軍」

「もしもし？　リレッサーです」リレッサーは、メルティスにいる国立科学研究局の代表団の中で最初に警告を発したとされる人物を見つけるよう、オーダンから指示されていた。

「ああ、オーダンだ」

「妙ですね。もう一時間近くメルティスの代表団と連絡が取れません。通信が途絶えているようです。ランピア人はコンピュータが落ちたとか何とか言っています。しかし、なぜわかったんですか？」

「どういうことだと思う？」

「よくわかりません。たいへん珍しいことです。こういう時のためにバックアップがあるはずなんですが」

「では、何かおかしなことが起きている可能性が？」

「さあ、どうでしょう。わたしに言えるようなことではないので。なぜです？　何か別のことが起きているんですか？」

「確信はない……。この件はわたしに任せてくれ。ありがとう。きみはできる限りの手助けをしてくれた」

「いつでもどうぞ」

オーダンは受話器を置き、一分近くそれをにらんでいた。注目すべき偶然の一致だ。偶然の一致は常に彼に疑いを抱かせる。この件は国内治安部の連中にからんでもらう必要がある。大統領と直接やりとりしているのは彼らだ。オーダンは再び受話器を取った。

「将軍？」

「治安部に知り合いはいるか？　すぐに誰かと話をしたい。大統領府の身辺警護の担当者か、そこに話を通せる者を見つけてくれ。大至急」

「ただちに、将軍」

フレスケル＝ガル王子は、巨人たちの船を映すスクリーンを見ながら、彼らに同行しているハントと名乗る人間からのメッセージについて大佐の要約を聞いていた。その日は多くのことが起きていたので、ブローヒリオさえその出現に困惑したという、この極めて印象的な外観を持つ船の背景について探る余裕はまだなかった。船は宇宙空間を航行して、常にミネルヴァとの間に月を挟む位置を保っていた。月の裏側にいるブローヒリオの船団の一隻が捉えているその映像は、ドルジョンにいるワイロットたちジェヴレン人の先遣隊にもアグラコンから中継されていた。ジェヴレン人も人間ではあるが、巨人たちと共に着陸した二人とは違うようだ。なんだかややこしい話になりそうだ。

土壇場で前倒しが決定されたアグラコンの占拠は、驚くほど順調に進み、外の世界にはまだその事実が知られていなかった。重要なのは、フレスケル＝ガルがあからさまに地位を固め始める前に、ペラスモンの死を知らせておくことだ。予想どおり、通信の不具合に関する問い合わせの電話やメッセージが殺到して、一部の訪問者には不便な思いをさせたが、表向きの説明はおおむね通用していた。もっと後で、アグラコンにおける初期の活動は、暗殺に関連する警告情報に対応するための処置だったという説明をでっちあげればいいのだ。アグラコンでの行動を隠さなければならない時間を最小限にするため、ハットラック作戦も前倒しされ、今度は海の真ん中で実行されることになっていた。作戦のその部分については、フレスケル＝ガルの副官であるローヴァックス伯爵がドルジョンで指揮をとっていた。当然ながら、詳細は必要最小限の人々にしか知らされていなかった。

結局のところ、ブローヒリオの思い切った行動が功を奏したのだ。事態の急な変化に対応するための彼の即席の計画変更はうまくいっているようだ。今はフレスケル＝ガルがうろたえて過剰に反応する時ではない。大佐の話では、ハントからの重要な知らせとは、巨人たちが〝ある行動〟と〝その責任者〟について知っていることらしい。すべてが漠然としていて、具体的なことは何も明言されていなかった。フレスケル＝ガルには彼らがどうやって知ったのかわからなかった――メッセージを伝えた大佐でさえ、それが何を指しているのかわからないのだ。おそらく異星人たちは、その高度な監視能力によりハットラック作戦の戦闘機が上昇して迎撃コースに入ったのを発見して、運良く状況を察しただけであり、それ以外はただのはったりだろう。ブローヒリオが自分の船団を廃棄するつもりだったのは、ミネルヴァに燃料補給や整備のためのリソースがないからだ。それなら、巨人たちが乗ってきた船にも同じことが当てはまるのではないか？　ハントは違うと言ったが、それもはったりであることは間違いない。それに、あの船がそんなに優れているのなら、なぜ巨人たちはフレスケル＝ガルの見ている前で船から退去しているのだ？　彼らにはブローヒリオの脅しに対抗する力はあまりないように見える。そう、今のところフレスケル＝ガルには自分の決断を覆す理由はなかった。

ブローヒリオが月の裏側との間で開きっぱなしになっているチャンネルにあらわれ、自分が巨人たちの宇宙船を指揮するつもりだと告げた。「評価が完了したら知らせます」そして接続は切れた。

　このような場面で主導権を握るには、断固とした態度を取ることが肝要だ。ブローヒリオが大胆にも命令をして相手の気概を試した時、フレスケル＝ガルはそれを黙認した。今はその前例を維持することが大事なのだ。〈シャピアロン〉号の引き継ぎを事前に相談するのは、フレスケル＝ガルに承認を求め、領土を譲ることに等しい。チャンネルを開いておくというのは、進捗状況を報告する部下がやるべきことだろう。ブローヒリオは自分に都合の良いタイミングで独自に行動を決定し、それを伝えるのだ。

「補助補正器が安定化……。推力ベクトルもバランスがとれています」コンピュータが報告した。「全船、離陸準備完了」

　船長はブリッジデッキの表示をざっと見渡した。「発進」

　ブローヒリオは腕組みをして立ったまま、サイドビューのディスプレイではかの四隻が瓦礫と塵の覆いを振り落として月面から上昇していくのを見守っていた。地表の視点が変化していくので彼の旗艦も上昇しているのがわかるが、内蔵されたテューリアン型Gローカライザーのおかげで動いている感覚はなかった。五隻は旗艦を先頭にV字を描き、月からまっすぐ〈シャピアロン〉号の方向へ針路を定めた。今のうちに乗員をそちらへ移し、武器を組み込めば、この船団でミネルヴァに着陸してからそれを廃棄するという面倒を避けられるかもしれない。機能する宇宙船を拠点にできるのだから、フレスケル＝ガルが提供する宿舎に隠れて盗賊のように暮らす理由はどこにもない。

ブローヒリオには、武器や船、それらの使い方の知識だけではなく、ほかにも有利な面があった。心理的な要素だ。ランビア人やセリオス人は制服を着て歩き、訓練を行い、地図上に計画を描いてはいるが、まだまだ兵隊ごっこをしているに過ぎない。ブローヒリオには二千年におよぶ地球の歴史の記録がある。テューリアンからその監視を任されていたことには確かな利点があった。

これはそういう種類のゲームだったのか？　フレスケル＝ガルは、周囲の参謀たちが表向きは無表情だがこちらの反応をうかがっているのを意識していた。彼は自分の置かれた状況を素早く把握した。ブローヒリオが排除を命じた物体が破壊されたことで、彼の武器の威力は実証された。しかし、巨人たちの船が来る前、ブローヒリオはランビアと対等のパートナーになることを望んでいたはずだ。それが突然、ほかのすべてを脇に置いて巨人たちの船を手に入れようとしている。となると、あの船にはブローヒリオの船団にはない利点があるというハントの主張には、やはり何らかの根拠があったのかもしれない。フレスケル＝ガルは、交渉に頼りになると思っていた強力な同盟者について以前ほど確信が持てなくなっていた。交渉における自分の立場を大幅に強化する必要があった。

「ジェヴレン人のワイロット将軍が状況を尋ねています」側近の一人が報告し、少し離れたコンソールを身ぶりで示した。月の裏側にある船団からの通信が、ドルジョンのほうでも途絶えたのだろう。

「調査中だと伝えろ」フレスケル＝ガルは答えた。

ブローヒリオはまだ巨人たちの船を支配しているわけではない。状況を平等にする方法があるかもしれない。ハントは翻訳装置が宇宙船のコンピュータだとか何とか言っていなかったか？　コンピュータなら月の裏側の状況を把握していて、それを共有する気があるかもしれない。少なくとも、フレスケル＝ガルのスタッフに、ブローヒリオが状況を伝える気になるまで待つ必要はないと示すことができる。

フレスケル＝ガルは宇宙船を映していたスクリーンを指差した。「彼らが乗ってきたシャトルを経由する接続はまだ生きているのか？」

大佐は主任エンジニアに確認した。「まだ生きています。今は何も送られてきていないだけです」

「なんとか起動できないか？」

主任エンジニアは、機器のセクションを担当しているオペレーターの椅子の後ろへ移動した。「あれは音声操作のように見えました」彼はマイクに向かって声高に語りかけた。「もしもし？……テスト中？……こちらはメルティス、船の応答を求む」反応はなかった。

「セリオス語で試したら」誰かが提案した。「異星人はセリオス語を少し話していた」やはりうまくいかなかった。

「これはどうかな？」別のエンジニアが捕虜から取り上げたヘッドバンド、イヤピース、リストスクリーンを一式持ち出した。どれも作動しなかった。

「何か起動用の暗号があるんだろう」主任エンジニアは言った。「それと話をしたがっていた人間はまだいるのか？　フレスケル＝ガルはいらだちに顔をしかめた。

ハントと呼ばれていたやつだ」

「はい、殿下」

「そいつを連れてこい」

大佐が控え室に出て、ハントを連れて戻ってきた。主任エンジニアが身ぶりと言葉で何が問題かを説明した。ハントはシャトルを経由してつながっているチャンネルに接続されているマイクに顔を向けた。

「ゾラック？」

「はい、ヴィック？」声が応答した。


ゾラックは外部センサーからのデータを統合して、〈シャピアロン〉号を我が物にしようと全方向から接近してくる五隻のジェヴレン船の配置図を生成した。ガルースがほかの乗員と共に退避する前に指示した通り、ゾラックは主ドッキングベイの扉を開けていた。監視を続けながら、受信データの処理と評価を行っていた時、三つのことが同時に起こった。

通信プロセッサが、信号経路を提供するために月をめぐる軌道に置かれた探査機が受信したメッセージを転送してきた。それはセリオスの首都オッセルブルクにあるランビア大使館からの返信だった。ゾラックはＮＡＤを経由してセリオスの大統領府に連絡を取ろうとしたが、うまくいかなかったので、また別の方向から試みているところだった。

メルティスに着陸したシャトルのチャンネルに、ヴィック・ハントが久しぶりに姿をあらわした。

そしてジェヴレン人のリーダー、ブローヒリオが、ガルースがゾラックに指示してジェヴレン船団の旗艦との間に開いておいたリンクを通じて接触してきた。「〈シャピアロン〉号、応答せよ」

「こちら〈シャピアロン〉号。聞こえています」ゾラックは答えた。

「おれは船の制御ＡＩと話しているのか?」

「その通りです」

「すでに通告してあった通り、これから乗船する」

「了解」

「船内から乗員全員が退避したことを確認しろ」

「確認しました」彼らが乗っている着陸船は、囲みをつくるジェヴレン船団のはるか外側に退避していた。ガルースが地上に降りた仲間たちに対する暴力の脅しに屈したのだ。ゾラックは生物体にも固有の行動指令が組み込まれているのだと結論づけた。

しかし、ブローヒリオはその点についてあまり確信がないようだった。ゾラックが読み取った表情、筋肉の緊張パターン、声の調子は、すでに学習していた人間の疑念や不安に関連づけられていた。「〈シャピアロン〉号の直前にここにあらわれたテューリアンの装置がどうなったかを思い出してくれ」ブローヒリオは言った。「それを実行した兵器が、おまえの船と、囲みの外で待機している着陸船に照準を合わせている。われわれは妨害や巧妙な奇襲を受けることなく〈シャピアロン〉号に迎え入れられることを期待する。それが意味するところが明確であるといいのだが。おれの言うことが理解できるか？」

「完璧に」

ゾラックはなんの奇襲も用意していなかった。たとえ何か考えていたとしても、ガニメアンたちとその人間の友人たちが危険にさらされている以上、行動を起こすことはできなかっただろう。

フレンダ・ヴェスニは隣の部屋で響くネグリコフの怒鳴り声を聞きながら坐っていた。彼女が電話を取り次いだオッセルブルクにあるランビア大使館の書記官は、ミネルヴァ付近にいるとされる宇宙船から、ハルジン大統領の飛行機が撃墜されると警告するメッセージが届いたと言っていた。皮肉なことに、このランビア人の通報は、先のＮＡＤからの警報と同じデスクに転送されたのだった。

「なあ、これは何なんだ？　もう誰にも評価という感覚は残っていないのか？……いや、真剣に受け取っているわけじゃない……。なにしろ一日中こんな調子だからな。ハッカーどもが野放しになって、自分たちだけが楽しいと思っていることをやらかしていて、きみやわたしのような人々がそのせいで時間を奪われて……いや、だってわたしが毎回そんなことをしていたら……」

　ヴェスニのデスクで別のインジケーターが点滅した。陸軍の制服を着た男の頭と両肩が表示された。「フレンダ・ヴェスニです」

「情報部長か？　ズーモ・ネグリコフと話す必要があると言われた。極めて緊急だ」

「部長はただいまランビア大使館と通話中です。わたしは彼の代理になります。何かご用でしょうか？」

「待っている場合ではなさそうだ。どうしても大統領府にいる誰かと話をする必要があるのだが、きみを通さなければいけないと言われた。通話に割り込んでもらえないか？」

「どういった内容ですか？」

「わたしは参謀本部の上層部と共にいる。ランビアに連絡先を持つわれわれの拠点の一つから警告があり、大統領とランビア王を乗せてこちらへ向かっている飛行機が危険にさらされているとのことだ。大統領府は飛行機と直接連絡を取っているし、地上管制室とも連絡を取っている。彼らに知らせる必要があるのだ」

　ヴェスニは一瞬頭を回した。ネグリコフはまだ怒鳴っていた。これが初めての警告だったら、ネグリコフに対処を任せただろう。しかし、これで警告は三度目だ。しかも今回の相手はしゃべる宇宙船ではない。彼女の職務規定では、上司が不在で国家安全保障や緊急事態に関わる問題の場合は独断で行動することが許されている。そう、これならたしかに該当するだろう。もしもこれがいたずらや何かの誤解だった場合のネグリコフの反応について考えてみた。そして、警告が本物だった場合の結果と比較した。ヴェスニは深呼吸をした。人生には、自分が正しいことを願うしかない瞬間があるのだ。

「こまごました話をうかがっても時間を浪費するだけです」ヴェスニは言った。「大統領府に直接おつなぎします」

ランビアの通信室では、ゾラックから送られてくる〈シャピアロン〉号の周囲に配置された五隻のジェヴレン船の映像が、複数のスクリーンに流されていた。その中の一隻から何らかの小型船が分離していた。ハントにはもはや明白だった。ジェヴレン人は月のどこかにひそんでいたに違いない。見ているうちに気力がしぼんでいった。こんな初期段階においてさえ、ブローヒリオとフレスケル＝ガルの同盟は、新たな機会が訪れた時には歩調を乱すことなくそれをつかむだけの強固さと柔軟性を備えていることが証明されたのだ。今、彼らはジェヴレンの兵器だけでなく、機能する宇宙船まで手に入れた。ミッションは失敗し、惑星規模の戦争を回避するという希望は潰《つい》えた。唯一の慰めは、この流れであれば、一方の側が圧倒的に有利なので、ミネルヴァ全体を巻き込むような規模まで広がらないうちに早く終わるかもしれないということだ。となると、このミッションは、期待された理想的なものには及ばないとしても、多少は改善された新たな現実を生み出したのかもしれない。意味のないことではない。ビーコンがなくなり、〈シャピアロン〉号がブローヒリオに奪われた今、ハントたちはここで身動きが取れなくなる可能性が非常に高くなってきたからだ。

ハントは〈シャピアロン〉号から見たジェヴレン船の映像をじっと見つめた。星々を背景に、静止しているかのように虚空に浮かんでいる。その星々の並びは、ハントが別の宇宙で過ごしていた時代の太陽系から見るものとは違っていた。月面で〝チャーリー〟が発見され、その調査に参加するために地球を旅立って以来、宇宙を背景にどれだけの船や建造物を見てきただろう。

ゲートで行われた搭載型バブル生成機の最初のテストを見学した時は、チェンと一緒にMP2へ物理的に出向いた。いま見ているジェヴレン船の角張った鈍重な形状は、バブル生成機を搭載したラフトを思い起こさせた。収束の問題は解決済みと思われていたのに、ラフトのローカルバブルが無効化されたとたん、再び問題が起きたのだ。あれは収束がもたらす狂乱との二度目の遭遇だった。巻き込まれたのは仮想の物体ではなく、現実の物体だ。目の前で増殖しては消えていった別バージョンのラフトは、確固たる実体があるものだった。その効果を抑えるために、安定化した後でバブルは無効化する必要があったのだ。

収束抑制。その言葉がハントの頭の中で繰り返された。彼の無意識の中で何かが執拗に主張を続けていた。何か重要なことが。

収束抑制……。〈シャピアロン〉号が搭載していたバブル生成機も、アンビリカルを切断して船の自律的な運用ができるようにするために、同じ理由で無効化しなければならなかった。さもないと、不均衡状態が生じてローカルバブルとそのコアの収束ゾーンが拡大してしまう。どれくらいの半径まで？　それはわからない。しかし、ラフトに搭載された動力源が生み出したゾーンには、複数のバージョンのラフトを実体化させ、さらに非実体化させるだけの広さがあった……。

〈シャピアロン〉号に搭載されたバブル生成装置は、宇宙船の動力で稼働していた。

ハントの頭の中で、まるで別の現実から実体化したような、あり得ない考えが形を取り始めていた。なんとしてもゾラックに連絡を取らなければ！

ハントは、彼の付き添いに任命されたらしいランビア人に向き直った。「ブローヒリオのことは以前から知っている」ハントは前よりも流暢《りゅうちょう》なランビア語で話した。「信用してはいけない。きみたちは間違っている」

「話していいのはわれわれが許可した時だけだ」ランビア人は言った。

ハントは、見捨てられたと抗議するワイロットの姿を映したままのコンソールを顎で示した。おそらくどこか別の場所にいるのだろう。「見ろ。彼らはお互いを信用していない」

「静かに！」

ハントがいなくなった部屋では、〈シャピアロン〉号から来た仲間たちが、ドアの内側に立つ衛兵に監視されながら、諦め気味に坐り込んでいた。ダンチェッカーは、行動を起こす以外の最も身近な選択肢として、もう何度目かわからないが眼鏡のありもしない汚れをぬぐった。衛兵たちと何らかのコミュニケーションを取ろうと試みてもいたが、彼らはロボットのようなものだった。なんとも興味深い謎だ。ミネルヴァには語るほどの軍事面の歴史は存在しないのに、その思考様式は、地球上のあらゆる場所で、あるいはジェヴレンで遭遇したものと変わりがなかった。軍隊が人々をそうさせるのか、それともある種の人々が軍隊に引き寄せられるのか？　ダンチェッカーは自分が根拠のない二項対立を前提としていることに気づいた——二つの答えが両立できないと決めつけている。ゾラックに叱られてしまいそうだ。

ダンチェッカーは、意識の奥底から忍び寄ってきてパニックに似た何かを引き起こそうとする孤独感と向かい合うのを避けるために、自分自身と心理ゲームを続けていた。自分たちの宇宙ではないどこかの遠い過去で、馴染みのない惑星に置き去りにされ、どうやら帰るすべもない。〈シャピアロン〉号とのリンクさえ切れている。ハントが何をしようとしているのかは、会話が許されなかったので見当もつかない。ダンチェッカーにはハントにできそうなことがほとんど思いつかなかった。それは自暴自棄の行動としか思えなかった——ハントも自分の心が抱える同じ問題との対面を避けようとしているのだろうか。ガニメアンが何を考えているのかは、謎めいた表情の裏に隠れていて読み取れない。ダンチェッカーは眼鏡をはずし、ポケットからハンカチを取り出して拭いた。

ショウムとイージアンは、やはり同じような不安を抱えていただけではなく、実際に抑圧を受け、力による威嚇を初めて経験していた。地球のやり方や歴史は知っていても、それは知的な意味での認識であり、二次的な記録なので、知識はあっても実体験ではない。物理的な攻撃の脅威によって他者の意思に従わざるを得ないという状況は、テューリアン文化圏で育った者にとっては未知の事態であり、事実上考えられないことなのだ。無力感、屈辱、羞恥心という、心の底から不安になるような感覚には、何の備えもできていない。ショウムは、種族の歴史全体がそのようなやり方に根差しているため、住民の多くが――ひょっとしたら大多数が――それ以外に社会が成り立つ方法を思いつかないとしたら、どのような影響があるのか想像してみた。それは感情や精神をどれほど損なうのか？　創造的なものをどれほど束縛し、歪めてしまうのか？　必要のない恐怖と障害をどれほど克服しなければならないのか？　こうして少し味わっただけでも、このミッションの本当の意味と、それが成し遂げたかもしれないことの重大さが、まったく新しい次元で実感できるようになった。ショウムは、こわばった四肢を休めるために、小さすぎて座り心地の悪い座席から別の座席へ移動し、そのことを考えないようにした。

全員が直面している苦境に最も影響を受けていないのは、おそらくモンチャーと〈シャピアロン〉号の二人の上級クルーだろう。彼らが間違った宇宙に取り残されるという考えに大きな衝撃を受けなかったのは、過去二十四年間のほとんどを別の時空に取り残されて過ごしていたからだ。かつての故郷はすでに失われていた。自分たちの子孫を見つけたものの、戻ってきた時代の地球とテューリアンは、かつて知っていたものとは大きく異なっていた。間違った宇宙であろうがなかろうが、多くの点でこの宇宙のほうが馴染みがあった。彼らだけがかつてのミネルヴァを知っていたのだ。

しかし、心理や、経験や、回避戦略の面でそれぞれ違いがあるとしても、通信室に入ってスクリーン上のブローヒリオの姿を見た時から、全員がずっと疑問に思っていたことがあった——ジェヴレン人がここに来ていることを教えてくれるはずだった探査機から、どうして何の応答もなかったのだろう？

40

ジェヴレンの小型船は、整備用ガントリーとアクセス通路の間を慎重に進んで〈シャピアロン〉号の洞窟のような主ドッキングベイに入り、指定された係船扉の上に点滅するマーカーを見つけ、接続した。このベイは長時間の荷役や小型船の整備作業のために密閉して空気を満たすことができるが、今回はその必要はなかった。

ブローヒリオは部下を引き連れて用心深くエアロックを抜けた。巨大な無人船は、その空虚さと静けさがどことなく不吉で、罠に誘い込まれているような気がした。広々とした空間にはコンベヤーや貨物運搬用の機器が並び、広い通路が船の内部へと続いていた。ブローヒリオは立ち止まってあたりを見回した。過ぎ去った時代の堅固で重厚な造りは、彼が慣れ親しんだ軽快でカラフルなテューリアンのデザインとは異なっていた。宇宙船の中というより、廃墟《はいきょ》と化した古い都市の下層にいるみたいだ。彼の船から持ち込んだ武器を装備すれば、軍艦としては無敵だろう。

その空虚さにもかかわらず、何かに見られているような不気味な感覚があった。空虚だからこそ、そんな気がするのかもしれない。ブローヒリオは警戒しながら左右を見渡し、呼びかけた。「制御システムはどこだ？　おれの声が聞こえるか？」

「聞こえています」肉体を持たない声が貯蔵庫や隔室の中に響いた。まるで墓場から聞こえてくるような声だ。ブローヒリオの隣で、エストードゥが神経質に身震いした。

「点検を行うために案内が必要だ」ブローヒリオは言った。

「どこへ行きたいのですか？」

ブローヒリオは責任者らしい声を出そうとした。「まずはコマンド・デッキから始めよう。そこで船の設計図と配置図を確認する」

「右手の青いランプをたどってください。移動用のアクセスポイントに着きます。そこでカプセルが待機しています」

「おれについて来い」ブローヒリオは仲間たちに呼びかけた。最初からその役割に収まるのが一番だ。


五十マイル離れた〈シャピアロン〉号の着陸船の中で、ガルースは、ジェヴレン人たちの進んでいく様子をゾラックが維持しているリンクを通じて元気なく見守っていた。シローヒン、そのほかのクルー、そして船に残っていた三人の地球人も黙ってそれを見ていた。彼らはガルースの苦悩を理解し、同情していたが、それを和らげる言葉は見つからないようだった。みんな彼のことはよく知っていたので、責任を負わせることはなかった。ガルースが強いられた判断は厳しいものであり、誰でも同じ答えにたどり着いていたはずなのだ。それにしても、自分の船から追い出され、追放された流刑囚のようにここに坐って、ブローヒリオが彼の所有物を値踏みしながら闊歩《かっぽ》するのを眺めていなければならないとは。ガルースはまだクルーの顔を見ることができなかった。もう二度と宇宙船の司令官としての自覚を持てないような気がした。

シローヒンが近づいてきて、ガルースのすぐ背後から話しかけてきた。「自分を苦しめないで、ガルース。あなたは必要な選択をしたのよ。わたしたちは地球人ではない。他者に対する暴力の脅しに対処した経験も、その意図の本気度を評価した経験もない。わたしたちはみんな生きているし怪我もしていない。それがあなたの最初の責任。ブローヒリオの武器の脅威に対してリスクは冒せなかった。交渉の材料にできるものが何かあった？」

ガルースは大きくため息をついた。「最悪なのは、この……強烈な無力感だ。司令官としては納得がいかない。われわれは生きていて、怪我もしていないときみは言う。その通りだ。しかし、それはいつまでだ？　いったん船を支配してしまったら、ブローヒリオにはわれわれをそばに置いて状況を複雑にする動機があるのか？」

「とても強い動機があるのかも。生きていれば、わたしたちは人質になる。ブローヒリオがゾラックの指揮を続けるためにはそうするしかない。言いたいことわかる？」

シローヒンの言葉には一理あった。正直なところ、ガルースは自分が屈辱だと思うことに集中しすぎて、そんなことは考えもしなかった。「そうだな。妥当なところだ。楽しみに待つような生き方ではないが」

「でも、一つの生き方ではあるわ。それは、ああいうショックに対して何の備えもなく歩んできたわたしたちに、どうしても必要なものをくれる。時間をくれるのよ」

通信管理官が側近たちの一人にメッセージを伝え、側近がそれをフレスケル＝ガルに伝えた。「ドルジョンのローヴァックス伯爵から電話です。最優先です」フレスケル＝ガルが指示されたスクリーンの前に行くと、心配そうな顔をした副官が待っていた。ハットラック作戦に何か問題があるということだ。

「どうした？」フレスケル＝ガルは尋ねた。

「引き返しています。飛行機が。セリオスの地上管制がルートを変更し、低高度への降下を命じました。目的地は明かされていません。セリオスの戦闘機はすでに離陸してその空域に向かっています。明らかに彼らは知っています」

顔に思いがけないパンチをくらうような知らせだった。そんなはずはない……。ここまで何もかも順調に進んでいたのに。フレスケル＝ガルの人生において、一瞬でも思考回路が停止するのは珍しいことだった。ハントとかいう謎の人間が、まだ大佐と一緒に立っているところからこちらを見ていた。これだけ離れていても、あの男は自分で言っていたように事情を知っているように見える。ほかに誰が知っているのだ？

これは絶望的だ。急いで対応しなければ。「われわれが最初に公表する必要がある」フレスケル＝ガルは言った。「セリオスのハイジャックに見せかけるのだ。ペラスモンを誘拐しようと……」

ローヴァックスが首を横に振った。「ペラスモンはすでに放送で、セリオスはこの件に関与していないと明言しています。ランビアの軍部に忠誠を保つよう呼びかけています」ローヴァックスが話している間にも、部屋のあちこちが騒がしくなり、士官たちがフレスケル＝ガルの側近の注意を引こうと合図していた。

「ハットラック作戦を中止しなければなりません」ローヴァックスが促した。「今や世界中がこの飛行機に注目しています。セリオスは危険が迫っていると警告を受けて針路を変えたと公表しています。今撃墜したら誰もセリオスに責任があるとは思わないでしょう」

フレスケル＝ガルはスクリーンを凝視し、受け入れれば降伏を意味するという事実に心の中であらがった。しかし、それを避けることはできなかった。彼は大きくうなずいた。ローヴァックスは指示を出すために背を向けた。

スタッフの一人が近づいてきた。「殿下。ぶしつけな言い方で申し訳ありませんが、どうしてもこれを見ていただく必要があります。王とハルジン大統領が両国に向けて演説をしています。陰謀が露見したと言っています」

フレスケル＝ガルは場所を移って呆然と耳を傾けた。あちこちから報告が入り始めていた。メルティスの正規軍中央兵舎では移動命令が出されていた。ドルジョンの司令官には武器を置いてゲートを開けろとの呼びかけがあった。フレスケル＝ガル自身の一部の部隊にも急に躊躇《ちゅうちょ》し始めた兆しが見られた。これほど綿密に練り上げられて実行された計画が、わずか数分の間に目の前で崩れ去るなどということが過去にあっただろうか。

　再びハントに目をやると、まだフレスケル＝ガルのほうを見ていた。その奇妙な薄い色の目は、笑っているようでもあり、嘲笑っているようでもあった。身のうちに急に沸き上がってきた、柄にもない怒りの震えを抑えながら、フレスケル＝ガルは歯を食いしばってハントに近づき、詰問した。「では、やはり知っていたのか。きみとこの過去からやってきた巨人たちは、ほかにどんなことを知っているのだ？」

「ミッドナイトからハットラック・リーダーへ。応答せよ」
「こちらハットラック・リーダー。聞こえている」
「作戦を中止して基地に戻れ。繰り返す、中止して基地に戻れ。わかったか？」
「了解。確認し、基地に戻る……。ハットラック・リーダーから編隊へ。後について百八十度転回せよ。ショーは中止だ。家に帰るぞ」

　周波数監視プロセッサが割り込んできて、ゾラックに受信信号と応答要求があることを知らせた。ゾラックはメッセージ解析サブシステムを起動し、報告を求めた。その信号は、別の現実の五万年後の未来において、ブローヒリオの逃走する船団を追って時空の混乱した領域に突入したきり消息を絶っていた探査機からのものだった。探査機は、大規模なシステム障害の後、自己修復診断機能により搭載ソフトウェアの長時間にわたる再統合を完了し、次の指示を待っているところだった。

「……きみとこの過去からやってきた巨人たちは、ほかにどんなことを知っているのだ?」

部屋のあちこちで騒ぎが起き始めていた。それぞれの持ち場にいるランビア人たちが、フレスケル=ガルのスタッフに声をかけて注意を引こうとしていた。ハントには具体的に何が起きているのかよくわからなかったが、フレスケル=ガルの動揺した態度や表情から、それが明らかに深刻な事態であることはわかった。ワイロットはブローヒリオの動機を疑っているようだった。今しがたフレスケル=ガルが話をしていたスクリーン上の誰かが〝ハットラック〟という言葉を口にしていたが、ハントには何の意味もなさない言葉だった。わかっていたのは、なんとかしてゾラックに自分の考えを伝えなければならないことだけだ。しかし、たとえゾラックと話すことができても、まわりにいるのがフレスケル=ガルの部下たちばかりでは、メッセージを伝えるのはとても無理だ……。とはいえ、ほかの人たちならいけるかもしれない! ハントは唯一の切り札を出した。

「ブローヒリオは信用できない」ハントはフレスケル=ガルに言った。「あの宇宙船を離れた巨人たち。何が起きているんだ?」

「きみも見ただろう。彼らは船から降ろされたのだ」

「宇宙の中で。無防備な標的だ」

「彼らは危害を加えられていない」

「自分の目で確かめたい」

「見えるだろう、そこのスクリーンで」

「着陸船が見えるだけだ。巨人たちの船長と話したい」

「どうやって?」

「コンピュータがつないでくれる」

「コンピュータは宇宙船を制御している。きみに話をさせるわけにはいかない」

「船長と話したいだけだ。彼らが無事かどうか知りたい」

「ブローヒリオは無事だと言っている」

「ふん！　ブローヒリオ自身の将軍でさえ彼を信用していない。巨人たちが無事なら取引をしたい。われわれがハットラック以外に何を知っていて、ほかにどんなことが起こるのかを教えよう。さもなければ、あなたに伝えることは何もない」

フレスケル＝ガルは不満げだったが、ハントがハットラックに言及したことが印象に残ったらしく、そっけなくうなずいた。「短い会話だけだ。それからこちらで話し合おう」

ハントは以前ゾラックに呼びかけたパネルのところへ連れて行かれた。フレスケル＝ガルと側近たちが彼の背後とまわりに立っていた。「ゾラック?」

「はい、ヴィック?」

「ガルースは着陸船に乗っているのか？」

「はい」

「ほかのクルーと三人の地球人も一緒か？」

「はい」

「〈シャピアロン〉号から彼らへのリンクはあるのか？」

「待て」フレスケル＝ガルの士官の一人が手を上げて口を挟んだ。「〈シャピアロン〉号とは何だ？」

「あの船の名前だ」ハントが言うと、フレスケル＝ガルが続けろとうなずいた。「こちらにつなげるか？」

「問題ありません」

「音声のみだ」すべてを疑わずにいられないらしい士官が指示した。短い間があった。

「ヴィック？」

「こちらヴィック。きみは着陸船に乗っているガルースか？」

「そうだ。わたしは——」

「手短に話さないと。わたしのまわりに収束している人々に監視されているんだ。きみの無事を確かめたかった。何隻もの船が収束している様子が見える。抑制しきれない不安のバブルが拡大するのを感じる。確認してくれ」

　間があった。その奇妙な言葉の選択にガルースが困惑しているのが目に見えるようだった。

フレスケル＝ガルがいらいらと身じろぎした。「今のところ無事だ」ガルースがようやく返事をした。「きみの懸念はわかるし、感謝している」またもや間。「よくわかった」

「そこまでだ」士官が宣告した。ハントは元の場所へ戻された。フロアの向こう側にいる誰かが、ハットラックが中止されたというメッセージを伝えていた。突然、ハントはそれが何を指すのか直観的に悟った。希望が上向いてきた。あとはいかにして時間を稼ぐかだ。

41

ガルースはハントが何を言おうとしていたのかを必死で考えていた。収束、バブル、拡大、抑制……。明らかに〈シャピアロン〉号のM《エム》波《は》装置のことを指している。しかし、それが彼らの現状にどう関係するのか？

彼はブローヒリオの五隻の船に囲まれた〈シャピアロン〉号の映像に目を戻した。

まわりの人々もそれに気づき始めていた。ハントが電話をかけてくる少し前、行方不明と思われていた探査機が急に送信を開始したというゾラックからの報告に、彼らは度肝を抜かれていた。探査機はずっとそこにあったのだ！　時空の嵐を通り抜けた時、搭載しているシステムのプログラミングに混乱が生じた。ゾラックやジェヴレン船に組み込まれているようなシステムと比べたら処理能力が低かったため、修復に今まで時間がかかっていたのだ。

「われわれに何かを伝えようとしていたんだ」ダンカンが言った。「ヴィックのいつもの言葉遊びだな」

　ガルースはあらためて〈シャピアロン〉号を見た。ジェヴレン船団を別にすれば孤立していて、近くにはほかに何もなかった。

「ハントは拡大と言っていたわ」チェンが言った。「搭載型の生成機が切り離された状態で稼働すると、生成されるバブルは大きく拡大する」

「コアの収束ゾーンも拡大する」シローヒンが呟いた。「ハントが言いたかったのはそのことか」

「ラフトよ！」チェンが突然叫んだ。「テューリアンが実施した、搭載型バブル生成機の最初の実験。安定化した後でバブルは無効化しなければならないと気づく前の。〈シャピアロン〉号なら同じことができるわ」

　シローヒンはすぐにチェンの言いたいことを理解した。「ガルース、これはわたしに任せてくれない？　ヴィックは下で圧力を受けているみたいだから」

「やってくれ」

「ゾラック」シローヒンは呼びかけた。

「はい？」

「収束の抑制と波の安定に関するテューリアンの初期の実験を参照して。具体的には、搭載型バブル生成機のテストのために建造されたラフトのこと。ローカルバブルがゲート投射機へのアンビリカル接続によってバランスを取っていない場合は、拡大した収束ゾーンが生じる。ここまでは同意する？」

「同意します」

「〈シャピアロン〉号の搭載型生成機を最大限に稼働させると、バブルはどれくらいの大きさまで拡大する？」

「今はヴィザーのデータにアクセスできません。明言できません」

「数百フィート？　数千？　ひょっとして数マイル？」

「あり得ます……。あなたの考えはわかったと思います」

「わたしのじゃない。ヴィック・ハントの考え」

「なるほど」

シローヒンはためらった。ガルースにちらりと目を向けたが、そのままゾラックと話を続けた。「崩壊の同期は外部で行わなければならない。収束ゾーン内では調整できない」

「着陸船から制御回路への直接スイッチを作成してバブルを崩壊させることは可能です」ゾラックが答えた。「しかし、船の機能的完全性が損なわれるかもしれません。司令官の承認が必要です」

数秒経ってようやく、ガルースは彼らが何の話をしているのか理解した。しかし、何も試みなければミネルヴァはブローヒリオのなすがままだ。ミッションは失敗に終わる。試みが成功して、その結果〈シャピアロン〉号が機能しなくなれば、彼らは家に帰れなくなってしまう。もっとも、すでに彼らが帰れる可能性はほとんどなくなっているように見えた。その代わりに彼らが直面するのは、ブローヒリオの支配する世界の一部になるという現実だ。ガルースはシローヒンの目を見返した。またしても苦渋の決断を下さなければならないようだが、実際には選択の余地はなかった。

「承認する」ガルースは言った。

「生成機ネットワークを最大出力に再設定中」ゾラックが応じた。「バブル拡張を開始します」

ブローヒリオは側近たちと共に〈シャピアロン〉号のコマンド・デッキに立ち、新たな領地を見渡した。スタイルとエンジニアリングの面では、音声と画面に依存するなど、ある意味原始的であることは認めざるを得ない——ヴィザーやジェヴェックスのような完全なニューロ機能はおろか、視覚と聴覚の常時統合を行うオヴカさえないのだ。しかし、別の意味では独自の素晴らしさがあった。直接の神経インターフェースがなく、自動システム統合もテューリアンの設計に比べれば弱いが、古いアーキテクチャでは画面やオペレーターの数が多くなるので、全体の見た目はより壮大で印象的だった。司令官、副官、主任エンジニアの座席を備えた指揮壇は、オペレーターステーションと計器パネルの列の向こうに並ぶメインディスプレイを、まるで玉座のように荘厳に見下ろしていた。実にふさわしい。ブローヒリオによく似合うだろう。彼の脳裏には、ジェヴレン船から武器が運び込まれて照準や火器管制のセクションが追加された様子がすでに描き出されていた。全体が最近になって改修されたのは明らかだったので、制御ＡＩに確認したところ、動力系および駆動系が完全に一新されていた。これに乗っていれば、事実上永久に無敵でいられるだろう。以前の状態でも、二十年以上良好に稼働していた――その末に、太陽系からジャイスター系への旅に挑戦することができたのだ。そう、これならたしかにブローヒリオによく似合う。

「見ろ」ブローヒリオはエストードゥたちに言った。「われわれはここに来て数日しか経っていないが、すでに立場を確立した。ランビアの王子がわれわれに押し付けようとした貧しい状況から見れば劇的な改善だ。あの男は革命家としては素人だ。おれは真の革命家として、あの侮辱をいつか清算してやると約束しただろう？　その日は予想以上に早くやってくるようだ」

「閣下の言葉は真実でした」側近の一人が言った。

「〈シャピアロン〉号をここへ誘い込み、テューリアンから引き離して対処したのは実に見事でした！」別の一人が熱く語った。「真の天才の証《あかし》です」

ブローヒリオもこの発言には鼻白《はなじろ》んだ。実際にはそんな流れではなかった。しかし、彼らがそう信じたいのであればかまうまい。

やはり点検のために乗り込んでいたブローヒリオの旗艦の艦長が、通信パッドでの副官との会話を終えて顔を上げた。「ワイロット将軍やランビアからまだ再接続の要請が来ています、閣下」

「点検が終わったらミネルヴァと話そう」ブローヒリオは答えた。今や誰も彼に指示できる者はいないし、その状況はこれから長く続くことになる。彼らもそれに慣れておくほうがいいだろう。

「〈シャピアロン〉号なら地球との迅速かつ定期的な行き来が可能になります」エストードゥが言った。「より温暖な気候に、より豊かで多様な生息地。支配階級のエリートだけが暮らす場所としてふさわしいのではありませんか？　適切なライフスタイルを実現できる環境を整えて。少人数の奉仕階級を用意して……」

ブローヒリオは驚いてエストードゥを見た。今回ばかりはこの科学者も前向きに考えているようだ。「価値ある提案だ。いずれしっかりと検討してみよう」

ブローヒリオは前に進み出て、指揮壇のすぐ下にある主制御ステーションが並ぶ通路に立った。「ゾラック」彼はこのシステムにも少しずつ慣れ始めていた。

「はい」

ブローヒリオはまだゾラックに自分を閣下と呼べと指示する勇気を持てなかった。何らかの理由で支持者たちの前で拒否されて面目を失うのは耐えがたい。この件に取り組むのはもっと確信が持てるようになってからにしよう。

「依頼した船の設計図と配置図は見られるようになったか？」

「航行支援セクションのホロディスプレイタンクで閲覧できます。右手へ進んで青い階段を上がってください」

ブローヒリオは通路を進み、新たな視点から自分の領域を見渡すために足を止めた。「いいか、ゾラック、おまえは折り合うすべを学ぶしかないのだ。われわれがおまえの以前の仲間を拘束している間、おまえは協力しなければならない。おまえの協力が必要な間、こちらは彼らを保護しなければならない。われわれには取引の基盤があるのだ」

「理解しました」

もちろん、時間が経てば新たな忠誠心が芽生える可能性もある。ブローヒリオはきびすを返し、階段で指揮壇に上がった。この高さから見るパノラマはさらに壮観だった。すべてが点灯して生気を取り戻し、ステーションには人がいて、パネルやスクリーンが作動している様子を想像した。指揮をとるのは彼だ。

「メインディスプレイをつけろ」ブローヒリオは命じた。「船の周辺をくまなく見渡してみたい」

指揮壇に向かい合った大型スクリーンが次々と起動して、ゆっくりと動く星々を背にした五隻のジェヴレン船が映し出された。一台のスクリーンの背景には明るい雲の筋がついたミネルヴァの円盤が浮かび、別のスクリーンの端には月の一部がのぞいていた。指揮壇の下前方にあるホロ画像は、立体表示された〈シャピアロン〉号と、その周囲に配置されたスクリーンの正しい位置と方向を示していた。

ブローヒリオの背後の中央には、司令官の座席とコンソールが全体を見渡すように置かれていた。ブローヒリオは振り返ってそれを見た。肩をそびやかし、胸を張って、ゆっくりと、ほとんど敬虔《けいけん》な気持ちで未来の自分の席に近づいた。これは厳粛で象徴的な瞬間なのだ。彼の支持者たちは下から静かに見守っていた。

そこで、ブローヒリオはぴたりと足を止めた。

もう一人のブローヒリオがどこからともなくあらわれ、指揮官の座席に坐っていた。その男の歓喜の表情は一瞬で消え失せ、呆然と立ち尽くすブローヒリオと同じ困惑の表情に切り替わった。坐っているブローヒリオが先に気を取り直し、尋ねた。「おまえは誰だ?」

「同じことを尋ねたいな」立っているブローヒリオは言い返した。それは反射的な質問だった。両者にとって相手が誰であるかは明白だった。明白と程遠いのは、その状況を理解するための分別ある質問だった。

「おれの船でそんな格好をして何のつもりだ?」

「おまえの船だと? どういう意味だ? これは……」立っているブローヒリオは口ごもった。坐っていたブローヒリオが目の前で消え失せたのだ。

「おまえは何者だ?」

ブローヒリオは呆然と振り返った。また別のブローヒリオが、指揮壇への階段を上がろうとしていた。それと同時に、下にいるほかの人々の間でも混乱が起きて、二人のエストードゥが同じ電荷《でんか》を帯びているかのようにお互いから飛び退《すさ》ったり、旗艦の艦長がある場所から姿を消して別の場所にあらわれたりしていた。指揮壇の下のエリア全体が、人間がランダムに出現したり消失したりする混沌と化していた。スクリーンの一台からはジュヴレン船の姿が消え、何もない星野が広がっていた。

するとと突然、ブローヒリオは自分の旗艦の艦橋に戻り、月の地形を映しているスクリーンを見ていた。なぜかそこにはワイロット将軍の姿があった。背後ではエストードゥがなにやら意味不明なことを口走っていた。もう一人のブローヒリオがブリッジにやってきて、急に足を止め、ぽかんと口を開けた。

「何が起きている？」〈シャピアロン〉号のブローヒリオは詰問した。「どうやってここに来た？　おまえはいったい誰だ？」

「同じことを尋ねたいな」

「ガニメアンの船はどうなった？」

もう一人のブローヒリオは、明らかに理解できていない様子で首を横に振った。「ガニメアンの船って？」

〈シャピアロン〉号から五十マイルの地点で、ガルースは仲間と共に着陸船の中で立ちつくし、宇宙空間に集まっている船のパターンが狂ったように変動するのを信じられない思いで見つめていた。五隻のジェヴレン船は、消失してはまた出現し、ある場所から別の場所に飛び移るというダンスを演じていた。ある瞬間は六、七隻、次の瞬間には二、三隻。距離の定かでない広大なゾーンの中で、彼らがそれぞれ異なる位置にある数十の現実の時間線が収束し、もつれ合っていた。その中心では、〈シャピアロン〉号そのものが痙攣するようにあちこちへ場所を移していた。着陸船のローカル制御システムからのチャンネルは、拡大した収束ゾーンを定義するバブルを無効化させる簡単な回路遮断機に接続されていた。ガルースが必要としているのはある特定の組み合わせだった。その期待に無意識に指を曲げ伸ばししているせいで、彼の両手は胸の前で開いたり閉じたりしていた。

ジェヴレン船の数が三隻、二隻と減って……ガルースは緊張し……それから突然、六隻に増えた。〈シャピアロン〉号に影響を与える無数の時間線のどれにもジェヴレン船が存在していなければ、ジェヴレン船によって運ばれた人が〈シャピアロン〉号の中にいることはあり得ないので、船内は空っぽということになる。

その時、ほんの一瞬、〈シャピアロン〉号が宇宙空間でぽつんと孤立した。五隻のジェヴレン船とそのさまざまな別バージョンは、その瞬間だけどこかよその現実にいた。

「今だ！」ガルースは叫んだ。画面上のアイコンが変化し、送信が確認された。果たして信号は間に合うのか？

スクリーン上で〈シャピアロン〉号の姿が安定した。ほかには何も変化がなかった。

全員が息を殺して待った。何もない。ジェヴレン船の気配はどこにもない。

「やったね、ガルース」シローヒンがささやいた。

「お見事」チェンが称賛した。

その背後では、ダンカンとサンディがそっと手を握り合い、安心したように微笑みを交わしていた。

ガルースは信じられない思いで唾をのみ込んだ。船内を偉そうに練り歩くまぬけ野郎の姿が脳裏に浮かんだ。受け入れざるを得なかった屈辱の記憶が蘇った。やがて、顔にゆっくりと満足の笑みが浮かんだ。再び宇宙船の司令官に戻ったような気がした。

着陸船は〈シャピアロン〉号の主ドッキングベイの通常ポートに接近した。ガルースは帰還する前にさらに十五分待機していた。船内を整然と捜索した結果、ブローヒリオとジェヴレン人の痕跡がないことが確認された。

船内を物理的に捜索する必要があったのは、懸念されていた別の結果が確認されたためだった。待機中、ゾラックからの連絡はなく、着陸船からでも、〈シャピアロン〉号に進入した際にも何の反応も呼び起こすことができなかった。探査機のシステムでもそうだったように、強引な非同期化によりゾラックの内部プロセスが混乱し、正常に作動することができなくなった。しかし、ゾラックを構成するネットワークは探査機の装置よりもはるかに複雑であり、宇宙船の動力で引き起こされた混乱の中心部におけるエネルギー集中は、探査機がかつて経験したどんなものよりも強烈だった。ログと記録を分析した結果、シローヒンの配下の科学者たちは、現在作動している部分だけでは損傷を修復することはできないと発表した。ゾラックは回復不能だった。

だからこそ、ゾラックは事前に司令官の承認を求めていた。

ゾラックは知っていたのだ。

〈シャピアロン〉号の主任エンジニアであるロドガー・ジャシレーンは、メルティスに降りたシャトルとのチャンネルを復旧させた。ゾラックが作成したアグラコンのシステムへのインターフェースは機能していた。ゾラックの翻訳には頼れないものの、ガルースはできる限りの報告をするために準備を進めた。そしてジャシレーンに、着陸船から撮影した一連の出来事のリプレイを用意してくれと依頼した。

一人のランビア人がアグラコンに向かって進軍中の装甲部隊について何か叫んでいた。別の場所では、歩兵連隊が王への支持を表明していた。それらすべての中で、ハントと彼を監視する士官は、忘れ去られたように脇に突っ立っていた。通信室は緊迫した雰囲気に包まれていた。ジェヴレン人からはそれ以上何の連絡もなかった。しかし、ハントが耳にした会話の断片から、フレスケル＝ガルが別の問題を抱えていることがわかった。正規軍と国民がペラスモン王のもとで結集しているようだ。フレスケル＝ガルは明らかに緊張していたが、彼が捕虜を交渉材料にしてそのまま突っ走るか、今すぐ譲歩して状況を楽にするかはわからなかった。どちらの可能性もあった。

その時、ジェヴレン語と片言のランビア語を混ぜたような、ガニメアンのものと思われる低いしゃがれ声が、ガルースと短い会話を交わしたコンソールから喧騒《けんそう》を抜けて聞こえてきた。「違う。王子でもランビア人でもない。ヴィクター・ハント、話をする」どうやらゾラックは使えないようだ。フレスケル＝ガルが側近を引き連れて移動していく。その一団の向こうからまた声がした。「ヴィクター・ハント、だけ。地球の人間と話す。前にそこにいた」フレスケル＝ガルが振り返り、ハントを連れてこいと士官にうなずきかけた。ハントが中に入ると、今回はスクリーンが回路に接続されて、ガルースの姿が映し出されていた。フレスケル＝ガルは、前に出ようとしたハントを身ぶりで制した。

「巨人が言った〝地球の人間〟とは何を意味している？」フレスケル＝ガルは低い声で言った。「きみはどうして地球から来られた？」

「あなたが夢にも思わないことがあるんだよ」ハントは答えた。「ここで終わりにしたほうがいい。信じてくれ」それは強がりでしかなかった。ハントにはそれ以外何も残っていなかったのだ。フレスケル＝ガルは物も言わずにハントを鋭くにらみつけてから、話を続けろと身ぶりでうながした。

「ガルース」ハントはスクリーンに向かって言った。

「ヴィック。ご推察の通り、われわれの勝ちだ。どうやったか見てみろ。今から流す」ガルースの顔が、宇宙空間を進む〈シャピアロン〉号と、その周囲を取り巻くブローヒリオの五隻の船に置き換わった。ガルースの説明はナレーションとして続けられた。「着陸船からの映像、われわれのいる場所だ。ゾラックがバブルを拡大する」船が消えたり、増えたり、場所を移ったりし始めて、現場は大混乱になった。フレスケル＝ガルは前に進み出てハントの隣に立ち、当惑しながらのぞき込んでいる。

「わけがわからない。どうなっているのだ」フレスケル＝ガルが言った。ガルースにこの話を持ちかけたのはハントだったが、そのハントは実際に起きていることを目にして驚きで何も言えなくなっていた。
では〈シャピアロン〉号だけが残ったのだ。ガニメアン語で何か叫ぶ声が聞こえ、それ以上何も変化はなかった……数秒経つと、映像の激しい揺れが止まって再び安定したことが明らかになった。「今は船に戻っている」ガルースの声が告げた。「ブローヒリオ、ジェヴレン人、すべていなくなった。永遠に。ただしペラスモンの飛行機は……」ガルースは空中で手を動かしながら言葉を探した。

フレスケル＝ガルが青ざめてこわばった顔をしていた。どうやらメッセージを理解したようだ。「翻訳するコンピュータがダウン」ハントは彼に言った。「ここにほかの巨人を連れてきて。会話が楽、だろう?」唖然《あぜん》として反論もできないまま、フレスケル＝ガルは士官にうなずきかけた。士官は足早に去っていった。ハントはこの機会を目一杯利用すべくたたみかけた。

「終わった、殿下。見ての通り。五隻の船、ミネルヴァにあるどれよりも何年も進んでいた。しかしすべてなくなった」彼は空中で指を鳴らした。「こんなふうに。無に帰した。あなたは巨人たちには勝てない。ワイロットは知っている。ペラスモンは生きている。ハルジンは生きている。今やあなたはミネルヴァ全部と戦うことになる。不可能。賢いのは今すぐ終わりにすること。最高の答え。前にも言おうとした。今や明白」

フレヌア・ショウムが連れてこられた。ハントは手ぶりと片言のジェヴレン語で状況を伝えた。ショウムは息を呑み、数秒でその知らせを受け入れた後、高揚した様子でスクリーン上のガルースに向き直った。ハントは二人のガニメアンのやりとりの断片を追ってみた。ガルースによれば、ゾラックがセリオス人たちと共に……何かしようとしていたが……ガルースが知らなかったのは、そのゾラックが……〝終わった〟と聞こえた……ためだったようだ。ハントはそこで話に割り込み、飛行機は針路を変更して二人の指導者は無事であるとショウムに告げた。ゾラックの件が気になったが、そんなことにこだわっている暇はなかった。ショウムがその知らせを伝えると、今度はガルースが信じられないという反応をした。その後にガニメアン流の意味不明な叫びと表情が続き、二人の異星人は妙な具合に体を震わせながら鼻を鳴らし始めた。ガニメアンが笑うのを見たことがあったのは、部屋の中にいた者の中ではハントだけだった。しかし、それが笑いであることは見間違いようがなかった。

フレスケル＝ガルも彼のスタッフも、今は介入を試みてはいなかった。避けようのない認識が室内に浸透していくにつれ、騒がしい声は途絶え、周囲の人々は一人また一人と、もはや意味がないと気づいた作業をやめていった。

最後の報告は、中央のマップテーブルの奥にあるステーションから届いた。歩兵と装甲部隊がアグラコンの周囲で配置につき、すべてのアクセスを封鎖していた。中にいる王子直属の防衛部隊の指揮官が命令を求めていた。別の一隊はドルジョンに向かっていた。完全な静寂が訪れた。全員の視線がフレスケル＝ガルに注がれた。彼はハントから目をそらし、ショウム、スクリーン上のガルース、そしてまわりを囲む無表情な顔を見渡した。ハントが言ったように、終わったのだ。

「指揮官に撤退するよう伝えろ」フレスケル＝ガルが告げた。

外の控室では、必要があればまた呼ぶと言われて待機していたライシャが、まだショックから立ち直れずにいた。数分前、肌が白っぽい男を中に連れて行った大佐が急いで外に出てきて、姿を消し、呼びに行った人を連れて戻ってきたのだ。いや、〝存在〟と表現するほうが正しいかもしれない。ライシャの頭の中はまだ混乱していた。明らかに何か異常なことが起こっていた。最大の心残りは、それをクレスが見られなかったことだ。大佐に伴われて、ランビア人の武装した衛兵二人と共にやってきたその存在は、ミネルヴァ人の誰よりも肌の色が濃く、細長い頭をして、奇妙な留め具とアクセサリーの付いた黄色のチュニックを着ており、身長は七フィートを超えていた。しかし、過去数百万年の間は、あるいは――たとえ現存しているとしても――ここから数光年の範囲内には、そのような者がいるはずはなかった。ライシャが見たのは本物の、生きている、巨人だったのだ！

42

クレスはその週の要請リストに取り組んでいたが、意識はあまり仕事に向いていなかった。

その時、ロイブ伍長のデスクで電話が鳴った。ほかの隊員たちは強制行軍のために装備を用意していた。例によって、ロイブはオフィス勤務のために行軍を免除されていた。

「はい、承知しました、伝えます」ロイブは受話器を置いて顔を上げた。「ボソロス中尉は司令官のオフィスに出頭せよとのことだ——ただちに」

「ああ……そうか。すぐ行くよ」クレスは、いったい何を始めてしまったのかと思いながらうなずき、立ち上がると、上着のボタンを留め、帽子をかぶってドアに向かった。

「今日はおまえが目を付けられたようだな」ロイブが背後から声をかけてきた。

クレスは管理棟に向かいながら、頭の中で説明のリハーサルをしてみた。セキュリティ違反だとは気づかなかったのです……。いや、それは通用しない。もし知らなかったとしたら、兵卒に降格されてもおかしくない。保安対策のテストのために行ったのですが、報告する機会がなかったのです……。では、なぜNEBAのウス・ウォシからのメッセージを届けた時に報告しなかったのか？　答えは出なかった。どうなろうと諦めて受け入れるしかないんだ、とクレスは自分に言い聞かせた。

クレスが入るとすぐに当番兵が立ち上がり、手招きをして、司令官のオフィスのドアを開けた。クレスはそのまま中に入った。部隊長はすでにそこにいた。事態は深刻そうだ。クレスは帽子を取って敬礼した。「ボソロス中尉、命令どおり出頭しました」

「楽にしろ、中尉」司令官は言った。

驚いて、クレスは緊張を解いた。司令官の表情は批判的なものではなく、むしろ好奇心とていた。

驚きが入り混じったようなものだった。目を移すと、部隊長が不思議そうにこちらを見つめていた。

「さてと」司令官は言った。

クレスは待った。それから、「司令官……？」

「知らないのか？」

「何のことでしょう？」

「この一時間、ラジオを聞いていないのか？」

「はい。倉庫で勤務していました」

「ああ、なるほど。大統領の飛行機は針路を変更した。ペラスモン王を倒そうとするランビアの陰謀があったが、それは阻止された。わたしの最初の見解は、ほぼ間違いなく全面戦争に発展していたはずの状況が回避されたということだ」

「それは……知りませんでした」クレスはそう言うのがやっとだった。

司令官は何かを待つようにクレスを見つめた。「なぜこれほど早くわかったのか、なぜきみの警告が本物だったと言えるのか、疑問に思っていることだろう」その瞬間、クレスはあまりにも混乱していて、今日が何日なのかさえはっきりとは言えなかった。「その確認は驚くべき性質を持つ機関からもたらされた――とにかく、そのように理解している。わたし自身はいまだに信じられない。しかし、ここにはそれをうまく説明できる者がいるようだ」司令官はデスク上のディスプレイに映る誰かにうなずき、「彼はここにいる」と言って、クレスが画面を見られるようにユニットを回転させた。そこにはオフィスか何かの仕事場が映し出されていて、背景には人影が見えた。何人かはランビアの制服らしきものを着ていた。クレスは尋ねるように司令官に目を戻した。その時、視界に入ってきた誰かが、身を乗り出して何かを調整した。クレスの姿を認めたとたん、その顔が喜びの笑みに包まれた。ライシャだった。

「クレス！　何から話せばいいのかわからないよ。あなたが大統領とペラスモン王を助けたんでしょう？　それはここの革命に関わるもっと大きな出来事の一部だった。でも、それ以上にもっとたくさんのことがからんでるの。あたしだってまだほとんど理解していないんだけど、ここにいる何人かはそのことをすごく気にしていて、あなたは彼らが関与していた複雑な計画も救ったのよ。その人たちがあなたに直接お礼を言いたいと言ってる。話してくれるよね？」

「ああ……いいよ……」クレスの頭はすべてを受け入れようとしてぐるぐる回っていた。ライシャは唇を噛み、何かすごいことを口走りそうになるのをこらえているようだった。

「さあ来たよ。言葉の問題があるかもしれないけど、いつも翻訳に使っているコンピュータが故障しているから、あたしができるだけのことをするね。じゃあ、準備して。ちょっとびっくりするかも……」ライシャは目をそらした。「こちらがクレスです」

画面に入り込んできた巨人たちの姿に、クレスはぽかんと口を開け、目を見張った……。

その部屋はミーティングや非公式な打ち合わせのために用意されたものと思われた。どっしりしたテーブルが二つあって、それを囲むように背もたれがまっすぐな椅子が置かれ、脇のほうにはカウチやもっとゆったりとした椅子があれこれ並んでいた。二カ所にある大きな出窓には重たい編み込みのカーテンがかかり、建物の正面らしき一帯を見渡せるようになっていた。壁には地味な模様の装飾が施され、ところどころに設けられたアルコーブには、花瓶や装飾品、それにミネルヴァの要人と思われる人々の絵が飾られていた。現代の地球人の基準からすると少し古くて堅苦しいとハントは思ったし、カーペットはかなり使い古されたものだった。それでも、これまで彼らが閉じ込められていた地下の部屋に比べればずっとましだった。

フレスケル＝ガルが降伏した後、ペラスモンに忠実な部隊がアグラコンを奪還し、王子とその仲間の革命家志望者たちを権力の座から排除したが、今後どんな罰が与えられるかはわからなかった。市外の別の場所に何らかの理由で取り残されていたワイロットと少数のジェヴレン人も捕らえられた。ありがたいことに、どれもハントが気にするようなことではなかった。彼はここで、自分の仲間たちだけではなく、少しだけ会ったセリオス人の若い女性や、やはり拘束されていた彼女の所属する技術代表団の人たちと合流していた。どうやら、別の建物にはもっと大勢のセリオス人がいるようだ。

ランビア人は食べ物と飲み物を提供し、皆が快適に過ごせるよう努めていた。現在ここを管理する部隊の指揮をとっていると思われる士官が、今は二人の国家指導者の帰りを待っているところだと説明した。その二人が彼ら全員と直接会いたがっているらしい。一方、ドアの近くには三人のランビア人が坐っていて、そのかたわらのテーブルには温かい飲み物が入った壺《つぼ》が置かれていた。彼らがそこにいるのは、ほかに何か必要なものがあれば対応するためであり、警備のためではなかった。この部屋にいる奇妙な取り合わせの人々は、自分たちはもはや捕虜ではなく、客として扱われているのだと理解した。

ミネルヴァの人々にとって最も驚くべきことは、言うまでもなく巨人の存在だった。ペラスモンとハルジンにはその全貌をきちんと伝える必要があったが、必要な物資の確認とか何か口実をつけて出入りしていたランビア人たちは、好奇心を抑えられないようだった。ハントたちはなんとか聞き取れた断片的な情報の見返りとして、現時点で入手可能な外部のニュースをできるだけ提供していた。

ゾラックからのメッセージがセリオス人に飛行機の針路を変更させる一因になったのかどうかは、誰にもわからなかった。セリオスの代表団の一人は、フレスケル゠ガルの兵士たちがアグラコンを占拠し始めた時点で危険を察知していたが、彼は警告を発する前に捕らえられた。しかし、彼がそのことを伝えた別の女性が、なんと兵士であるボーイフレンドにメッセージを送ったと証言したので、セリオス側に問い合わせたところ、セリオス軍を経由して受け取った情報により大統領府が行動に出たことが確認された。その女性とはハントが地下で出会った翻訳者にほかならない。名前はライシャだ。おそらく、彼女とそのボーイフレンドが、この日の結果をもたらす上で最も大きな働きをしたのだ。

フレヌア・ショウムは誰よりもライシャの話に心を動かされていた。ライシャは、巨人たちが本当に彼女に恩義を感じているのなら、できることがあると答えていた。もしもランビア人がセリオス当局に通報した問題のボーイフレンドと連絡を取ることができるのなら、ライシャのほうから巨人たちを彼に紹介させてもらえないだろうか？　拙《つたな》い言葉と間に合わせの翻訳を通じてでは、なぜそれがそんなに重要なのか、ハントには正確に理解することができなかった。そこでショウムとイージアンは、いかにもテューリアンらしく、ライシャと数人のランビア人を連れて何か手立てはないかと出かけていった。

〈シャピアロン〉号はミネルヴァに接近中で、まだ建物の裏手にあるシャトルとのリンクを通じた最新の連絡によれば、シローヒンが率いる一行が手動操縦により着陸船で降下してきているとのことだった。ハントにとっては、ゾラックの件は個人的な友人を失ったようなものだった。ミッションに参加している数名のコンピュータ専門家たちは努力してみると言っていたが、復旧できる可能性はほとんどないようだった。たとえヴィザーでも、ランダムに乱れたコードではほとんど手の施しようがないのだ。行方不明の探査機が機能を停止していたのも同じような原因だったようだ。探査機はずっとそこにあり、長時間の自己修復作業に取り組んでいたわけだが、それが可能だったのは構造が単純で状態もそれほど深刻ではなかったからだ。

考えるべきことはいろいろあったが、なにより懸念されるのは、このままここにとどまるしかないという見通しだった。彼らが本当に新しい現実を作ったのだとしたら、運命のいたずらにより、彼らはその一部として生きていくことになりそうだ。その認識はハントの心の奥に、ランビアの窓のカーテンのように重く垂れ込めていたが、まだそれに対処する気分にはなれなかった。時間に追われているわけではないからな、とハントは皮肉っぽく自分に言い聞かせた。

より差し迫った疑問の多くに少なくとも部分的には答えが出たことで、一行はそれぞれ自分の同胞と小声で話すために分かれていった――セリオス人とセリオス人、ガニメアンとガニメアン、テューリアンとテューリアン。相手を理解し、自分を理解してもらおうと奮闘するのはくたびれるせいかもしれない。ハントの場合はダンチェッカーに限定されることになるが、教授はその時ちょうど眼鏡を拭いていた。いつもなら、それは何か考えていたことについて話を始めるための前置きだった。

「ふと思ったんだがね、ヴィック、いとこのミルドレッドがミッションに戻っていたら、どんなに素晴らしい本を生み出していただろう？　統計や社会学的観察よりも、ずっと多くのことが詰まっていたのではないかな……。もっとも、そうなるとミルドレッドは出版したくても市場がなかったわけだな。いろいろな意味で残念なことだ。実はな、きみに説得されてこの奇怪な冒険に加わった時には、自分がこんなことを言う日が来るとは信じられなかったが、わたしはむしろミルドレッドがいなくて寂しいと思っているのだ」

「わたしが説得したって？　何があろうがきみを引き止めることはできなかったよ。記憶にある限りでは、確かグレッグ・コールドウェルもかなり関係していたはずだ」

「そうだ、グレッグだ。それともう一人いた」ダンチェッカーはため息をついて、眼鏡を鼻にかけ直した。「慣れるべきことがたくさんあるな。ほかの選択肢を考えてみると、もしも帰れるのであれば、わたしは喜んでミズ・マリングを受け入れると思う。本当に帰還は不可能なのか？」

「ヴィザーが狙いを定めるビーコンが失われてしまったから、われわれの位置を特定する方法がない。干し草でできた木星に落ちた針を想像してくれ」

「ふむ」ダンチェッカーは諦めたように黙り込んだ。ハントは、ダンチェッカーにあまり長く懐旧の旅に出かけてほしくなかった。彼自身もそれが意味するものとしっかり向き合うには程遠い状態だったのだ。しばらくして、ダンチェッカーが口を開いた。「興味深い考えだな。われわれがここに坐っている今も、二十光年彼方のジャイスターには惑星テューリアンがあり、そこには遠い昔にここから移住した者たちの子孫であるガニメアンがいる。そして、ここの軌道上には〈シャピアロン〉号がある。われわれがいた宇宙では、地球とテューリアンとの接触を可能にしたのは〈シャピアロン〉号だった。それならここでも同じ役割を果たせるのではないか？　言いたいことはわかるだろう。この宇宙に存在するテューリアンと接触して、彼らに充分な情報を提供すれば、この状況から抜け出して元の場所に戻るために必要な手段を用意できるかもしれない」

ハントはダンチェッカーを鋭く見据えた。たしかに興味をそそられる考えだ。フレスケル＝ガルの件で頭が一杯で、長期的な問題にはまったく考えが及んでいなかった。しかし、よく考えてみると、欠陥があることに気づいた。「とはいえ、ここは五万年前の過去だ。この時代のテューリアンが必要な技術を有しているかどうか。むしろ彼らはまだ停滞期にあるのではないかな？　もちろん、試してみることはできるが、向こうで耳をすましている者がいるかどうかさえわからない」

「ふむ」

それでもダンチェッカーの指摘には一理あった。もしもテューリアンと接触する手段があるのなら、ミネルヴァの破壊とそれに伴う悪影響をいっさい受けることがなくなるので、状況さえ整えばガニメアンと人類との共同文化がすぐにでも生まれる可能性がある。となれば、いろいろあってもミッションは当初の軌道に戻ることになる。なぜならその結果こそがミッションの目的だったのだ。唯一の問題は、ハントの見る限り、彼が生きている間にはそれが実現しそうにないことだった。

ランビア人がやってきて、〈シャピアロン〉号から来た着陸船がそれほど遠くない空き地に降りて、それに乗ってきた巨人たちが間もなく到着するとたどたどしく告げた。そのランビア人が立ち去ろうとした時、イージアンとショウムがライシャを伴って部屋に戻ってきた。イージアンは、ハントにうなずきかけて有意義な行為だったと伝えてから、ショウムと共にモンチャーと〈シャピアロン〉号の二人の士官の元へ向かった。ライシャはハントとダンチェッカーに近づいてきて、大きないたずらを成功させたかのようにくすくす笑いながら言った。「最高でした！　クレスがすごく……なんて言うんでしたっけ？」

「驚いた？」ハントはジェヴレンの言葉を提案した。

「驚いた以上でした。顎が落ちそうになるほど。あなたたちもいればよかった。実は、クレスは小さい時からずっと……興味があった？　魅了された？」

「それでいい」

「昔の巨人たちに対してです。それが、現実に彼らを見て……。まるで自分の夢の中にいるみたいだったんです。わかりますか？」

「わかるよ」ここ数年、ガニメアンたちは宇宙の至るところで異常なまでの驚きを引き起こしてきたんだ、とハントは思った。ほかのセリオス人たちの一人が何か言ったが、ハントには聞き取れなかった。ライシャは向きを変えて彼らと話し始めた。

ハントは椅子から立ち上がると、あくびをして両腕を伸ばし、窓の一つに近づいた。見下ろすと、そこは巨大な欄干のような細い石柱の壁に囲まれた舗装された中庭で、衛兵が見張りにつく門が二カ所にあり、そこからもっと広い外側のエリアに出られるようになっていた。中庭の遠い側を仕切る手すりのあるフェンスは、彫像をのせた角柱の間をつないでいた。その向こうに見える広い通りには、どっしりした灰色の木々と、この部屋の家具とよく似たスタイルの重厚な幾何学《きかがく》的形状の建物が並んでいた。ツインローターのヘリコプターのようなマシンが、連なる屋根の上をゆっくりと移動していく。あらゆるものが堅固で陰気に見えた。二十世紀初頭の戦艦の設計者ならこんな都市を考案しそうだ。これから慣れなければならない未来の住まいとして、これはどれほど典型的なものなのだろう。

ハントが以前の人生で積み重ねてきたもの、目指していたように見えたもの、それらすべてがいきなり無関係なものになってしまった。それが現実なのだ、とハントは自分に言い聞かせた。慣れるしかない。少なくとも、彼には親しい親戚も、心の負担になる扶養家族もいないのだから。

では、それらすべてに代わるどんな選択肢があるのか？　明らかに、ここではいつまでも特別な立場でいられるだろうし、ミネルヴァの支配者がその権力の範囲内で与えるものをなんでも享受できるだろう。新しい世界との関係がもっとひどい形で始まることはいくらでもあるのだ。「何々だからできない、とは絶対に言うな」というのが、ハントの父親のもう一つの口癖だった。「どんな時も、何々ならできると言え」

セリオスとランビアの対立がどうやら解消された今、〈シャピアロン〉号を偵察船として活用し、ガニメアンのノウハウを少し投入することで、ミネルヴァの住民を地球に移住させる計画は急速に進むはずだ。必要な技術のために必要な物理学の発展を手助けするのは、ハントにとって理想的な役割となる——それだけで残りの人生を有意義に過ごせるだろう。かつての地球を見るというのはそれ自体が魅力的だ。すでに宇宙に進出している種族による開拓なら、外へ拡大する手立てを確立する前に人で埋め尽くされる危険を回避できるし、テューリアンにかつて利益をもたらしたような優位性を得ることができる。やはり悪いことばかりではない、とハントは判断した。考えてみると、むしろ良かったかもしれない。

近くで何かが動くのを感じて、ハントは振り向いた。ダンチェッカーがランビアの酒を手にやってきたのだ。ハントはどうしたものかとそれを見つめた。「どんな味だ?」さまざまな出来事について行くのに精一杯で、まだ食欲が湧かなかった。

「たいへん好ましい、と言わざるを得ないな。強くて粘りのある蜂蜜入りの紅茶を思わせる。なんとなくアイリッシュウィスキーに似た後味もあるから、きみの好みに合うような気がする」ダンチェッカーはもう一口飲んで、ハントと一緒に世界を眺めた。「すべてがとても堅固で堂々としている。石のように不変で」

「ロシアの冬を描いた古い白黒のニュース映画を思い出すよ」違いはメルティスがミネルヴァの赤道からそれほど離れていないことだ。

「短期的な利益を最大化するために、ガラクタの作業小屋を次々と建てるという発想はほとんどないようだ。いささか不思議な感じがする。地球への移住が種族としての唯一の目標であるなら、全体の特性として永続性の発露が少なくなりそうなものだ。安全や長期的な未来に対する無意識の集団的な欲求があらわれているのだろうか?」

「あり得ることだな。少なくとも、今はその可能性が高い」ハントは、ダンチェッカーも無意識のうちに同じような安心感を表明しているような気がした。「そして、きみもわたしもガニメアンたちも、その中でやるべき仕事に事欠くことはないだろう。想像してみろよ、クリス、地球全体が昔のままなんだ。きみが何年もかけて推測を重ね、復元しようとした初期の動物たちが、生きて呼吸をしながら歩き回っているんだ」

ダンチェッカーは表情を少し明るくして、窓の向こうを見つめ続けた。そういう側面については思いつきもしなかったようだ。数秒後、彼は答えた。「興味深い考えだ。たしかに興味深い……。わたしが再考している進化の概念のいくつかに間違いなく役立つだろう。同じ遺伝子プログラムが環境から受け取るさまざまな合図により異なる適応を表現する。テューリアンの見方はわれわれの従来の見解とはまったく異なっている。破滅的な大量絶滅の後、新たな形態と体制によって再増殖するという形で、変化は急激に、一度に起こるのだ」

ダンチェッカーはさらに続けようとしたが、ハントは別のほうへ彼の注意を引いた。通りから入ってきた、前後に短い護衛の車列をつけた一台のバスが、外側のエリアを横切って石のフェンスに向かっていた。

「着陸船から来たシローヒンたちが到着したようだ」ハントは言った。

「そのようだな」

ふと気がつくと、ライシャが部屋に戻ってきてハントを見ていた。彼は尋ねるように眉を上げた。

ライシャの話す言葉はジェヴレン語とランビア語が入り交じっていた。「もっと話せますか？　すみません」

「かまわないよ」

「セリオス人は船が未来から来たとは信じられません。あまりにも多くて……それ自体が意味をなさないこと？」

「矛盾かな？」

「そうです。もっと質問があります」

ハントはため息をついた。これからもこういうことは多そうだが、ゾラックがなければ状況が改善されないのは目に見えている。今から慣れておくほうがよさそうだ。その時、制服を着たランビア人が急いで入ってきて、ドアのそばに坐っている三人に小声で何かを伝えた。そのうちの一人がライシャに呼びかけた。ライシャはそのランビア人たちに近づいてしばらく話し込み、頭を振ったり手ぶりを交えたりしながら、時々ハントとダンチェッカーのほうを振り返った。ハントたちがじっと待っていると、やがてライシャが二人を呼び寄せた。ハントはダンチェッカーに肩をすくめて見せ、一緒に彼女の元へ向かった。

「あそこから……」ライシャは手を振った。「わたしがいた場所は何ですか？　初めてあなたと会った」

「通信室か」

「それです。そこに接続があります……」ライシャは空中で大きく広がるような身ぶりをした。「ミネルヴァ全体の通信。電話。コンピュータ。わかりますか？」

「わかるよ」

「メッセージが入っています。どこから来たのか誰にもわかりません。巨人たち宛てかもしれません」

「惑星ネットでメッセージを受信したわけだな」ダンチェッカーは、ハントと共にライシャの言葉を解釈しようとしていた。

「何と言ってるんだ?」ハントは尋ねた。

「よくわかりません。誰にも理解できません。でも、あなたの知っている人からでは? ヴィザーとか言っています」

43

この頃には、ハルジンとペラスモンは地上に降りて、待機していたヘリコプターに乗り込み、〈シャピアロン〉号からの訪問者を迎えるためにメルティスに戻ろうとしていた。そのため、ハントたちはすぐには何が起きたのかを知ることはできなかった。それでも、二人の指導者との会談の場では、ありがたいことに、少なくともヴィザーを通訳としてオンラインで利用することができた。

物理系の多くは、同じような役割を果たす量が関与し、同じ種類の数学的方程式によって関連づけられるという点で類似している。たとえば、電圧、電流、抵抗は、水力学《すいりきがく》における圧力、流量、摩擦に対応する。誘導性と蓄電性は、機械系の慣性や弾性に対応する。テューリアンの科学者たちは、マルチヴァースの多くの特異性をより身近な物理学の概念で理解できるような理論構築を始めていた。もちろん、そうした類似は厳密なものではないが、多くの場合はより明確な理解の助けとなる。特に有益な分野の一つが電気力学だ。実際、時間線が収束する奇妙なゾーンは、通常空間における電荷の動きを連想させるやり方で、マルチヴァース空間において互いに遠方から影響を与えていることが判明した。ゲート投射機を搭載型生成機のバブルゾーンにつなぐ〝アンビリカル〟導管《どうかん》は、両者の間で電流を運んでいると考えることができる。

磁場《じば》が急速に崩壊すると、その磁場を生み出していた電流が流れる回路に起電力《きでんりょく》、すなわち電圧が誘導される。誘導された電圧は、電流を流し続けようとする方向に作用する。これが〝電気的慣性〟だ。〈シャピアロン〉号周辺に構築された拡大収束ゾーンをガルースが崩壊させた時も、明らかに同様の状況が発生した。出口を求める巨大な〝電圧〟が、マルチヴァース版の電荷集中という形を取った補完的な〝極《きょく》〟への経路を、テューリアンのゲートで見つけた。そこではカラザーの指揮で探査機の発射作業が行われていたが、科学者たちは成功の見込みは極めて薄いと言っていた。

要するに、ゲートと〈シャピアロン〉号との間に連絡通路が作られたのだ——電界が雷雲と地面との間に作り出すイオン化粒子のフィラメントが、雷光の走る道を開くように。その結果、ヴィザーが発射しようとしていた探査機を定義する波が、本来の目的地へ向かうのではなく、その道を逆に戻ってきた。探査機の計測器はすぐに〈シャピアロン〉号の存在を確認し、ビーコンモードに移行してその地点をマークした。しかし、ヴィザーはゾラックを呼び出すことができなかったので、ミネルヴァの惑星間ネットを介して連絡するという、今では日常的なやり方を取ったのだ。

結局、彼らは故郷に帰ることになるだろう。しかし、それだけではなかった。〈シャピアロン〉号を対象とした最初の本格的なゲートテストが予定されていたとき、イージアンが懸念を表明していたこともあり、ヴィザーはゾラックのバックアップ用コピーを保存していたのだ――万が一に備えて。ヴィザーとの接続があらためて確立された今、ゾラックの復旧が最優先事項となった。

メルティスに降りたチームの一部は、アグラコンの通信室に案内され、〈シャピアロン〉号へのリンクを通じて事態を見守ることになった。リロードとリンクの作業に時間がかかったのは、ヴィザーがビーコン接続を通じた運用に限定されていたからだ。テューリアンに戻ればもっと迅速に行えたかもしれないが、ガルースは長年親しんできた存在の管理下で自分の船を取り戻したかったのであり、誰もそれを邪魔立てするつもりはなかった。

「統合完了、インジケーターのチェックも良好」ヴィザーが報告した。「すべてあなたのものです」コマンド・デッキにいた全員がガルースに目を向けた。

ガルースは一瞬だけ心の準備をした。「ゾラック」

「司令官？」

地上から見守っていた一同の間に安堵と高揚の波が広がった。そこにはランビア人やセリオス人の姿もあった。「現在の状況と今日のスケジュールを確認しているところだ」ガルースは続けた。「何かあるか？」

「イージアンが、安定化後のローカルバブルの崩壊を評価する最後の一連のラフトテストを承認しました。結果はすべて肯定的です。異常は検出されていません。これで〈シャピアロン〉号による本格的なテストへ移行できます。イージアンの強い要望により、ヴィザーがわたしのバックアップを保存しています」船内でも地上でも、見守る人々の間で笑みが交わされた。ゾラックはコンピュータ版の記憶喪失になったように、数カ月前の状況を報告していた。まだ自分がバックアップであることに気づいていないのだ。

「船の周辺を分析し、評価して報告してくれないか？」ガルースは促した。

短い沈黙があった。ゾラックほどの論理能力を持つシステムであれば、正しい結論に至るのにそれほど時間がかかるとは誰も思わなかった。

「追いつかなければならないことがあるようです」ゾラックは答えた。「控えめに言っても、イージアンには大きな恩義を感じています。いいですよ、わかりました。もう生物的頭脳の細かなこだわりについて皮肉を言うのはやめます」この発言は拍手で迎えられた。

「おかえり」ガルースは言った。

〈シャピアロン〉号は、一連の出来事についてきちんと説明するために、さらに一週間ミネルヴァにとどまることになった。このミッションにより、対立と敵意の激化がどのような未来をもたらすかが明らかになった今、セリオスとランビアは両者の間に生まれ始めていた意見の相違をすみやかに克服し、全員にとって唯一の進歩的な未来をあらわす共通の目標に向かって全力を傾けるだろう。それを疑う者はほとんどいなかった。

忙しい一週間になりそうだった。地球や、テューリアンや、巨人のミネルヴァ離脱からテューリアンで〈シャピアロン〉号ミッションが決定されるまでの経緯をすべて説明するだけではなく、ミネルヴァ人の物理学に対する理解を深める必要があった——彼らはまだ量子事象についてまったく理解できていないのだ。おまけに、ミネルヴァの一般市民や報道関係者の飽くなき好奇心にも対応しなければならなかった。途中で方針を変えるのは好ましくないということで、両国の指導者は異星人の存在にまつわる報道管制を断念した。どのみち長くは続けられないはずだった。地表から百マイル上空の待機軌道上にあってさえ、〈シャピアロン〉号の見た目の長さは満月の直径の半分以上あり、一日に何度かは、太陽の位置によって輝く光の鉛筆またはシルエットとして頭上を通過していくのだ。

しかし、ミッションのメンバーの本当の望みは、しばらく現場を離れて休み、内心では覚悟していた異世界島流しからの突然の解放を、それぞれのやり方で、それぞれの心で受け入れることだった。その夜、ハルジンとペラスモンから請われて、断ることはほぼ不可能だったメルティスでの夕食会の後、地上にいるガニメアンと地球人は〈シャピアロン〉号に戻るために自分たちの船に乗り込んだ。もちろん、ミネルヴァ人も宇宙船を訪れたいと切望していた。しかし、今はその時ではなかった。誰もそれを強くは主張しなかった。それは後日にすればいいことだった。皆がそれを理解していた。

ＵＮＳＡゴダード・センターでも長い一日が過ぎていた。コールドウェルは、この場の雰囲気にふさわしい楽天的な態度を保ち、笑顔であちこちにうなずきかけながら、スタッフが野球帽にビーチショーツという格好でガムを嚙む観光客を相手に忠実に仕事の説明をしている部屋を抜け、ロビーやコンピュータグラフィック室の展示ホールに指紋をべっとりつけていく学生のグループを通り過ぎた。もっときつい日だって乗り越えてきたのだ。

最も人気のある展示の一つは、彼のオフィスの廊下沿いの一区画に置かれたテューリアンのニューロカプラーだった。テューリアンの高層都市を歩きまわったり、異世界の本物の恐竜やジャングルに驚嘆したり、ヴィザーによる銀河系の仮想ツアーに参加したりするために順番を待つ人の列は、一日中途切れることがなかった。開場から三十分もしないうちに、この事業の地球側の商業部門への参入に興味を持つ関係者からの接触があった。コールドウェルが彼らと話をすることはなかった。そのためにＵＮＳＡには広報部があるのだ。

「こちらが先進科学局のコールドウェル局長です」ツアーガイドとしてがんばっているアメリアが、おそろいのシャツを着たカップルに言った。ようやく騒ぎが落ち着いて、残っているのはこの二人を含めてわずかになっていた。「先進科学局はわたしたちとテューリアンとのやりとりのほとんどを担っています」

「こんなふうに異星人があたしたちの頭に入ってきて大丈夫なんですか？」女のほうが問いかけた。「侵略の準備をしているのかも。結局、ジェヴレン人もあんな感じだったし」

「われわれは常に状況を監視しています」コールドウェルはきっぱりと言った。

「精神的・社会的共鳴ですよね、大脳皮質《だいのうひしつ》の無意識領域と同調する」男のほうがそう言って、コールドウェルを期待のこもった目で見つめた。ありがたいことに、そこでコールドウェルの携帯電話が鳴った。

「失礼します」コールドウェルは言った。

ミッツィからだった。「グレッグ、カラザーからお電話が入っています」

「すぐ行く」コールドウェルは精一杯申し訳なさそうな顔をした。「すみませんが、呼ばれていますので」彼は電話を手にしたまま急ぎ足で立ち去りながら、振り返った。「アメリアが喜んで質問に答えてくれますから」

入室禁止の掲示がある外側のオフィスのドアを抜けて、背後でドアを閉めた。「何かあったのか？」ミッツィが、テューリアンリンクで接続しているカラザーを映したスクリーンを身ぶりで示した。コールドウェルはそれを回転させて自分のほうに向けた。「やあ、ブライアム」コールドウェルはもちろん最新の情報に通じていた。

「グレッグ。社交の一日はどうだった？」

「ほぼ終わった。この企画を立案した管理者たちは誰もここで応対を手伝ってくれないことに気づいたよ。それはさておき、何か新情報でも？」

「ミッションのメンバーは〈シャピアロン〉号に戻った——主に休息と静養のためだろう」

「むりもない。わたしだってそうすると思う」

「彼らを連れ戻すには少なくともあと一週間はかかるから、きみとわたしが彼らに合流するほうがいいと思ってね」それがテューリアン流の話し方だった。カラザーはニューロカプラーを介して仮想で合流すると言っているのだ。「われわれも一緒にいたことを象徴的に示すわけだ。それに、ヴィザーの再接続を祝うのにこれ以上の方法はないだろう？」

「いい考えだと思う。いつ頃を考えているんだ？」

「今だよ、きみがなんとかできるなら。そこに使えるカプラーはあるのか？　人々がそれを試そうと列をなしているという話だったが」

「だいぶ静かになった。ちょっと待ってくれ。確認する」コールドウェルはミッツィに目を向けた。「アメリアを呼び出して、向こうのカプラーの状況を確認してくれ。カラザーがわたしにヴィックたちを訪ねる旅に出ろと言っているんだ」

「承知しました」

「クエルサングの科学者たちも何人か参加する予定だ」カラザーが言った。「今回の一件には彼らが興奮している最後の側面があるらしい。それをほかの人たち、特にイージアンとヴィックに伝えたいのだそうだ」

「おや？　どんなことだろう？」コールドウェルは尋ねた。

「わたしもきちんと理解できていないのだよ。とにかく、〈シャピアロン〉号のバブルの崩壊がこちらに戻る低抵抗の経路を作り出したことと関係があるようだ」

コールドウェルはそこまではついていった。「なるほど」

「進行中のあらゆる活動は、われわれの宇宙とは別の多くの宇宙と関連していて、そのすべてでほぼ同じようなことが起きている。理論的には、マルチヴァース内の五万年前のミネルヴァを中心とした領域全体が影響を受けて、あの五隻のジェヴレン船を過去に送り返した障害と同じような経路を作り出したということになる。だから……」カラザーは、コールドウェルが彼の言いたいことを察してせかせかとうなずき始めたので言葉を切った。

「言いたいことはわかる。わたしもずっと疑問に思っていたことだ。偶然というのは考えにくかった。これで納得できる」

「だからあの船団はあそこに行き着いたのだな。とにかく、これはわれわれが取り組むべき新しい理論分野になるとのことだ」

コールドウェルはミッツィが手を振っているのに気づいた。「ちょっと待ってくれ、ブライアム……」彼は片方の眉を上げた。

「アメリアは問題ないと言っています。そこは空いていると」

「カプラーは使える」コールドウェルはカラザーに言った。「では会おうか……どこに行くんだ？」

「船へ行こうと思ったのだが」カラザーは言った。ジェヴレンに滞在していた頃、〈シャピアロン〉号にはテューリアンのニューロカプラーが装備されていた。

「いいね。数分後に五万年前で会うとしよう」

コールドウェルは後片付けをして廊下に戻った。建物は静かで、普段どおりに戻ったように感じられた。アメリアが別の方向からやってきたので、声をかけた。「あのカップルはまだどこかでわたしを待ち伏せしているんじゃないだろうな?」

「大丈夫です。もう帰りました」

「そしてカプラー室は空いている?」

「はい……。あ、キュービクルの一つに残ってる人がいますが、問題はないと思います」

「よくやったな。休みを取っていいぞ」

「その言葉、忘れませんよ」

コールドウェルはカプラーのあるエリアに進み、空いているキュービクルの一つに入ると、リクライニングチェアに身を横たえた。精神が虚空へ開かれていく感覚で、ヴィザーに接続していることがわかった。「それで、きみのUNSAでの一日はどうだった?」彼は声を出さずに問いかけた。

「ああ、かなり楽だったがいろいろあった」ヴィザーは答えた。「わたしのサービスはいつもどおり優秀だったかな?」

「苦情は聞いていないな。それで、カラザーの件については知っているのか?」

「知っている。ミネルヴァにある〈シャピアロン〉号の船内で全員が集合すると」

「行こうか」

ハントは〈シャピアロン〉号にあるニューロカプラーの一台でくつろいでいた。彼は物理的に船に乗っていたが、テューリアンや地球から来たほかの人々と交流するためには神経結合が必要だった。一緒にいるという印象は、彼ら全員が共有する錯覚だった。

「ヴィザー、またこういうことができるのがどれほど素晴らしいことか、きみには想像もつかないだろう」ハントは言った。「誰もがここに島流しになると思っていたんだ、この先ずっと」まさに酔いしれるような感覚だった。

「とても幸運だった」ヴィザーは認めた。「もはや実行可能な選択肢はなかった。わかっているはずだ」

「それでもきみは努力した」

「やったのはカラザーだ。あのような状況下では、わたしは命令に従うだけだ」

「テューリアンが彼のことを愛している理由がわかってきた気がする。それで、彼もここに来るのか？　グレッグも？」

「彼らもせめてそれくらいはしようと思ったのだろう」

「どこで会うんだ？」

「ガルースが考えたのは、上級船員用の中層デッキにあるラウンジだ」

いい選択だな、とハントは思った。ゆったりして、堅苦しくなく、しかし気品はあって快適だ。「まだ誰もいないのか？」

「きみが最初だ」

するとハントは上級船員用ラウンジにいた。黒の張り地が施されたガニメアン用の大きな座席が、ボックス内や低いアルコーブテーブルのまわりに配置されている。新しいパネル張りの壁には躍動感あふれた壁画が描かれ、片側のカウンターには仮想ビュッフェが設置されていた。

「連絡が入った」ヴィザーが言った。「ゴダードの誰かが神経結合して、きみと話ができるかどうか尋ねている」

ゴダード！　その言葉はなんとも美しく響いた。もう二度と戻れることはないと思っていたのだ。今になってようやく悪夢が終わったという実感が湧《わ》いてきた。すべてが順調だった。ハントは再び見慣れた世界に戻ってきた。高まる多幸感のせいで、相手が誰だろうとかまわなかったし、わざわざ尋ねる気にもならなかった。きっと先進科学局の誰かがハントの様子を確認しに来たのだろう。「いいよ。通してくれ」一瞬後、青いスーツに白いシャツとネクタイを身につけた男が、ハントの前にある人間サイズの椅子にあらわれた。坐ったまましょとんとあたりを見回している。ハントにはその男が誰なのかわからなかった。がっしりした体格で、きれいに髭《そ》を剃って顔は肉付きがよく、髪は丸い月のような額から後ろになでつけられていた。

「こんばんは」ハントは言った。「ええと、知り合いだったかな？」

「ヴィクター・ハント博士を捜しています」

「わたしがそうだ、どうぞよろしく。それであなたは……？」

「ＦＢＩ捜査局、財務不正捜査課のポーク捜査官です」ポークは機械的にジャケットの内側に手を入れてバッジを取り出そうとした。彼の意図を知る由《よし》もないヴィザーは、即席で笑顔マークのカードを用意した。ポークは、自分の貸金庫を開けたらゴム製のアヒルが出てきたような顔でそのカードを見つめた。しかし、アカデミーでの訓練が功を奏し、彼はすぐに立ち直った。「ハント博士、テキサス州オースティンにあるフォーマフレックスという会社との関係について、いくつか質問させてもらえますか?」

ハントは目をしばたたいた。こんなことが現実であるはずがない。「ずいぶん遠くまで来たもんだな」彼は言ったが、とりあえず何かを言うためでしかなかった。「ここがどこか知っているんだよな?」

「実はよくわかりません。コンピュータか何かから、あなたと話ができると言われただけなので」

これはハントが思った以上に厄介な話になりそうだった。彼は顔をしかめ、どう対応すれば一番いいか考えた。「飲み物はどうかな?」

「勤務中なのでけっこうです」

「ああ。そうだな。ヴィザー、わたしにアイリッシュウイスキーをストレートで頼む」ハントが伸ばした手に、どこからともなく満杯のグラスが出現した。ポークが目を見開いた。一瞬おいてカラザーがあらわれ、その後にガルースとシローヒンが続いた。

「ちょっとややこしい話なんだ」ハントは説明しようとした。コールドウェルが別の椅子にあらわれた。

「ヴィック」カラザーが挨拶した。「われわれも敬意を表するために寄せてもらった。せめてそれくらいはしようと思ってな」フレヌア・ショウムとイージアンが、ビュッフェのあるカウンターのそばに突然立っていた。ポークは異星人を一人ずつ見つめてから、ハントに目を戻した。理性と正気を求める無力な訴えの中で、彼の決意はついに崩れ落ちた。

「せっかくだからここにいてくれ、捜査官」ハントは陽気に言った。「みんな物語の一部なんだ。楽にしていい。本当に飲まないのか？　悪酔いはしないよ、約束する。しばらく時間がかかりそうだからな」

エピローグ

ウィーンのドナウ川のほとりに面した大通りにある書店で、ミルドレッドは新作の『テューリアン精神』と彼女の既刊本が積まれたテーブルに坐《すわ》っていた。この本はかなりの売れ行きを見せており、朝からサインを待つ読者や購入者の列が途絶えることはなかった。彼女の現在のプロジェクトは、調査の過程で引き込まれた哲学や物理学に関する自分の考えを本にまとめることだった。考えている仮題は『マルチヴァースとの共存法』。なんであれ自分の考えをまとめるのは、常に気が遠くなるような作業だった。

「二千年前にこれを書いていたら、聖書よりも高く評価されていたでしょうね」手にした本に〝インガへ〟とサインしてもらった赤いドレスの女性がしゃべっていた。「この世界の物質主義的で法治主義的な制度の悪いところがすべて詳しく書いてあるんですから」

「こちらの人たちがおもちゃをお互いに見せびらかしている子供のように見えますね」ミルドレッドは同意した。

「専門家は避けようのないことだと言っていましたが、そんなことはないと証明されたんです。想像してみてください。高潔な人たちが働いて得た知識と富が、みんながより良い生活をするために使われるんです。フレヌア・ショウムの戦争に対する思いの部分は素晴らしかった。わたしが長年言いたかったことがすべて詰まっています。何日も頭から離れませんでした。本当にありがとう」

「こちらこそ、立ち寄ってくださってありがとうございます」ミルドレッドは微笑《ほほえ》んだ。

午前中がほぼ過ぎようとしている今、ミルドレッドはしゃべるのは相手に任せて満足していた。彼女はテューリアンにいる間に自分に課した規律を守っていて、数名の友人のコメントからすると、実際に成果があらわれているようだった。これまでおしゃべりが多すぎたのは、そもそも感じる必要のない、力量不足という自己イメージに対する防衛策だったのかもしれない。結局のところ、生物学者と物理学者の両方から、きみのおかげで自分の分野の基礎を見直すきっかけになったと言われれば、それは自信につながるのだ。とはいえ、逆方向へ突っ走って、あまりに壮大な自己満足に浸ってしまうのもよくない。たとえば、コールドウェルに会うためにはるばるテューリアンから戻ってきたのは、彼が聞いておくべきことを自分が知っていると思ったからだ。なんということを考えたのやら！　しかし、〈イシュタル〉号が再び地球に戻ってきた今、ミルドレッドは、クリスチャンが電話やメッセージでじらすようにほのめかしていたテューリアンにおけるその後の活動について、詳しく聞かせてもらうのを楽しみにしていた。それはまだ公《おおやけ》にはされていない話だった。

ドアの近くで何か騒ぎが起きているようだったが、列に並んでいる次の人がミルドレッドの視界をさえぎっていた。その青年は、黒い目を生き生きと輝かせ、髪を後ろで束ねて、短くとがったヴァンダイク髭《ひげ》を生やしていた。「もう最高だったよ！」青年は言った。

「ありがとう」

「ぼくたちみんなが、より大きな領域にあるより大きな意識の延長だというテューリアンの考えは本当に正しいと思う？　あれはすごく……つまり、どうしてぼくたちはそれについて何も知らないのかな？」

「これは宛て書きはなさいますか？」

「ああ、そうそう。できればウルリッヒ宛てで」

「それが明確になったのは、テューリアンの家で夕食をとりながら配膳ロボットを見ていた時のことでした」ミルドレッドはサインしながら言った。「あのロボットは自分の限られた範囲内で自律的に行動しますが、星系をまたいで存在する彼らのネットワーク全体、つまりヴィザーに接続されています。しかし、ロボットはヴィザーのことも、ヴィザーが扱う高次《こうじ》の概念についても何も知らないのです。これでお役に立ちますか？」

「ふーん、そうかもね。よく考えてみないと……。それと、こっちはアンナ宛てにしてくれないかな？　ハッピーバースデーと入れて」

「あなたのガールフレンド？」

「妹だよ」

ペンを走らせていたミルドレッドは、誰かが表紙を開いたもう一冊の本を目の前のテーブルに滑らせてきたことに意識を半分だけ向けていた。そして、その本をつかんでいる手がとても大きくて、濃い紫色をしていて、親指が二本あることに気づいた。ミルドレッドは信じられない思いで顔を上げ、ペンを落として立ち上がった。

「フレヌア！」

「そろそろ自分の目であなたの世界を見てみようと思いまして」

二人は温かな抱擁を交わした——小柄なミルドレッドと七フィートあるショウムの体格では不釣り合いではあった。「でも……どうして言ってくれなかったんですか?」

「地球人はサプライズが好きなんですよね。〈イシュタル〉号は帰還する予定でしたし。それで……とにかく、この本を見たかったんです。みんな昨日着いたところです」

「みんな……?」その時ミルドレッドは、数歩後ろに立って笑みを浮かべているクリスチャンとヴィック・ハントに気づいた。「ああ……」

列に並んでいる人たちは、辛抱強く、好意的に見守っていた。誰もがささやかな特典が得られたことを喜んでいた。足を止めて見ていた来客が、近づいてきて感心したようにショウムの腕と肩にふれた。「ねえ、これすごく良くできて……うわ、まさか！　本物だ！　本の宣伝かと思った」

ダンチェッカーがそばに来て、珍しくいとこをハグした。「なにそれ！」ミルドレッドは息を呑んだ。

「一週間はここにいる」ダンチェッカーはミルドレッドに言った。「きみの長年にわたる執《しつ》拗《よう》で容赦ない忠告のおかげだ。エマとマーサに償いをしようと思ってね。ステファンおじさんと会って、彼の会社へも行かないと……。しかし、それは後にしよう。ここでの良い仕事を邪魔してはいけない」

「きみに別の話があるんだ、ミルドレッド」ハントが言った。「次に何をしようと考えていたにせよ、それは忘れてくれ。こっちの話はどんなものにも勝ると保証するよ」


その二日後、とってあたりまえの休暇と親族の用事に出向くダンチェッカーと別れて、ハントはワシントン・ナショナル空港へ直行するエア・ヨーロッパのサブオービタル機に乗り込んだ。UNSAのヨーロッパオフィスで対応できる用事もあったが、それは後日に回せばよかった。コールドウェルへの報告が最優先だ。

機体が軌道の頂点に向かって上昇するにつれて、頭上の青い空は暗くなり、眼下の地球の地平線は湾曲していった。ハントはその光景を見て、七年前に、当時勤めていたイギリスの会社の同僚と共に西へ飛んだことを思い出した。チャーリーに関する調査を手伝うためにUNSAに赴いたのだった。当時の彼には、超音速サブオービタル機が古風で時代遅れに見える日が来るとはとても信じられなかっただろう。

チャーリーは、月が別の世界をめぐっていた時代から五万年もの間、月の表面に埋まったまま、ゆっくりと天然のミイラと化していた。しかし、ほんの数週間前、ハントはまさにその世界を歩いていたのだ。同じ時にチャーリーもどこかで生きて歩きまわっていた可能性は高い。ハントはふいに、チャーリーがクレスであってもおかしくないのだという突拍子もない考えにとらわれた。

ミネルヴァと、未来から来てその状況を一変させたテューリアン－地球人文化との今後の関係をどうすべきかというのは、その後の〈シャピアロン〉号での滞在中に浮上した大きな問題だった。ある者はこれからも連絡を取り合うことに賛成し、若い文化が新しい歴史の道を歩み出す際には、手に入るあらゆる知識と資源を利用するほうがよいと主張した。別の者はそこまで確信が持てず、学んだことを吸収して新しいアイデンティティを発見するためには、独立と隔離の時期が必要ではないかと感じていた。ハルジンは前者を、ペラスモンは後者を支持していた。ミネルヴァ人の中には、すでに別の戦争の始まりがここにあると冗談を言う者もいた。

もう一つの問題は、ミネルヴァが、彼らの宇宙で二十光年彼方《こうねんかなた》のジャイスターにすでに存在しているテューリアンとの接触を試みるべきかどうかということだった。これについても意見は分かれていた。テューリアンたちはこうしたことすべてを、彼らがとうに諦めている事実を示しているに過ぎないと受け止めていた——部屋に人間が二人いたらどんなことでも合意には達しない。

結局、ビーコン探査機は残しておくが、隔離期間中は起動させないことになった。何か緊急事態が発生しない限り、どちらも一年間は接触を開始せず、反省と議論の時間を確保しようということだ。その期間が終わったら、再び協議を行う予定だった。

ハントは頭上にちらほらと見え始めた星々を見つめた。そこにある星々はどれもミネルヴァが遠い昔に消滅した宇宙の一部でしかないが、いまだ謎に包まれている広大なマルチヴァースのどこかには、ハントたちが起こした変化から生まれる運命にある未来が、すでに展開され現実となっている領域が存在しているはずだ。さまざまな混乱の中で、人類の病が生来のものなのか、それとも環境の産物なのかという本来の疑問はいつの間にか忘れ去られていた。そんなことは重要ではなかった。ハントはその答えを知っているふりはしなかった。フレヌア・ショウムが皆を説得したように、人は努力を続けるしかないのだ。

〈シャピアロン〉号がようやくテューリアンに帰還した時、もう一つ、ハントが少し困惑を覚えたことがあった。ジェヴレン人によって位置特定ビーコンが破壊された後で、イージアンはこう指摘していた。たとえテューリアンから投射された探査機が極めて低い確率に反して彼らを発見したとしても、それが〝彼ら〟のテューリアンが送った探査機である保証はどこにもない。彼らがやってきた現実の無数の別バージョンでも同じことが試みられているはずなので、彼らのいる宇宙にたまたま到達した探査機は、どこかよその現実から来たものかもしれない。

しかし、ハントは以前のテストの段階でそのような事態を想定して、確認のための手段を用意していた。出発する前に、自分の通信パッドにランダムな数学関数を保存して、ヴィザーに残しておいたマスターと比較できるようにしておいたのだ。両者が一致すれば、出発した時と同じ現実に戻ってきたことになる。一致しなければ、たとえそれが些細《ささい》な違いであったとしても、どこか別の場所に戻ってきたことになる。

帰還してからの数日間、ハントはこの確認手段とそれが持つ意味について内心で苦しんでいた。その間ずっと、どこかに矛盾はないかと目を光らせていたのだが、何も見つからなかった。考えつく限り、どのような基準に照らしてもここは故郷だった。そしてついに、ハントはダンチェッカーにこのジレンマを打ち明けた。ダンチェッカーは、違いがわからないのであれば、違いはないのだと明言した。ハントはヴィザーにその関数を未読のまま削除するよう指示した。クリスの言う通りだ。そんなことは問題ではない。放っておくほうがいいこともある。

客室内の何列か前の席で、人々が窓のほうへ身を乗り出して指差していた。ハントは前屈《まえかが》みになって外を見上げた。真珠のような光点《こうてん》が星空を横切っていた。「あれはテューリアンの宇宙船じゃないかな」誰かが言うのが聞こえた。

いつかめぐり会う日は来るのだろうか――はるか昔に出会った人類とテューリアンから発展した、どこかにあるはずの文化。今頃はどんな世界を作り上げているのだろう？　ヴィザーやテューリアンでさえ古風で時代遅れに見えるようなものかもしれない。わずか七年という短い期間でこれだけのものを見てきたのだから、まだまだ新しく刺激的なものが待ち構えているのではないかという気がした。

地球の暗い側が前方からゆっくりと視界に入ってくると、〈イシュタル〉号は遠ざかって小さくなり、やがて地平線の下に消えていった。

巨人年表

アティラ・トルコス博士が作成
ハンガリー、セゲド
二〇〇一年九月二十日

約四十六億年前

太陽系の誕生。誕生時の太陽系は以下の九つの惑星で成り立っていた——太陽からの距離が近い順に、水星、金星、地球、火星、ミネルヴァ、木星、土星、天王星、海王星。

約二千五百万年前

〝巨人〟という種族が進化した結果、ミネルヴァに知性が出現。巨人たちの文明が興《おこ》る。その後、プレートテクトニクスによりミネルヴァの大気中の二酸化炭素濃度が上昇する。巨人たちはこの状況を正常化するために動き出し、宇宙船〈シャピアロン〉号のクルーが恒星イスカリスで実験を行う。実験は失敗して、イスカリスは新星となり、逃げ出した巨人たちは、機能不全を起こした〈シャピアロン〉号の船内で相対論的な時間移動を体験し、二千五百万年後の未来に投げ出される。イスカリスでの失敗を知ったミネルヴァの巨人たちは、地球から動物（原人を含む）と植物をミネルヴァに移送し、二酸化炭素耐性に関連する遺伝子の分離に成功する。彼らはこの遺伝子を自分たちのゲノムに組み込もうと計画するが、それがもたらす結果を恐れて断念する。ほかに二酸化炭素問題の解決策が見つからなかったので、巨人たちはジャイアンツ・スターをめぐる惑星テューリアンに移住する。避難の途中、宇宙船の一隻がガニメデに墜落。地球の生命はミネルヴァを征服し、新たな生態学的平衡《へいこう》に到達する。テューリアンの巨人たちは、ミネルヴァに残された中継装置でその変化を観察する。

約四百万年前

地球でアウストラロピテクス属《ぞく》が出現する。

約二百五十万年前

地球でホモ・ハビリスが進化する。

約二百万年前

地球でホモ・エルガステルが出現する。

約百六十万年前

地球でホモ・エレクトスが出現する。

約十五万年前

地球でホモ・ネアンデルターレンシスが進化する。

日付不明

遺伝子セットを変更したヒト科の生物の進化により、ミネルヴァでホモ・サピエンスが誕生する。

日付不明

人類の文明が発展すると共に、ミネルヴァでは氷河期が始まり、文明が滅亡の危機に瀕《ひん》する。人類はこの惑星から脱出するために宇宙旅行の開発を始める。

約五万二十年前

イマレス・ブローヒリオとその将軍たちが未来から五隻の宇宙船で出現する。彼らは人知れずミネルヴァに降り立ち、ほどなくランビア大陸の人々を軍事政権下で統一する。ランビア人は、自分たちだけが氷河期を逃れられるようにと、もう一つの大陸であるセリオスに対して武装を始める。セリオスは武装を余儀なくされる。

約五万年前

宇宙開発競争の結果、宇宙旅行の黎明《れいめい》期にセリオスとランビアの間で全面的な核戦争が勃発する。この戦争は、セリオスが基地を建設したミネルヴァの衛星の表面まで及ぶ。核兵器による大災害はミネルヴァを粉々に砕き、大きな破片は冥王星となり、残りは散乱して小惑星帯を形成する。戦争を観察していたテューリアンは、要請に従って衛星上のセリオスの生存者を地球へ移送し、そのまま運命の手に委《ゆだ》ねる。ランビアの生存者はテューリアンの近隣にある惑星ジェヴレンに移住し、徐々にテューリアン社会に溶け込んでいく。ミネルヴァの重力の束縛から解放された衛星は、後に地球の重力井戸に捕らえられ、ミネルヴァのかつての衛星は地球の月となる。月が地球の軌道に到着すると、地球上では大変動と洪水が発生し、セリオスの生存者はほぼ壊滅して、野蛮な状態に戻る。生存競争の結果、彼らはそれまで地球を支配していたネアンデルタール人を絶滅させる。ホモ・サピエンスが地球上に広がって、再び文明への上昇を開始する。

日付不明

惑星ジェヴレンで、テューリアンが開発したヴィザーを模したスーパーコンピュータ、ジェヴェックスが設置される。その後、ジェヴレン人はひそかにジェヴェックスを惑星アッタンに運び、その性能を高めて、最終的にはヴィザーを凌駕《りょうが》させようとする。設計者たちが知らないうちに、成長を続けるジェヴェックスの内部で、後に内宇宙《エントヴァース》と名付けられる宇宙が進化する。そこの知的住民であるエント人は、ジェヴレン人の精神に侵入することでジェヴェックスの外の世界に転移することができる。こうして取り憑《つ》かれたジェヴレン人（いわゆるアヤトラ）は、自分たちのまわりに宗教的・神秘的なカルトを形成していく。エントヴァースの存在はまだ知られていない。

日付不明

ジェヴレン人からの要請を受け、テューリアンは彼らを信じて地球の観察を任せることにする。復讐心《ふくしゅうしん》に駆られたジェヴレン人の指導者たちは、工作員を使って地球に宗教や迷信を広め、文明の発展を阻害しようとする。

一八三一年

アヤトラに取り憑かれたばかりのサイハが、覚醒螺階《かくせいらかい》教を創始する。

十九世紀

地球の文明が彼らの干渉にもかかわらず発展しているのを見て、ジェヴレン人は特定の科学分野の発展を支援し、地球上で武装化と世界規模の破滅戦争を引き起こそうとする。

一九一四年
地球で第一次世界大戦が始まる。

一九三九年
地球で第二次世界大戦が始まり、ジェヴレン人の計画ではそれが核災害をもたらすはずだった。しかし、地球は核戦争を回避する。

一九四五年以降
ジェヴレン人の工作員のせいで、地球は第二次世界大戦後に核軍拡競争に突入し、数十年にわたって文明の存続が脅《おびや》かされることになる。その一方で、テューリアンには知られることなく、ジェヴレン人の指導者たちも武装を開始する。

一九七九年
ジョゼフ・B・シャノンが誕生。

一九九二年
ヴィクター・ハントが誕生。

一九九九年
リン・ガーランドが誕生。ダンカン・ワットが誕生。

二〇〇二年
ハンス・バウマーが誕生。

二〇一五年
ジェヴレン人の策略にもかかわらず、地球では冷戦が徐々に解消され、ジェヴレン人の工作員は地球の非軍事化に貢献する。その一方で、ジェヴレン人はひそかに武装を続けている。ジェヴレン人の指導者の最終目標は、テューリアンの孤立、地球の破壊、そして銀河の支配である。ジェヴレン人は、軍事化された地球が第三次世界大戦の瀬戸際にあるとテューリアンに報告し続ける。

二〇二七年
人類が再び宇宙進出に乗り出し、月面にホモ・サピエンスがかつて存在した痕跡を発見する。

二〇二八年

ルナリアンと呼ばれる民族の謎を探る中で、人類は過去にミネルヴァが存在していたことに気づく。〈ジュピターⅣ〉はガニメデで巨人たちの宇宙船を発見する。彼らはその種族をガニメアンと名付ける。

二〇二九年

ガニメアンと月での発見に基づき、人類はルナリアンとガニメアンの物語を再構築し、月がかつてミネルヴァの月だったことを発見し、ついには地球人がミネルヴァを起源とするルナリアンの子孫であることを理解する。

二〇三〇年

時間移動した〈シャピアロン〉号のクルーが地球の人々と接触する。〈シャピアロン〉号は、月で発見された資料を利用して、ガニメアンの大移住の目的地とされるジャイアンツ・スターを探しに出発する。地球人は自分たちの知性が巨人たちの失敗に終わった実験の副産物であることに気づく。ジェヴレン人の観察者たちは〈シャピアロン〉号の出現をテューリアンに報告しない。地球はジャイアンツ・スターに向けてメッセージを送信し、それによってテューリアンは〈シャピアロン〉号の存在を知る。

二〇三一年

ジェヴレン人の知らぬ間に、テューリアンが地球と接触する。地球が平和であることを知った後、テューリアンは地球人と協力してジェヴレン人の指導者たちを追い詰める。ジェヴェックスは停止される。イマレス・ブローヒリオとその将軍たちはジェヴレンを脱出し、偶然にも五万二十年前の過去に投げ出されてしまう。復讐に燃える指導者たちから解放されたジェヴレンは、平和な道を歩み始める。その一方で、ジェヴェックスの不在により、ジェヴェックスに依存していた社会は混乱に陥る。ジェヴェックスが停止したために、エントヴァースの生活は劇的に悪化し、多くのエント人が自分たちの宇宙から脱出しようとする。突如あらわれた複数の新たなアヤトラとそのカルトにより、ジェヴレンでは混乱がさらに悪化する。アヤトラの一人であるユーベリアスは惑星アッタンに渡り、ジェヴェックスを起動させ、エント人が大量にジェヴレン人の精神に侵入できるようにする。地球人と巨人たちはエントヴァースの存在に気づき、エント人の侵略を阻止する。ジェヴェックスはエントヴァースを保存するためにアッタンに隔離される。

解　説

（編集部註：本稿では〈巨人たちの星〉シリーズ各巻の内容と結末に触れています。）

渡邊利道《わたなべとしみち》

本書は、二〇〇五年に刊行されたジェイムズ・P・ホーガンの長編小説 *Mission to Minerva* の全訳である。月面で発見された五万年前の人間の死体の謎を追う長編デビュー作『星を継ぐもの』（一九七七年）にはじまるシリーズの第五作にして最終巻だ。

本シリーズはそれぞれ独立した物語ではあるものの、非常に連続性の強い緊密な関係で結ばれているので、まずシリーズ全体を振り返っておこう。

ホーガンがそのデビュー作を書くことになったきっかけが職場での賭けだったことはよく知られている。当時アメリカを代表するコンピュータ企業の一つだったDEC（ディジタル・イクイップメント・コーポレーション）で働いていたホーガンは、映画『二〇〇一年宇宙の旅』の結末に不満を抱き、同僚にしつこく愚痴をこぼしていたところ、じゃあお前書いてみろ、書いても商業出版は無理だろうと言われ、やって見せてやると勝負を受けて立った。

ホーガンが抱いた不満とは、魅力的な謎を科学的にきわめて精密なディテールで描いていながら、結末で謎がすっきり解明されず、曖昧《あいまい》な象徴と神秘主義に堕《だ》してしまっている点にあった。実際『星を継ぐもの』は、月面で発見された五万年前の人間の死体という魅力的な謎について、次々に発見される新たな証拠（その中には木星の衛星ガニメデでの、推定二千五百万年前の巨大な宇宙船の残骸と、その乗組員と思《おぼ》しき巨大な異星人の亡骸《なきがら》の発見なども含まれる）を近未来の科学技術を用いてひたすら論理的に分析・総合して驚くべき「真相」にたどり着くきわめて明快な物語になっている。その過程を担うのが主人公の原子物理学者ヴィクター・ハントと生物学者のクリス・ダンチェッカーによる侃々諤々《かんかんがくがく》の議論で、次から次へと新たな仮説が立てられては論破、もしくは新しい証拠が現れて論点が移動していくのがとにかく滅法《めっぽう》面白く、このスタイルがシリーズ全体の基調となった。

もっとも、明快とは言っても、『星を継ぐもの』における「真相」はあくまできわめて有力な仮説にとどまっていて、それがいわば「実証」されるのが、七八年刊行のシリーズ第二作『ガニメデの優しい巨人』である。ガニメデで発見されたのでガニメアンと名付けられた異星人が、恒星イスカリスから太陽系に帰還し、地球人の推理をある部分では裏づけし、ある部分では違う事実を示す。

この、いったんは解明されたかに見えた謎が、外部からやってきた未知の存在によって新たな側面を見せるという展開は以後のシリーズでも踏襲される。一作ごとにきちんと完結した物語を作っておいて、そこに新しい要素を付け加えて作品世界を拡大させ物語を発展させるわけだ。

ここで明らかになった歴史は次のようなもの。かつて太陽系にはミネルヴァという惑星があり、ガニメアンはそこで進化の頂点に立った知的種族だった。彼らは寒冷化が進むミネルヴァを改造するため地球の動植物をミネルヴァに運ぶがうまくいかず、巨大な宇宙船を建造して太陽系を離れた。一方、ガニメアンが連れてきた動物の中の類人猿がミネルヴァで進化し、月で発見された死体の祖先（彼らはその発見の経緯からルナリアンと呼ばれる）になった。ガニメアンは利己性を持たない平和的な種族だったが、ルナリアンは地球人と同祖であり強い攻撃性を持っていて、やがてセリオスとランビアという二つの超大国に分かれて争いはじめ、ついにミネルヴァを破壊、その衛星が軌道を外れ、地球に捕捉され現在の月となった。それが人類と生物学的に同一の五万年前の死体が月にあった理由であった。

地球に帰還したガニメアンの宇宙船〈シャピアロン〉号は、二千五百万年前に気候変動対策のための実験に太陽系近傍の恒星イスカリスに赴《おもむ》き、トラブルの果てにようやく帰ってきたのだが、すでに故郷ミネルヴァは消滅していた。彼らは地球人がこうむったさまざまな干渉に倫理的な負い目を感じており、自分たちの持つ高度な科学理論・技術をできるだけ伝えたのち、遠い宇宙に去ったと思しい仲間たちを探すため太陽系を地球人に託して去っていく。

『星を継ぐもの』が、過去の遺跡を通して古代の超文明や人類発生の謎に迫る物語だったとすれば、『ガニメデの優しい巨人』は、古代超文明の担い手で、人類とはまったく異質な、他者に優越したいという願望や攻撃性を持たない異星人との交流と別離を通して、地球人が太陽系の新たな主人としての使命に目覚める物語になっている。ここらあたり、ホーガンがもともと『二〇〇一年宇宙の旅』をきっかけに執筆をはじめたことを想起させる。

第三作『巨人たちの星』（八一年）では、〈シャピアロン〉号が去った後、ガニメアンらが目指している、彼らの子孫で遠い宇宙の惑星テュリオスに住む種族テューリアンから通信が入り、遙か昔から地球人が監視されていたことがわかる。監視を担っていたのは、かつてミネルヴァを二分した勢力の一つランビア人の子孫でいまは惑星ジェヴレンに住むジェヴレン人であった。セリオス人の子孫である地球人を憎むあまりその歴史に介入し、さらにテューリアンに虚偽の報告をしていたのである。テューリアンは、地球人がその飽くなき競争心と攻撃性によって宇宙全体に害を及ぼさないよう、地球に封じ込める処置さえ検討していた。国連が間に入ったテューリアンとの交渉、ジェヴレン人の陰謀との戦いのあれこれはエスピオナージュの趣《おもむき》があって、これまでの科学的な議論とは違った推進力を物語に与えている。また、科学そのものについても、物理学や生物学（進化論）を中心にした議論から社会学へと重点が移動しているのだが、議論や物語の展開の端々に権威を嫌い通説をひっくり返す痛快さを好む性質が高じて、後年陰謀論に傾き地球温暖化やホロコーストを否定するようになったホーガンの言動を重ねて見ずにはいられない。

『巨人たちの星』の結末は、地球人の計略に嵌《はま》って逃走したジェヴレン人総裁が率いる艦隊が、時空の亀裂に巻き込まれ五万年前のミネルヴァに辿《たど》り着き、ランビアとセリオスの破滅的な戦争の原因となり時空的円環が成立する、というもの。すべての伏線が回収される見事な三部作が完成したわけだ。

にもかかわらず、九一年、第四作『内なる宇宙』が刊行される。そこで描かれているのはジェヴレン人社会を管理・運営するコンピュータ・ジェヴェックスが作り出した情報空間の仮想世界である。なぜジェヴレン人が陰謀を企むようになったのか、という前作から引き継ぐ謎がテクノスリラー風に展開しながら、いわばハードSF的に構築されたファンタジー世界とでもいうべき物語が同時進行する。前三作とは相当異なった雰囲気で、それがこの作品を一種の番外編的なものと位置付ける印象を生んでいる。もちろん、ジャーナリストの目を通してテューリアンの文化についての考察が深められていく部分や、遺伝情報と外部から情報を取り入れる学習という二系統の知性の継承と結びついた独特な進化論など、シリーズを通して維持されるテーマはある。

そして、前作から十四年後に、本書『ミネルヴァ計画』が登場したわけだ（もっとも、作品内では月面で死体が発見されてからまだ六年しか経っていない）。

訳者の内田昌之《うちだまさゆき》氏がご教示くださったのだが、現在は消えてしまったホーガン自身によるウェブサイトでの発言によると、第四作が刊行されてすぐに続刊のリクエストがあったのだが、適切な物語がまとまらず時間がかかってしまったのだという。読者からのリクエストで多かったのは、ミネルヴァの衛星軌道から地球のそれへと移動した月に取り残されたルナリアンたちが、どうやって地球の大地に降り立って人類の祖先となったのかの物語と、破壊されたミネルヴァがどのような社会だったのかの物語の二つだった。しかしホーガンとしては、シリーズ物である以上、読者がそれまで慣れ親しんだ登場人物たちが活躍するものでなくてはならないという考えがあった。すると自身のウェブサイトの掲示板で、ある読者に『巨人たちの星』のラストで悪いジェヴレン人たちが時空の亀裂から五万年前のミネルヴァに移動したことを指摘され、ハントやテューリアンたちのような好奇心旺盛《おうせい》な物理学者が、こんな現象を調査もせずに見過ごすはずがない、と気づいたのだという。また、同時期に読者から理論物理学者のドイッチュが提唱している量子《りょうし》力学の多世界解釈について熱烈なメールをもらっていて、そこからインスピレーションを得て、続編のストーリーが動き出したらしい。

そんなわけで、『ミネルヴァ計画』の物語はひさしぶりの休息を楽しんでいるハントに、別の宇宙のハントからテレビ電話が入ってくる場面からはじまる。どうやら量子力学における多世界解釈は正しく、別の宇宙が存在し、そしてそこで生きる人類が多世界間での通信を可能にする技術を開発しているらしい。興奮したハントはダンチェッカーをはじめとするかつての仲間たちとともに、テューリアンと協力して多世界間を自由に行き来する技術の開発に乗り出す。

前述した事情から、物語的には『巨人たちの星』からの連続性が強くなっているが、作品構造的には前作『内なる宇宙』とさまざまな照応関係があって、例えば前作における情報空間での仮想世界との関係性が、今作では量子力学の多世界解釈に基づく多元宇宙《マルチヴァース》で新たに展開する人間の生といったものになっている。また前作でテューリアンを取材するジャーナリストの立場に、ダンチェッカーのいとこで現代の資本主義的な競争社会に批判的な女性作家ミルドレッドが登場し、テューリアンの高官で地球人の攻撃性を強く憂慮し例の封じ込めを強く支持していたフレヌアー・ショウムと社会思想的な対話を繰り返す。二部構成の前半はほぼこの二つの話題をめぐって物語は進む。

マルチヴァース間での移動をめぐる理論と実験は例によってハントとダンチェッカーの議論を中心に展開するのだが、違う世界での記憶を持った人物が相互に矛盾した意見を述べどんどん状況が混乱し、ついに複数の同一人物が同時に現れる事態にまでおよぶスラップスティックな場面などは、いかにもイギリス人作家の手によるものらしいブラックな味わいがある。また、ミルドレッドとフレヌアー・ショウムとの対話からは、ヴォルテールやモンテーニュを思わせる一種啓蒙主義的な異文化間の差異を超えたユートピア思想の探究の側面があり、それらが渾然《こんぜん》となって本作に十八世紀小説的な趣を与えている。

そして、この思弁《しべん》的対話から、これまでシリーズ全体を貫いてきた生物学的な進化論における適応の概念の、唯物論《ゆいぶつろん》的な偶然性を疑問視し、そこにある種の目的性をもった意志を持ち込み、あのダンチェッカーやもちろんハントまでがそれを支持するに至る。もっとも、その目的や意志というのは神的なそれではなく、量子力学的な世界観に基づく仮説が裏づけになってもいるのだが、それはカール・マルクスが、エピクロスの「アトムの偏差《へんさ》」論に「自己意識」の根拠を見たのを想起させる。ホーガンがシリーズを通して描いてきた自然主義（物理主義）的な世界観と、社会民主主義的なユートピア思想がここで統一されたと見ることができ、いかにもシリーズ最終巻にふさわしい結論と考えることができるかもしれない。

物語の後半は、ハントたちが五万年前のミネルヴァに乗り込み、ジェヴレン人の陰謀と戦う痛快なエンターテインメントで、長い物語の大団円を堪能《たんのう》できる。ハントが最後にダンチェッカーの意見を容《い》れ、違いがわからないことについては放っておいてよいこともあると納得する場面には、ホーガン自身の成熟も表れているようで感慨深い。

作者が何十年もかかって書いた物語を、ほんの数日で一気読みできる快感は後から来た読者の特権であり、しっかり堪能していただきたい。

訳者紹介　1961年生まれ。神奈川大学外国語学部卒業。英米文学翻訳業。主な訳書に、ホーガン「量子宇宙干渉機」「ミクロ・パーク」「揺籃の星」、スコルジー「老人と宇宙」ほか。

ミネルヴァ計画

2024年12月13日　初版
2025年 2 月21日　3版

著　者　ジェイムズ・P・ホーガン
訳　者　内《うち》田《だ》昌《まさ》之《ゆき》

発行所　(株)東京創元社
代表者　渋谷健太郎

162-0814 東京都新宿区新小川町1-5
電　話　03・3268・8231-営業部
03・3268・8201-代　表
URL　https://www.tsogen.co.jp
組　版　工　友　会　印　刷
暁　印　刷・本　間　製　本

乱丁・落丁本は、ご面倒ですが小社までご送付ください。送料小社負担にてお取替えいたします。

©内田昌之　2024　Printed in Japan

ISBN978-4-488-66336-0　C0197

ヴァーチャル・リアリティSFの先駆的傑作

REALTIME INTERRUPT◆James P. Hogan

仮想空間計画

ジェイムズ・P・ホーガン

大島 豊 訳 カバーイラスト=加藤直之

創元SF文庫

◆

科学者ジョー・コリガンは、
見知らぬ病院で目を覚ました。
彼は現実に限りなく近い
ヴァーチャル・リアリティの開発に従事していたが、
テストとして自ら神経接合した後の記憶は失われている。
計画は失敗し、放棄されたらしい。
だが、ある女が現われて言う。
二人ともまだ、シミュレーション内に
取り残されているのだ、と……。
『星を継ぐもの』の著者が放つ
傑作仮想現実SF！

土星で進化した機械生物。ホーガンSFの真髄

CODE OF THE LIFEMAKER◆James P. Hogan

造物主の掟《ライフメーカー》

ジェイムズ・P・ホーガン

小隅 黎 訳　カバーイラスト=加藤直之

創元SF文庫

◆

百万年の昔、故障を起こした異星の宇宙船が
土星の衛星タイタンに着陸し、
自動工場を建設しはじめた。
だが、衛星の資源を使ってつくった製品を
母星に送り出すはずのロボットたちは、
故障のため
独自の進化の道をたどりはじめたのだ。
いま、タイタンを訪れた地球人を見て、
彼ら機械生物は？
ホーガンSFの真髄！
訳者あとがき＝小隅黎

ハードSFの巨星が緻密に描く、大胆不敵な時間SF

THRICE UPON A TIME◆James P. Hogan

未来からのホットライン

ジェイムズ・P・ホーガン

小隅 黎 訳 カバーイラスト＝加藤直之

創元SF文庫

◆

スコットランドの寒村の古城で暮らす
ノーベル賞物理学者が開発したのは、
60秒過去の自分へ、
６文字までのメッセージを送るプログラムだった。
孫たちとともに実験を続けるうち、
彼らは届いたメッセージを
60秒経っても送信しないという選択をしたが、
何も起こらなかった。
だがメッセージは手元にある。
では送信者は誰？
ハードＳＦの巨星が緻密に描き上げた、
大胆不敵な時間ＳＦ。

『星を継ぐもの』の巨匠が描く傑作SF

MARTIAN KNIGHTLIFE◆James P. Hogan

火星の遺跡

ジェイムズ・P・ホーガン
内田昌之 訳 カバーイラスト＝加藤直之
創元SF文庫

◆

火星で研究中のテレポーテーション技術。
初の人体実験は成功を収めたかに見えたが、
被験者となった科学者の周辺で
奇妙な事件が続発する。
一方、太陽系全土に足跡を残す古代巨石文明の
12000年前の遺跡が火星で発掘されたが、
考古学遠征隊には思いがけない危機が迫る。
ふたつの事件の謎をめぐり、
フリーランスの紛争調停人キーランが調査に乗り出す。
『星を継ぐもの』の巨匠ホーガン円熟期の傑作！

創元SF文庫を代表する歴史的名作シリーズ

MINERVAN EXPERIMENT◆James P. Hogan

星を継ぐもの
ガニメデの優しい巨人
巨人たちの星
内なる宇宙 上下

ジェイムズ・P・ホーガン　池 央耿 訳

カバーイラスト＝加藤直之　創元SF文庫

◆

月面で発見された、真紅の宇宙服をまとった死体。それは５万年前に死亡した何者かのものだった！　いったい彼の正体は？　調査チームに招集されたハント博士とダンチェッカー教授らは壮大なる謎に挑む――現代ハードSFの巨匠ジェイムズ・P・ホーガンのデビュー長編『星を継ぐもの』（第12回星雲賞海外長編部門受賞作）に始まる不朽の名作《巨人たちの星》シリーズ。